笑看江湖

凉冰 著

当代世界出版社

图书在版编目（CIP）数据

笑看江湖录 / 凉冰著. -- 北京：当代世界出版社，2014.3

ISBN 978-7-5090-0961-1

Ⅰ. ①笑… Ⅱ. ①凉… Ⅲ. ①侠义小说－中国－当代 Ⅳ. ①I247.5

中国版本图书馆CIP数据核字(2013)第298651号

书　　名：	笑看江湖录
出版发行：	当代世界出版社
地　　址：	北京市复兴路4号（100860）
网　　址：	http://www.worldpress.org.cn
编务电话：	（010）83908456
发行电话：	（010）83908409
	（010）83908455
	（010）83908377
	（010）83908423（邮购）
	（010）83908410（传真）
经　　销：	全国新华书店
印　　刷：	北京兴星伟业印刷有限公司
开　　本：	710毫米×1000毫米 1/16
印　　张：	18
字　　数：	340千字
版　　次：	2014年3月第1版
印　　次：	2014年3月第1次
书　　号：	ISBN 978-7-5090-0961-1
定　　价：	35.00元

如发现印装质量问题，请与承印厂联系调换。

版权所有，翻印必究；未经许可，不得转载！

目录

1　初出江湖凶险路　　001
2　藏剑山谷燕山行　　015
3　琴笛争锋鹰入险　　026
4　相濡以沫蝶舞情　　039
5　侠侣威震少林寺　　053
6　误会重重泪飘零　　063
7　意断情连生死共　　075
8　幽灵内幕无人清　　087
9　贼子野心少林劫　　095
10　天残弟子系白灵　　106
11　冷酷刺客西行路　　119
12　九子莲花鉴真情　　130
13　齐聚少林辨是非　　145
14　静心之曲一人听　　160
15　情断天涯泪谁明　　172
16　乱世邪心风再起　　184
17　重出江湖四海惊　　194
18　再次重逢情亦深　　208
19　当涂大战后人评　　220
20　碧海笛曲斗魔音　　235
21　玉笛仙子天下名　　244
22　欺师灭祖丧天良　　253
23　高人指点众人明　　264
24　仗剑携手天涯行　　274

1 初出江湖凶险路

鹰傲神情凝重地对妻子说："这次蛇林约我去赴会恐怕是凶多吉少，你带着飞儿翔儿马上走，尽快逃到天狼帮，在岳父那儿躲起来还有一线生机。"

妻子满眼泪水地说："鹰哥，咱们一起到我父亲那儿避一避不可以吗？相信蛇林纵有天大的本事也不敢动天狼帮。"

"不行，我必须拖住蛇林，不然咱们谁也走不了。来人，护送夫人和少爷走。阿朱阿碧照顾好夫人和少爷。"鹰傲对身边的两个侍女说完，提宝剑离开山庄。

鹰傲走后，整个山庄忙乱起来，仆人被遣散，留下心腹而且武功高强的，护送夫人和孩子离开燕山赶奔西北关外天狼帮……

鹰傲来到树林，左手握剑右手背向身后，像一座雕像似的站在那儿等蛇林的到来。

过了一会儿，鹰傲手中的剑响了起来，他觉察到了常人无法感觉到的声音。果然风声草动，一阵簌簌之后，两个人如闪电般出现在他面前十几丈远的地方。

一个身着一袭白装，年纪在三十岁左右，脸色稍有些发黑，长得十分英俊，两只眼睛多了些邪恶的光芒。手中握着一把特殊的宝剑，一把形状像蛇的利刃。

另一个人身着青色长衫，年龄比白衣人稍大。从穿着打扮上看像个书生，双目如电，手持一把折叠铁扇。鹰傲见两人不由得心里一颤：蛇林怎么把无情书生也请来了？看来今天是凶多吉少。

那白衣人站定后狡猾地笑了下，拱手一抱拳道："鹰兄别来无恙啊，小弟今天有事相求。当今武林北六省各门派混乱，我特意请鹰兄加入我金蛇山庄一起统一武林……"

"呸，蛇林你是怎么想的我还不知道吗？废话少说，先胜了我手中的剑再说。"鹰傲道。

旁边的无情书生萧海浪手摇铁扇道："鹰傲你还敢动手吗？以一敌二你绝无胜算。我此次就是为你手中的那把承影宝剑来的……"说完飘到鹰傲面前抖铁扇与其交手。十招，二十招，一百招，转眼间两人过了一百多招，鹰傲的宝剑也没出鞘。

一旁的蛇林见萧海浪不能取胜也加入了战团。以一放二，鹰傲心想不管怎样也得拼尽全力拖延时间，想到这儿，他将自己平生所学全部施展出来。

天渐渐地暗了下来，月亮升起显得格外漂亮。三个人越战越酣，在月光下闪动犹如三团雾气忽远忽近。

鹰傲虽然厉害，但在两大高手的夹击下逐渐处于劣势。这时，萧海浪用铁扇扫鹰傲的前胸，鹰傲赶紧用剑去挡，随着一道利闪和血光，蛇林的剑径直刺进鹰傲的后心……

萧海浪见鹰傲倒地，一个箭步冲过去拿起承影宝剑仰天大笑："哈哈哈哈，终于得到了，蛇林你我目的已经达到，不陪你玩了。"说话间便消失在夜幕之中。

蛇林狡猾地笑了笑唤出四周的部下："走，去神鹰山庄，斩草除根……"

飞奔的马车里，鹰傲的妻子和两个侍女抱着孩子……

突然马车被逼停，外面传来喊杀声。鹰傲的妻子环顾左右说："阿朱阿碧你们带着少爷赶紧走，我去应付一下。"说完跳出车篷，与此同时狠狠地打了拉车的马一鞭子，马像疯了似的拉着车冲出人群。

鹰夫人刚刚落地，蛇林的剑就到了眼前，夫人闪身躲过之后，蛇林道："不愧是天狼帮主的女儿，如此敏捷。"

"少废话，看刀！"夫人说完，挥柳叶刀扑向蛇林，劈头盖脸就是一刀。蛇林向后撤步飞身上马道："嫂夫人失陪了，等我追上两个侄儿再让你们母子团聚。"一挥手扬长而去。

剩下的几十个人冲上来，将鹰夫人团团围住，一阵厮杀，夫人终因寡不敌众倒在血泊当中……

蛇林追上马车，纵身飞到车上将受惊的马拉住。阿朱阿碧抱着孩子吓得魂都没了，两人慌忙下车夺路而逃。蛇林向抱着鹰飞的阿朱一剑刺了过去，正中心脏，阿朱当场毙命。当蛇林要刺出第二剑的时候改变了主意："为什么不留着孩子为我所用，将来助我称霸武林……"想到这儿，他收回宝剑。就在他犹豫的这段时间里，阿碧已经抱着鹰翔跑进了路边的树林。蛇林唤来手下，吩咐他们将鹰飞带回山庄，他亲自去追阿碧和鹰翔。

阿碧在树林里只顾拼命地跑，不知不觉跑到了山顶，再往前就是万丈悬崖。这时蛇林已追到近前。阿碧一闭眼纵身跳下了悬崖。这一刻她心里想：庄主，夫人我对不起你们，没有保护好少爷，咱们九泉下相见吧……

蛇林探身见下面深不见底，断定阿碧和鹰翔已是活不成，便仰天大笑带着人回到了金蛇山庄。

西北关外天狼帮帮主郎中天正在练武。报信的人急匆匆地跑进来："帮主不好了，出事了！"

"什么事？"郎中天说。

"神鹰山庄遭袭，鹰庄主和夫人无一生还，大少爷鹰飞被杀，二少爷鹰翔不知下落。"报信人道。

郎中天听罢脑袋嗡的一下，差点晕死过去。自己的女儿女婿双双死于非命，两个外孙一个死一个不知下落，他怎么能不急？

"何人所为？"郎中天咬着牙问。

"江湖传言是金蛇山庄。"报信人道。

郎中天眼睛登时红了:"来人,备马。"

等马牵来后,郎中天对管事的人说:"我去趟金蛇山庄,你们留在帮里等消息。"说完飞身上马消失在大漠当中。

蛇林回到山庄后找了个奶妈,叫她看护着鹰飞。并给鹰飞改名为林飞,称是自己带回的孤儿,将来要培养成自己的徒弟。

这天蛇林正在研究怎样解决北六省的其他门派,突然外面一阵混乱,还不知道怎么回事,来人已经站到当院。

蛇林赶忙出来观看,见是天狼帮主郎中天。他不由心里一颤:来得这么快。

"姓蛇的今天我要取你狗命。"郎中天说完挥掌扑向蛇林。两人不由分说斗在一处。

两个来回过后,蛇林大吃一惊,心想:早听闻郎中天武功高强,今日一试果然如此,就是三个我也胜不了他,怎么办?

正当蛇林焦急的时候,房上飘来一人,此人身着青衫,手持承影宝剑。

"蛇兄不用担心,我来也。"此人不是别人,正是和蛇林一起杀死鹰傲的萧海浪。

萧海浪得到宝剑后想了很久,觉得应该先助蛇林灭掉其他门派,然后再伺机杀掉蛇林,这样自己就成为武林盟主了。于是他再一次来帮蛇林。

可是郎中天并非鹰傲,二人合力也胜不了对方。蛇林眼珠一转计上心头:何不用毒蛇伤他?

打着打着,蛇林故意贴身斗法,借机突然从百宝囊中放出一条毒蛇,正好咬到郎中天的胳膊。郎中天知道不好,运用内力挥出一掌。强大的内力把蛇林和萧海浪震成内伤而退。

郎中天中毒回到天狼帮解毒,蛇林和萧海浪也闭关疗伤,江湖暂时平静了下来。

侍女阿碧抱着公子鹰翔跳下山崖并没死,原来下面是一个小湖泊,他们俩坠入水里。一条河在山下流过,由于那片地势低洼形成了一个湖泊。

虽然没有死,但阿碧昏厥过去,少爷鹰翔则被冲到了岸边。

这时,远处树林里两个年过古稀的老人正在聊天,一位老人身着灰色衣衫,银白的头发和胡须,双目如电。

另一位老者身穿黑衣,正襟而坐显得格外精神,从面相上不难看出年轻时一定是个漂亮小伙儿,而且显得相当文雅。

就听灰衣老者说:"我说秀才啊,这中原美景又变样了,一路上青山绿水,比起西域景色美得多,真不想回去了。"

"哈哈哈哈,"黑衣人道,"既然想留下来,几十年前何苦还要离开中原远去西域呢?即使现在那些小辈们已不知道你我的名姓,不还得走这样的山水险地以避身份吗?"

"是啊,想想你我二人当年纵横武林谁人能敌。向你我挑衅的高手又有多少,为了过平静的生活你我远走西域。几十年的西域生活已经习惯,再来中原也只是游玩而已。"灰衣人道。

黑衣人笑了笑:"等过了这燕山就可回西域啦。"

"你呀,是不是还想着冷师妹啊,要不然非来燕山干什么?"灰衣人道。

"不提这几十年前的事了,前面有个水塘,正好练练咱们的轻功如何?"黑衣人道。

"好啊!"灰衣老者说完,施展轻功在水面上飞奔起来。二人脚尖点在水面上都没泛起一丝波纹,鞋不沾湿,身轻得如燕。

"秀才,你看水面上漂着个人。"灰衣老者道。

黑衣老者顺势一看:"确实是人,赶快去救上来。"说完飞身飘至,伸手将阿碧拉出水面,又飘到岸边,将阿碧轻轻放在地上。

刚救上阿碧,两人发现岸边还有个婴儿。灰衣老者赶紧把婴儿抱起来看还有没有呼吸……

两人见状,同时想到的就是:这个妇女和孩子肯定是被追杀才落水的。

过了一会儿阿碧醒了过来,看见两位老人和安然无恙的鹰翔,意识到是两人救了自己,连忙爬起来给两位老者磕头:"多谢两位前辈相救。"

两位老者连忙将阿碧扶起来,黑衣老者问:"姑娘你们是怎么到这里的?"

阿碧见两位老人不像什么坏人,就把所遭的劫难告诉了二人。两人听了大吃一惊。

"竟有此事?看来咱俩离开中原太久了,中原武林变化竟这么大!"灰衣老者对黑衣老者说,"正好咱俩回西域,不如顺路把这姑娘和孩子送到天狼帮。"

阿碧听了连声说:"谢谢二位前辈。"

就这样两位老人带着阿碧和鹰翔一同上路,赶奔天狼帮。路上两位老者边走边商量,因为见鹰翔是名门之后,再加上两人已老,这一身的绝世武功还没选好传人,想着到天狼帮向郎中天报个平安后最好带鹰翔回西域,收鹰翔为徒。

路上无话,这日来到天狼帮。

郎中天一听自己的外孙还在人世,乐得嘴都合不上了,也忘了自己身上的毒还没解,亲自带着众人迎接二位恩人。

郎中天来到门外看见两位老者大吃一惊,忙上前施礼:"原来是二位武圣人相救,真真万分感谢!晚辈在此有礼了。"

黑衣人笑了笑说:"帮主不用多礼,你怎么认识我们?"

"不瞒前辈说,三十年前你们在嵩山英雄会上亮绝技,那时我就在场下,还是个毛头小子呢!"郎中天道。

原来这两位就是当年中原武林的武圣人,顾名思义,论武艺那便是首屈一指。这个灰衣老者名叫岳秋人称乾坤飞龙,擅长用九节鞭,他的绰号就是因九节鞭为

"兵中之龙"而得名。那个黑衣老者江湖人称魔剑书生杨瑞，此人文武双全，善于用剑，通晓音律，这也是岳秋会管他叫秀才的原因。

二圣在天狼帮住了两天，并把郎中天身上的蛇毒清除后，杨瑞说："郎帮主啊，我二人知道你与蛇林仇深似海，但以你现在的实力不足以与之抗衡。我们希望你不要意气用事，要想办法集合中原武林的正义之士一起来铲除他。"郎中天连连点头。

杨瑞又把想收鹰翔为徒的事情和郎中天讲了一番，郎中天打心眼里愿意，自然爽快答应了。

就这样二位圣人告别了天狼帮，带着鹰翔回到了西域祁连山脉。两位圣人住在祁连山上。

鹰翔太小了，山上又没有奶妈，这喂奶就是个问题。不过二位圣人还真有办法。他们住地的后山栖息着一群狼，虽说不是他们所养，但也算是邻居。两人平日进出的时候路过后山遇见狼，开始的时候只是观察，后来发现狼的世界里等级森严，天长日久并发现了与狼交流的方法。

再后来二人研究出了怎样指挥狼群的方法，所以这些狼变得很听二圣的话了。正好狼群中有母狼生小狼崽儿，二圣就用狼的奶来喂养鹰翔。

鹰翔四岁的时候二圣开始教他基本功，不过教授方法有所不同。

一般来讲，各门派的基本功都是扎马步，而鹰翔的基本功是抓兔子。

从四岁起，鹰翔就开始追着兔子满山跑，二圣边聊天边看护着鹰翔，毕竟还是小孩子，不放心。开始的时候连兔子的影子都追不到，但孩子都喜欢玩嘛，而且还有一群狼和他一起跑着玩，却也不灰心。由于鹰翔是喝狼奶长大的，身上有狼才嗅得到的特殊气味，狼们不会伤害他，反而教他怎么捕猎物……

这一练就是五年，再看小鹰翔跑起来的速度快得惊人。以前是追不到兔子，现在是让兔子先跑出十几丈远再去追也是轻而易举的事。

二圣见腿上的功夫练得差不多了，又开始练他的上肢臂力。叫他徒手爬树，徒手爬陡峭的山崖。与此同时杨瑞开始教鹰翔琴棋书画，还特别教了他一首曲子。

转眼又过了五年，鹰翔已经十四岁了，英俊的脸庞显得格外精神。

现在的鹰翔每天要做的事就是：从山下跑过山坡，再徒手爬上陡峭的山顶，到山顶迎风吹练师傅教的那首曲子。

每次吹起笛子，山林中的鸟兽蝶虫仿佛都处在一种难以忍受的痛苦中。殊不知杨瑞教鹰翔的那首曲子正是江湖绝学《碧海超声曲》。

十年间，鹰翔的基本功已经练成，圣人开始传授鹰翔武功招式以及兵器，各大门派的拳法掌法，十八般兵器等。这些只是让鹰翔练一练，熟悉熟悉，将来步入江湖遇到哪个门派的高手便能知道对方用的是什么招式，出自何门，怎么防范和克制。

鹰翔现在已经有了十年的内力。然后二圣传给鹰翔的才是本门派和自创的武学。

首先由岳秋传授鹰翔七十二路打神鞭。九节鞭号称兵中之龙。兵器中的软家伙，是最难练，也是最难防的。

杨瑞传授的是经过自己多年观察狼群，从狼的习性中领悟到并创出的苍狼神拳。还有一套研究多年却只创出一半的剑法，暂叫无名剑法。杨瑞传授鹰翔这套剑法有两个原因：一是自己年近百岁怕剑法失传，二是鹰翔聪明过人，希望鹰翔能在这基础上创新发展。

总之，两位师傅是倾心教授，徒弟是勤学苦练。一晃六年过去了，鹰翔已不再是那个追着兔子满山跑的小不点儿，二圣也已经越发苍老。

这一天两位圣人将鹰翔叫到屋内，鹰翔进屋一看，桌上放着个包裹还有一个盒子不知里面是什么。再看两位师傅脸上流露出十分沉重的表情，鹰翔意识到有事情发生，不由得双膝跪地："师父，发生什么事情了？"

岳秋低声地说："翔儿起来吧，师父们有话和你讲。"鹰翔听完起身站在一边。

杨瑞望着鹰翔说："孩子你已经二十岁了，有些事情你应该知道，也必须知道。"说完，就把二十年前发生的事讲了一番。

鹰翔听了大吃一惊，这二十年来鹰翔只知道两位师父，专注练武，对自己的身世一无所知。

岳秋见鹰翔面带疑问，道："你现在也算功夫有成，应该可以出师。我和你杨瑞师父商量过了，让你就此下山，去找你外公，至于报仇之事切勿急于一时。

"据传言蛇林现在已经把北六省的各大门派控制在自己手中，而且武功长进非同以往。再加上身边还有一个亦正亦邪的萧海浪，他手中的承影宝剑正是你家家传之宝，不可轻敌。

"听说另外还有一个年轻人名叫林飞，传言是蛇林的徒弟。此人武功在年轻一代已是出类拔萃，江湖人称笑面郎君，平时放荡不羁，常在谈笑中取人性命。

"这次下山是想让你查探金蛇山庄和那个林飞。还有去集结北六省各大门派，他们虽然表面臣服蛇林，但大多数都是为保全门派才屈就。记住，这已不是个人恩怨，而是整个中原武林的安危。本来应该由师父们去平息的，但我们年龄大了没这能力了，只有把希望寄托在你身上。"

鹰翔听了连连点头……

杨瑞接着说："记住，下山之后切勿向外人提起师父的住处。而且翔儿啊，你长大了，也应该告诉你本门是什么派了。记住了，本门叫逍遥派，除了我和你岳师父外你还有个师叔，她是我们的师妹，名叫冷彩霞。告诉你这件事的原因是：下山之后一定先去藏剑谷找到你师叔，向她索要宝剑'秋风落叶扫软藤剑'，我们传给你的剑法只有用软剑才能发挥到极致。"

杨瑞说罢，从桌上一个长条盒子里取出一把精美的玉笛交到鹰翔手中："孩子，为师没有什么送给你的，唯有这支玉笛作件礼物吧，这只笛子跟随我七十余年，也该换换主人了。"

岳秋也从怀里掏出了一条银光闪闪的九节鞭道："孩子，为师没有你杨师父那么多宝贝，这是我特意找能工巧匠给你打造的一条九节鞭，收下吧。"

鹰翔双膝跪倒，双手接过九节鞭，泪流满面地说："多谢师父们的养育之恩，我不想离开师父，愿永远留在师父身边。"

二圣你看看我，我看看你，心里不是滋味。毕竟这二十年有了鹰翔，两人也多了许多的快乐，但是舍不得也得放手啊。

岳秋笑了笑道："傻孩子，等你除了蛇林，在江湖上闯出名堂以后再来陪师父也不晚啊。我们将苦心钻研了几十年的武功传授给你，是让你到江湖中发扬光大的。"说完二圣相视一笑。

"翔儿啊，回去收拾收拾明天下山去吧。切记要多行善事，如果行恶，师父们定要废你武功。"杨瑞道。

鹰翔擦擦泪水道："徒儿谨记在心。"

第二天鹰翔收拾好东西。二圣又给鹰翔些银两，将鹰翔送下祁连山。

鹰翔三步一回头地缓缓而行，直到看不见两位师父……

鹰翔决定先到天狼帮看望外公，这天他来到了去天狼帮必经的大沙漠边缘，准备了充足的水和干粮，踏上了回中原的第一段行程。

一天，两天，鹰翔连续七天依然没有走出沙漠。没有马匹和骆驼，靠徒步可想而知能走多远。

他带的水和干粮都已经用完，又累又渴使他憔悴了不少，实在走不动了就坐在沙丘上休息。

正在这时候，远处传来了杂乱的声音，只见十几个骑着骆驼的西域人士，转眼间就到近前，为首的是一个三十六七岁的小胡子，唯独他是中原人。

为什么说是小胡子呢？因为这个人的胡子就几根，再看这人长相是要多难看有多难看。

小胡子看了看鹰翔：一身白色长衫，长得清秀，像个大姑娘，而且还带有书生的气质。然后对身边的人说："我以为等来的是什么大买卖呢，只是一个穷书生，不过长得还不赖。"

旁边的人都笑了起来，其中一个凑到小胡子旁边："老大，看这小子身上所有的东西加起来也不如他手里的笛子值钱啊……"

"废话，我看不出来吗，那可是稀有的玉笛啊。"小胡子打断那人的话道。

然后指着鹰翔说："穷书生把你手中的笛子交给我，或许我会考虑饶你一命，不然的话看见我手中的刀了吗？让你感受一下切肉丝的滋味。"说完挥了挥手中的鬼头刀。

鹰翔一听又气又乐，气的是这副德性也出来劫道，乐的是正好可取得水和骆驼了。

想到这儿，鹰翔淡淡一笑："我这儿正没水和吃的了，你特意给我送来真是感谢啊。那就让我给几位大哥吹首曲子吧。"说完吹起了《碧海超声曲》，不过鹰翔只用了一成的功力。

小胡子和身边的人不知怎么回事，笑着说："这个穷书生是不是疯了，死到临头了还有心情吹笛子。"

几个人话没说完就感觉头疼起来，而且随着笛声的飞扬而变得更疼。紧接着纷纷从骆驼上掉下……

见他们倒地，鹰翔停止了吹奏，说："你们不是我的对手，快走吧。"

那个小胡子气急败坏地捂着脑袋走到鹰翔面前道："臭书生，你刚刚用妖法取胜不算本事，有种的话和爷爷我过几招。"

鹰翔一笑道："不如咱们打个赌吧。"

"赌什么？"小胡子说。

"我赌你没本事从我手中拿走玉笛，如果我输了我身上的所有东西和这只笛子乃至我的性命都是你的。"鹰翔道。

小胡子一听哈哈大笑起来："没看出来你小子还挺爽快，好，如果我输了我解散队伍跟随你左右，给你当书童。"

鹰翔听了鼻子差点气歪了，心想：就这样的像书童吗？

"好啊！"鹰翔忍着笑回道，"十招之内你拿到笛子你赢，拿不到我赢。"

小胡子点头，然后把刀扔到地上空着手飞身来到鹰翔跟前，二话不说探左手直奔玉笛。

鹰翔坐在那儿一动不动，等小胡子的手快挨着笛子的时候他一挥手，小胡子抓空了。

紧接着小胡子的右手又到了，同样在他快要抓住时而失败。

就这样小胡子左一下右一下和鹰翔过了二十九招，依然没有碰着笛子。

这时鹰翔向后一纵身道："你输了。"

小胡子拍了拍身上的土，自言自语："没想到这个小书生这么厉害。"

说完来到鹰翔面前躬身施礼道："主人在上，书童给你施礼了！"随后又说了句，"真丢人。"

鹰翔见此马上站起身来将小胡子扶起："使不得，使不得。"

"我娄方说话算话，从此主人到哪儿我跟到哪儿，鞍前马后在所不惜。主人如果不答应就是看不起我……"

鹰翔见此人虽然行事鲁莽但也是性情中人，只好答应，从此路上也多了个帮手。其他跟随者则各奔东西了。

鹰翔觉得娄方比自己大很多，叫自己主人不太好，就让娄方叫自己兄弟，虽然没有结拜但也是好哥们儿吧。

有了骆驼，二人很快就走出了沙漠。这天两人来到了一个镇上，找了家饭馆正在吃饭。旁边的人小声议论："听说了吗，几天前天狼帮被灭。郎帮主被一个神秘的蒙面高人所杀。"

"天狼帮就活下了三个人，据说是郎帮主的徒弟武飞和他妻子阿碧，还有他们的女儿武金铃。"

"都说这事是金蛇山庄的人干的，最近这儿来了很多中原武士，想必是来追杀武飞夫妇的……"

"别说了，他们来了。"旁边的人都安静了下来。

这时小店进来了十几个黑衣人，个个手持利刃，坐在了鹰翔对面的桌子旁。

鹰翔手里紧攥玉笛，心想：蛇林，我不杀你誓不为人。

娄方自语："又是这个蛇林，太恶毒了。不过我大哥鹰翔马上就回中原了，看他还能嚣张多久。"而且后面的话还故意说得很大声。

十几个黑衣人听了，迅速各拿刀剑把鹰翔这张桌子围上，为首的人指着娄方的鼻子说道："丑鬼把你的话再讲一遍。"

娄方装出一脸无辜的表情，带着讽刺的表情又把刚才的话重复了一遍。

而且又说道："我大哥鹰翔就是郎中天的外孙，这次回中原就是为了除掉大魔头蛇林的。"

黑衣人们一听惊诧地后退几步，旁边的人纷纷议论起来。

看来这个小胡子说的是真的，江湖传言鹰氏一家只剩下二公子鹰翔，蛇林找了二十年也没找到，今天……

这时，为首的黑衣人笑了笑道："这个书生不会就是你大哥鹰翔吧，我倒看看他有多大本事，上！"说完一挥手，十几个人各拿刀剑直奔鹰翔。

鹰翔心里正在责怪娄方，这样就把名姓说出去，会带来很多麻烦的。但又一想事已至此，不如让蛇林知道我还活着，这样不用我找他，他自然会来找我。

黑衣人已到近前，鹰翔抄起桌上的筷子一抖手，筷子箭一般地射向黑衣人。

转眼间十几个黑衣人兵器齐刷刷落地，捂着手腕痛苦不堪。

鹰翔低声道："回去告诉你的主人，就说我鹰翔要为整个武林除害。"

娄方乐得都蹦起来说："对对对，我大哥鹰翔，你们都记清楚了。他还有个绰号叫西域苍狼……"

鹰翔瞪了他一眼拉着走出饭馆后说:"你能不能少给我添乱啊,什么西域苍狼,你这都是从哪儿想出来的。"

娄方嬉皮笑脸地说:"大哥武功这么高,在江湖中闯荡怎么能没有名号?至于西域苍狼嘛,是我以前为自己取的。既然我把人都输给你了,这个名号自然也是你的了……"

鹰翔气愤地说:"我怎么碰上你这么一个东西……"说完继续往前走。

被鹰翔放走的黑衣人回到金蛇山庄,将鹰翔未死而且练成绝世武功的事告诉了蛇林。

蛇林听了心想:这小子果然没死。于是立即召集众人商议怎样除掉鹰翔。

金蛇大殿上,蛇林高坐中央。左边坐着无情书生萧海浪,右边坐着一个英俊少年。此人长相和鹰翔一模一样,只是穿着打扮有所不同。不用说此人就是鹰翔的亲哥哥鹰飞,现如今是蛇林的杀人工具林飞。

大殿两旁分坐着众高手,这些人都是被蛇林或收买或威逼而和蛇林站在同一战线上的各派掌门,或者门徒。

如铁掌帮的帮主熊天平,泰山剑派的张子道,莲花门的伊世杰,飞龙岛岛主任逍遥……大概得有一百来人。

就听蛇林说:"众位,想必大家都听说了,最近江湖上出现了一个叫西域苍狼的少年,名叫鹰翔,此人现在西域,不过用不了多久就会来到中原。"

"可是当年神鹰山庄鹰傲之子?"萧海浪问道。

"没错,就是这个小兔崽子,没想到当时没有摔死他,居然还活着。"蛇林狠狠地拍了下桌子,接着说,"听说他武功极高,在年轻一辈算个佼佼者。我不管他师出何门,也不管他武功多高,他都得死。"

坐在一旁的林飞站起身向蛇林施礼道:"师父,就让我去会会这个西域苍狼,徒儿一定取回他首级。"

蛇林心里一动道:"飞儿啊,你还有更重要的事情,这个鹰翔就交给别人吧。"

说完对众人说:"你们哪个去会会鹰翔?前提是他必须得死。"

熊天平,张子道,伊世杰三人几乎同时站起身:"我去……"

蛇林一看三人都争着去,心想:不如让他们三个一起去,也可以万无一失。

想到这儿,笑了笑道:"既然三位掌门都有此意,那就劳烦三位一起去取鹰翔狗命。"

这天鹰翔、娄方二人来到天狼帮,院子里一片狼藉,死气沉沉的。院子里打斗过的痕迹还在,但一个人都没有。按常理来讲,方圆百里就天狼帮这一座庄园,四周渺无人烟,死再多的人也没人会知道,更不用说有人会来打扫战场了。究竟是谁呢，鹰翔边想边向院里走。

刚进院子一个黑影在鹰翔面前闪过，鹰翔二话没说飘身形上前就追。

鹰翔是从二圣那儿学轻功"幻影步法"，这次居然追不上此人，始终保持着几丈远的距离。

转眼间鹰翔来到了一个石林地带，四周都是巨大的石头，形成了和树林一样的石林。

突然对方停下来道："你是何人，为何来我天狼帮？"

鹰翔道："在下鹰翔，此次前来祭奠外公郎中天。"

对方惊讶地打量了鹰翔一番道："你前胸是否有个狼头刺青，可否让在下验证一看？"

鹰翔听到这儿猜测对方应该是外公的徒弟武飞师叔，便解开衣服，露出右胸上的狼头刺青。

就在这时，从巨石后面走出两个人，一个年纪在四十岁左右的妇女，面容慈祥。鹰翔看到此人的第一感觉就是一种莫名其妙的亲切。

中年妇女身后还跟着一个十五六岁的小姑娘，长得十分俊美，给人一种古灵精怪的感觉。

那妇女见状已是泪流满面地奔向鹰翔，嘴里说着："少主，真的是你，快让碧姨看看。"

说话间已到鹰翔近前，双手捧着鹰翔的脸打量了好久道："像，真是太像夫人了。"

这个妇女为什么会说像夫人呢？原因就是鹰翔长相像母亲，鹰傲的妻子当年可是武林中的美女。所以鹰翔长相清秀，模样有些像女孩子。

鹰翔也意识到了什么，感觉这双手是那么亲切。想到师父给自己讲的身世，半信半疑地道："您就是阿碧婶婶？"阿碧擦擦泪水点了点头。

鹰翔也忍不住流下了泪水，抱住阿碧，边哭边说："如果没有您我二十年前就死了……"

这时武飞道："好了好了，翔儿长大成人，练就一身武艺，高兴还来不及呢，哭什么啊。"

说完又对着那个女孩子道："铃儿啊，还不赶快见过你鹰翔哥哥。"

武金铃听罢忙上前向鹰翔施礼："见过翔哥哥。"与此同时目不转睛地盯着鹰翔。

鹰翔赶忙回说："不用多礼。"而武金铃没有反应，仍陶醉在其中。

武飞见状咳嗽了一声，瞪了金铃一眼。

这时娄方从石头后面气喘吁吁地赶来道："我说大哥你们也太快了，累死我了……"

武飞忙问:"这位是……"

"我啊,是鹰翔的兄弟,他是我大哥。"娄方笑着道。

武飞看看他的摸样,再一听这话,又气又笑。

鹰翔和武飞回到了住处,武飞把天狼帮横遭灭门之祸的经过告诉了鹰翔,并说:"可恶的蛇林已经练成了化功大法,可怜师父一世英名竟连一具全尸都没留下。"说着把郎中天的牌位拿了出来。

鹰翔接过牌位失声痛哭……

次日,鹰翔和武夫人如同母子般聊天。远处的武金铃边盯着鹰翔边和那个孩子似的娄方逗着玩。

到了晚上,鹰翔正和武飞闲聊,突然感觉房上有人,二人迅速来到屋外。

夜幕中出现三个年近半百的剑客。

为首的正是张子道,他冷笑一声道:"武飞原来你躲在这儿啊,你身边的那个书生该不是鹰翔吧?"说完一指鹰翔。

还没等鹰翔开口,旁边的娄方道:"我说老鬼,我大哥的名姓是你能叫的吗?我劝你和我一样叫大哥,不然的话教教你死字怎么写。后面的那两个也听着,"娄方一指后面的熊天平、伊世杰,接着说,"你们两个快去准备棺材,顺便刨个坑,以免死无葬身之地。"

张子道气得差点蹦起来:"丑鬼你是何人?"

娄方非常淡定地说:"你爷爷我叫娄方,人称西域小苍狼。"

张子道暴跳如雷,亮宝剑直刺娄方咽喉。就娄方那点本事哪能躲得过去,对方可是成名几十年的剑侠,眨眼间剑就到了。

娄方想躲也躲不过去,一闭眼心想:完了,非死不可。

恰当他闭眼的同时感觉有人把自己扯了一把,就听"当"的一声,待娄方睁眼看,鹰翔已站在他跟前,张子道后退了几步刚刚站稳。

原来站在一旁的鹰翔急于救人,施展幻影步法来到娄方跟前用玉笛将宝剑磕开,才保住娄方性命。

张子道落定之后问:"娃娃你师出何门,竟有如此身手?"

鹰翔淡淡一笑:"你不配知道。"

"好狂妄的小子,不管你师父是谁,今天都得死。"张子道说完抖剑直刺鹰翔面门。

鹰翔急忙躲闪,刚躲开,第二剑横着向他胸口扫来。鹰翔赶忙向后一纵,飞出一丈多远,就这样插招换式两人打了二十多个来回。

旁边的熊天平、伊世杰见状着急了,各拉家伙儿加入战团。这边武飞刚要上前援手被娄方拦住。

"武叔您就别过去了，我大哥本事大着呢，一个人足矣。"娄方道。

武飞心想：鹰翔你这都是什么朋友啊！又一转念：也好，我先从旁观战，如果鹰翔不敌我再过去。

这边三人三把剑将鹰翔围住，剑光闪烁已经看不清过了多少招。

转眼间三人鼻尖已经冒汗，心想：这小子果然厉害，他的师父究竟是谁？这些招式怎么没见过。

鹰翔先取守势，左架右挡不免也冒汗了，心想：不愧是三派的高手，铁掌帮、泰山剑派、莲花门的武功果真厉害，看来空手是很难取胜了。

想到这鹰翔对着娄方喊了一声："娄方接着。"说完将玉笛扔给了他，然后从怀里掏出九节鞭。

霎时再看，鹰翔使用七十二路打神鞭上下翻飞，用鞭将自己护住。已经看不清鹰翔，只见一团银光。

张子道三人出剑根本无法靠近，九节鞭在鹰翔手里像游龙似的穿梭在三人之间。

三人见鹰翔太厉害，相互递眼色想用暗器伤他，这一走神不要紧，鹰翔的鞭先抽到熊天平的腿上。那可是钢鞭，抽到腿上能好得了吗？当时就折了，熊天平惨叫一声倒在地上，抱着腿疼得直咬牙。

紧接着就是张子道，一露破绽九节鞭正好打在右肩膀上，就听"咔"一声，张子道捂着肩膀后退了十几步……

还没站稳，伊世杰就飞了过来。他可不是自己过去的，是鹰翔一鞭给扫过去的。

转眼间三人都负伤倒地，鹰翔收招定式将九节鞭揣回怀里。

娄方见鹰翔赢了高兴得不得了，马上过去将玉笛交到他手中，然后提鬼头刀要去杀了三人，鹰翔一把拉住他。

"放他们走吧。"鹰翔低声说。

"放他们走，为什么啊？"娄方不解地问。

鹰翔说："如果杀了他们咱们和蛇林有什么区别。习武之人应该做到一个'侠'字，就是救济弱者，感化恶者。如果见恶人就杀，自己岂不也是恶人，把对方感化过来才是最好的结果。"

娄方一百个不乐意："你怎么真变成书呆子了，好，算我白说。"

张子道三人相互扶持着站了起来道："别以为你不杀我们，我们就会感激你，日后有机会我们还是要杀你。"说完，踉跄着消失在夜幕中。

"你听听，人家不领你的情。"娄方唠叨着向屋里走去。

武飞也过来问为什么。

"武叔，我要杀的是蛇林，与他们无关，没必要与三派结下梁子。"鹰翔道。

张子道三人如丧家之犬般回到了金蛇山庄，蛇林见了不由得眉头紧锁。先让三人下去养伤，独自坐在大殿里左思右想，内心产生了一种畏惧感。

"以他们三人联手的武功，江湖上几乎没有人能敌，就连我都没有必胜的把握，没想到鹰翔这么大的本事，看来我得用其他方法对付他。对，借刀杀人。"想到这儿蛇林叫人去找林飞……

鹰翔在武飞那儿住了几天，决定赶奔藏剑谷。由于武飞想重建天狼帮，就和阿碧留下了。武金铃这个小丫头生性好玩儿，说什么也要去，鹰翔没办法只好答应。三人上路赶往燕山藏剑谷，殊不知中原之地还有多少危险等着他们。

2　藏剑山谷燕山行

　　一路上武金铃总是缠在鹰翔身边,搞得他晕头转向的。鹰翔生性腼腆,平常就不爱往人多的地方凑,喜欢独处。

　　开始有娄方鹰翔就够头疼了,这回又多了一个调皮的丫头,而且这丫头内心对鹰翔的感情不只是兄妹之情……

　　总之路上吵闹,倒也不显寂寞。

　　这天他们来到燕山脚下,三人面对八百里山峦,到底藏剑谷在哪儿?这可不好找,向山下村民打听,根本就没人听说过有藏剑谷。

　　三人没办法只好在山里四处寻找,武金铃不耐烦地说:"这都找了几天了也不见藏剑谷的影子,不如咱们直接去中原吧,中原有的是铸剑师,找个高手铸把上好的软剑不就行了?"

　　娄方在一旁附和:"是啊是啊,大哥咱们就这样没有目标地找,什么时候是个头啊。"

　　鹰翔不理睬他们继续向前走,突然山林中传来悠扬的笛声,鹰翔心里一动。

　　"你们在这儿等我,我去那边看看。"鹰翔说完,施展轻功循笛声往树林奔去。

　　"就是想把我们甩掉。"武金铃嘟囔道。

　　娄方逗她说:"老实说,小丫头你是不是喜欢上我大哥了……"

　　武金铃害羞地说:"哪有啊!"

　　"还说没有……"

　　武金铃娄方他们在原地休息等鹰翔回来。

　　鹰翔顺着声音来到树林深处的一条小河边,只见一位身着白衣的少女正坐在岸边吹笛子。

　　白衣少女柳叶眉杏仁眼,长相十分俊美,再配上这身白衣,仿佛下凡的仙女一般。

　　鹰翔蹑手蹑脚地来到与对方相距几丈远的河边,这时白衣女子还在吹笛,没意识到有人过来。因为鹰翔的脚步太轻,也因为女子太投入了。

　　这时鹰翔突然听到女子换了首曲子,那旋律十分熟悉,居然是《碧海超声曲》,只不过女子没有运用内功。

　　鹰翔非常不解,不自觉地拿起玉笛也吹起来,同样的《碧海超声曲》。

　　这时白衣少女意识到有人,而且也为对方会吹同一首曲子感到疑惑。但她不动声色,没有停下来,反而加上了内力,仿佛要和鹰翔比一比。

　　随着对方的变化,鹰翔没办法也加上内力。这么一来两个人共同吹奏这首武功绝学，山里的动物受不了了，只见林中飞鸟惊慌离去，野兽乱叫四散……

突然，从树林中冲出一只发疯的黑熊，直向白衣少女扑去，仿佛这头熊要吃掉这声音的来源。

鹰翔急忙停止吹笛："姑娘小心！"随之飘向黑熊。

那女子的笛声也停止，仿佛早就知道黑熊要来，随着一道紫光闪过，那黑熊倒在地上。

鹰翔这么快的速度和姑娘比却略显缓慢，鹰翔在想：刚才那姑娘用的是紫薇软剑，也是一把绝世宝剑，莫非她与藏剑谷有关？

这时白衣少女看了看鹰翔心想：这位公子长得这么英俊，虽然像个文弱书生，竟有如此轻敏的身手，而且还会《碧海超声曲》……

想到这儿，女子对鹰翔道："多谢公子提醒，我在这儿等这只熊多时了，为的是取熊胆。"

鹰翔一拱手道："姑娘不必客气，小生有一事不明，向姑娘请教。"

白衣少女看了鹰翔一眼道："公子有事请讲。"

"你怎么会《碧海超声曲》的？"鹰翔疑惑地问。

白衣少女微微一笑："那公子又怎么会这首曲子的？"

鹰翔愣了一下："这是我师父传授的。"

"那你师父又是何人？"白衣少女追问。

"这个，恕小生不能讲。"鹰翔迟疑了下道。

"既然不能讲就算了。"白衣少女边说边把黑熊的胆挖出来，放在一个瓷瓶里随手扔给鹰翔。

"送你这个吧，明目的，算是见面礼，刚才多谢你出手。"白衣少女说完转身要走。

鹰翔忙问："姑娘你师父又是何人？"

"既然你不能讲，我也不便讲，扯平。快吃了熊胆吧，趁新鲜。"白衣少女边盯着鹰翔边说。

鹰翔吃下熊胆后道："在下鹰翔，请问姑娘芳名？"

"叫我莹莹就可以了。"

鹰翔赶忙说："请问莹莹姑娘可否知道藏剑谷在哪儿？"

莹莹心里不由得一颤：他怎么知道藏剑谷的？

想罢故意回说："不知道，这里没有藏剑谷。我在这里长大从来没听说过，公子请到别处去找吧，告辞。"说完施展轻功向树林飘去。

鹰翔似乎看出什么：一个姑娘在山里长大，会武功，而且还会《碧海超声曲》，难道她就是藏剑谷的人？

随即也抖身形远远地跟在莹莹后面要看个究竟。

莹莹果然飘进一个山谷内,远远望去,山谷里除了树木什么都没有,四周也没有什么异常。鹰翔心想:这难道就是藏剑谷?不管这些,前去看看就知道了。想罢飞身飘落到山谷内。

这时莹莹发现自己被跟踪,停下脚步,一转身刚好鹰翔落在她面前。二人四目相对,一动不动,两双眼睛中流露出的不止是惊讶,还有那一丝自己都不清楚的爱慕。

就在两人发愣的时候,从树林里跑出三位年纪在三十岁上下的女子,都身着白衣,长相俊美。

她们来到莹莹近前,其中一个道:"小师妹他是什么人?你们认识吗?"

莹莹一惊,从陶醉中清醒过来:"我……他……"支支吾吾的不知说什么。心想:鹰翔啊鹰翔,你为什么非要到藏剑谷来?

那人见莹莹支吾了半天也没说出什么来,接着一指鹰翔:"你是什么人,为何跟随我师妹来到藏剑谷?"

鹰翔听完喜不自禁心想:终于找到了。便说:"大姐,在下鹰翔奉师之命来这里找师叔冷彩霞。"

这人先是一惊,转而派身边的人去报师父,然后对着鹰翔道:"你师父是何人?"

"在下的师父是江湖人称乾坤飞龙岳秋,还有魔剑书生杨瑞。"鹰翔郑重地说。

话音刚落,山谷里传出清脆的声音:"没想到这两个老东西还活着,既然是二圣的徒弟,我倒要看看你得到真传没有。莹莹,你且和他过几招,让为师看看。"

随着声音,一道红线般从谷里飘来一人,稳稳地站在莹莹跟前。

"莹莹,去和你那还不确定的师弟比划比划。"来人对着莹莹道。

鹰翔打量此人,心想:看样子此人不过三十来岁,一身红装,她会是师叔?再年轻也应该七八十岁了,此人穿着打扮,长相……他哪里知道,冷彩霞练的是返老还童的功夫。

正想着,一声:"公子接剑。"莹莹随着一道紫光已到鹰翔近前。

鹰翔本来是背着手握着玉笛,由于莹莹速度太快不好躲闪,情急之下用玉笛一挡。谁知莹莹用的是软剑,宝剑如同蛇一般缠在笛子上。两人抽招换式打在一处。

冷彩霞一眼发现鹰翔手里的玉笛,心想:这笛子怎么在他手里,难道他真是师兄的徒弟,再看他的招式,正是逍遥派的功夫。杨瑞居然连笛子都给这小子了……

莹莹和鹰翔两人边比试边看对方,打斗多了一些表演的意味。

"你们是在比试还是在相面,莹莹闪开,为师来试试他的功夫。"冷彩霞说完向前一纵身将莹莹拉到一边,与鹰翔动手。

鹰翔虽然得到二圣真传,但在师叔面前不敢造次。即使他全力以赴也没法和冷彩霞比，更何况他不敢动手。

二十招不到，玉笛已被冷彩霞夺在手中。

冷彩霞拿到笛子后飘身一旁仔细观看，嘴里还念叨着："果真是这支笛子，师兄你为什么不亲自带师侄来藏剑谷，难道你对我就一点感情都没有吗？"

鹰翔、莹莹等人见冷彩霞的表情都愣住了。

过了一会儿，冷彩霞对鹰翔道："小子，你师父叫你来这儿有什么事？"

鹰翔心想：师叔怎么会这样，好像对杨师父满腹埋怨似的。

想罢忙深施一礼道："师叔，侄儿这次来是奉两位师父之命来取'秋风落叶扫软藤剑'的，还请师叔相赠。"

"哈哈哈，你师父怎么不亲自来取，回去告诉杨瑞，让他亲自来取。"冷彩霞笑罢说："莹莹走。"拉着莹莹向山谷深处走去。

莹莹边走边回头看了看鹰翔，眼睛中流露出不舍的神情。

鹰翔心想：这下可好，宝剑没得到，反倒玉笛被师叔抢走。不行，我得想办法弄清楚冷师叔为什么不借我宝剑，便远远跟随其后。

这回鹰翔更加小心，恐怕被师叔发现。

冷彩霞和四个弟子回到了山洞里，这个山洞建得非常好，里面有灯火，生活用品样样俱全，而且分隔了好几个房间。

冷彩霞独自来到屋内，边端详玉笛边流眼泪……

转眼天黑下来，鹰翔在离山洞不远的树林里坐着，回想今天发生的事。

突然白影一闪，莹莹出现在他跟前，手里提着个篮子，见到鹰翔先是一笑，道："不知是叫你师兄还是师弟呢？"

鹰翔先是一愣然后道："莹莹，怎么是你？你怎么知道我在这儿的？"

"师父带我走的时候就知道你跟踪我们了，说让我们不能见你。我可是偷偷跑出来的，还没吃东西吧，给，我亲手做的。"莹莹说完将篮子递给鹰翔。

鹰翔不解地问："为什么偷偷跑出来给我送吃的？"

莹莹打断他的话说："因为你在河边救过我啊。"

"别逗了，那只黑熊你自己就能解决，根本不用我帮忙。"鹰翔郁闷地说。

"好了，快把东西吃了。吃完给你讲讲藏剑谷的事，相信你一定感兴趣。"莹莹笑着说。

鹰翔一听："真的吗？我吃。"说完赶紧拿出篮子里的饭菜往嘴里送。

莹莹道："慢点，别噎着。"

鹰翔边吃边说："这下可以讲了吧。"

"就知道你得急着问。"

"藏剑谷以前一共有四把宝剑，分别是七星龙渊、承影、秋风落叶扫，还有我身上的这把紫薇。七星龙渊当年被师父送给了南七省第一杀手凌云凌飘远。据师父说此人虽是杀手，但专杀贪官污吏和江湖的恶霸。承影被师父送给了当年神鹰山庄的鹰傲……"

鹰翔听到这打断莹莹的话："我父亲的承影剑也是冷师叔所赠？可惜现在落到萧海浪这个魔头手中。"

"你是鹰大侠的儿子？最近江湖上出现的西域苍狼就是你？"莹莹惊讶地问。

"没错，你继续讲。"

莹莹用崇拜的眼神看着鹰翔说："听师父说秋风落叶扫是当年杨师伯的佩剑，师父当年用的是紫薇，还有那只笛子。至于两把剑怎么都在师父那儿，玉笛在师伯那儿，我就没听师父提起过了。还有师父从来不允许我们师姐妹接近男子，也不许我们成亲。所以我的三个师姐都年过三十还没有成亲呢。"

"那你怎么这么另类啊，接近我不怕你师父罚吗？"鹰翔问。

"朋友吗，我们还是同门。不怕。"莹莹一笑道，"那剑对你很重要吗？"

鹰翔点点头："是，师父说他教我的剑法必须用软剑才能发挥最好的效果。我要除掉蛇林和萧海浪，必须发挥最佳剑法。现在承影剑在萧海浪手里，我别无选择。"

"不如用我的紫薇剑吧，也是软剑。"莹莹急忙说。

"不行，那是师叔送给你的，我不能要。"鹰翔说，"我相信一定有办法能向师叔要得此剑。"

这时莹莹脑海中冒出一个计划——偷剑。她想好之后对鹰翔说："我有个办法，先在这儿等我，两个时辰之后来找你。如果过了时候我没来的话，就只能想别的办法了。"莹莹说完要走。

鹰翔忙问："什么主意？"

"不必问，你现在要做的就是休息，在这儿等我回来。"莹莹说话间已不知去向。

鹰翔疑惑地在树林中坐了一会儿，觉得不能这样等，决定到四周观察一下……

莹莹回到山洞，正好听见师父问三位师姐交代事情。

"白莲、柳星、唐璇，你们今天晚上守在藏剑室周围，以防鹰翔前来偷剑。"冷彩霞交代着，突然想到了什么问道："莹莹怎么没来？"

其中一个女子白莲忙说："小师妹她提着个篮子出去了。"

冷彩霞心想，莫非她去找鹰翔了？白天她与鹰翔交手时就看得出她对那小子有好感。莹莹啊，你太像当年的师父了。

"既然回来了还站在外面干什么？"冷彩霞正想着突然感觉到外面有脚步声，道。

莹莹一惊忙进屋向师父行礼，正要解释刚刚去做什么了。

冷彩霞一摆手道："不用解释了，回屋休息去吧。"说完站起身向自己的屋走去。

莹莹忙问三位师姐："师姐，师父是不是生我的气了？"

三人相视一笑，柳星道："莹莹啊，师父从小到大一向是最疼你的，怎么会生你的气呢？"

莹莹点点头道："那三位师姐今天晚上你们真要守在藏剑室吗？"

白莲说："是啊，师父怕鹰翔来偷剑，让我们看守宝剑。莹莹你不会是想偷剑吧？"说完还诡异地笑了下。

莹莹连忙说："哪有啊，我才不会做这样白痴的事呢。谁不知道三位姐姐武功高强啊。"

"还说没想过，是正打算偷吧？"三人和莹莹开玩笑道。

莹莹心想：从小到大师父都不让我们姐妹四人靠近藏剑室，说四周和里面都有机关，今晚再加上三位师姐看守，我怎样才能得手呢，不如先把三位姐姐迷倒……

想罢之后莹莹对三位师姐说："那我先回屋了，一会儿给你们送茶。"

三人笑着说："难得师妹这么勤快，不会是别有盘算吧？"

莹莹一撅嘴："不想喝就算了，用不着拿我寻开心吧。"说完气冲冲地走了。

三人相视一笑同时说："果然猜对了。"

白莲对着柳星、唐璇说："二位师妹，看来莹莹真的喜欢上鹰公子了。"

"对啊，咱们是不是应该帮帮小师妹啊？"柳星低声道，怕师父听见。

"怎么帮？"白莲、唐璇问道。

三人凑在一起商量好办法后来到藏剑室外面守候。

没过一会儿，莹莹端着茶水出现在藏剑室外。

三人小声嘀咕："来了，还挺快。"

白莲笑着道："小师妹真及时，快把茶水给我们，都等着急了。"说完从莹莹手里把托盘抢过去，把茶水分给柳星和唐璇。

白莲接着小声说："师妹，我们这关好过。但里面的机关埋伏你要小心呀。"说完假装晕倒在地。

接着柳星、唐璇也给莹莹摆了个鬼脸，先后倒在地上。

莹莹见状不禁一笑：多谢三位姐姐。

莹莹飘身进到藏剑室内，这是她第一次来，里面和别的屋子没什么区别。只是墙上挂着一张画像，上面画的是逍遥派创始人，也算是莹莹和鹰翔的祖师爷逍遥子。画像前面铺一个蒲团，是为跪拜画像而用的。

莹莹四处寻找有没发现机关，因此猜想宝剑不可能在这个屋子里。

可是她找了几圈也没发现异常，情急之下跪在蒲团上面对画像道："祖师爷在上，弟子是为师兄鹰翔来取宝剑的，这把剑对师兄非常重要，还请祖师爷指引。"说完对着画像叩头。

莹莹这一叩头，蒲团前面的地板慢慢向两边分开，形成了一个三尺见方的洞口，洞内有通往下面的台阶。

莹莹赶忙起身顺着石阶向下走，直到石阶的尽头，是一条走廊似的通道，通道对面是一个宽敞的平台。周围挂满了灯笼，照得整个通道和平台如同白昼。而且这些灯笼一尘不染，显然是经常更换，否则不会这么明亮。平台中央有四个放剑的架子，其中三个架子是空的。唯独一个上面放着把宝剑，这把剑用绸缎裹着看不清样子。

莹莹见状知道这就是藏剑的地方，做好了遇到机关的心理准备，施展轻功向平台飘去。穿过通道，她灵巧地躲过走廊两侧射出几只弩箭，没什么特别的。莹莹心想：这是谁设的机关啊，也太低级了吧。

转眼来到平台之上，拿起那把用绸缎裹着的宝剑打开一看。此剑用青色鱼皮做剑鞘，而且很柔软，就像青色腰带一样，可以缠在腰间。剑身和剑柄之间没有护手挡，剑柄也用青色鱼皮缠绕。莹莹顾不上仔细观看，拿起宝剑刚要跳下平台，四周忽然冒出来几个木人把她围住。

这些木人用钢丝线操纵，就像木偶人一样，不过身高和正常人相等。莹莹与木人打斗在了一起，以她十几年练就的身手，居然逃不出木人的围攻。其实，通过特殊的链接操纵这些木人的钢丝就控制在冷彩霞手中。现在莹莹就相当于和自己的师父动手，根本逃脱不了。

正在这时，走廊那边飘来一人，莹莹边打边看，情不自禁地喊了一声："翔哥你怎么来了？"

没错，来人正是鹰翔。莹莹走后，鹰翔四处观察，悄悄地来到这个藏剑的山洞外面，见三位师姐在那把守，而且也听见了莹莹和她们的对话。

莹莹把刚刚拿到手的宝剑扔给鹰翔，并叫他快走。

鹰翔将剑缠在腰间，不但没走反而加入了战斗，与莹莹共同对付这些木人。

打了很长时间两人也无法摆脱，鹰翔急忙道："快用宝剑，这些都是木制的，把它们砍断就行了。"

二人分别抽宝剑，一道紫光和一道青光在暗室里越发的光芒。

两人用剑砍这些木人时才发现根本砍不动。不是因为宝剑不好，而是这些木人居然会把剑的力量改变和化解。

"怎么办，这些木人太厉害。"莹莹正说着，一个木人挥臂直击莹莹头部，来不及躲闪，情急之下她用剑一挡，刚好砍在木人的关节处，木人的胳膊应声从关节处断裂。

两人恍然大悟，木人最薄弱的地方就是关节连接处。这样一来两人很轻松地摆脱了木人逃出密室，来到洞外。

莹莹看了看鹰翔，问道："你怎么来了，不是让你在树林里等我吗？"

鹰翔感激地说："我怕你说的办法是来偷剑，不想你为我而出事，我们是朋友，也是同门。"

莹莹激动地说："翔哥这是真……"

这时假装晕倒在洞口的白莲、柳星、唐璇三人同时站起身说："这是真的吗？"说完笑起来。莹莹见状脸立马红了，低着头一句话不说。

这时白莲对鹰翔说："公子马上走吧，不然被师父发现你就走不了了。"

鹰翔道："不行，我走了你们怎么办，师叔她会责怪你们的。"

"哎呀，没事的，师父是对杨师伯的偏见才不借剑给你，我想师父会想通的。"柳星道。

在三位师姐的劝说下，鹰翔只好在莹莹的带领下走出藏剑谷。

路上莹莹低声地说："鹰公子对不起啊，我本想连同笛子一起给你带出来的，可是笛子在我师父身上，我……"

"没关系，帮我拿到宝剑已很感激你了，那笛子就当送给你了。回去替我向师叔道歉，等我除掉蛇林和萧海浪以后定当面向师叔认错。还有，他日有缘再见的话，就别叫我公子了。咱们是同门叫我师兄或者你刚刚叫的翔哥都可以。"鹰翔打断莹莹的话道。

莹莹点点头："知道啦翔哥。"话说间已出谷，两人分手而行。

等莹莹回到山谷，冷彩霞正面沉似水地训斥白莲三人。

莹莹马上跪倒在师父面前："师父不要责怪师姐了，这都是我的错。"

冷彩霞阴沉着脸一言不发，过了一会儿道："起来吧，为师有话和你们讲。"

四人站成一排，等师父训话。

"你们四个在山谷也二十来年了，练的功夫不说能独步武林也能称得上侠客。为师不能将你们长期留在身边，应该放出江湖中闯荡闯荡，明天你们就下山去吧。"冷彩霞郑重地道。

四人相互看看，白莲道："师父今天的事都是我们的错，求师父不要赶我们下山。"莹莹三人也跟着求师父。

冷彩霞摇了摇头说："为师知道你们都是好孩子，这次下山不是因为今天的事。秋风落叶扫本来就是你们杨师伯的佩剑，现在在鹰翔手里这是应该的。让你们下山的目的是为了让你们暗中保护鹰翔。"

莹莹四人疑惑地问为什么。

冷彩霞接着说："鹰翔这孩子是你们两位师伯的唯一弟子，也是将来逍遥派的掌门。而且他父亲乃一代大侠，与我有过一面之缘，当年我赠予他承影宝剑就是看中他的人品，相信鹰翔的人品和他父亲一样。你们要知道鹰翔的仇人是蛇林和萧海浪，都不是等闲之辈。如果他们没有过人之处的话，以你们师伯的性格，早就把他们除掉了，何必要等到现在。莹莹，这只玉笛你拿着，不管是给鹰翔还是你自己用，都要带上。你们都会《碧海超声曲》，这笛子在谁身上意义不大。当年我和你们杨师伯就是这样，我吹笛子，他舞剑。我用紫薇剑，他用秋风落叶扫……"

说完冷彩霞把笛子交给莹莹，同时心里祈祷：希望莹莹的身世不要影响他们的感情……

第二天，四人走出藏剑谷，踏上了闯江湖的征程。

鹰翔离开藏剑谷急忙返回树林找娄方他们会合，谁知道那两人早已没有踪影。

开始鹰翔以为迷路了，回到的地方并非三人分开的地方，于是四处寻找，整整找了一晚上，等天亮了最终还是回到了原点。

这时鹰翔意识到娄方他们肯定遇有不测，但转念想即使出事也应该有打斗过的痕迹。

"会不会他们不想在这等先去中原了？"鹰翔想到这儿辨了辨方向，向北平府方向走去。

鹰翔刚走没一个时辰，莹莹姐妹四人有说有笑地也向同一方向走去。

原来在鹰翔寻笛声而去以后，娄方和金铃本打算先去中原，给鹰翔留下标记。可刚刚打算动身，从树林里走出一人。两人一看正是鹰翔，娄方总觉得鹰翔有些不对劲，感觉和以前不太一样。

武金铃见到鹰翔忙上前询问："鹰哥，那边吹笛子的是什么人？"

鹰翔一笑道："他们是藏剑谷的人，师叔派来给我送剑的，不过他们说师叔想要回玉笛，用宝剑换，我就换给他们了。"

娄方一听急忙问："大哥，你把笛子给他们了？那宝剑呢？"

鹰翔按了按腰间道："在腰上缠着呢。"

娄方心想：书呆子就是书呆子啊，光做赔本的买卖。

这时鹰翔突然说道："金铃妹子，刚刚我听藏剑谷的人说蛇林要派人杀掉武师叔他们，以铲除天狼帮最后一点希望……"

金铃听了焦急万分，要求一起回去救自己的父母，鹰翔爽快地答应了。

娄方想了想道："大哥，藏剑谷的人一向与世无争，隐居于此，怎么会知道这些事情，奇怪啊。"

鹰翔道："有什么好奇怪的，蛇林是整个武林的公敌，哪个门派不注意他的行动啊。好了，咱们马上回天狼帮。"说完拉着金玲的手向山外走去。

武金铃又惊又喜，心里美滋滋的：鹰哥对我真好。

娄方怎么看都觉得站在自己面前的人不像鹰翔，心想：难道这小子开窍了？看来藏剑谷的人真不寻常啊，才这么一会的工夫，挺好的一个书呆子让他们教成这样了……想罢紧跟鹰翔二人往前走。

来到山外，三人换骑快马赶奔天狼帮。很快就来到西域地界。

这天武飞正在院里练功，阿碧在一旁刺绣。突然见武金铃急冲冲地跑了进来。

"爹娘你们没事吧？"

武飞和阿碧先是一愣，然后武飞问道："金铃你怎么回来了，鹰翔他们呢？"

"他们在门外，我担心你们的安危就赶回来了，蛇林要杀你们灭口。"金铃激动地说。

这时鹰翔和娄方也来到院内，分别见过武飞和阿碧。鹰翔把蛇林要杀他们的传言讲了一遍。

武飞点点头道："孩子，你这次回来我非常高兴，不过你应该去做自己该做的事，我和你婶娘不会有事的，大不了躲起来……"

说话间武飞突然觉得鹰翔眼中露出以往没有过的杀气，一种不祥的预感在武飞心中产生。

那边阿碧正和金铃聊天。母女俩有说不完的话。娄方在一边发呆，还在奇怪鹰翔身上不仅那种书生气质一点都没有，而且多了一股杀气。

突然武飞喊了一声："鹰翔你要干什么？"随着声音传出，武飞纵出三丈多远。

再看鹰翔手持宝剑，直奔武飞而去。到近前挥剑就刺，武飞急忙躲闪立马和鹰翔打在一处。

娄方、金铃、阿碧都呆住了，不敢相信自己的眼睛，鹰翔怎么会和武飞打起来，而且招招狠毒，要取武飞性命……

"你们快走，这小子疯了，他要取我们性命。"武飞边打边向娄方他们喊。

"你们今天谁也走不了。"鹰翔说完转向阿碧，挥剑直刺其心脏。

娄方赶忙把阿碧拉到一旁，阿碧这时已经呆坐在地上：明明是鹰翔，自己不顾性命救出的少主，如今怎么会杀自己。金铃也呆坐在地上。

娄方突然从怀里掏出三颗飞镖射向鹰翔，然后左手拉起阿碧，右手拉着金铃往门口跑去。

鹰翔顾着躲过飞镖，武飞已到近前，挥剑刺向他的左胸。剑锋来得快，鹰翔没完全躲开，正好把鹰翔左胸的衣服挑开，露出他胸口的狼头刺青。这时武飞才明白……与此同时鹰翔的剑已经刺进武飞的胸膛。

阿碧顿时眼前一片模糊，脑海里浮现出当年鹰夫人给两个孩子刺青的场景，鹰飞在左鹰翔在右……

娄方已经把马牵到门口，催促金铃母女上马快走。金铃哭着说："不，我要为我爹报仇。"说完返身直奔鹰翔。这时阿碧已经急得说不出话来。

娄方一把没拦住，只能跨上马将阿碧带离天狼帮，心想：能救一个算一个吧。

鹰翔杀死武飞之后，见金铃疯子似的冲上来，刚要挥剑又停了下来，顺势一掌将她打晕过去，心想：留着你还有用。

想罢，他急忙上马去追娄方，目标是阿碧……

由于两人骑一匹马，娄方他们很快就被鹰翔追上，鹰翔挥剑直刺娄方后心。

娄方情急之下抱起阿碧，施展轻功离开马背。随着几颗飞镖的射出，娄方早已在数十丈之外。

鹰翔虽躲过了飞镖，但两匹马已被射死，娄方也不知去向。鹰翔心想：此人究竟是谁，竟深藏不露有如此高的轻功，以我的轻功根本追不上他……我得赶快回金蛇山庄告知师父鹰翔身边有个高手……

原来这人不是鹰翔，而是鹰翔的亲哥哥鹰飞，现在的名字叫林飞。

林飞已经跟踪鹰翔他们很久了，一直没有机会得手。蛇林交代他假扮鹰翔，骗武金铃回天狼帮，当其面杀掉武飞夫妇，嫁祸给鹰翔。

这是蛇林的计划之一，在鹰翔未到燕山之前，林飞已经在武林中以鹰翔的名义杀了不少门派高手。这样鹰翔只要涉足中原，就会遭到各大门派追杀。

计划之二就是派林飞速到中原与西域边界等待鹰翔的到来，伺机假扮鹰翔，将金铃骗回天狼帮，杀掉武飞夫妇。只要阿碧一死，世上再也没有别人知道林飞就是鹰翔的哥哥了。

因为只有阿碧知道死去的鹰飞胸口左侧有狼头刺青，如果不除掉阿碧，日后得知鹰飞没死，将实情告诉林飞，后患无穷……

当时在燕山，娄方和武金铃都以为林飞就是鹰翔，才遭遇此劫难。金铃清醒过来，抱着父亲的尸首失声痛哭……

哭了好一阵后，她将父亲掩埋好，在墓碑前发誓：要杀掉鹰翔以告父亲在天之灵……

林飞回到金蛇山庄后，把事情经过告知蛇林。

蛇林听了不禁一皱眉头：世上竟有轻功如此好的人，一定要查出这人的底细。还有必须杀掉阿碧。但不能再让林飞去了，想必阿碧已经看见林飞的刺青。再让他去的话……

想到这儿蛇林道："飞儿，这次出去事办得非常好，下去歇歇吧。我会另派人去追查娄方和阿碧的……"

3　琴笛争锋鹰入险

鹰翔边寻找娄方和金铃边赶往北平。

这天他来到北平，正值中午，来到一家酒馆吃饭，特意要了一张楼上靠窗子的桌子，一边喝酒一边向窗外看。大街上一队官差正在四处张贴榜文，好像是通缉令，隐约能看见上面画着被通缉人的画像。这时楼上来了一对五十岁上下的夫妇，从穿着打扮上不难看出是江湖中人。其中男人手里拿着把算盘，这算盘并非木制，而是纯钢打造，背后还背着判官双笔。

再看此人长相面似银盆，浓眉，高鼻梁，三绺墨髯，最引人注意的是那双眼睛，亮如闪电，目光深邃，一看就是位高手。

那女的怀中抱着一把琴，步伐轻盈。行家一眼就能看出此人内功和轻功了得。

两人来到楼上，坐在与鹰翔隔三张桌的对面。点了饭菜边吃边聊。

就听男人说："夫人啊，你说这西域苍狼鹰翔什么来头，竟敢公然与整个武林为敌，短短一个月的时间，先后杀死了十几个门派的高手。"

"是啊，真是无德之辈，杀完人还要在现场留下自己的名字，也太不把中原武林放在眼里了吧。"女人接着说。

听到这些，正在向窗外看的鹰翔不由一惊，转脸望向两人，仔细听他们的谈话。心想：我刚到中原，什么都没做呢，一个月前我还在西域到燕山的路上，怎么会……

男人接着说："不管这个鹰翔有多狂，本事有多高，他杀了咱们的师弟，必须要他血债血还。"

"是啊，可是咱们从徽南一路来到燕山脚下，也没打听出他的下落。咱们一不知道他的行踪，二没见过他的长相怎样才能找到他啊？"女人问道。

男人一笑："这个不用担心，看见外面那些官差吗？他们也在缉拿鹰翔。刚刚在街上你没听官差议论吗？今天接到命令，南七、北六、十三省通缉鹰翔，说他杀了涿州府尹。"

"这个鹰翔究竟什么来头，连官府中人都杀。"女的道。

鹰翔听到这心想：到底是谁在给我栽赃……

这时一队官差拿着通缉画像来楼上盘查有没有鹰翔。为首的刚上楼就看到鹰翔，再看了一眼画像，向身后的人喊道："鹰翔就在那儿，快把他抓起来。"说完拔刀带人把鹰翔围在当中。

这时鹰翔对面的夫妇听了又惊又喜，惊的是没想到对面这个文弱书生似的年轻人就是西域苍狼，喜的是不用再四处奔波寻找这个仇人。

夫妇两人坐在原处盯着鹰翔，随时准备动手将他擒获。

为首的官差围着鹰翔转了好几圈，把鹰翔打量了个够，道："西域苍狼，鹰翔！我以为是什么了不起的人物，原来是个书生，给我拿下。"

十几个官差得令各持兵器，畏手畏脚地向鹰翔击去。因为他们都知道鹰翔能杀死府尹，肯定武功高强，谁也不敢轻易近前。

鹰翔毕竟是年轻人，虽然表面上给人感觉温文尔雅，谦虚谨慎，但心里也免不了有些孤傲。心想：我不能就这样被他们抓了，必须先把冒充我的人找到落得清白……想罢之后二话不说与官差交手。

这十几个人哪是鹰翔的对手，鹰翔座不离位，便一个一个地把他们从窗口扔到了街上。为首的一看脸都绿了，一动不动，鹰翔看了看他低声地说："人不是我杀的，回去告诉你们大人，请他明察秋毫。但要抓我鹰翔不可能，你是自己跳下去还是我帮你？"

为首的腿都软了，连声道："不用好汉动手，我自己来。"说完来到窗口一闭眼跳了下去，带着人落荒而逃。

鹰翔站起身刚要走，对面的夫妇一挥手将其拦住。

"你就是鹰翔？刚才我两人说的话你也听见了，想走不可能，把命留下再说。"那个男人道。

鹰翔一抱拳："两位前辈，在下确实是鹰翔。但你们所说的并非我所为，我今天才到这里，肯定是有什么误会，还请我查清楚后给二位一个交代。"

"你当我廖天鹏是什么人，三岁小孩吗？你当我们梅花门是什么？今天你走不了。"廖天鹏气冲冲地说。

廖天鹏，梅花门的掌门人。那个女的应该是他夫人何玉娇。梅花门的祖师爷是廖南和司寇。鹰翔听师父提起过：丹青绝笔风情剑，神算公子廖南廖东厢，善使五金连笔和飞算盘。蝶舞嫦娥琴语轻，天香夫人司寇司婉心，使用焦尾琴。她的六指魔音相当厉害。看面前这对夫妇的兵器他们就是梅花门掌门……这怎么办？

正想着廖天鹏舞起算盘，快如闪电般直奔他而来。

鹰翔忙闪身躲开，来不及解释，算盘已经到近前。没办法两人打在一起。十几招过后，廖天鹏觉得鹰翔的招式像在哪儿见过，却想不起来是什么人用过。

廖天鹏顾不得多想，招招击向鹰翔致命之处，想置鹰翔于死地。鹰翔迫不得已，抽出宝剑与其交战，由于是软藤剑，鹰翔学的剑法太快，宝剑有些不受控制。

一百多招过后，鹰翔本打算把对方的算盘挑落就收招。结果没收住，把算盘挑落的同时，剑也划在廖天鹏的手上，一道血淋淋的口子。

廖天鹏"哎呀"一声："小子果然厉害。"说完抽出判官双笔再次与鹰翔动手。

一旁的何玉娇见丈夫不是鹰翔对手，起身道："夫君我来帮你。"说完席地而坐，把焦尾琴放在腿上，开始弹奏六指魔音。一股强大的内力随即向鹰翔袭来。

鹰翔边打边用内功抵挡，心想：不好，这两人配合默契，一个招式快得惊人，一个内功强劲，根本没办法脱身，看来今天只有硬拼。

想罢之后，鹰翔咬紧牙关，将师父教的剑法全抖了出来，把秋风落叶扫舞动如飞。

转眼间又打了一百招，鹰翔已是只有招架之功并无还手之力，汗水已经布满脸颊。就在这时对面的房上传来悠扬的笛声，鹰翔听到这笛声是那样亲切和熟悉。

随着笛声，同时也传来一股强大的力量。街面上一下变得冷清，所有人都躲到屋里，堵住耳朵来减轻痛苦。

《碧海超声曲》，逍遥派？何玉娇边弹琴边想：这可是逍遥派的绝学，来人难道是杨瑞或者冷彩霞？但似乎来人内力没有那么高，《碧海超声曲》还没到最高境界，那会是谁？不管这些了，今天必须把鹰翔干掉，我倒看看是六指魔音厉害，还是《碧海超声曲》厉害。何玉娇加快了弹琴节奏。

吹笛的人意识到这些，也将自己的内功运用到了极点。附近的人夹在这两股力量下，个个捂着耳朵，痛苦欲绝。

鹰翔受笛声鼓舞，不知不觉的剑法越来越快，仿佛笛声在牵引着自己，把剑法发挥到极致。

廖天鹏却不得不运用内力到自己的耳朵，尽量让自己抗拒笛声。

这样一来廖天鹏有些招架不住，又过了一百招。鹰翔飞起一脚将廖天鹏踢出一丈多远。廖天鹏仰面朝天栽倒在地，鹰翔虽然只是用七成功力，但廖天鹏嘴角也溢出血来。在廖天鹏被踢飞的同时，焦尾琴琴弦突然崩断，何玉娇也受了内伤。

笛声戛然停止，远远望去吹笛人像是一位少女，好像也受了伤，她看了看鹰翔这边，施展轻功向远处飘去。

鹰翔第一个想到的就是莹莹，然后向廖天鹏、何玉娇一抱拳："二位前辈得罪了。我想我们之间肯定有什么误会，等在下查明一切定当面向二位谢罪，告辞。"说完飘身向远去的少女追去。

廖天鹏夫妇相互看看对方，何玉娇道："没想到《碧海超声曲》重现江湖，不过此人肯定不是杨瑞和冷彩霞，这人的内功还没有到登峰造极的地步。"

"是啊，我觉得鹰翔的招式太像逍遥派的了，难道他是……"夫妇二人相互搀扶，边议论边向楼下走去……

莹莹用《碧海超声曲》帮鹰翔取胜之后，本打算和鹰翔相聚。但刚刚何玉娇的六指魔音太强，自己受内伤严重，不想鹰翔知道为其担心。所以见鹰翔没事之后，转身去城门附近寻找三位师姐。可是她伤势太重，施展轻功时步伐越来越重，终于不支晕倒从房上摔了下去。

莹莹隐约觉得一位黑衣人把自己接住，此人功夫颇深，背着自己快步如飞地向什么地方奔去。

鹰翔战败廖天鹏夫妇后去寻找莹莹，初时还看见莹莹的身影，可转眼间莹莹消失了，迎面而来的是一颗飞镖，上面带张纸条。

鹰翔两指夹获飞镖打开一看，上面只写着：今晚城东河边清风亭有事相约。

鹰翔心想：看来这人是冲我而来，可莹莹去哪儿了？难道被此人带走？以莹莹的身手，不可能轻易被人掳走，除非此人武功极高或者莹莹受伤……

他正想着，对面突然飘来三位女子，鹰翔定睛一看原来是白莲、柳星、唐璇三位师姐。

三人行到近前，白莲问："鹰公子，你们没事吧？莹莹她……"白莲边说边四处寻找莹莹，"莹莹没和你在一起吗？"

鹰翔把在酒馆发生的一切告诉了她们，尤其是刚刚追莹莹，莹莹却突然消失的事，并问三位师姐怎么来了？

"还不是因为你，师父要我们四人下山来保护你。可是保护了你，小师妹却不知下落了。"柳星埋怨地说。

唐璇忙说："好了好了，别埋怨鹰公子了，莹莹失踪，他比咱们谁都着急。快走吧，先找个安全的地方，再商量一下找莹莹和赴约的事，现在满城的官差都在抓鹰公子呢。"

众人连连点头，来到了城外，在一片树林里找了座废弃的房屋安顿下来。

唐璇未等坐定忙问："鹰公子，你怎么成了通缉犯的？你到藏剑谷之前不是在西域吗？会不会谁犯了案子安在你头上的？"

"是啊，我们一路走来，发现整个武林都在追杀你。"白莲接话。

鹰翔叹了口气道："一定是有人给我栽赃，但我始终不明白，官府榜文上的画像和我一模一样。这证明那个凶手长得特别像我……不提他罢，倒是你们怎么找到我的？"

"这个啊，还得感谢莹莹呢，和你心灵相通啊。下山之后我们也不知道去哪儿找你，莹莹说她的直觉告诉她你会先去北平府，所以我们就来了，结果你还真在这里。"柳星带着玩笑的意味道。

鹰翔点点头，不由得又担心起莹莹的安危……

莹莹被黑衣人带到一间屋里，给她把了脉，皱紧眉头，忙运功给莹莹疗伤。莹莹渐渐苏醒过来，看了看那人，三十岁上下，长相算不上英俊，但透露出一股英雄气概。莹莹刚要起身施礼答谢，被对方拦住："姑娘不必多礼，我刚刚只是路过。见你从房上晕倒，情急之下才把你背到此处，不是有意冒犯。我还有事，一会儿让我妹妹来照看你。"说完转身出去。

一会儿外面来了一位十六七岁的姑娘，一身青衣，长相非常俊美。举手投足间透出来是个调皮捣蛋的姑娘。

小姑娘来到床边仔细看了看莹莹，笑嘻嘻地道："大姐姐真漂亮。"

莹莹低声地问："小妹妹，能告诉我这是哪里吗？"

"这里是我家啊，我叫信欣。听哥哥说你受了很重的内伤，是哥哥把你带回来的。"

莹莹点了点头接着问："那你哥哥是做什么的，竟有如此高的武功？"

"我哥叫信诺，是个捕快。他可厉害了，是昆仑派弟子，当捕头快十年了，人称北六省第一捕快，皇上还亲自召见过他呢！封他为一品带刀护卫。但是我哥不喜欢留在官中，皇上特批他可以不在朝内，还做捕快，但一品官职不变。"信欣骄傲地说。

莹莹听了心里不由一颤：今天来到城里发现官差正在通缉翔哥，希望他没事……

信欣接着说："只是我哥哥今天遇到麻烦了，最近有个叫鹰翔的杀了涿州知府，今天来到城里。听哥哥说此人是个大侠，哥哥敬佩他，因为涿州知府是个无恶不作的贪官。听说鹰翔来了，哥哥决定会会他，约他晚上城东清风亭相见……"

莹莹忙打断她的话道："信欣，你能带我去清风亭吗？鹰翔是我师兄……"

"啊，姐姐，鹰翔是你师兄？"信欣既高兴又吃惊地问。

莹莹点了点头，信欣却说："不行，听哥哥说你伤得很重……"

"没关系的，现在好多了。"莹莹打断信欣的话。

"好吧，我也想见见这位大侠呢。不过这事不能让我哥知道，要不然我就死定了。"信欣低声地说。

莹莹一笑道："你哥那是怕你出事……"

傍晚，信诺浑身上下收拾利落之后，来到屋内对信欣说："你老实呆在家里，照顾好这位姑娘，哥哥出去有事要办……"说完手提宝剑向院外走去。

信欣调皮地说："知道啦，我好好呆在家里。"

稍候片刻，信欣和莹莹偷偷跟在了后面……

信诺来到河边，见鹰翔和三位姑娘已经在清风亭等候。都说鹰翔武功高强，今天要先试试他的武功。

信诺一语不发，施展轻功挥宝剑到鹰翔近前就是一剑。鹰翔正背对着信诺，感觉后面凉风逼近，一股杀气直奔自己后心。鹰翔赶忙侧身，宝剑贴着衣领刺空。信诺一翻腕子宝剑横着又向鹰翔扫来，鹰翔一个后空翻，同时从怀中掏出九节鞭与信诺斗在一处。打了不到二十招信诺突然纵出一丈多远，背宝剑站在那儿不打了。鹰翔见状也停手站定身形。

信诺抱拳回礼："想必这位就是西域苍狼鹰翔鹰在天吧，果然名不虚传。"

鹰翔不解地一抱拳："在下正是鹰翔，不知阁下是……约我到此有何贵干？"

信诺一笑道："身为一个捕头本应缉拿罪犯。而我现在却在和罪犯聊天，就因为我也是个有正义感的人。我听说最近江湖中人也在追杀你，这更证实了你是被栽赃的，我相信凶手另有其人。即便不是别人栽赃，那个贪官也是死有余辜。不过我身为捕快也没办法为大侠洗脱冤屈，只能靠大侠自己去追寻真正的凶手。"

四人一愣，鹰翔道："你就是北六省第一捕快信诺信天英，真是闻名不如一见啊。只是您这样做岂不是陷自己于难处吗？鹰某愿随大人去衙门……"

"鹰大侠，你可知道随我去衙门自首，事情可就讲不清了。还是尽我所能将真凶找到，在这期间还望得到大侠的帮忙。"信诺打断鹰翔的话，心想：鹰翔是个好人，希望我这样做能救他。于是接着说："我会向北六省各个衙门打招呼，别的我不敢说，在北六省地界里，大侠可以自由活动，去哪儿都行，官差们不会再找你麻烦。还望大侠三思而行。"

鹰翔没办法只好答应信诺的请求，两人相互看看对方。信诺一抱拳道："既然事情办完，在下就此告辞，他日有缘再见。"说完转身要走。

"信大人请留步，白天您在给我纸条的时候可否见到一位身着白衣的姑娘？她是我师妹。"鹰翔问道。

信诺听罢一笑道："就猜到你与她有关。她受了内伤，现在在我家呢。四位请随我来，正好到我家里吃杯水酒。"信诺说完，拉着鹰翔向城里走去。

白莲三姐妹有些不可思议：传闻信诺被称为捕快中的侠客，今日一见果然名不虚传……

鹰翔边走边想："莹莹啊，你受伤了怎么不让我知道呢……"

正这时，信欣慌张地从树林里跑来，边跑边向信诺喊："哥哥不好了，大姐姐被人抓走了……"

鹰翔一怔。

信诺问怎么回事。信欣被吓坏了，边哭边把事情讲了一遍。

信诺走后信欣和莹莹悄悄地跟在后面，由于莹莹伤势很重，走一会儿就得休息一会儿。两人好不容易来到了城东树林，过了树林就是清风亭，莹莹实在走不动了坐在一棵树下休息，信欣在旁边照顾。

突然，树林里传来一阵刺耳的笑声，听声音像是个女人。笑声停后传来一句："鹰翔这小子真有福气啊。这么好的姑娘舍命相救，现在又带伤来追，真叫人嫉妒啊！哈哈哈哈！"此人说完大笑起来。

因为这声音既难听又恐怖，信欣听到后被吓得瘫坐在地。莹莹拍了拍她肩膀说："别怕，一些邪门歪道的东西，她是冲我来的，没事的。"

这时一个老妇女出现在她们面前，虽然年龄已过半百，但打扮得十分妖艳。尤其是身上的衣服，大红的衣衫上绣着几朵黑色的花，让人看了相当别扭。同样是一身红，冷彩霞穿上是光彩照人，而这位穿上，却让人毛骨悚然……

老妖婆子来到莹莹二人近前笑了笑道："莹莹，名字很好听。你是乖乖地跟我去金蛇山庄，还是等我动手抓你走？"

莹莹心想：从这老妖婆的穿着打扮上看，应该是五毒门的掌门花九娘，此人心狠手辣，是用毒的高手，我得让信欣先走，不然会被她杀害。

想罢之后对信欣说："妹子快走，去找你哥哥。"信欣急忙起身向树林外跑。

"你们谁也走不了。"花九娘挥掌直奔信欣。

这时莹莹强忍着伤痛把花九娘拦住："堂堂的五毒门掌门用不着为难一个小姑娘吧，我跟你走便是。"

花九娘听罢笑了笑道："没想到一个黄毛丫头竟知道我的名号，也算你有点见识，走吧。"说完拉着莹莹施展轻功离开树林。

莹莹心想：若不是我有伤在身，我倒想看看你有多大本事，可是……她抓我去金蛇山庄应该是用我引翔哥上钩。事已至此，只有到金蛇山庄后，找机会杀掉蛇林，以免翔哥再去冒险……

鹰翔听了信欣讲诉的经过后，恨不能立刻杀去金蛇山庄。白莲三姐妹也心急如焚。

信诺拦住他们说："鹰兄弟勿急，他们抓走莹莹姑娘为的就是把你引到金蛇山庄，将你除掉。蛇林能让花九娘为自己办事，一定也请了不少其他门派的高手，布下了天罗地网等着你了。"

鹰翔道："就算是刀山火海我也要把莹莹救出来。"

信诺无奈道："人是在我这被劫走的，我也有责任，我和你一起去，也好有个照应。"

"大人的好意鹰翔心领了，但我不希望大人趟这趟浑水……"

信诺打断鹰翔的话："鹰兄弟这么说就是把我信诺当外人了！"

鹰翔忙说不是，信诺接着说："既然不是，那就听我的，咱们一起去。再说了，有我跟随，各地衙门的官差也不会为难兄弟的。"

白莲三姐妹也劝说鹰翔让信大侠帮忙营救莹莹，鹰翔没办法只得点点头答应了，心想：信大哥谢谢你，我实在不想让你为我的事去冒险，只能祝愿咱们能平安归来吧……

正当鹰翔五人打算上路时，信欣吵闹着也要跟着去，信诺一百个不同意，但在信欣的软磨硬泡下只好答应了。他哪知道信欣这小丫头的心里是什么打算……

花九娘将莹莹带回金蛇山庄去见蛇林，结果蛇林不在，正好碰见萧海浪。

萧海浪面带微笑地道："花掌门回来的真不是时候，庄主他外出办事了。"

花九娘一愣："什么事情这么重要，要蛇庄主亲自去办？"

"还不是武飞的妻子被一个不知名的高手救走……"

还没等萧海浪说完，花九娘打断他的话道："一个女人值得蛇林庄主亲自出马？我看他是疯了。你看，我把谁抓来了。有了她就不愁鹰翔那小子不自投罗网了，来人，把她带进来。"

说话间几个人把莹莹带到屋内，萧海浪看见莹莹进来眼睛都瞪大了：这姑娘的长相太像凤如了……

"萧兄……"花九娘连喊了四五声，萧海浪才反应过来。

这时莹莹的双眼也盯着萧海浪，虽然没有见过此人，但有一种亲切感，仿佛对方是自己的亲人似的。

"怎么的，萧兄还好这口？"花九娘笑着道。

萧海浪也赔着笑了笑道："花掌门见笑了，我只是见她像我死去的妻子。"

"哈哈哈哈，谁不知道当年无情书生萧海浪练功走火入魔杀死自己的妻子，将刚满月的女儿扔下山崖，从此江湖中人都称你为无情书生。不过这丫头也没准真是你女儿呢。"花九娘接着说，"既然蛇庄主不在，这个姑娘就交给你处置了，我得回去休息。"

"花掌门请便。"萧海浪将花九娘送出屋子，回来后将莹莹身上的绳子解开。

"你就不怕我跑了吗？"莹莹不解地问。

"哈哈哈哈，慢说你身上有伤，就是健康的你想逃出金蛇山庄也是难比登天。来人，把这位姑娘带到隔壁房间，好生照顾。"萧海浪吩咐。

等把莹莹带走，屋里只剩下萧海浪一个人时，他从怀里掏出半块玉佩看了很久……

鹰翔、信诺众人以最快速度赶到了金蛇山庄，趁着天还没黑，众人在山庄周围观察了地形，发现后山的守卫最薄弱，几乎没人看守。

等到黑暗笼罩四周，鹰翔和信诺换好了夜行衣，各自施展轻功来到山脚下。

鹰翔在前，信诺在后，两人刚踏上山坡就觉得脚下一斜，身子陷下了一半。

随着信诺的一句："不好，有机关。"两人各自施展轻功跳出这块翻板。正准备落地之际，周围的树上发射出几百颗毒针，直射向他们。两人赶忙挥宝剑抵挡，毒针落地之后两人也随之落在地上。这时，天上一张金光闪闪的网子罩落下来，两人赶忙跃出数丈外。网子落地后立即燃起了火焰，一串火药接连炸了起来。两人还没站稳又得纵身向一边闪去。

两人来到一块空地上，就在刚想落定的同时，地下却钻出无数竹钉。两人只好一纵身飘到了树上，树枝"咔嚓"一声又断了……

就这样，两人纵来躲去地折腾了半个时辰也没走出林子，这才明白为什么后山无人把守。两人已是额头冒汗。

两人在后山这么一折腾让山庄里的人惊讶无比，因为这些机关都是用钢丝和铃铛相连。铃铛放在一个密室里，有专人看守。只要机关被触动相应的铃铛就会响。

看守人见一个个铃铛都响了，心里一惊：这么厉害的机关，却没拦住对方。来人绝对是一等一的高手，得马上通知庄里的人……

萧海浪、花九娘，还有林飞等庄里众高手来到密室内一看，都惊讶无比。

花九娘道："肯定是鹰翔，没想到来得这么快，这小子的功夫好生厉害。但另一个人是谁呢，看机关触动的情况一定还有另一个人。"

"管他是什么人呢，谁跟我去会会西域苍狼？"林飞问在场众人。

这时张子道、熊天平、伊世杰三人上前："我们愿随你去，今天誓要杀掉鹰翔，以报西域之仇。"

四人出了密室，来到后山一片没有埋设机关的开阔地。这时信诺、鹰翔也刚好到达这里。

鹰翔见到林飞不由一惊，心想：这个年轻人怎么和自己长得一模一样。不可能，我哥哥鹰飞早就死了，难道这世上真有死而复生之事？

信诺道：'兄弟啊，这次咱真没白来，那个和你长相一样的人肯定是凶手。奇怪的是，世上真有两个长相一样的人？他不会是你哥哥吧？"

鹰翔道："不可能，听我碧姨讲我哥哥早就死了，不管这么多了，先找到莹莹再说。"

这时林飞冷笑一声："鹰翔没想到你自己送上门来，今天定叫你有来无回。"

"你是什么人？那么多门派的头领和涿州知府都是你杀的？"鹰翔问道。

林飞笑了笑道："没错，就是想借助各大门派的势力将你铲除。至于那个赃官嘛，只是一个小插曲而已。"说完便要上前与鹰翔交手。

后面的张子道三人上前道："少庄主，这小子交给我们吧，我们都要报仇。"说完各持兵器直奔鹰翔。

信诺见状道："兄弟，这里我来抵挡，你赶快去找莹莹。"说完持剑将三人拦住。

伊世杰先招呼道："北六省第一捕快也赶来了，这可不是衙门，谁敢闯山庄都得死。"三人将信诺围住与其交战。

鹰翔赶忙施展轻功向山庄飘去，对面的林飞忙向前追："想走没那么容易。"

两人立刻打斗在一起，林飞虽然没有真正拜师学艺，但金蛇山庄上下高手众多，每个人都传授林飞一些武功，所以他的功夫不但杂而且招招狠毒。

鹰翔由于刚刚被困树林体力消耗大，而且心里有所顾虑，总觉得对方是自己的亲哥哥，出招都是点到为止。这样一来，林飞和他几乎打个平手。

那边信诺以一敌三打的是昏天黑地，谁也胜不了谁。

就在这时，萧海浪、花九娘等人也来到此处。"林飞不用着急，我来帮你。"萧海浪见林飞不是鹰翔对手喊道。

林飞满头大汗，心里正想：没想到鹰翔这小子这么厉害，取胜不易。听到有人喊自己，就此机会虚晃一招向一旁闪去……

鹰翔根本没打算追，收招站定之后看着来人。信诺那边张子道三人也撤回原处。

就听花九娘道："萧兄，这两个小辈功夫还可以，我去会会信诺，江湖传言他功夫了得，号称第一捕快。"说完挥掌直奔信诺。

信诺一看心想：这是什么玩意儿，都五六十岁的老太婆了，还浓妆艳抹，大红的衣服，整个一个老妖精。正想着花九娘已到近前，挥掌就拍。五毒门的绝学五毒掌，这要是拍上信诺必死无疑。

信诺闪身，不敢懈怠和花九娘打在一起。动起手来信诺心里明白，自己这两下子根本不行。勉强接了五十招就被花九娘一掌拍在左肩膀上，信诺"哎呀"一声栽倒在地。

"给我绑了！"花九娘一声令下，上来几个人把信诺绑得结结实实地押去后面。

这时萧海浪已经和鹰翔动起手来，一把承影宝剑，一把软藤剑在夜幕中显得格外耀眼。两人在光中穿梭，显得十分漂亮。鹰翔知道对方的实力，也知道对方就是杀害父亲的凶手之一。所以格外谨慎，一招一式将自己的剑法发挥到极点。

萧海浪暗中称赞：难怪张子道他们三人都不是鹰翔对手，这小子果然有些本事。若不是内功修练尚浅，恐怕连我都不是他的对手。想罢专心交战，发挥内力调血运气，抢占上风。

转眼间两人打斗近一百招，鹰翔的汗水从脸上淌落下来，心口有些发热。

鹰翔心想：不好，要吐血。稍一分心不要紧，萧海浪的宝剑直刺向其心脏，想躲已经来不及，鹰翔一闭眼：完了……

就听"当"的一声，萧海浪的剑已经被一块石头打到一边，鹰翔同时觉得有人把自己拉到一边。

真是令人惊讶，谁会有这么快速度？

待对方站定之后众人才看清，一位七十岁上下的老者。满脸的皱纹，一身破烂的衣着，蓬乱的头发和胡须都粘在一起了。脚上穿着一双破草鞋，只剩几条草绳连接鞋面和鞋底，就这形象比乞丐还凄惨很多。

他不但穿着特殊，连身体也与众不同。歪脖，躬背，弯腰，没有左胳膊。双腿还有毛病，站立不直，行走一瘸一拐的。唯有浓眉下的两眼如电……

不但鹰翔愣住了，在场众人都愣住了。

就听老者说："萧海浪、花九娘还有你。"指了指张子道，"都是成名已久的剑侠，一派之掌。不将自己门派武学发扬光大，竟跟随蛇林那兔崽子干些伤天害理之事，还有没有脸啊。你们帮谁且不说，但今天和两个娃娃动手，觉得自己有本事是不是。真有本事的话过来和老头子我比划比划。"

萧海浪、花九娘听了，脸刷地发热，相互看看："花掌门知道这个老残废是什么来路吗？"萧海浪问道。

花九娘想了想，脸上露出了恐惧的表情，自言道："难道是他？"

众人纷纷围过来。花九娘低声说："如果真是他的话，今天咱们可有麻烦了。此人我也是听我爹提起过，从他的穿着和残疾程度看应该是天残派掌门，化地无影不全怪、天残一刀柴戎……"

花九娘接着说："但数十年前他突然在江湖上消失，而且整个天残派也同时消失，江湖传言他已经死了，怎么……"

鹰翔这边忙向残疾老头深施一礼："多谢老人家救命之恩，请受晚辈一拜。"说完要给老头跪下。

老头拦住鹰翔说："孩子不用多礼，都是一家人用不着这些。等我教训完这帮兔崽子，咱爷俩儿再好好聊聊。"

说完老头一指萧海浪众人道："姓萧的，是把信捕头放了呢还是等老朽自己动手去救？"

萧海浪定了定神道："老人家您可要明辨是非啊，是他们闯我山庄在先，理应将他们拿下。恕晚辈不能放人。您要有本事就请自己来救吧。"萧海浪心想：就算你是柴戎又如何，我就不信以我萧海浪的功夫赢不了一个残废，何况你还不一定是那个老怪物柴戎。

"哈哈哈哈，早听说无情书生狂妄无比，今日一见果然如此，既然这样老朽得罪了。"老头说完双脚一点地直奔被抓的信诺而去。

萧海浪、花九娘见状各持兵器上前将老头拦住，三人打斗在一起。等动起手来两人都傻眼了，别看老头独臂腿瘸，但速度奇快，两人加起来都不是对手。

一旁的林飞张子道等人见状纷纷各持兵器加入战团，将老头围住。

老头嘿嘿一笑："来得好，翔儿还不快把信捕头身上的绳子解开？"说完从背后抽出七星宝刀大战众人。

鹰翔听了忙将信诺身上的绳子砍断，两人本想去帮帮老者，但又见来人武功奇高，并没什么危险，商量不如先去找莹莹。于是两人向大殿方向冲去。

花九娘见老者用的是七星宝刀，边打边向众人道："这老家伙就是柴戎……"

"算你老妖婆子识相，不陪你们玩了。"柴戎说完施展天残一刀中的横扫千军，运功于刀上，横着向众人扫去，强大的内力推向众人。

就见萧海浪几人口吐鲜血，纷纷身受重伤……

鹰翔和信诺冲进山庄，通过逼问下人，得知莹莹被关的地方。

莹莹正忍着伤痛看着玉笛发呆，自言自语道："希望翔哥别来救我，这里太危险了……"

这时鹰翔刚好推门进来看见莹莹："莹莹你没事吧，快和我走……"

莹莹不敢相信自己的眼睛："翔哥真的是你吗？"

鹰翔顾不了太多，上前拉着莹莹的手就往外面走。这时莹莹才如梦方醒，边走边说："翔哥这里太危险，我身上有伤会连累你的，你先走吧。"

鹰翔道："不管多艰难我也要带你走……"边说边随信诺向山下冲。

"你们谁也走不了！"随着一声惊雷般的话语，鹰翔面前出现一个身着白衣五十岁上下的老者，盯着三人狡猾地一笑……

有人拦住去路，三人赶忙停下脚步打量此人。

就见来人笑了笑道："西域苍狼鹰翔？今天来不单单是为了救人吧。还想借机报杀父之仇对吗？"

鹰翔听了道："没错，只可惜蛇林那老贼不在。请阁下让开，不让的话莫怪我认你为敌啦。"说完直刺对方咽喉。

来人漫不经心地躲开宝剑道："慢，你不想知道我是谁吗？"说完飘身站在离鹰翔一丈远的地方。

鹰翔心想：哪有功夫和你废话，看你的神态就知道不是什么光明磊落之人，更何况是金蛇山庄的人。想罢继续进攻。

那人也不客气，和鹰翔动起手来，边打边想：这小子果然厉害，一百招内赢不了他。看他的剑法怎么没见过啊？听林飞说他去过藏剑谷，江湖传言藏剑谷的主人是二圣的师妹冷彩霞。难道他的师父是二圣？要不然小小年纪能有如此高的武功，我得陪他玩玩，让他把所有绝招都比划出来。

鹰翔也在想，这里除了蛇林谁还有如此高的武功？难道他就是蛇林……

这时信诺心想：对方明明是在和鹰翔逗着玩，不是试试他武功就是在拖延时间，不行我得过去帮忙。想罢挥宝剑去帮鹰翔。

莹莹在一旁是干着急没办法，想吹奏《碧海超声曲》，以自己现在的身体状况根本运不了内功，只好默默地祝福鹰翔没事。

突然，柴戎出现在鹰翔身旁，原来他战败萧海浪众人后就四处寻找鹰翔他们，正好走到这儿见鹰翔和信诺两人和一个白衣人交战，仔细一看暗叫不好。

"鹰翔、信诺你们快走，把蛇林交给老朽，你们不是他的对手。"说完挥七星宝刀将蛇林拦住。

鹰翔一听是蛇林眼睛都红了，挥剑又要上前动手。心想：今天我定要为父母报仇。

一旁的信诺忙拉住鹰翔："兄弟，快走吧，日后有的是机会。你不为自己想也得为莹莹想吧……"

鹰翔这时突然想到身负重伤的莹莹……一咬牙，转身带着莹莹随信诺向山庄外奔去。

柴戎和蛇林打斗三十几招后，见鹰翔他们走，随着一声："蛇庄主后会有期，日后小心自己的脑袋。"飘出数丈远，给鹰翔他们断后消失在树林中。

蛇林本想去追，但又一想……

金蛇山庄大殿上，蛇林高坐中央。萧海浪、花九娘等人分坐两旁，唯独没有林飞的影子。

蛇林道："大家今天晚上辛苦了，萧兄和花掌门的想法也不错。只不过半路杀出柴戎那个老怪物。没关系，走了也好。正好实行新的计划。"

众人纷纷问蛇林有什么好主意……

蛇林一笑道："最近江湖各大门派都已对鹰翔仇深似海，要举办屠狼大会，相信鹰翔这次是必死无疑。还有这次我亲自去查询武飞妻子和娄方虽然没有结果，但我带回一个人，她可以向整个武林证明鹰翔是个杀人魔王。今日天色已晚，萧兄、花掌门留下，其他人都休息去吧。"

众人走后，整个大厅里就剩他们三人时，蛇林唤出一个十五六岁的小姑娘。

萧海浪、花九娘相互看看共同问蛇林："庄主她是谁？一个小丫头和鹰翔有什么关系？"

蛇林笑了笑："这个以后我会向二位讲明。现在不便说……"

4　相濡以沫蝶舞情

鹰翔三人逃出金蛇山庄后，刚到山下正巧见到白莲三人赶来接应。还有一位十几岁的小男孩，长得非常俊俏，跟在三位女侠身后。

"鹰公子你们没事吧？"白莲见到他们忙上前问道。

鹰翔边扶着莹莹边说："没事，回客栈再说。"众人无语，即刻消失在夜幕中，来到镇上的福星客栈。

进得客栈屋里，鹰翔马上运功给莹莹疗伤，由于受伤较重，再加上这几天的奔波劳累，莹莹的伤势越来越重……

正在众人着急的时候，柴戎来到了客栈。察看了莹莹的伤势，不禁眉头紧锁："莹莹不单是内伤严重，而且中了花九娘的毒……"

"我现在就去找那个老妖婆要解药。"鹰翔说完向外就走。

柴戎一把将他拦住道："她没有解药，这个妖妇用毒有个癖好，从来不配解药……"

众人纷纷惊讶不已，鹰翔焦急地说："那莹莹岂不是……"

"也不是没办法，这世上有一人能救。终南山下剪赞剪老爷子能救。他生平喜欢种茶，有一种清风茶可以解百毒，再加上剪赞内功深厚可以配合茶效将毒逼出来，只是……"

"只是什么？"众人听了纷纷问道。

"剪赞年龄已近百岁，不知道他还在不在人世。即使在的话也不一定会救莹莹姑娘，因为他生性古怪，更不愿意别人去打扰他……"

还没等柴戎说完鹰翔道："谢前辈指引。"说完扶着莹莹要赶往终南山。

众人又把鹰翔拦住，信诺道："兄弟，你今天怎么这样心浮气躁，即使去也得天亮再说吧，你是没什么，莹莹姑娘身体虚弱怎么承受得了连日奔波。"

"是啊，等明天找辆马车，尽快赶去终南山就行了。"白莲上前道。在众人的劝说下鹰翔才平静下来。

众人纷纷到隔壁房间听柴戎讲赶来帮忙的经过，只有鹰翔没有走，陪在莹莹身边。

"翔哥没必要为我去冒这个险，现在全武林都在追杀你，去终南山路上肯定是危险重重，即使到那儿了，正如前辈所说，也不一定有办法……"莹莹低声地说。

鹰翔看了看莹莹道："没关系的，总之我到哪儿都会被追杀，就算我解释也没人相信。这又何妨，只要你一切都好我就安心了。答应我，以后有什么事都要告诉我，不要像这次，受这么重的伤都不让我知道……"

莹莹点了点头，放心地睡着了。鹰翔来到隔壁房间，柴戎正在讲述自己为什么来这里。

原来柴戎和岳秋、杨瑞是好朋友，他比二圣小二十来岁，平时称他们为哥哥。二圣远走西域以后，柴戎也退隐山林，不问江湖之事。这次是收到二圣的信函，要他帮个小忙，就是照看二人的徒弟鹰翔。毕竟二圣年事已高，不愿涉足中原，但又担心徒弟，所以请老兄弟帮忙。

柴戎收到信后便带着自己的小徒弟，也是关门弟子凌狐重出江湖。四处打听鹰翔的下落，后来得知西域苍狼就是鹰翔，但江湖传言鹰翔乱杀无辜已是武林的公敌。柴戎不信，决定查个明白，带着徒弟来到了北六省，后来在金蛇山庄外碰见等候接应的白莲姐妹。

柴戎上前询问清楚后决定闯一次金蛇山庄会会蛇林，所以才有接下来的事情。

他的这个小徒弟正是南七省第一杀手凌云的弟弟凌狐……

鹰翔、白莲四人听了忙上前跪倒在地施礼："师叔在上，请受我们一拜……"

柴戎赶忙把他们扶起来："孩子们不必多礼，快起来。"然后对那个小孩道，"凌狐还不赶快见过师兄师姐。"

相互认识之后，柴戎道："鹰翔啊，我听说下月十五，武林各大门派要在嵩山举行屠狼大会，要将你铲除，我看你还是不要去了……"

鹰翔道："我决定尽快带莹莹到终南山，然后赶奔嵩山，我要向整个武林澄清一切……"

柴戎点了点头："但愿他们相信吧，就怕到时他们不容你解释……这样吧，你和莹莹去终南山，我们先去嵩山看看情况，也好做到知己知彼啊。"

众人纷纷赞同，说完各自回屋休息去了。可是回到住处每个人却有不同的想法。

信欣、凌狐的想法基本一致，都想随鹰翔去终南山，孩子嘛喜欢玩儿。

白莲坐在院子里心想：但愿鹰公子此行顺利一切都好……

第二天信欣、凌狐都吵吵着要随鹰翔去，柴戎和信诺自然是不同意，他们知道此行的危险，而不是游玩。

众人分别后，鹰翔赶着马车带莹莹赶奔终南山……

金蛇山庄里，蛇林、萧海浪、花九娘正在商议该怎样在屠狼大会上将各大门派一举歼灭。传信的人急忙地跑到大殿上："庄主，刚刚得到消息，鹰翔一伙人分两路各自去了不同的方向。鹰翔和那个中毒女子赶着马车向南方而去，其余的人向嵩山方向而去。"

蛇林挥手叫那人下去，然后道："鹰翔他们去南方干什么？"

花九娘笑了笑接道："庄主，如果我没猜错的话，他们这是要赶往终南山。"

"终南山，干什么？"萧海浪不解地问。

"去解那丫头身上的毒，我抓她来的时候已经给她下了毒。当今世上能解我下之毒的人只有药王和终南山的剪赞了。不过庄主放心，五年前剪赞已经被我所杀，他们这次去了也是白费功夫。"花九娘道。

蛇林心里一动，道："还有此事？讲讲……"

"五年前我到终南山请他出山帮庄主一统武林，没想到这老东西不同意。我趁他不备在餐具上下了毒，当时正巧古墓派的上官飞燕来探望剪赞，也一同中毒……"花九娘得意地讲述经过。

"那然后呢，两人都死了吗？还有药王虽说在江湖上消失已有二十年之久，但也不能保证他没死啊？"萧海浪问道。

花九娘接着说："剪赞当时就被毒死，而上官飞燕被我打下山崖，不摔死也会毒发身亡。至于药王即使还在人世，但谁也找不到他，庄主请放心，那丫头必死无疑。"

蛇林听了一笑："我有一个计划，让他们两个有去无回……"

鹰翔二人来到南七省界内，突然想到在北六省时有信诺跟随，所以官府的人才没为难自己。现在没有信诺相随到南七省，肯定会招来各地官府的追捕，眼下又是紧急关头，不能耽搁，该怎么办……

莹莹看出鹰翔很焦虑，低声地说："翔哥是不是担心官府追捕啊，我倒有一个好办法，只怕你不同意。"

"什么办法快说来听听，我肯定同意。"

莹莹笑了笑将自己随身带的衣服找出一件递给鹰翔："把它换上，一会儿我再把你的头发重新扎一下，就没人能认出你来了。"

"你想让我男扮女装？不行不行！"鹰翔使劲摆手。

"就知道你不会同意的，算我没说好了。"莹莹沮丧地说。

鹰翔想了很久，突然马车停了下来："好吧，现在也只有这一个办法了，你胜利了。"说完淡淡一笑。

等鹰翔换上女装，再将头发梳好之后，莹莹呆住了。一个标准的美女，本来鹰翔长相就漂亮，再一打扮活脱脱成了一个大美女。

莹莹看着鹰翔笑道："以后你可要叫我姐姐喽……"

"为什么？平时你都叫我翔哥的，今天为什么要我叫你姐姐？"鹰翔疑惑地问。

"因为你在赶马车，我又不忍心喊你丫鬟，只能叫你妹妹了。怎么你不想叫啊？"莹莹道。

鹰翔听了开玩笑道："那为什么我不能当姐姐呢……"

这些天鹰翔心急如焚，莹莹见他这样总想逗他开心，可是一直没有机会，这次终于抓到机会了。

虽然鹰翔男扮女装，但他们还是尽量走偏僻的小道。南七省山多水多，尽是望不到头的山峦。这天他们来到一座大山前向村民问路。村民告诉他们穿过前面的大山就离终南山不远了，不过那人建议他们绕道而行。因为据说这山里闹鬼，山上住着黑白无常，还是不要招惹他们为好。

鹰翔听罢问道："那要走出多远才能绕过大山？"

"绕过这座大山少说也得半个月吧。"村民说。

鹰翔谢过村民，转身向莹莹道："咱们还是从这座山中过去吧，什么鬼神，应该是人假扮的。"

莹莹点点头道："鬼我是不相信，但听师父说南七省有两个怪人，很少有人知道他们。见过他们而侥幸活着的人，对外人也只是称山里住着黑白无常，千万别去那座鬼山。莫非这里就是……"

随着鹰翔的一句："走啦！"马车已经向大山深处奔去，刚转个弯儿，太阳已经被大山和古树遮挡，山里一片阴森森的，如同傍晚……

不知不觉已经到了这座大山的深处，光线越来越暗，山野里静得让人毛骨悚然。鹰翔抽打着马让马车跑到了极点，路还算平坦，看得出是条官道。只不过是太久没人走过，两旁杂草丛生，也许是黑白无常来这之后就没人敢走了。

这时鹰翔感觉周围的树上有东西在飘动，看不见听不见。只是一种与生俱来的感觉，他是喝狼奶长大的，又和狼群相处了近二十年。现在的他感觉就像狼在遇到危险时的那种前兆。

突然，奔马嘶叫一声腾起前蹄，猛地停下来，鹰翔、莹莹稳了稳身子定睛观看。

就见一黑一白两个人边追逐打闹边向马车飘来，转眼间已到近前。

鹰翔仔细打量两人，看年龄都在四十岁以上，长得一模一样。一个浑身上下全白，手持算盘。另一个浑身上下全黑，身上缠着铁链。

莹莹低声地对鹰翔说："他们就是那个村民说的黑白无常吧，看样子是人不是鬼。"鹰翔点点头坐好，心里有了些数。

这时就听白无常说："老黑，我还以为是什么人打扰咱们的清净呢，原来是两个黄毛丫头。""是啊，她俩胆子不小啊，竟敢闯山。我说老白赶紧算算她们两个几时归天，我好锁了她们。"黑无常说完晃了晃身上的铁链。

两人的对话让鹰翔又气又乐。不过鹰翔更确定了一点，这两位确实是人而不是鬼。仔细听的话都能听到两人的心跳声。但两人必定是武功极高，要不然他们在跟踪马车时自己只能感觉到危险的存在，可却听不见声音也看不见人。

这时白无常拨了拨算盘，眉头一皱道："唉，不对啊，怎么算来算去将要归天的是咱们俩啊。"

鹰翔、莹莹听了差点没笑出声来，看着这两位活宝鹰翔突然想到了娄方：这一路来也在打听他们的下落，居然没人见过他们，难道……

这边黑无常给了白无常一巴掌："怎么说话呢，要归天也是你归，别什么事都拉着我。"

"又动手打我，别以为我怕你。从小到大我都让着你，现在你还得寸进尺了。"白无常说完也给黑无常一巴掌。

两人就这样打斗起来，一黑一白在树林里闪动，显得格外轻盈。

莹莹对鹰翔说："没想到这里还有武功如此高的人，看来南七省之行见识不少啊。"

鹰翔点了点头："不管他们了，他们打他们的，咱们赶路要紧。"说完一拉缰绳，马拉着车向前奔去。

黑白无常见状道："别走，你们走了就没人和我们玩儿了。"说完两人飘身就追，快得惊人。

转眼间落到马车上，鹰翔只能接招与两人动起手来。

鹰翔发现两人招式古怪，而且配合相当默契，自己的本事要取胜根本不可能。

无奈之中鹰翔抽秋风落叶扫软藤剑与两人再次交手。两人一看软藤剑边打边议论：这姑娘和杨瑞、冷彩霞什么关系。女儿？不可能。他们俩都多大岁数了不可能有这么小的女儿。徒弟，这个靠谱点，只不过他们怎么收个女徒弟啊，不好玩儿……

鹰翔鼻子差点没气歪了，不过又一想：这两人知道我师父、师叔。不是仇人就是朋友，管他是什么呢，想办法脱身再说。

这时两人又在议论，白无常道："老黑啊，这人不是个姑娘啊，你看他还有喉结呢……"

黑无常气愤地说：'喉结怎么了，你见过几个男人长得像她这样漂亮水灵的，肯定是女的。"

鹰翔听到这些都不知道自己的表情有多矛盾，晃身飘到一旁。鹰翔是不想打，而这二位是又因意见不同争斗起来。

莹莹把鹰翔叫到身边低声地说："翔哥，刚才他们提到了师父和杨师伯。他们可能认识……"鹰翔点了点头转身向黑白无常喊道："二位前辈先别打了，在下鹰翔敢问前辈尊姓大名？"黑白无常听罢停手飘到鹰翔近前，转了好几圈，惊讶地打量鹰翔。就听白无常说："老黑啊，这姑娘不但名字很爷们儿，连嗓音都这么爷们儿啊。"鹰翔听了心想：真会说实话。就连莹莹也都笑出声来。

黑无常两眼瞪着白无常，鹰翔、莹莹也盯着白无常……

白无常有点摸不着头脑："你们这样看我干什么？"

莹莹笑着说："前辈，翔哥他确实是个男的，是为了掩人耳目才男扮女装，妆还是我给他化的呢。"

白无常眨了眨眼道："真是不可思议啊，姑娘也给我化化吧，就化成他那样就行。"说着一指鹰翔。

黑无常气冲冲地道："就你那模样的，化成鬼还差不多，别开玩笑了。"训完白无常后接着问鹰翔，"小子，看你的宝剑和招式像出自二圣之手，你师父是谁？"

鹰翔听罢一拱手道："前辈，在下的师父正是二圣，敢问二位前辈是……"

"哈哈哈哈，真是不打不相识，算起来我们还是你的师兄呢。"黑无常笑罢之后道。

鹰翔和莹莹更摸不着头脑了，鹰翔心想：据两位师父说他们没收过其他徒弟啊，今天怎么一下冒出两个师兄啊！

黑白无常似乎看出了鹰翔的疑虑，便将以往的事情讲了一遍。

当年江湖传称阴山鬼王门门主：一统幽冥活后土，阴府罗刹点江山，阴山鬼王包非包万罗，原来这两位就是他的两个儿子。那个穿黑衣的是哥哥名叫包渐平，白衣人是弟弟包渐明。

阴山鬼王功夫了得，和二圣是好朋友。自创鬼王拳、幽冥掌，威震武林，还曾参加过嵩山英雄会。虽然江湖上称阴山鬼王，但也是个行侠仗义之人，在江湖上颇受好评。

二十五年前，包万罗抓了一个采花贼，得其名姓后知是五毒门花九天的徒弟。于是决定去找花九天，毕竟花九天和自己在嵩山英雄会上认识的，彼此也都相互敬仰。这次他去只想让花九天好好管教徒弟，以免危害武林。可谁知到了五毒门，花九天竟然包庇弟子，说什么鬼王门也不是什么光明正大的门派，结果闹翻双方动起手来。

包万罗先是步步忍让，而对方却来真的招招致命。逼得他忍无可忍便使出幽冥掌。花九天一不留神被包万罗一掌击中后背，由于鬼王掌法力道运用欠佳，这一掌将花九天打得口吐鲜血的不轻伤。

包万罗为此十分愧疚，更糟的是一个月后花九天不幸去世。花九天的妻子和女儿花清芳，也就是现在五毒门的掌门人花九娘悲痛万分，扬言要杀掉包万罗。

一年后，鬼王门上下近百人纷纷身中剧毒，正好杨瑞、岳秋二圣来中原游玩，顺便看看老朋友鬼王。二圣见状大吃一惊，这时的鬼王已是奄奄一息，托二圣一定要救活自己的两个儿子，并告诉他们不要报仇，是自己欠了花九天的……

鬼王死后，二圣耗废十年的功力将两个孩子养活，传授他们内功、轻功，并将鬼王生前所创鬼王拳、幽冥掌的秘笈传给他们后才离开。

包渐平、包渐明两人就此游荡江湖，谨遵父命没有寻仇。两人生性好玩，穿着打扮怪异。江湖上的人称他们为黑白无常。

二十年过去，他们年近四十来到这座大山，就此隐居。附近的村民和进山的人都被他们吓坏，久而久之再也没人敢进这座山。即便是官府的人不敢踏进住着黑白无常的山半步。二人久居山中倒也乐得自在，他们深知出山后这样的打扮会给百姓们带来多大恐惧……

鹰翔、莹莹二人听罢，赶忙上前施礼："二位师兄在上，师弟、师妹有礼了。"

两人忙将鹰翔、莹莹扶起："不必多礼，你们怎么到这儿来的？"包渐明问。

鹰翔叹了口气把经过讲了一遍，莹莹接着说："二位师兄不如随我们出山吧。一来有我们两个相随相信百姓们不会太害怕，二来也可以助我们一臂之力……"

话还没说完，两人又蹦又跳地连声说："太好了，我们要重出江湖，快走啊。"说完黑白无常边打闹边往前走。

鹰翔看了莹莹许久道："真的要带上这两个活宝？"

次日，四人来到了终南山，按柴戎所说的路线在山里找了很久终于发现一所废弃的房子。房子边上有条河，河水很急，水向一座笔直的大山流去。按常理来说，四周都是山，河水没有出口，应该在那儿形成一个湖泊。但并没有湖，滔滔的河水似乎流进了山里。

众人都感觉奇怪，鹰翔没有时间研究这些，看了看废弃的房子自言道："这里看样子已经几年没人居住了，难道剪赞前辈已经搬走？"

莹莹已经疲惫不堪，低声道："翔哥，咱们还是走吧，总之我已经活不了多久，即使找到前辈也不一定有办法。"

"不行，就是找遍整个大山也要找到前辈为你解毒。"鹰翔坚决要再去寻找。

这时就听树林里传出刺耳的笑声，随着一声："鹰翔上次让你逃了，今天那小丫头帮不了你，看你还有什么本事。"树林里出现九个人。

鹰翔一看，不由一惊。前面是一对夫妇，不是别人，正是在北平府被鹰翔、莹莹联手击败的廖天鹏夫妇。至于后面那七个身着白衣、背负长剑的中年人就不认识了。

原来当时两人受伤离开后遇见花九娘，何玉娇与花九娘早就认识，花九娘帮他们疗伤，而且还不停地劝说。都是叫他们加入金蛇山庄，帮蛇林一统武林的话。最后夫妇两人同意了。

这次蛇林得知鹰翔赶奔终南山，就派廖天鹏夫妇和刚刚前来帮忙的雪山七莲一同去追杀。临行前蛇林交代，必须在终南山下手。而且能杀掉最好，如果被其逃脱就不必再追，立马赶奔嵩山汇合。总之鹰翔和各大门派都要被铲除。至于雪山七莲，是蛇林请来帮忙的，原本请的是雪山尊者，结果尊者在闭关练功，尊者的七个徒弟代他下山前来帮忙。

这七人七把银剑个个身手不凡，尤其七人的雪尊剑阵，更是能横行中原少有对手。廖天鹏夫妇站定之后突然发现莹莹身边的黑白无常不由得倒吸了口凉气：他们怎么在这儿？这两个鬼东西难缠得很。

想罢之后和后面的七人低声地说："大家要小心，那两个人不人鬼不鬼的东西，厉害得很……"

没等他们说完，七莲中的老大狂笑道："是吗，我们弟兄倒要会会他们。"说完点手指黑白无常。

黑白无常一看笑了笑，白无常道："雪山七莲，你师父雪山尊者怎么没来？就凭你们还是省省吧。"

七莲气急败坏，各持宝剑使用雪尊剑阵将黑白无常围住。黑白无常虽这样说，但不敢怠慢，江湖上都知道雪尊剑阵厉害，各自挥算盘和铁链与七人交手。

七莲想把黑白无常放倒不可能，两人也别想拿下七人，四五百招之内赢不了七人……

廖天鹏夫妇点手唤鹰翔："小子，今天就是你的死期。"说完各挥兵器直奔鹰翔。鹰翔面对强敌只能硬拼，上次是有莹莹帮忙，自己才能取胜，这次只能靠自己了。

打着打着何玉娇突然绕过鹰翔直奔莹莹，她想用莹莹来威胁鹰翔。

莹莹拖着虚弱的身体与何玉娇交手，不到十招就被何玉娇一掌击在胸口，莹莹口吐鲜血，向后退出几丈远。与其说是退倒不如说是被对方打飞……

鹰翔见状忙摆脱廖天鹏去救莹莹，因为莹莹身后就是那条河，河水湍急只要掉进河里，以水流的速度，水性再好的人也上不来，而且前面就是石壁，肯定撞得粉身碎骨。

当鹰翔拉到莹莹的手时，莹莹的身子已经一半在水中了。河岸的石头上长满了青苔，又光又滑。鹰翔救人心切没注意到这些，也随之掉进河里。

这两位可都不会水，一个在西域长大，一个在北方山谷长大。

鹰翔在没被河水呛晕之前挣扎着把昏死过去的莹莹拉到身边，紧紧抱在怀里，心想：莹莹，死也要死在一起……

廖天鹏夫妇见状哈哈大笑："去阎王殿做对鬼夫妻吧。"笑罢转身去帮七莲对付黑白无常。

黑白无常见状不由一阵心酸：这两个孩子肯定完了，不行，这样打下去若是赢不了，也不能死在这儿，还得保住命去寻找两个孩子，即使是尸首也得找。

两人各自虚晃一招施展轻功消失在树林中，廖天鹏几人想追，但以他们的轻功不可能追得上……

几人也算皆大欢喜，来到河边休息，商量着将去嵩山的事。廖天鹏突然发现石缝间有半块玉佩，就在莹莹刚才落水的地方。他拿起来仔细观看，脑海里突然显现出在金蛇山庄疗伤时，不止一次看见萧海浪拿着半块玉佩独自发呆。他手中的半块玉佩和这块会否能拼成一块，江湖传言萧海浪有个女儿，难道……

等廖天鹏等人走后，黑白无常来到河边默默地站了许久。"老黑啊，你说他们还有生还的希望吗？"白无常问道。

黑无常叹了口气道："没有，慢说这两个孩子不会游泳。就是会的话，这么急的水流早不知冲到哪儿去了，再说你看看那边的峭壁，撞上就得粉身碎骨……"

"两个可怜的孩子，希望你们地下有知。哥哥们一定会为你们报仇，将廖天鹏夫妇挫骨扬灰。老黑咱们去嵩山，各门派不是要开什么屠狼大会吗，咱们去给鹰翔洗清冤屈，搅他个天翻地覆。"白无常激动地说。

两人离开终南山，赶往嵩山少林寺……

鹰翔在水中没有别的办法，只有运用闭气功暂停呼吸，抱着莹莹怀着必死之心。眼见得他们被冲到了峭壁前面，可水流穿过峭壁带着两人流向山崖的另一端。

原来石壁上有个天然形成的溶洞，而且这个溶洞穿过整座大山，所以河水没有在山前形成湖泊。水流湍急拍打在溶洞周围的石壁上溅起水花，水汽雾汽升腾，造成了视觉上的假相。

两人顺着河水穿过溶洞流向山的另一侧，溶洞出口在半山腰，对面是一个山谷，山谷这面形成了一个瀑布，下面是个湖泊。

两人随着水流坠下山崖落向湖里，鹰翔知道下面虽然是水，但从这么高的地方落下来，加上水柱的拍打，不死也得受伤。他拼尽自己仅有的一点力气将莹莹推出了下落的水柱。莹莹落在了平静的水面上，自己被水柱直拍到水底。不一会儿鹰翔如同死人般漂浮上来，两人随着水流不知漂向什么地方。

第二天，莹莹躺在河滩上渐渐地醒来，吐了几口水，嘴里还伴有血腥味，勉强地坐起来看了看四周，没有发现鹰翔的影子。又回想当时的情景，隐约觉得在水中鹰翔抱着自己共同被冲到这里。她勉强站起身，边向前缓慢移动边呼唤鹰翔。

这时旁边树林里走出一个老妇人，满脸的皱纹，满头白发身着一身青衣，看上去已经旧得不成样子。手里拄着一个树枝做的拐杖，一瘸一拐地向河边走来。

当她看见莹莹时先是一怔，然后笑了起来，同时自言道："这个鬼地方终于有人来了，五年啦我没有白等啊。"

莹莹见来了个老妇人，心想：这里居然会有人居住，仿佛见到了希望："婆婆，您有没有见过一个和我年纪差不多的少年？"

老妇人上下打量了莹莹一番："姑娘你是怎么到这儿来的？你是说还有一个人和你一起来的？"

莹莹把自己在山对面发生的一切告诉了老妇，并说一定要找到鹰翔。

老妇人一笑道："傻孩子，那是你的幻觉，这样急的水流一个不会水的人能在水中抱住你不可能，他连自己的性命都保不住，肯定是你的幻觉。"

莹莹低声说："不会的，我的直觉告诉我不会的，我一定要找到他。"说完迈着沉重的步子向下游走去。

老妇人一把拉住莹莹的手腕拦住她，这一拉老妇人不由一惊，心想：这孩子中了花九娘的毒，已经快侵入五脏，而且不久前还受了内伤，淫毒未解又受重伤。她现在就像风中的烛光，随时都有可能熄灭……

"孩子，你现在身体很虚弱，需要马上治疗……"

"婆婆，我没事死不了，如果翔哥不在了，我活在这世上还有什么意义，我一定要找到他。"莹莹打断她的话继续寻找鹰翔。

老妇人叹了口气不放心地远远跟在后面，莹莹用尽力气喊着鹰翔，跟跟跄跄地沿着河岸寻找。

莹莹走出一里多地，发现远处岸边躺着个人，仔细一看正是鹰翔。莹莹拼尽力气向鹰翔奔去，刚跑出两步就摔倒在地。忍着伤痛爬到鹰翔身边，抱住他边哭边说："翔哥都是我不好，你快醒醒啊……"

远处的老妇人看到这一幕不禁落下眼泪，突然，她擦了擦泪水，施展轻功来到两人近前。一手抓住鹰翔的腰带，一手拉着莹莹转身奔向远处的山洞。

老妇人将两人带到山洞后，莹莹焦急地和老妇说："前辈您快救救翔哥吧，他可不能死啊。"

"死不了，他的伤比你的伤轻多了，现在需要救治的是你，先让这小子在那儿躺着吧，过一会儿就会醒的。来我先给你运功疗伤，现在我只能把你体内的毒封住。"说完老妇人开始运功。

过了会儿鹰翔慢慢地睁开眼，真不敢相信自己还活着。想了想发生的一切，赶忙坐起来四处张望寻找莹莹的身影。这时莹莹和老妇来到他近前，鹰翔一把拉住莹莹的手道："莹莹你没事吧？"

这时莹莹的眼泪已盈眶："翔哥我没事，你怎么那样傻啊，为了我连……"

"好啦好啦，哪有那么多话要讲啊，先让我给他看看伤。"老妇打断莹莹的话，边给鹰翔把脉边自语道："真是对亡命鸳鸯，还好没伤到内脏，休养一下就好了。这下可以给我讲讲你们的来历了吧，你们不好好过日子，干嘛得罪蛇林那帮人啊？"

莹莹和鹰翔把事情经过讲了一遍，当老妇人得知鹰翔是鹰傲的儿子时不禁点点头，但让她更为惊讶的却是两人的师父。

老妇人问："你们说是二圣和冷彩霞的徒弟有何凭证？"

两人相互看看不知道老妇为什么会这样惊讶，但能猜到她一定认识师父。想罢两人将各自腰中缠着的紫薇剑和秋风落叶扫取下给老妇看，莹莹还把腰中的玉笛放在宝剑旁边。

老妇人不看便罢，一看不由得激动地自语道："你们三个都有了传人，而且是年轻有为。想想我和剪赞，一个被害死，一个在这山谷里苟活五年，上天为什么这样不公平啊。"

鹰翔和莹莹听到这些更加想知道老妇是谁了，便问前辈何出此言？

老妇人平静下情绪道："既然是二位贤侄，我也就不隐瞒了，我复姓上官名飞燕……"

莹莹两人听了已经呆住，忙上前施礼被老妇扶起。莹莹道："没想到您就是古墓派掌门上官前辈，经常听师父提起您。"

上官飞燕点了点头接着说："当年我和你师父在嵩山英雄会上相识，从此成为朋友。只是二十年前和她为争一个徒弟闹翻，二十年来再没有见过。"莹莹听了有些不解地问："前辈你们为什么要争这个啊？""哈哈哈哈，那时我纵横江湖几十年也没有收过徒弟，而你师父已经有三个徒弟，不说能将逍遥派发扬光大，至少一身武功有了传人。而我古墓派呢，现在只剩我一人，至今还没有个传人，侄女儿啊，你是冷师姐的第几个徒弟啊？"上官飞燕问道。

莹莹兴高采烈地道："我是最小的，师姐们都说师父偏心，最疼我了。不知前辈当年看中哪个师姐了？"上官飞燕听罢心里一颤：没想到她就是我和冷彩霞争的那个孩子萧莹莹，萧海浪的女儿。不行，不能告诉她身世，她和鹰翔情深意长，如果知道她父亲就是杀死鹰傲的凶手之一恐怕……

"前辈，您在想什么呢？"莹莹见上官飞燕在那儿发呆便问道。

"啊，没什么，刚才你不是问我们争得是谁吗？你的大师姐白莲。"上官飞燕编个谎言道。"就说嘛，大师姐既漂亮武功又好，前辈肯定喜欢她。要不等出了这山谷我让白师姐拜您为师。"莹莹笑嘻嘻地道。

上官飞燕勉强地笑了笑道："我要早知道你师父有你这个徒弟，我肯定把你抢过来。小小年纪你师父就把最心爱的紫薇宝剑传给你了。"

旁边的鹰翔问道："前辈，您刚才说剪老前辈去世了吗？"上官飞燕听罢忍着悲痛说道："没错，五年前我有事找他，正好五毒门的花九娘在这儿，请他去金蛇山庄帮助蛇林。剪赞没同意，没想到花九娘在杯盘上涂了毒。结果我们双双中毒。剪赞当场毒发身亡，而我侥幸逃出。花九娘紧追不舍，逼到山崖上和她交手，我因中毒不是她的对手被打下山崖。幸好有我古墓派的轻功腾云步才得以生还，我的腿却留下了残疾。来到这里，我耗尽二十年的内力将毒逼出来，这样也使得我返老还童的功夫消失。你们看我现在变得这么老，也没什么，已经是九十来岁的人了，就这样子了。"

莹莹听着，眼泪情不自禁地流了下来，为两位前辈的不幸遭遇而伤心。鹰翔听后心里更不安：剪前辈不在了，莹莹身上的毒怎么解啊？

上官飞燕似乎看出了鹰翔的忧愁，打趣道："瞧瞧，咱们的鹰少侠为心爱的人担心了。"鹰翔、莹莹两人听了脸"刷"地红了。

　　"没关系的，莹莹身上的毒我会运功给她逼出来的。"上官飞燕道。

　　鹰翔二人听了反倒不同意，几乎同时说出："不行，不能让前辈再耗费内力了。"

　　还没等二人说完，上官飞燕用点穴神功将两人的穴道点住道："孩子们听我把话说完，你们也许不知道当今武林面临着多大的威胁，先别提蛇林，他顶多算一条小虫，还有更大的威胁你们晓得吗？"

　　鹰翔、莹莹忙问道："前辈您说的是什么威胁？"上官飞燕叹了口气把事情讲了一遍。五年前她误入幽灵山庄，发现这个山庄里全是一等一的高手，他们的庄主是一个没有人见过真面目如同幽灵般的人。

　　他们正在策划几年后怎样颠覆整个中原武林。当时自己差点被他们发现，凭借自己独步天下的轻功逃过一劫。等她离开后却记不清那个神秘的山庄在哪儿，所以她来到终南山找剪赞商量此事，结果遭此毒手。

　　上官飞燕道："我在这个山谷苟且五年之久，就是盼望有一天能有人来到山谷，把这个消息传达出去。今天终于把你们盼来了。但是想要从这山谷出去，只能爬上这万丈悬崖。就算是以我古墓派天下第一的轻功，想一个人出谷也是难比登天。只有两人共同运用腾云步相互配合才能到达谷顶。一会儿我运功为莹莹逼毒疗伤，等莹莹恢复了再传授你们腾云步……"上官飞燕说完运功给莹莹疗伤。

　　鹰翔、莹莹也没办法说什么，因为运功时如果分心后果大家都知道，两人也只有干着急的份。随着莹莹一口血吐在地上，上官飞燕疲惫地坐在那里显得苍老了很多。低声地说："莹莹啊，你身上的毒和内伤都已经痊愈。一会儿你和鹰翔运功调节一下就没事了，我累了想歇会儿……"

　　莹莹、鹰翔走出山洞，来到河边，两人相视了很久，莹莹道："以后不许你这样不顾性命地救我了，我要你好好的。"

　　鹰翔点点头拉着莹莹的手道："等除掉蛇林还有那个幽灵山庄以后，你愿意和我一起退隐江湖吗？找个没有人知道的地方去过平淡的生活。"

　　莹莹一笑道："我愿意。"两个人在河边边漫步边幻想着将来。

　　第二天上官飞燕开始传授两人古墓派轻功腾云步。鹰翔一直以为自己的幻影步法已经天下无敌，和腾云步一比差得太远了。

　　上官飞燕将步法和运功诀窍传给他们，二人都有相当好的轻功底子，所以学起来特别得快。见二人聪明绝顶，上官飞燕感叹道：二圣、冷师姐你们真有福气有这么好的徒弟，真叫人羡慕。不过我也算幸运，能将古墓派的武学传给他们，我就是死也瞑目了。

两人很快掌握了腾云步的步伐和运功诀窍，上官飞燕将两人叫到身旁，拿出一本手写的书交给鹰翔。鹰翔接过一看上面写着"相濡以沫，蝶舞双飞"。上官飞燕道："这是剪赞留下的剑谱，是他耗尽一生为我所创的剑法。这是一套双人情侣剑法，重在两人心灵相通，相濡以沫才能将剑法发挥到极致，无敌于天下。当年我和剪赞因种种原因没能在一起，我们一生都没有嫁娶，愿为彼此守候一生。我希望你们两个别像我们一样，不管遇到什么事情都不要分开，彼此相知相守将这套剑法发扬光大。"

　　两人呆住了，上官飞燕道："怎么，不认我这个师父吗？"两人赶忙跪倒在地："师父在上请受弟子一拜，您就是我们的亲师父。"上官飞燕一边笑着一边把两人扶起来："翔儿，你要记住，以后不管发生什么事都不要离开莹莹知道吗？"鹰翔郑重地点头答应，之后和莹莹到一旁研究体会剑法。上官飞燕站在远处祈祷：希望鹰翔知道莹莹的身世后还能一如既往……在上官飞燕的指点下，几天过后两人的双飞剑法虽然没有到出神入化的境界，但也达到了七八成的功效。

　　这天鹰翔早早起来，一个人坐在河边发呆。脑海里都是屠狼大会上有可能发生的事情。他想到了娄方和武金铃，他们究竟在哪儿？想柴戎他们到嵩山没有？最让他担心的是大会上幽灵山庄的人出现该怎么办？盘算从客栈出来到现在已经二十多天了，这样下去还能赶去嵩山吗？

　　正在鹰翔焦虑的时候，莹莹悄悄地来到他身后，用双手捂住鹰翔的眼睛道："猜猜我是谁。"

　　"不用猜也知道是我们的大侠女莹莹，好了别闹了。"鹰翔沮丧地说。

　　莹莹似乎看出他在想什么，问道："翔哥，你是不是为屠狼大会的事担心，想早日走出这山谷？"鹰翔点点头把刚才想的一切讲给莹莹听。

　　"翔哥别想太多，现在咱们只要专心把武功练好，所有事情都会有解决的办法……"莹莹劝说鹰翔道。这时上官飞燕来到两人面前："你们刚才的话我都听见了，你们想要离开我不拦着，但要答应我一件事，这事办完你们随时可以走……"

　　"师父，什么事？"两人同时问道。

　　上官飞燕一笑道："早就知道你们两个在山谷里呆腻了，年轻人嘛喜欢热闹。"

　　两人相互看看低头不语，上官飞燕接着说："这件事很简单，就是你们成亲。"

　　两人惊呆了，上官飞燕看着他们两个微微一笑："怎么，不同意吗？"

　　"没有，只是这婚姻大事我们不能私自做主……"

　　还没等莹莹说完，上官飞燕打断她的话道："你们的师父先不问，单论你们两个愿不愿意吗？"两人支支吾吾地说："我……"

　　"我什么我啊，就这么定了，虽然这里没有什么大的排场，咱江湖儿女不在乎这些，今天我做主了。"上官飞燕非常坚决，说完从怀里掏出两个精美的铜铃铛，交给鹰翔、莹莹一人一个道："老太婆我没什么好送的，这两个铃铛跟随我一生，也算珍贵，就当是你们的信物吧。看你们一时也没有什么和对方交换的东西，就由我老太婆出吧。"

两个人将铃铛握在手中有一种沉甸甸的感觉，那是一种对对方的责任。两人跪在上官飞燕面前，没有父母，师父又不在身边，上官前辈恩同师父，理应跪拜她了。上官飞燕笑得合不拢嘴，把两人搀扶起来道："你们两个坐下，我有事叮嘱你们。"

鹰翔二人并肩坐下，突然上官飞燕点住两人的穴道，开始运功将自己的内力分别传给他们。两人被封穴干着急没办法，他们看出上官飞燕已经抱着必死的决心了。强大的内力传入两人体内，两人觉得周身发热，自己的内力在不断增长。半个时辰过去了，上官飞燕用尽自己仅剩的力气把两人的穴道解开，顿时不支倒在莹莹怀里。

两人泪流满面地喊："师父……"

"我上官飞燕今生有你们这样的徒弟死而无憾了，我两次逼毒疗伤将七十余年的内力耗得仅剩四十年的，传给你们一人二十年，这样的话师父也就放心了，今后面临强敌时不会再因内力吃亏了……"上官飞燕一闭眼离开人世。

两人痛哭了很久之后，将上官飞燕埋在谷内，立了墓碑：恩师古墓上官飞燕之墓。

一切都收拾好之后两人来到峭壁下面，相互看看，运气施展腾云步，相互支撑着交替上升，转眼间登上万丈悬崖……

5　侠侣威震少林寺

嵩山少林寺脚下，正在如火如荼地建造擂台。大殿里各大门派的代表正在听廖天鹏夫妇讲述鹰翔怎么被他们打入河里撞上石壁而亡。

大殿上看不见蛇林和萧海浪等人的影子。他们知道鹰翔已死，现在要做的就是等待时机当上武林盟主，所以在少林寺的周围安顿下来伺机动手。屠狼大会随着鹰翔已死的传言，演变成了各大门派聚在嵩山选盟主的擂台。柴戎、信诺一行人等来到嵩山脚下，看到擂台不由惊讶，询问之后才知鹰翔、莹莹遇害。

"不行，我要向他们问个清楚，若真有此事我定当血洗嵩山，为师弟师妹报仇雪恨。"白莲如发了疯似的持宝剑冲上少林寺。柳星、唐璇两人也十分伤心，但没想到师姐她会有如此大的反应。一把没拦住，只好跟在后面怕其出事。

柴戎一跺脚心想：这丫头怎么这么冲动啊，咱们是来为鹰翔洗脱罪名的，不是来挑衅的。你们可知道五宗十三派八十一门有多少高人吗？这样岂不是去送死。边想边带着信诺三人紧随其后。

守门的小和尚哪里是白莲的对手，白莲直接闯到大殿门口破口大骂："你们这些所谓的名门正派，不去查询真正的凶手，就一口咬定是鹰翔所为，是哪个不长眼的东西杀害了我的师弟师妹？今天我要让你们血债血偿。"

大殿上的廖天鹏夫妇正在兴高采烈地炫耀自己的功绩，见门口突然出现一个女子叫骂，心里一颤。在场的所有人都惊讶地向门口望去，白莲似乎听出来凶手就是廖天鹏夫妇，挥剑直奔两人。

这时坐在大殿正中的少林寺主持元空大师见状忙上前阻拦，毕竟是在少林寺，自己身为主持得出手阻拦："施主且慢动手。"

此时的白莲已顾不得对方是谁，在她心里谁阻拦她谁就得死："秃驴，给我闪开，我要杀了这对贱人。"说完挥剑就刺，元空忙转身躲闪，没办法，和白莲动起手来。

元空边打边想，这姑娘，年纪轻轻武功如此了得。看她的招式套路似乎在哪儿见过，在哪儿呢？突然元空一惊，嵩山英雄会，冷彩霞……

正这时，柴戎、信诺来到大殿上，柴戎见状忙高喊一声："住手，都先别打了。"

元空听罢虚晃一招退出几步，定睛观看来人。这时柳星、唐璇忙把白莲拉到一边。

柴戎向周围一抱拳："各位掌门，老残废在这儿有礼了……"

在场众人纷纷惊讶，相互议论着这人是谁。有些年纪大阅历多的人道："他应该就是天残一刀柴戎……"

元空看罢哈哈一笑："我当是谁呢，原来是柴戎兄弟啊。你不是退隐江湖多年，今天怎么也来凑这热闹？"

柴戎一摆手道："能不来吗？我师侄都冤死在你们手里了，我能不来吗？"

柴戎得知鹰翔、莹莹死去的消息也是心疼不已。他没想到各大门派真的会不查明此事就下此毒手，也是火冒三丈，下定决心要为鹰翔讨个公道。

众人听到柴戎讲出此话纷纷不解，元空见柴戎面沉似水问道："你说鹰翔是你师侄？"

"没错，你还记得杨瑞、岳秋吗？他二人是我的结拜哥哥，鹰翔就是他们的弟子，你说鹰翔是我什么人？"柴戎道。

元空听罢不由得倒吸了口凉气，不光是他，在场众人纷纷呆住了，共同想到：当今武林横推八百无敌手，轩辕重出武圣人……

"不但这样，当年神鹰山庄的鹰傲鹰大侠你们可曾记得？"柴戎接着说。

元空众人又是一惊："天狼帮郎中天的女婿，北六省第一大山庄。当年江湖传言，神鹰山庄一夜之间被灭，无一生还。"

柴戎叹了口气道："没错，鹰翔就是神鹰山庄唯一活下来的那个人，鹰傲之子。不但这样，当年的罪魁祸首就是蛇林，他想一统江湖，可是不知怎么的灭了神鹰山庄之后就没有什么动静了。二十年后鹰翔学艺下山重返中原，就接二连三地发生这些事，你们不觉得奇怪吗？一个刚刚涉足武林的孩子，能在短短不到一个月内刺杀各大门派高手吗？定是有人栽赃陷害。"

元空听罢自语道："没想到鹰翔是鹰傲大侠的儿子，看来我们应该查清此事，还鹰翔一个公道，以告鹰大侠的在天之灵。"

一旁的信诺向各位一抱拳道："各位前辈、武林同道，我信诺以人格担保鹰翔不是杀人凶手。"

元空看了看信诺："北六省第一捕快，官拜一品带刀护卫信诺信大侠也为鹰翔担保，我们没理由不相信鹰翔他是个好人。"

"信诺，虽说你官拜一品，但在江湖上你还没资格担保此事。既然鹰翔已死，我们各大门派的仇也算报了，但要还鹰翔的名声，我看没必要吧？"一旁的点苍派掌门任天辽高声道。

在他的带动下各门派的代表都吵吵起来，元空作为这次大会的主持，也没办法统一各门派的意见。

"我担保此事够资格吗？"随着话音大殿外走来一人。此人年纪在六十岁上下，面似银盘，双目如电，身着灰袍，斜背宝剑，手持长箫。

信诺见此人忙上前几步撩衣服跪倒："师父在上，徒儿给您磕头了。"

来人把信诺扶起来："起来吧，自家人不必多礼，让为师看看你变样了吗？"

来者不是别人，正是信诺的授业恩师，昆仑派掌门人张冰张寒湘。此人武功了得，是继嵩山英雄会以后新生一代高手的代表人物，身怀昆仑派的绝学蛤蟆功和左箫右剑。

张冰见过元空和尚和柴戎之后冲着点苍掌门任天辽道："任掌门，看看我够资格吗？"

任天辽忙把话题一转："张大侠，我不是那意思，鹰翔人死不能复生，也没必要为他大动干戈。廖掌门夫妇如果早知道这些也不会痛下杀手。这事就这样过去吧，现在最重要的是选出武林盟主，带领大家对抗蛇林。"

元空和众人也都纷纷这样说，张冰转过身对柴戎说："柴大哥，我看这事就这样算了吧，真的要争个你死我活的，我看不太好吧。就算真要和廖天鹏算账，日后有的是机会，不要扰了佛门清净之地啊！"

柴戎想想也是，道："罢了罢了，张掌门说得有理，不过此事还得看三位姑娘怎么说了，毕竟鹰翔是她们的师弟。"

一旁的白莲见各派掌门一再劝说，悲痛地道："好，今天我给各位前辈这个面子暂不杀他们，但只要廖天鹏夫妇离开少林，就算到天涯海角我也要将他们挫骨扬灰！"

廖天鹏听了露出恐惧的表情，心想：完了，和逍遥派的这个梁子算是结下了，唯一的办法就是协助蛇林一统江湖才有可能生还。

各派掌门心里的想法不一，有的是希望武林和谐安定，有的则是想借机当上武林盟主进而一统江湖。这事权且算是圆满解决，众人商议之后，选盟主的事就由比武决定，谁都清楚各门派都不服对方，不可能让他们心平气和地选。大家商议好之后等待第二天的来临。元空差人给众人安排了住处。

廖天鹏夫妇可呆不下去了，偷偷地溜出少林寺去见安顿在山下客栈的蛇林一伙人。蛇林得知要选盟主的事，笑了笑道："很好，他们肯定会争得你死我活，等那时我们就可以趁其不备，将他们一网打尽。你们回去尽量把各门派的纷争挑起来，到那时……"

廖天鹏夫妇走后，蛇林将林飞叫到跟前，此时的林飞已经易容成别的样子。"飞儿啊，你可以恢复成原来的样子了，既然鹰翔已死，就没必要这样子了。换完装后把那个武金铃带到没人的地方杀掉，鹰翔死了她也就没有利用价值了。"蛇林狡猾地笑了笑。

林飞有些意见地问："鹰翔真的死了吗？只可惜我没亲手杀了他，我还想用他试试七伤拳的威力呢。"

蛇林一笑道："没关系，有的是人留给你试拳，快去吧。"等林飞走后，蛇林自言道:"鹰傲,看看你的两个儿子,一个已经去陪你,还有一个马上就要去了。你们马上就要一家团聚了。"

林飞把武金铃带到树林里露出真面目,金铃一看是鹰翔,挥拳就打:"鹰翔我要杀了你。"林飞躲都没躲用手掐住武金铃的脖子道:"你不是要杀鹰翔吗?我送你去阴间找他。既然鹰翔已死,我就实话告诉你,我叫林飞,蛇林是我师父,你父亲是我假扮鹰翔杀的。只可惜你们都认为我就是鹰翔,不光这样各大门派的人都是我杀的。"

武金铃挣扎着道:"你说什么,鹰大哥他死了?"

"没错,他已经死了,你不是想杀他吗?我这就送你去。"林飞说完五指用力。

就在这时远处飞来一颗石子,正打在林飞的手上。林飞不由得松手看向远处。

就见一个身着黑色长衫的人站在远处,此人年纪在三十二三岁,脸上透出成熟与沧桑。尤其那双微眯的眼睛,给人一种难以想象的稳重和强大的杀气。他左手持着一把宝剑,剑把上镶嵌着宝石,一看就知是把旷世宝剑。

林飞见此人坏了自己的事,气急败坏地用手一指此人道:"刚才那石子是你扔的吗?你不要命了,敢管本大爷的事。"

那人一动未动,低声地说:"你刚才说鹰翔死了?"虽然声音不大但能震得林飞耳朵嗡嗡直响。

林飞知道此人是个高手,但他那骨子里的狂傲让他怒斥道:"没错,他死了,如果你是他仇家的话我祝贺你,如果是他朋友的话我送你和他团聚。"

旁边的武金铃冲着那人喊:"大侠,救救我,他是个杀人魔头……"

那人听到林飞的话语,微眯的眼睛突然一动,林飞不由一惊,心想:这人究竟是谁?竟有如此强大的杀气。正想着,此人已到近前,无视林飞的存在拉起武金铃就要离开。林飞见状挥拳将此人拦住与其交手。

"七伤拳?你还是回去想想如何保住性命吧。"此人和林飞对了一拳后,带着武金铃消失在树林当中。

林飞被震得后退几步站定之后,看看自己的拳头心想:放眼整个武林,他这个年纪有如此武功的能有几人?不行,我得马上禀告师父。

武金铃边哭边随此人向前走,如果换成别人见一个小姑娘哭得死去活来的,肯定会上前安慰几句,而此人则不然,如同死神一般。金铃哭得没有力气了,渐渐平静下来后看着此人,心里既害怕又感激。"哭完了吧,随我上嵩山。"此人说完带着金铃前往少林寺。

进到少林寺时,各门派的人正在大殿上闲聊。此人根本不等小和尚通报,直接带着金铃来到大殿之上。元空、柴戎、张冰以及各门派的人纷纷议论,个中知道此人的心想:他怎么来了?不知道的纷纷询问来人是谁?

柴戎上前几步道:"凌大侠怎么有空来这儿啊,这位姑娘是……"

见到柴戎,此人说话少了几分冷冰:"柴前辈,我弟弟凌狐在您那儿还算听话吧?"

此人不是别人,正是南七省第一杀手凌云凌飘远,这次他来的目的有两个。一是想看看自己的亲弟弟。凌云是一个有今天没明天的刺客,为了弟弟的安全,当年把刚满四岁的凌狐托付给柴戎,十几年没有见过兄弟,凌云虽然冷酷,但兄弟亲情也是无法抗拒,所以这次来一是看兄弟。二是为了会会西域苍狼鹰翔,他听江湖传言鹰翔武功高深,而且滥杀无辜,凌云想看个究竟。对于鹰翔的偏见随着在树林听到林飞与武金铃的对话已经解除,想到与鹰翔一决高下已没机会了,凌云这次来多少有些遗憾。

柴戎忙把凌狐喊到身边,叫凌狐见过自己的亲哥哥。凌云看见弟弟已经长这么大了,生龙活虎的样子眼中透露出少有的温柔。

谁知凌狐到近前愤怒地道:"他不是我哥哥,如果是的话,当年他就不会把我送到您那里,十几年,他从没来看过我……"凌狐边说边哭。

凌云心里一阵酸楚,转身向大殿门口走去,转身的瞬间泪水滑落脸庞。他是一个不会哄人的冷面杀手,包括自己的亲弟弟,看到兄弟一切都好,能见上一面他就心满意足了,也没必要解释什么。

整个大殿里鸦雀无声,凌狐望着哥哥的背影已是泪流满面,他多么希望能像别的孩子那样有哥哥陪伴他一起长大……在场众人有意拦住凌云,但都清楚这个冷酷杀手的性格,这个时候如果有人阻拦他后果只有一个,那就是"死"。当凌云走到大殿门口时,留下了句:"这个姑娘是武金铃,她了解事情的一切,请你们相信她。"说完慢慢地消失在众人的视线里。

凌云走后,元空众人询问武金铃怎么会和凌云在一起。武金铃把前前后后讲述一遍,众人无不惊讶。有人说下山去围剿蛇林等人,而大多数人的意思是选出武林盟主再去围杀蛇林。武林就是这样,永远没有团结在一起的时候,商议过后明天的比武继续。

林飞回到住处把发生的一切告诉了蛇林。

"你说什么?你不但没杀了她,而且还让她知道了一切,废物。"蛇林先狠狠地抽了林飞一个耳光,然后质问道。林飞低着头心想:为了这点事就这样对我,这些年来你当我是什么?只不过是你的杀人工具。

"我问你,救走武金铃那人有什么特征?"蛇林愤怒地问。

"杀气,尤其是那双眼睛,这些年我也是过着杀人生活,从没见过这么恐怖的眼神。"林飞提到这些时显露出少有的恐惧。

蛇林心想:江湖上有如此杀气的人只有凌云,难道是他?希望这个魔鬼不要与我们为敌。但他为什么会救走武金铃呢？

"回去告诉大家小心提防，不要丢了脑袋都不知道是谁所为。"想罢之后交代林飞。林飞下去传达消息，蛇林马上把萧海浪、花九娘叫到屋内商量怎样改变计划。

萧海浪道："凌云虽然救走武金铃但不一定会去少林寺，最坏的情况就是各大门派知道咱们的计划，何不以不变应万变，等他们选盟主，咱们不是还有廖天鹏夫妇嘛，让他们趁机下毒。"

"对啊，这是个好主意。"花九娘道。

蛇林想了想道出疑问："花掌门我知道你是下毒高手，不要忘了各大门派的人也不是等闲之辈。"

"庄主请放心，我自有办法，您就等好消息吧。不过这毒还得廖天鹏夫妇去下，只能等他们。"花九娘道。

蛇林点点头道："此事必须确保得手，万一不成咱们得做好全身而退的准备。"

"可是怎样把毒交到他们手中呢？他们再来这里势必引起众人怀疑。"萧海浪道。

蛇林想了想："如果当天咱们暗中帮助他们当上武林盟主，然后再……"三人相互看看不禁大笑起来。笑声未尽，三人同时感到一股强大的杀气向屋子逼近。

三人忙走出屋来，这个客栈已被蛇林包下，里外都是他的人，林飞众人也纷纷来到院内。

就见远处墙上站着一人，由于是晚上再加上对方穿的是黑衣，所有人都看不清那人的长相，只能看清他手中宝剑剑柄上闪闪发光的宝石。

来的不是别人正是凌云，他离开少林后决定来诛杀蛇林为武林除害。可他万万没想到蛇林竟有如此高的武功，自己还没进院子就被发现。但以凌云的性格既然来了，不管对方多厉害自己也要出手。

林飞一眼就看出是救走武金铃的那个人，告诉了蛇林。蛇林高声喊道："阁下是什么人，深夜到访有何贵干？"

"凌云凌飘远，特来取你狗命。"凌云说完施展轻功飞步，抽宝剑直刺蛇林。

七星龙渊一出鞘如同夜空中一条青龙直奔蛇林，蛇林赶忙躲闪。

萧海浪感叹一声"好剑"，随即拔出承影将凌云拦住。两个用剑高手，两把旷世宝剑在夜幕中穿梭。

五十几招过后萧海浪自觉有些招架不住，当今武林除了二圣、冷彩霞能胜凌云的屈指可数。萧海浪虽然厉害，但分和谁比。一旁的花九娘见状也加入了战团，两人打一个勉强打个平手。

蛇林观战心想：凌云果然厉害，不如用暗器伤他。随即不动声色地射出三颗银针。

唐门出身的蛇林不但武功高强，而且暗器在武林中也是数一数二的。凌云忙闪身躲开银针，刚躲开萧海浪的剑就到了，凌云一转身宝剑擦着衣服刺空。

与此同时，花九娘的掌已击向凌云软肋，凌云忙向后纵出两丈多远。刚刚站稳，一旁观战的蛇林已到近前挥掌运用化功大法直击凌云胸口。凌云见躲不开，忙运用内力于胸口，就听"啪"一声，凌云被打出一丈多远，口吐鲜血倒在地上。

"哈哈哈哈，凌云今天就是你的死期。"蛇林边说边上前要再给凌云一掌以致其于死地。

凌云已经无处可躲，一闭眼心想：凌狐永别了……就听"啪"的一声，蛇林掌心被猛力回击，不禁后退十几步远，站定之后，再看凌云和来人已踪迹不见。

蛇林虽然和救凌云的那人对了一掌，但那么近的距离居然看不清对方的面目，那人带着凌云如同幽灵般消失在夜幕中。蛇林心想：看样子此人应该不是敌人，以他的功力若用足，我不死也得武功全废，但他为何要救走凌云呢？

第二天，嵩山脚下各大门派代表分坐在擂台周围，这次大会比起几十年前的嵩山英雄会略有不同。嵩山英雄会是各自献绝技，即使有些人比武也是点到为止，相互切磋，因为当时有二圣、冷彩霞、剪赞、上官飞燕等旷世奇人维护武林秩序。而今天不然，当今武林随着这些人淡出江湖，各门派的利益、恩仇致使这次大会带有血腥之气，虽然现在他们面临强敌。

先是有几个门派的代表因个人恩怨上台武力解决，随着斗法一轮一轮地过去，台上这时站着一人，就是点苍派的任天辽。

任天辽站在台口向下问道："哪位上台与老朽一决高下？"话音刚落，在擂台的东南方向奔过来两个人，速度极快，一黑一白转眼来到擂台之上。

在场众人看见两人鬼一般的打扮，就猜到他们是北阴山鬼王门的包氏兄弟。白无常一指任天辽道："任老头儿，你先下台，叫廖天鹏夫妇上台领死，等我们收拾完他们，你在上台争你的盟主。"

任天辽知道黑白无常难缠，但作为一派之掌门，就凭两个疯子的一句话自己就下台，面子上挂不住。他心里明镜似的，这两个人是冲廖天鹏而来，但又一想：如果把他们两个胜了，台下还有哪个敢上台来，这武林盟主岂不是我的了……

"老头儿，磨蹭什么呢？再不走连你一起收拾了。"黑无常指着任天辽道，"哈哈哈哈，早听说两个鬼东西疯疯癫癫，今日一见果然如此。要我下台得看看你们有这本事吗？"任天辽笑着应道。

黑白无常没那耐心和他废话，相互一点头纵身到任天辽身前，一个施展鬼王拳，一个施展幽冥掌，把任天辽困在中间。任天辽开始没在意，等动起手来才知道两人的厉害。有心下台不打了，但又碍于面子，这一犹豫不要紧，被黑白无常两人抄起来举过头顶，两人一用力把点苍派掌门扔到台下。

任天辽毕竟是一派掌门，在空中一转身勉强站在地上，即使这样也吓出一身冷汗。黑白无常站在台上大声数落廖天鹏夫妇的罪行，元空大师有心上台制止他们两个，被旁边的柴戎、张冰拦住，两人低声地说："今天这擂台已经变成了各大门派的寻仇之地，咱们想管也管不了，不如留着力气对付蛇林。"

廖天鹏夫妇在台下实在忍不住了，各持兵器来到擂台之上。

廖天鹏冷笑一声道："黑白无常你们不是想给鹰翔报仇吗，那就来吧，看看你们有这本事吗？"随着黑白无常的一句："今天我要杀了你这对狗男女，祭我兄弟在天之灵。"两人直奔廖天鹏。这时，何玉娇也飞身上来坐在台沿弹奏六指魔音，旁边廖天鹏与黑白无常交手。

台下的人纷纷运功于耳朵，尽量让自己听不见这琴声。远处的树上，一个身着紫衣手持折扇的年轻人面带微笑观看台上打斗，自语道："这就是所谓的当今中原武林高手对决？可笑可笑。"

擂台上交战正酣，黑白无常突然像是被什么东西击中似的，有些痛苦。就在此时，廖天鹏夫妇趁机发力将两人先后打下擂台。黑白无常摔下擂台后，发现各自的腰上有一颗银针……

擂台上廖天鹏心里明白：看来蛇林就在附近，若不是他暗中帮忙，我夫妇二人也没这么快取胜。他这么做的用意肯定是想助我当上武林盟主，何不借他之力当上盟主之后再将他……

想罢他向台下一抱拳道："各位武林同道，谁上来与廖某一决高下？"

刚说完飘上擂台一人，轻盈的步伐，飘逸的身形，乌黑的长发随着洁白的长衫在风中飘荡显得格外漂亮。上台的不是别人，正是冷彩霞的大弟子白莲。

柴戎、信诺等人见是白莲急得直跺脚，心想：白姑娘你不要命啦？

白莲站定之后用剑一指廖天鹏道："昨天没杀你们算你们走运，今天我定要为师弟师妹报仇。"说完挥剑直刺廖天鹏咽喉。

廖天鹏赶忙躲开与白莲交手，在场众人都惊呆了，白莲的剑法如同风一样飘逸，剑光映着白衫如同白色云雾般飘荡在廖天鹏前后左右。虽然有何玉娇的六指魔音相助，廖天鹏也是手忙脚乱脑门冒汗。而白莲呢没有别的想法，只要杀了他们夫妇为鹰翔、莹莹报仇，就是死也甘心，所以将自己平生所练功法发挥到极致。

两人在擂台上打得难解难分，远处树上的少年也不禁暗自佩服白莲的功夫。离擂台不远的树林中蛇林有些着急。抬手运用内力打出三颗银针，直奔白莲而去。白莲打着打着突然感到三道寒光直奔自己而来，忙闪身闪躲，两颗银针打空，第三颗被白莲用剑打落。与此同时廖天鹏已到近前，手中的算盘已经砸向白莲面门，白莲忙用剑抵挡。两件兵器碰在一起，廖天鹏运足内力用算盘把白莲的宝剑压到紧贴白莲胸口。白莲不论从内力，还是劲道都不如对方强，有些动不了。

与此同时，廖天鹏左手从背后抽出判官笔，直刺白莲软肋。白莲一闭眼，心想：完了……擂台下柴戎等人也一闭眼，知道白莲肯定没命了。

就在这时，飞来一条九节鞭正好打在廖天鹏左手腕上，判官笔落在擂台上。随之远处奔来身着白衣的一男一女，瞬间已到近前。

白莲就觉得闪过一人，那面容极像鹰翔，他把廖天鹏的算盘打飞，拉着自己飘到一边。白莲以为自己在做梦，等站定之后定睛观看，那两人站在自己面前。白莲惊呆了，以为自己已在魂游了。因为站在跟前的正是鹰翔、莹莹。

台下的人纷纷叫好"好轻功，好身手！"柴戎、信诺包括黑白无常是又惊又喜，都为鹰翔二人没死而高兴。元空、张冰两人得知来的就是鹰翔、莹莹时，不禁感叹道：逍遥派后继有人啊。

"鹰翔、莹莹你们不是……"白莲疑惑地问。莹莹拉着白莲的手打断她的话："说来话长，师姐你先下台休息，等我们收拾完这对败类再说。"说完把白莲送下擂台。

台上的廖天鹏夫妇不敢相信自己的眼睛，心想：没想到他们没死，这下可要出大事。但又一想既然有蛇林暗中帮忙，何不就此除掉他们，以免日后一统江湖时留下后患。

想罢廖天鹏一抱拳道："鹰少侠之前我夫妇二人听信谗言与你们为敌，实在不好意思，在下当着天下英雄面给二位赔礼了。"说完向两人一抱拳接着说："现在为共同对付蛇林选盟主，既然鹰少侠来到台上何不一决高下？"

鹰翔没有杀他们的意思，也没有当盟主的心思，一抱拳道："既然二位前辈愿意把过去的恩怨一笔勾销，我甚是高兴。对于盟主在下不感兴趣。"说完拉着莹莹要下擂台。廖天鹏挥算盘直奔鹰翔道："鹰少侠既然来到台上，何不一显身手？"旁边的何玉娇开始用力弹奏六指魔音。

鹰翔赶忙闪身躲开心想：误会既然解开，为何还下如此毒手？看来今天要下台就得分出胜负。想罢便挥舞手中的九节鞭与其交手。莹莹也没闲着，吹奏起《碧海超声曲》。琴笛二次交锋已今非昔比。何玉娇就觉得对方内力强大了很多。

蛇林见鹰翔没死，反而武功又有所提升，大为惊恐。这时花九娘刚刚从少林寺里回来，蛇林忙问："你的毒下得怎么样了？"花九娘一笑道："我刚刚去过少林寺的伙房，招待各门派的饭菜已经做好，我已经在里面下好了毒。现在临近午时，等过不了多久就会全收场。"

蛇林听罢微微一笑道："很好，廖天鹏夫妇就让他们自生自灭吧。"

花九娘和萧海浪听罢相互看看对方心中产生了一个共同的想法：蛇林的目的马上就要实现，接下来会不会除掉我们，廖天鹏夫妇就是一个很好的例子。

远处树上的年轻人被鹰翔、莹莹刚才来到台上轻盈的步伐所吸引。莹莹那种超凡脱俗的气质，天仙般的面容，更是让他已经看得呆住。

擂台上鹰翔是处处忍让，点到为止。没想到廖天鹏却是招招致命，恨不得一算盘拍死鹰翔。台下的人看得眼都直了。元空和张冰还在议论：这孩子到底都拜过谁为师？二圣就不用提了，怎么还有古墓派的腾云步，还略有些终南派的步法和招式。

信诺、唐璇等人都暗中为两人叫好，而白莲却在为鹰翔担心。她知道鹰翔功夫有长进了，不会出事，但就是为鹰翔担心。

擂台上鹰翔与廖天鹏打了五十多招时，莹莹的《碧海超声曲》已经让何玉娇招架不住。何玉娇暗叫不好，忽地一口鲜血吐在焦尾琴上，停止了弹奏。廖天鹏一分心，鹰翔一掌打在他的肩膀上，与其说打倒不如说是推。鹰翔就这么一推不要紧，廖天鹏后退了十几步远仰面朝天躺倒在地。

6 误会重重泪飘零

见台上胜负已分，元空纵身上台和鹰翔、莹莹打过招呼后向台下众人道："方才台上的比武大家都看见了，两位年轻人的身手大家也非常清楚，而且两人都是逍遥派，还有古墓派的传人。相信二圣和上官飞燕、冷彩霞的弟子也能担当武林盟主大任，带领大家除掉蛇林。老衲觉得就别比了，由鹰少侠来做盟主吧。"

在场众人大多数不愿意，纷纷吵嚷：鹰翔虽然武功盖世，但年纪太轻，阅历浅薄……

鹰翔听了元空的话忙上前施礼道："大师，各位前辈说得对，在下不能胜任。"

元空点点头向台下道："大家静一静，既然鹰少侠也不愿意，咱们就再商议吧。现在临近中午，请大家先到寺里用餐，盟主之事咱们再商议……"众人同意，纷纷散去。

鹰翔、莹莹来到台下与信诺、白莲众人相见。柴戒见几个年轻人聚在一起相当开心，看到鹰翔、莹莹没事也就没去凑热闹，和张冰、元空先回寺里去了。

武金铃见到鹰翔一头扎在他怀里，边哭边说："鹰大哥，我可见到你了！"

鹰翔见武金铃一个人，娄方却不在，忙问："金铃你先别哭，告诉我究竟发生了什么事情？"

武金铃边哭边把经过讲了一遍，鹰翔听罢大吃一惊，心想：难怪我刚入中原就遭到各大门派的追杀，原来是这个林飞，我定将他碎尸万段，以告武飞师叔在天之灵……

旁边的黑白无常正拿莹莹寻开心："没想到小丫头练成古墓派神功，不如以后去做古墓派老大吧。"黑无常对莹莹道。

白无常反驳道："不行不行，古墓派人丁稀少。现在也就鹰翔、莹莹两个传人……"两人边说边看莹莹。

莹莹没听见似的在那儿发呆，望见武金铃在鹰翔怀里哭诉，虽然知道鹰翔待对方如同亲妹妹，没有半点儿女之情，但还是有些不痛快。

黑白无常见状给鹰翔使了个眼色，鹰翔突然想到什么，来到莹莹身边拉着她的手向在场几个人道："各位我向大家宣布件事情，我和莹莹在终南山谷底时由上官飞燕前辈做主，已经成亲……"

众人听了又惊又喜，只有白莲、武金铃、信欣三人高兴不起来。白莲虽然感到失望，但真心地祝福师弟师妹。信欣刚要上前说些什么，被信诺一把拉住，信诺知道信欣一路追随就是为了鹰翔，可是她在鹰翔心中和武金铃一样，如同一个小妹妹。而这时的武金铃突然感到无比落寞无助……

正这时，凌狐跑过来喊大家回少林寺。原来柴戎和众人回到寺里见鹰翔几人还没回来，就叫凌狐去喊大家。

元空吩咐弟子们给几个年轻人留了桌饭菜，各门派的掌门边吃边聊擂台上的事，但不见廖天鹏夫妇，大家也没太在意，众人都觉得两人没有颜面见大家……

一个偏僻的树林里，花九娘、萧海浪、廖天鹏夫妇在商议着什么，唯独没有蛇林。花九娘、萧海浪两人想到了将来蛇林也会像丢弃廖天鹏夫妇那样丢弃他们，所以暗中把两人找来商议对策。

四人商议好办法之后，廖天鹏对萧海浪说："萧兄，你看这是什么？"说完把莹莹掉在河边的半块玉佩拿给萧海浪看。

萧海浪看见玉佩大吃一惊，忙问廖天鹏："你是从哪儿得到这块玉佩的？你见过玉佩的主人吗？"

廖天鹏微微一笑："她就是今天在擂台上和鹰翔联手打败我们的莹莹……"

萧海浪的表情复杂得无法形容，花九娘忙问："萧兄，那个丫头和你是什么关系？难道是你的女儿？"

"没错，正是我女儿……"萧海浪把当年怎样把玉佩断成两块，分别给妻子和女儿戴在身上的经过讲了一遍，但没有讲后来的事情。花九娘、廖天鹏夫妇知道后面发生的事，整个江湖都传遍了，也就没再多问。

鹰翔等人回到少林寺，看到眼前状况不由得大吃一惊，众人呆滞地坐在地上，根本不是运功，好像是都中了什么毒。

鹰翔忙询问怎么回事，元空低声地说："有人在饭菜里下毒，此人用毒非常高超，而且相当毒辣。这毒应是腐心散，能让人的心脏在几个时辰内腐烂。即使我们靠用内功护住心脉，也只能撑一天时间……"

此时，鹰翔突然觉得大殿之上有人，于是施展轻功到大殿房顶飞上定睛观看，原来是萧海浪。

萧海浪刚要走，发现鹰翔已到近前，二话不说与鹰翔动起手来。

原来萧海浪得知莹莹就是自己的女儿后心急如焚，怕莹莹也中毒，他知道花九娘用毒狠辣，从不配置解药，所以单枪匹马来到少林寺寻找女儿。到大殿房顶之时鹰翔等人也刚刚回来。他确定莹莹没事之后刚要离开却被鹰翔发现。

现在鹰翔的功夫萧海浪哪是对手，不到二十招就被鹰翔打下大殿。

萧海浪刚刚站稳，信诺众人已到近前将其围住。萧海浪捂着胸口，目不转睛地盯着莹莹心想：能让我在有生之年见到女儿也算心满意足。想罢他根本没有准备还手。

这时，随着一个黑影闪过，萧海浪被从众人之中拉到数丈之外，此人站定后对萧海浪道："萧兄你不要命啦，怎么不还手啊？"

萧海浪一看救自己的正是蛇林，道："没什么，只是刚刚脑海里一片空白，大概疯癫之病又犯了吧。"

这时花九娘、廖天鹏夫妇、张子道、林飞等人以及金蛇山庄几百人已经冲到少林寺之内，来到大殿前面。

鹰翔看见蛇林不禁咬碎钢牙道："蛇林，没想到你竟用如此卑鄙的手段！"

"哈哈哈哈，只要能达到目的，用什么手段不重要。"蛇林狂笑道，"你们在此等待，我要亲手杀了鹰翔。"说完挥宝剑直奔鹰翔。

鹰翔刚要上前迎战，黑白无常两人各持兵器把蛇林拦住。白无常道："我们在台上败给那对贱人就是拜你所赐，四川唐门蛇林，今天我兄弟二人要为武林除害。"说完两人与蛇林斗在一起。

现在的蛇林非同当年，当年他与萧海浪联手杀掉鹰傲后，觉得凭自己的本领要一统武林难比登天。所以他苦练化功大法和内功，而且还自创了灵蛇剑法，不但这样还偷学了很多门派的绝学。二十年中他每天都在潜心练功，所以武林才有二十年的平静。眼下的蛇林在中原武林几乎没有对手，上次鹰翔、柴戎等人大闹金蛇山庄时，他是故意放走众人，而今天则不然……

黑白无常两人不到五十招就被蛇林纷纷打倒在地，口吐鲜血身负重伤不起。

鹰翔见状抽出宝剑直奔蛇林，旁边的莹莹紧随其后，心想：不能让翔哥一个人去冒险。白莲、信诺等人赶忙把黑白无常扶到大殿之内疗伤。元空等人见状只能干着急。

再看鹰翔、莹莹两人与蛇林打了个棋逢对手，针尖对麦芒。三个人你来我往如同风催浮云一样。

两人虽然内力有所增加，但与蛇林相比稍显不足。转眼间打斗了二百多招两人都没有取胜的能力。旁边的萧海浪紧张得手都攥出汗来，他担心莹莹出事。

莹莹边打边对鹰翔说："翔哥，双飞剑法。"说完变换招式。鹰翔已经打蒙了，只觉昏天黑地，听见莹莹这一喊，忽然想到双飞剑法，收气塑形变换招式。

两个人两把软剑舞动得如同飞龙，将蛇林团团围住。蛇林心想：没想到两人的剑法如此之高，配合得如此默契，我得多加小心。

转眼间又打了二百来招，蛇林心想：没时间和你们玩，何不用暗器……想罢，寻机抖手发出三颗银针直奔鹰翔。

鹰翔忽然觉得三道寒光直冲自己而来，赶忙闪身躲开。与此同时，蛇林摆脱了莹莹，宝剑裹雷挟闪般直刺向鹰翔。

躲是没法躲了，只能抵挡，软藤剑正好缠绕在金蛇剑上。蛇林见没刺中鹰翔，便探左手运用化功大法直击鹰翔胸口。

鹰翔的软藤剑绞在金蛇剑上根本收不回来，此刻如果松手的话金蛇剑将直刺他的心脏。

鹰翔想用左手接住这一掌根本够不到。关键时刻，莹莹施展腾云步来到跟前，只见他剑交左手出右掌运足内力接下蛇林这一掌，与此同时将紫薇宝剑扔向鹰翔的左手。莹莹被震得后退十几步，差点没吐血。萧海浪看在眼里疼在心里：莹莹啊，鹰翔对你真的那么重要吗？

蛇林虽说没什么大碍，但身子也向后一歪。搅在一起的宝剑也随之向后撤了一下。鹰翔顺势松开软藤剑，左手接住紫薇宝剑直刺蛇林咽喉。

莹莹这一招是抱着丢命的打算去试的，如果没有心灵相通的默契，两人都会没命。但情急之下只能这样做。见鹰翔接到了宝剑，她忍着伤痛拿出玉笛吹响了《碧海超声曲》。

蛇林万万没想到两人会有这一招，紫薇宝剑的剑气伴着《碧海超声曲》直奔蛇林。转眼即到，蛇林再也没有办法躲闪。

就在这时，鹰翔的宝剑被一把折扇挡住，一位身着紫衣的年轻人与鹰翔斗在一处。蛇林被几个如同白色幽灵的人托在头顶，消失在人群中。在场众人根本没看清几人的模样。

紫衣少年见已将蛇林带走，虚晃一招随后消失在众人的视线里。鹰翔断定来人与幽灵山庄有关，想追去看个究竟，但又一想还有许多急事要办……

信诺、白莲纷纷上前询问鹰翔二人有没有事。花九娘暗想：这些神秘人是什么来头？武功之高在场的人都算上能与之比较的也不超过三两个。

这时，林飞飘身来到鹰翔近前道："鹰翔，你们虽然联手胜了我师父，但事情还没完。有本事和我单打独斗。"

鹰翔一看是冒充自己的林飞，不由火往上撞，把莹莹推在一旁道："你冒充我杀害了多少无辜之人，今天我要替他们讨回公道。"说完挥剑要与其讨回公道。

林飞虽然练成七伤拳，武功有所长进，但鹰翔已经不是当时的鹰翔。林飞根本不是他的对手，但鹰翔想轻而易举地将他打倒也不可能。

正打着，远处两个男人架着一个妇女施展轻功来到众人跟前。那妇女正是金铃的母亲阿碧，旁边站着的是娄方和一个老者。这老者不是别人正是药王司马青。

武金铃看见母亲还活着，奔过去扑到其怀里放声大哭，阿碧抱着女儿也是泪如雨下。司马青和众人见过之后得知元空众人中毒，马上奔去大殿看望，研究解毒之法。

阿碧哭着向两人打斗的地方望去，看见亲兄弟在挣个你死我活心里不是滋味。她用尽最大声音喊道："两位少主别打了……"

就在此时，鹰翔的宝剑已经刺向林飞胸口，鹰翔听到阿碧的喊声赶忙把剑向一旁划去。身子随之闪出一丈多远向喊声观看，不禁又惊又喜。

这时阿碧刚好说出后面的话："翔儿，林飞是你的亲哥哥，他左胸口也有狼头刺青。"

鹰翔的剑刚好把林飞胸口的衣服划破，露出那个天狼帮的刺青。

正当阿碧的话说完的同时，鹰翔转脸正好看见林飞胸口的狼头；也就在同一时间林飞运足全部内力的七伤拳已经击向鹰翔。

鹰翔看见狼头时已经呆住，强大的内力击来，他没有躲的意识，被打出两丈多远，口吐鲜血栽倒在地。

林飞也一样，击出这一拳时刚好听见阿碧的话，意识到了什么。不光是那心里不自觉地疼痛，还有体内气血倒流，一口血吐在地上，单腿跪在那里，嘴角的血还在往下淌。

莹莹见状扑到鹰翔身旁，将其抱在怀里，不停地喊着："翔哥你不能死啊。"众人纷纷围了过来。白莲已经不敢上前，她担心控制不住自己……

阿碧当时就昏了过去，在金铃的呼唤下慢慢地苏醒过来。醒来后急忙奔向鹰翔……

林飞这边只有萧海浪上前看望，别人都在那儿看这突如其来的好戏。萧海浪是看着林飞长大的，虽然自己是对方的杀父仇人，但二十年来一直都把林飞当成自己的儿子。他不像蛇林没有妻子、儿女，一心想称霸武林。他每每看到林飞就想到自己的女儿，所以看到林飞落到这种地步心里很难受。

鹰翔这边阿碧告知了林飞就是他的亲哥哥。林飞这边正在逼问萧海浪："萧叔叔，您别瞒我什么了，告诉我实情好吗？"

萧海浪无奈，将一切告诉了林飞，并说："我也是你们的杀父仇人之一。"

林飞已经顾不得萧海浪后面说些什么，忍着疼痛跌跌撞撞地走向鹰翔。鹰翔在众人的搀扶下来到林飞跟前。

这时的林飞连吐了几大口血，已是奄奄一息，低声地道："兄弟，哥哥已经不行了，你一定要好好活下去，杀掉蛇林那个魔头，替我……"还没说完，林飞眼睛一闭气绝身亡。鹰翔边喊着"哥哥"边流眼泪，一口血吐在地上，昏死过去……

花九娘他们见状正要动手，将众人一网打尽，被萧海浪拦住道："现在鹰翔不死也成废人，对你们没什么威胁。如果你们执意要一统武林我不拦你们，但我退出。"说完向山下走去。金蛇山庄的人见蛇林不知下落，萧海浪下山去，也纷纷紧随其后。毕竟金蛇山庄能有今天这实力有一半也是萧海浪的功劳，众人肯定是要追随萧海浪。

花九娘、廖天鹏夫妇见状觉得以他们三人之力，根本没有实力再斗下去，也默默地离开……

蛇林被几个神秘人托着，就感觉这几个人的速度不比集腾云步和幻影步于一身的鹰翔差。心想：这些是什么人，中原的高手没几个有这样的身手的。几次想摆脱，但都没成功。

没过多久来到一个群山环绕、绿树相拥、云雾弥漫、若隐若现的山庄。虽然是白天，庄园里也是见不到太阳，给人一种阴森恐怖的感觉。

几个人将蛇林带到大殿之内放下，然后站在一旁。蛇林站定之后向四周观察，不由得大吃一惊。

大殿的两侧分站着大概有一百来人，他们是高矮胖瘦什么样的都有，年纪最小的也和蛇林年纪差不多。从他们的眼神和逼人的杀气中蛇林感觉出任何一个人的武功都在自己之上……

正这时，大殿上突然飘上一人，就见此人一身黑衣，脸上戴着面具。但从身材、个头和举止动作中不难看出是个女人。

当这个神秘人来到大殿之上时，两旁的人纷纷跪倒在地，高喊：庄主神功盖世，一统江湖。

"哈哈哈哈，起来吧！"此人得意地笑罢之后叫众人起来。

蛇林听到这个人的声音特别别扭，因为这人的声音既有女人的纤细嗓音，又混杂了男人的粗声粗气。就像一个女人说话，音调如同男人，但还不彻底，别提有多难听了。

那人看了看蛇林道："你就是金蛇山庄蛇林？欢迎加入幽灵山庄。"

蛇林虽然野心勃勃，但不愿意和这样一个不男不女见不得人的怪物交往，道："是你们强行将我架来，虽然你的人救了我的命，但我不喜欢和人合作。"

此人闻说仰天大笑，笑罢又道："你会喜欢这里的，而且会愿意留下来。你和他们不一样，也许用不了多久这整个江湖就是你我二人的。"

说完，一挥手运用内力将蛇林吸到近前，拉着蛇林的手道："来随我到里屋，我告诉你一切。"

进得里屋，此人将面具摘下。蛇林不由得倒吸了口凉气，就见此人虽是女儿身，长得也算美貌，看得出来是上了年纪，但练得不老神功才显得年龄不如实际大，而且她的两腮和嘴边居然还长着胡子。

"怎么，蛇庄主害怕了？"此人用那特有的男人声音问道，"听我讲完你就知道一切了。

原来此人名叫诸葛莲，五十年前也就是她二十来岁的时候嫁给了当地的富商，为其生子取名为郑少白。富商老来得子自然对她呵护有加。可是没过多久富商就死了，他的几房妻妾为争遗产大打出手，诸葛莲成为大家的公敌，而且郑家人也想除掉他们母子。

母子过着逃难的生活，在一次受市井街痞刁难的时候被一个侠士所救。自此诸葛莲决定带儿子去拜访名师学身武艺以求自保。可是事与愿违，母子拜访了很多门派都被拒之门外。由此她心怀恨意，但因孩子太小只好先找个无人知晓的山林过平静的生活，就躲到了这座阴森的地方。

　　这里以前没有庄园，只有一个山洞，旁边的山峰上不知什么人留下一间木制房屋。她们来到这里，在山洞里住下来。诸葛莲发现山洞里设有暗室，进去之后她惊奇地发现里面藏有很多武功秘笈。没过几年诸葛莲按秘笈所示练就了一身旷世武功。随着儿子长大，她开始教郑少白习武，并将孩子的姓名改成诸葛少白。

　　转眼间诸葛少白长大成人，诸葛莲也已经年近四十，这么多年过去了，她还记得当时带着孩子拜师时一次一次地被拒之门外，依然耿耿于怀，现在孩子大了更没有什么顾虑，她决心要练成天下第一的武功，称霸武林。

　　她在山洞里取出了最后一部秘笈，这旷世奇功的名字叫"阴阳颠倒功"是一种很邪门的功夫。男人练了会慢慢女性化，女人练了会男性化。诸葛少白不愿意让母亲习练这邪门的功夫与其发生争执，诸葛莲发现有问题时就把儿子赶走，因为她不知道练这样的武功会发生什么事情。在她的驱赶下诸葛少白远走吐蕃，一走就是几十年没有消息。

　　诸葛莲最终没有练成神功，因为这套邪功必须男女同练。而且要求练功的男人要么刚正无比，要么就是阴险毒辣才行。即使没有练成神功的最后几层，但她的武功已是无人能敌。

　　诸葛莲开始去抓各大门派出类拔萃的人物，带回山里用攻心术控制他们。随着时间的流逝，她控制的人越来越多，而且都是少有的武学奇才。与此同时也建成了这座不被武林人士所知的幽灵山庄。若不是当年上官飞燕误入山庄，也许整个武林被灭也不会有人知道是幽灵山庄的人所为。

　　"为什么给我讲这些？"蛇林问道，"你也可以用攻心术控制我啊，为什么？"

　　诸葛莲笑了笑，打断他的话道："刚才我说什么来着，我要你和我一起练功。这么多年来我一直在寻找适合之人。而这么多年来只发现两个，一个是鹰傲，可惜被你害死。另一个就是你。怎么样，蛇庄主，咱们一起探寻这套武功的奥妙，一起称霸武林如何？你觉得以你的本事可以称霸武林吗？"

　　蛇林听了这些陷入了沉思，思索了很久……

　　这时大殿外走进一个身着紫衣的年轻人，来到诸葛莲近前深施一礼道："师父我回来了。"

　　"嗯，给我讲讲蛇庄主走后少林都发生什么事了。"诸葛莲说完对蛇林道，"这是我的徒弟晗冰晗笑雪。"

　　晗冰将发生的一切讲了一遍。诸葛莲笑了笑道："事情越来越有意思了，鹰翔、莹莹两个人不可小视啊。虽然鹰翔重伤，但他有痊愈的一天。还有什么对我们有利的消息？"

晗冰接着说："据我追查，莹莹是萧海浪的女儿，而萧海浪正是鹰翔的杀父仇人。这个蛇庄主应该清楚。"

蛇林听罢道："没错，当年是我和萧海浪联手杀的鹰傲。至于萧海浪我只知道当年他杀了自己的妻子和女儿，难道他女儿没死？还有那个阿碧，和鹰翔情同母子。"

"没错，这是廖天鹏发现的，告知了萧海浪。"

"很好，你先下去吧。"诸葛莲叫晗冰下去休息，接着对蛇林道，"怎么样，考虑好了吗，帮我一统江湖？"

蛇林笑了笑问道："既然诸葛庄主盛情邀请，在下只好答应。不过在下有一事不明，就是庄主为何不趁各派掌门中毒之际将其一网打尽，为何只针对鹰翔他们两个人？"

"哈哈哈哈，蛇庄主可曾想过他们师出何门？针对他们的目的就是将他们的师父引出来。只要除掉二圣和冷彩霞，中原武林就唾手可得。对付其他各大门派也就易如反掌。而且鹰翔二人小小年纪就有如此功夫，二人合力不比他们的师父差。在没有练成阴阳颠倒功之前，他们是最难对付的。"诸葛莲用那难听的声音道。

少林寺里各派掌门身上的毒已被药王司马青所解，但元气尚未恢复，各自回房调理身体去了。

留下的只有柴戎、信诺、白莲等人，他们帮着鹰翔把鹰飞安葬。一切都安顿好之后已经到了傍晚，这时鹰翔已经极其虚弱，体力不支地晕倒。

莹莹焦急地把药王找来，几次想让药王给鹰翔看伤，但都被鹰翔拒绝。他要先安葬哥哥。

司马青给鹰翔把了把脉，心里不由一颤，脸上显出了焦虑。莹莹急忙地问："前辈翔哥他……"

没等莹莹说完，司马青将众人叫到外面，低声地说："鹰少侠五脏受损，内伤严重，这些都是小问题。但是他的真气被震散，原本他体内就有两股真气，一股是它本身练就的逍遥派内力，一股是古墓派的。"

"对啊，上官前辈临终前将内力传给我们两人，这有什么害处吗？"莹莹疑问道。

"本来是没有的，上官掌门当时已经将两股内力融合在一起。但现在他体内的真气已经散成很多股，以鹰翔现在的本事根本无法将其聚在一起。外力又不能介入，如果介入的话他体内又多了一股真气，相互碰撞，鹰翔会生不如死。"药王带着惋惜的语气道。

在场众人纷纷追问有没有办法救鹰翔，司马青摇了摇头道："现在我还没想出办法，不过我会尽快找到办法。大家也别难过了，至少鹰少侠没有生命危险，只是如同废人。"

大家听了心急如焚，但又不敢告诉鹰翔，怕他承受不了。

莹莹请众人先去休息，自己看守鹰翔。莹莹坐在床边凝望了鹰翔很久，眼泪如断了线的珍珠。这时她忽然产生过了今晚就见不到鹰翔的直觉，心里有种莫名其妙的疼痛，仿佛是灾难来临的先兆。

良久，莹莹擦了擦泪水，心里默念着：翔哥你一定要好起来。忽然她感到一种莫名的危险正在向她靠近。

莹莹迅即起身来到院内，她的直觉告诉她有人闯进来了，而且就在附近。刚到院内，一个黑影从自己的房间闪过，速度之快让莹莹以为自己出现了幻觉。

但那人手中提着的宝剑让她反应过来这是真实的，对方从自己的屋里拿走了紫薇宝剑。莹莹毫不犹豫飘身去追黑衣人。

盗剑的人觉察到自己被跟踪，心里暗自高兴，来到山下还没有拆掉的擂台之上站定身形。刚刚站稳莹莹已到擂台之上。

"你是什么人，为何盗我宝剑。"莹莹站定之后问道。

"哈哈哈哈，萧莹莹果然轻功了得。若不是盗走宝剑，你会和我站在擂台上一起赏月吗？"黑衣人用那别扭的男人的嗓音道，然后转身面对莹莹。

莹莹听到这声音再看看对方，虽然戴着面具，但从个头、身材和举止动作不难看出是个女人，但为何声音如此难听？

莹莹打量完对方道："你怎么知道我叫莹莹，但本人不姓萧？"

"是吗？恐怕你师父冷彩霞没将身世告诉你吧。不过没关系，你会知道的，到那时不知道你会是什么心情。"黑衣人说完笑了笑。

莹莹没空和她废话，随着一声"还我宝剑"，纵身直奔黑衣人，欲夺回紫薇宝剑。

以莹莹的身手连着向对方击出十几招竟然连黑衣人的衣角都没碰到。就见此人边躲边道："省省吧，看来你师父的绝学你一点都没学到啊，你们逍遥派的功夫不该这样稀松平常？"

"少废话，还我宝剑。"莹莹加快了进攻速度。

"哦，对了，你最厉害的是剑法，还给你。"黑衣人瞥见对面的帮手已到位，觉得是时候把宝剑还到莹莹手中，于是将紫薇剑扔给莹莹。

莹莹接住宝剑，一挥手直刺向黑衣人，心想：我倒要看看你是什么人。就听"噗"的一声，血顺着宝剑流了下来。再定睛一看宝剑正插在阿碧的胸口，此时的阿碧已经气绝身亡，而黑衣人早已踪迹不见。

这时信诺、白莲、武金铃还有在黑白无常搀扶下的鹰翔在不远处看见，全被这一幕惊呆了。

这是诸葛莲和蛇林设计的一个圈套，由诸葛莲把莹莹引出来。只有她有这本事，在莹莹面前如幽灵般瞬间消失。

唅冰扮成莹莹潜入少林将阿碧打晕劫持，而且故意让人发现，尤其是鹰翔。然后将众人引到擂台这里。

唅冰是刚刚诸葛莲看到的帮手，她看到唅冰得手后，将宝剑还给莹莹的同时，将阿碧用内力吸到身前。整个江湖也只有诸葛莲有这本事，就这一瞬间，莹莹的剑正好刺中突然出现在对面的阿碧。此时诸葛莲已经如幽灵般消失在夜幕之中。

而唅冰呢，他那肥大的衣服里面一层是黑色的，到达目的之后将衣服一翻，盖住自己的身体，以他的轻功很容易在众人的视线里逃脱。

在众人看来只是莹莹挟持着阿碧来到擂台之上，等到近前也只是看到莹莹手中滴血的紫薇剑和死去的阿碧。

此时的莹莹站在擂台之上脑子一片空白，觉得这就是一场梦，全是幻觉。她不相信世上会有如此快的人，除非是鬼。

当武金铃冲到阿碧跟前放声大哭，鹰翔拖着无力的身体来到她面前，颤抖地问道："莹莹你为什么要这样做？"莹莹才觉察到这一切不是梦，不是幻觉。一切都是真的，是自己亲手杀死了碧姨……

白莲、唐璇、柳星三人不敢相信眼前的一切，一向心地善良的小师妹怎么会做出这样的事情："莹莹，到底发生什么事情了，你怎么会将碧姨挟持到这儿杀害她呢？"

此时的莹莹面对众人的逼问一句话也说不出来，尤其看到鹰翔那双含泪的眼睛，她深知刚才发生的一切大家绝对不会相信。

此时的鹰翔看着莹莹，深知她是有苦衷的，他在等莹莹的解释，哪怕是不合理的，即使是天下人都不相信的理由他也会相信的。

莹莹深知自己解释不清，她想一死了之，想死在心爱的人鹰翔手中，于是道："人是我杀的，原因就是我恨武金铃。恨她对翔哥太好，总有一天她会抢走我的翔哥，我不但要杀了阿碧，我还要杀了武金铃。"说完抖剑直刺金铃。她想用这种方法让大家杀死自己。

鹰翔见状抽宝剑将莹莹拦住，软藤剑直向莹莹刺去。他听了莹莹这样的话语不由得头脑发昏。因为若不是阿碧当年舍命救下自己，哪有今天的鹰翔。而且武飞师叔也是因自己而死。见莹莹要对金铃妹子下毒手，自然拦住莹莹。

莹莹躲都没躲，任凭剑锋抵近。鹰翔见她没躲，忙收宝剑，刺中莹莹的左肩膀："今日你我恩断义绝，他日再见我绝不留情。"鹰翔摇晃着身子离开擂台，此时的他已是泪如雨下。

众人见状真不知该说什么，帮着武金铃把阿碧的尸首抬回去。白莲三人还想询问些什么，却被莹莹呵斥走开。

6 误会重重泪飘零

擂台上剩下了莹莹独自一人,她擦了擦泪水,仰望天空,长叹一句:"老天为什么要这样捉弄我?"说完将紫薇剑搭在肩上打算自刎。

正这时,宝剑被一块飞石打落,紧接着萧海浪出现在莹莹近前,此时莹莹已经晕倒在地……

元空大师安排给腾出间屋子,众人帮忙把阿碧的尸首放在那儿,等待明天安葬。鹰翔没有像金玲那样守在旁边,他不敢面对金铃和死去的阿碧,独自一人回到屋内,想起对莹莹说出那句"恩断义绝"的瞬间。

武金铃守护着母亲的尸体,眼睛已经哭得像桃子一样,众人不忍看见这样的场景纷纷离开。元空派了几名弟子守在门外,以免再发生意外。其他人聚在一间屋里议论着刚刚发生的事。柴戎低声地对凌狐道:"凌儿,你去看看金铃吧,陪陪她,我担心这孩子想不开。"

没等柴戎说完,凌狐郁闷地道:"让我去陪她?算了吧,我最见不得女孩子哭了。对了,让信欣去吧,两个女孩子还可以一起哭。"

信诺身边的信欣听了愤怒地对凌狐道:"你怎么说话呢,什么叫一起哭啊,姑奶奶才没那么脆弱呢。"

众人都很烦,这两个小孩一闹腾就更烦了:"够了,你们两个一起去,如果在金铃面前你们还这样闹腾,看我怎么收拾你们。"柴戎阴沉着脸道,信诺狠狠地瞪了一眼信欣。

凌狐、信欣两人边小声抱怨边走出屋子去找金铃,等到金铃那儿两人立马严肃起来。虽说死的不是自己的亲人,但见金铃哭得那么伤心两人也不是滋味。

这二位是左边一个右边一个安慰着金铃,谁知金铃哭得越来越伤心……

经过两人的反复劝说,终于让金铃平静下来,这时已经半夜。突然守在外面的和尚随着一阵风纷纷倒在地上绝气身亡。一个黑影把门推开飘了进来,还没等三人反应过来便已经人事不省……

第二天,众人才发现凌狐三人被劫走,连同白莲、鹰翔也踪迹不见。大家在白莲的屋内发现一张纸条,上面是白莲的字迹。大致意思是她去西北雪山寻找千年雪莲,采回来为鹰翔治伤……

原来昨晚白莲回屋后偶然看见墙上观音壁画,上面的莲花让她想起师父曾经提起过千年雪莲,能治百病调养内伤,还能气血补益,应该对鹰翔的伤势有作用。想罢拿起宝剑连夜出发赶奔西北雪山。

而鹰翔在经历了一系列残酷的变故之后,已经心灰意冷不想再连累大家,天还没亮就独自离开了。

众人商议之后,由柴戎、信诺、黑白无常去寻找凌狐三人。唐璇、柳星、娄方去寻找鹰翔。司马青留下协同元空大师处理这些天的余留事情。至于白莲大家只能为她祈祷一切顺利。

幽灵山庄大殿上，蛇林疑惑地问诸葛莲："诸葛庄主你捉来这三个小孩干什么啊？"

诸葛莲道："为一个人，一会儿我带你去见见他，你们交过手，而且你不是他的对手。"

"哦，这人是谁？我怎么没印象啊？"蛇林疑问地道。

诸葛莲没有再说什么，吩咐手下将凌狐三人带上，和蛇林来到一间密室门外，门上有一个方形缺口可以看到里面。

蛇林向里看去，只见一个黑衣人四肢被铁链锁着。那人坐在地上闭着眼睛。蛇林觉得那人有些面熟，但想不起来是谁。这时那人睁开双眼，蛇林不由一惊，不由自主地道："凌云！"

一旁被押着的凌狐心里一颤：我哥哥怎么会在这儿？而且也被抓了，不可能！

"没错，当日凌云刺杀你时是我救下他的，本想为我所用，可是他意志太坚强，我的攻心术对他不起作用。所以我只能将他弟弟抓来，这样他就乖乖地为咱们办事了。"诸葛莲解释道。蛇林听罢点了点头..

这时诸葛莲将门打开，用那难听的声音道："凌大侠，看看我把谁给你带来了。"说完命人把凌狐三人押到屋内。

凌狐看见凌云不由自主地喊道："哥哥！"

凌云只听见凌狐喊得哥哥这两个字，其他的对他来讲都不重要，这是他和凌狐分开以来第一次听到"哥哥"这两个字。

"哈哈哈哈，凌大侠，这次我们可以合作了吧。"诸葛莲笑罢之后道。

凌云听罢，再看看凌狐和两个姑娘，淡定地道："说吧，要我去杀谁？"

诸葛莲笑了笑："凌大侠果然快言快语，我不是让你去杀人，我要的是你去西北雪山，找到千年雪莲将其带回。"

凌云低声地道："千年雪莲，雪山圣物，能调理五脏，增加内力。生长在雪山之巅。几百年来没有人能将其采下。"

诸葛莲道："没错，不过我相信凌大侠有这本事将千年雪莲采回来。再说你没得其他选择。"

"不必说了，把锁链打开。"凌云打断诸葛莲的话道。

"爽快，把锁链打开，将七星龙渊还给凌大侠。"诸葛莲吩咐下人道。

凌云离开时看了看凌狐，没有说什么。那双眼睛仿佛在告诉弟弟等他回来。凌狐没有像在少林寺时那样哭闹，只是喊了一句："哥哥保重。"凌云头也没回，消失在众人面前。

等凌云走后，诸葛莲吩咐手下把凌狐三人带到幽灵峰上。幽灵峰高耸入云，上面有几间屋子。四周都是悬崖，想逃跑真是比登天还难。

7　意断情连生死共

萧海浪将莹莹带到远处树林里一间废弃的茅屋里，此时的莹莹已经昏睡过去。

这些天的匆忙赶路，擂台上大战蛇林，又为鹰翔的伤势担心，最重要的是被鹰翔误会，被人陷害。这一切都已让莹莹心力憔悴。莹莹不知不觉地倒在萧海浪的怀里……

无情书生看着自己的女儿一阵心酸，将大氅脱下盖在莹莹身上。脑海里闪出当年的一幕一幕往事不禁落下眼泪，就这样他在莹莹身边守了一夜。

而莹莹这一觉是那么美好，在梦里见到自己的父母，而且还有鹰翔一起过着安定的生活。

天渐渐亮了，此时的萧海浪正拿着两个半块玉佩发呆。莹莹睁开眼睛发现自己躺在萧海浪的怀里，而且看到自己丢失的玉佩非常惊讶。

莹莹立马站起身抄起放在身旁的紫薇宝剑指着萧海浪道："我的玉佩为何在你手中……"

萧海浪正沉浸在美好的回忆当中，突然莹莹用宝剑指着自己询问玉佩的事情，慌忙站起身来道："莹莹我……"

他是想说我就是你的父亲，可还没说完宝剑已到眼前。萧海浪没办法，只好接招不停躲闪。

正这时寻找鹰翔的柳星、唐璇、娄方三人正好经过。听到动静忙上前观看，唐璇、柳星见状各拿兵器去帮莹莹。而娄方还在思量是帮还是不帮，毕竟莹莹是杀害阿碧的凶手……

就是没人帮忙，萧海浪也不是莹莹的对手，再加上萧海浪也不打算还手。柳星两人的加入更给莹莹涨了士气。

萧海浪一个没留神被莹莹重重地一掌落在心口，直摔出一丈多远口吐鲜血倒在地上。紧接着莹莹的宝剑刺向萧海浪的咽喉。此时的莹莹已顾不上自己的玉佩为什么会在对方身上，她一心想替鹰翔报仇……萧海浪脑子里只有一个想法：报应啊。

就在这时一个红影飘过，莹莹的宝剑被人夺走，一位身着红衣的女子轻盈地站在莹莹跟前。

莹莹三人忙上前跪倒："师父您怎么来了？"

来的这人正是藏剑谷的冷彩霞，这些天冷彩霞一个人在谷里非常担心徒弟们的安危。自己终日坐立不安实在待不下去了就出谷转转，借故找一下几个徒弟。这些天的事她也听说了，就知道莹莹她们肯定会在嵩山，急忙赶来。刚刚到这儿就听见打斗之声，到近前一看莹莹正要杀死自己的亲生父亲，忙上前阻拦。

冷彩霞看看三人低声地道："都起来吧，怎么就你们三个，白莲呢？"

唐璇、柳星不敢隐瞒，把所发生的一切讲了一遍，当她们讲到白莲去雪山寻找千年雪莲的时候，冷彩霞不由一惊自言道："这个不知天高地厚的丫头。"

这时莹莹想到昨晚的一切扑到冷彩霞怀里放声大哭："师父我……"冷彩霞叹了口气打断她的话道："莹莹啊，为师相信你没有杀人。刚刚见你运用古墓派轻功，是谁教你的？"

莹莹讲述了在终南山的经过，突然想到上官飞燕讲的关于幽灵山庄的事情，忙告诉了冷彩霞。

冷彩霞点了点头，此时萧海浪捂着心口走到近前道："冷前辈，昨晚我在去少林看望莹莹的路上发现了蛇林和一个戴面具的黑衣人要去少林。那个黑衣人的动作快得如同鬼神一般……"

"你还没有告诉我你手中的玉佩是怎么回事，师父您为什么要救他？"莹莹打断萧海浪的话道。

冷彩霞叹了口气道："莹莹，你不是想知道你姓什么吗？今天为师就告诉你。你姓萧，他就是你的父亲。"说完指了指一旁的萧海浪。

莹莹听呆了，简直不敢相信自己的耳朵。不光是她，唐璇、柳星、娄方都呆住了。

冷彩霞把当年如何救的莹莹讲了一遍。二十年前，她和上官飞燕一起游走武林，刚好碰见练功走火入魔的萧海浪将莹莹扔下悬崖，两人见状凭借着两派的绝世轻功幻影步和腾云步相互配合才救下莹莹。后来上官飞燕要带走莹莹，被冷彩霞拦下，两人都要收莹莹为徒。

此时的莹莹捂住了耳朵，一边流泪一边摇头，她接受不了这个事实：自己居然是鹰翔杀父仇人的女儿……

这时萧海浪也是心情沉重，几次张口想喊莹莹一声"女儿"却没喊出来。莹莹边哭边对萧海浪道："这不是真的，我不是你女儿。你走，走啊……"

萧海浪知道莹莹接受不了，为了不让女儿再激动，托着重伤的身体缓缓地离开这里。

"莹莹，我知道你接受不了，但你必须面对事实。我希望你能原谅你父亲。还有，不要自暴自弃，去查清是谁陷害你的，如果查明是谁，切勿轻举妄动等为师回来。"冷彩霞道。

柳星、唐璇还有正在哭泣的莹莹同时问道："师父您要去哪儿？"

冷彩霞道："还能去哪儿，西北雪山去找白莲。你们至少还有个照应，她呢，真是让我放心不下。刚才的话你们都要记住，还有尽快找到鹰翔，保护他的安全。"冷彩霞说完匆匆赶往雪山……

7 意断情连生死共

冷彩霞走后四人决定分开寻找，以嵩山为中心分别向东南西北方向寻找一天，傍晚回来集合，如果没找到鹰翔，再商定下一步行动。

鹰翔身上有伤，运用不了内力走不了多远。以四人的能力如果走出一天还没找到鹰翔，证明选错了方向。

莹莹选择去南面寻找，直觉告诉她鹰翔就在那个方向。边走边想着和鹰翔在一起的每个瞬间。"他会相信我吗？即使相信，可我是萧海浪的女儿，他知道后还会……不管发生什么我都不能放弃，'相濡与沫，蝶舞双飞'，我们是夫妻……"想罢再看看腰间挂着的铃铛，满怀信心地去寻找鹰翔。

萧海浪其实没有离开，他拖着重伤的身体远远地跟在莹莹后面。突然前面闪出几个人将其拦住。

"哈哈哈哈，萧兄一日不见竟落到如此地步，真叫人看了难过啊！"为首的笑罢之后道。

萧海浪抬头一看原来是花九娘和廖天鹏夫妇，后面还跟着张子道等人。萧海浪停住脚步："花掌门找我有何贵干？如果想让我帮你们称霸武林的话请让开，我还有事……"

"呦，是不是担心自己的女儿有危险，想暗中保护啊。可惜人家不领你这份情，都把你打成这样了。"

萧海浪笑了笑道："不管怎样，她终究是我女儿。迟早有一天她会认我这个爹的，我付出再多也值得，总比花掌门连个接班人都没有好吧。"

"萧海浪你……原本我们打算约你一起去抓鹰翔，来胁迫你那可爱的女儿为我们办事。看来我们得先把你收拾了，要不然肯定坏我们的大事。"花九娘气急败坏地说完抖手扑向萧海浪欲将其置于死地。

萧海浪虽然受伤，但毕竟是江湖上少有的剑客，挥舞着承影宝剑与花九娘纠缠一处。

就在他们打起来的同时，远处走来一人，看得出是个过路的。此人二十四五岁，俊俏的脸庞略带些狂傲。上下一身白色的衣服，长发在风中飘洒，远远看去就像一位白衣仙女，但举止动作间透出了百步的威风，眼神里藏着一股与生俱来的杀气。

再看他手中提着一杆亮银枪，长度正适合徒步中使用。一尺来长的枪尖用布包裹着。这人注意到旁边树林里有人在打斗，不禁勾起了他的兴趣。提着大枪快步向着树林而来。

这时已不是花九娘一个人和萧海浪动手，旁边的廖天鹏夫妇也加入了战团。此时的萧海浪败相已露，边退边想：不行，我得留住这条命，把他们的计划告诉莹莹。想罢转身就走。

花九娘三人岂肯放他，紧追其后非要置萧海浪于死地。

白衣少年看到这些暗自气愤，心想：三个人打一个就够不要脸的了，而且对方还有伤在身……不行，我得帮帮他。

想罢高喊一声："三个打一个算什么英雄，有本事和小爷斗一斗。"话音刚落，人已到花九娘面前，单手将亮银枪一横拦住三人。

萧海浪忽见有人帮忙才松了口气，用剑拄地大口喘着，显然累得够呛。

花九娘见突然出来一个少年拦挡，打量了一番不高兴地道："娃娃，这没你的事，劝你趁我没发火赶紧走……"

"老太婆，看你年纪不小了讲话怎么这么难听。看你这副摸样就不像什么好人，今天的事我是管定了。"白衣少年冷冷地道。

"呀，小兔崽子，今天我让你知道知道多管闲事的后果。"说完挥拐杖猛劈过去。

等交上手花九娘心中暗惊，对方的枪法太厉害了。自己闯荡江湖这么多年，见过枪法好的，却没见过这么出神入化的枪法。

廖天鹏夫妇刚要上前帮忙，花九娘已经挂彩。白衣少年一枪挑在花九娘的肩膀上，花九娘"哎呀"一声。挥拐杖纵出一丈多远，随着一句："快走！"众人消失在树林里。

"多谢小兄弟相助，萧海浪在这儿有礼了。"萧海浪要给少年施礼，被少年拦住："前辈不必客气，他们为什么要追杀你啊？"

萧海浪叹了口气，把以往的一切简短地说了，又对少年道："其实我不算什么好人，没必要救我的。"

"前辈，您虽然以前做过错事，但现在知道悔改已经很不容易了。"少年道。

萧海浪淡淡一笑："小兄弟，你叫什么名字，你用的是什么枪法啊？这么厉害。"

白衣少年也没隐瞒，把自己的身世讲了出来。原来他是前朝北平王罗逸的后人，名叫罗亮。确切地说，他的祖父就是开国大将罗成的侄子罗幻。罗幻的父亲是罗成同父异母的哥哥。

罗家枪法其实是号称天下第一枪的姜家枪法，当年罗逸只学了五分之一就威震天下。罗亮的祖外婆就是姜家人，所以罗亮的这条枪法远比当年罗逸的厉害。

罗亮的父亲在家传的三百六十五路梨花枪法之上苦心钻研，研究出步下套路，而且打造了相对短的枪以适合步下作战之用，将枪法传授给儿子罗亮。

不但这样，罗亮还拜在金枪门吕国英门下学会了摔杆神枪，这些使得罗亮成为当今武林使枪的宗祖，天下第一绝。

萧海浪听罢连连点头："原来小兄弟是名门之后，今日相见萧某真是三生有幸啊。"

"前辈说笑了，咱们江湖人不提这些。我看前辈的伤势严重，还是找个地方疗伤吧。"罗亮道。

"不不不，我还得找寻我女儿。小兄弟咱们就此别过吧，日后有缘再见，在下定将报答救命之恩。"萧海浪说完晃动着身子慢慢向前走。

可没走出几步，就感觉胸口发热、脑袋发晕，一头栽到地上。罗亮见状忙跑到近前，背起萧海浪赶往少林。因为这是少林脚下，少林寺元空大师武功高强，罗亮觉得没有更好的去处能萧海浪疗伤。

少林寺门前，罗亮背着萧海浪等待着通报。一会儿元空带着弟子来到门前，罗亮将萧海浪放下向元空一抱拳："大师，在下金枪门弟子罗亮前来拜见，请求大师救救我的朋友。"

元空一听金枪门，看看罗亮又看看他要救的人问道："吕国英吕大侠是你什么人？""正是家师。"罗亮道。

"好，我相信吕大侠的的徒弟一定是维护武林正义之人，你求我救萧海浪也有一定的道理，来人把萧海浪抬进去。"元空说完向寺里走去。

萧海浪醒来之后，见自己在少林寺。罗亮和元空正在一旁聊天，强打着精神坐起来要给元空施礼以谢救命之恩。

"萧施主不必多礼，快躺下，现在你需要休息。"元空扶萧海浪躺下道。

"大师你为什么要救我，我可是你们的敌人。"萧海浪低声地说。

"出家人以慈悲为怀，再说了昨天若不是萧施主带着人离开，没有趁我们中毒之际杀了我们，恐怕老衲早就归天了。罗少侠也将事情和我讲了，萧施主能悔改是整个武林的福分啊。"元空笑着说。

萧海浪很是感动，勉强下了床道："多谢大师，我还有要事。"

"萧施主，能告诉我们你的女儿是谁吗？"元空打断萧海浪的话问道。

萧海浪叹了口气把莹莹就是自己的女儿的事叙述一遍，也将昨晚他看见如幽灵一般的人潜入少林的事告诉大师。

元空、罗亮不由一惊，心想：世上竟有如此高人。见萧海浪伤势目前无法好转，罗亮道："前辈，你要是相信我的话，就在这儿好好养伤，我去帮你找莹莹姑娘。我会尽我所能保护莹莹姑娘和鹰翔的。"

"这个不太好吧，不能让你去冒这个险，现在真不知有多少人要除掉鹰翔和我女儿。罗兄弟的心意我领了，还是……"

没等萧海浪说完，罗亮打断他的话道："我也是江湖中人，也应该为江湖的安定做点事。前辈在这儿好好养伤，事不宜迟，我现在就走……"罗亮说完和元空道别之后离开少林，按萧海浪说的方向去寻找莹莹。

萧莹莹按照自己的直觉向前走，来到了一个小镇。镇子不大但街上的人还算不少，很热闹。

街上人来人往，莹莹留意着每个经过的人，她心中莫名冒出一股越来越强烈的冲动，就像两颗心在一点点地靠近似的。

前面突然传来了叫骂声："叫你走路不长眼睛，喝醉了有什么了不起。看你也像个读书人，叫你给大爷我道个歉就这么难吗？给我打，打到他认错为止。"莹莹快走两步挤过去，就见十几个人在围着一个人毒打。

这时已经围上去很多人看热闹。

转眼却见打人的那群人一个个被打飞到一边。那个被打的人的左边出现三个人，两女一男。右面一个紫衣少年。他们将那人抓起，似乎在争抢那人。

这时街上赶去看热闹的人更多了，莹莹在人流中发现到那个被争夺的人不是别人，正是自己要找的鹰翔。

鹰翔的左面三人，正是花九娘、廖天鹏夫妇。右面是那天在擂台上的使折扇救走蛇林和鹰翔交手的紫衣人。

鹰翔在少林寺因为自知已成废人，所以决意离开。走出少林寺以后，一路上以酒为伴。醉醺醺、跌跌撞撞地向南面走，也许此时他只有终日买醉才不会去想现实中的一切。

这日，他迷迷糊糊地来到这个镇上，不小心碰撞了一个年轻人。这个年轻人是这一带有名的地痞无赖，死活不肯饶过鹰翔，就纠集一伙人毒打鹰翔。虽然鹰翔用不了内力，对付这样的货色还是绰绰有余。不过他没有还手，恨不得自己就此了结生命才好……

正在这时，花九娘三人赶到。他们早就派人跟着鹰翔了，所以第一时间到了这里。将那帮人打倒，花九娘上前拉住鹰翔要将其带走。

与此同时，幽灵山庄的晗冰也出现在这儿，要将鹰翔带回山庄，于是才有两人争抢鹰翔一幕。两人各自用内力想逼退对方，内力都经过鹰翔的身体，此时的鹰翔痛苦不堪。莹莹起来正好看到。

莹莹忙施展轻功，以最快的速度穿过人丛。周围的百姓惊呼："来高人了，太快了！"

莹莹左手持玉笛，右手握宝剑。左手的笛子直点晗冰面门，右手紫薇剑刺向花九娘。莹莹情急之中用最快的速度，转瞬即到。

花九娘、晗冰两人没料到会有人来救鹰翔，纷纷松手闪向一旁。紧接着莹莹右手将鹰翔拦腰抱住抽身要走。

鹰翔见到莹莹，用力要将她推开："我的死活不用你管！"与此同时花九娘、晗冰各持兵器同时击向莹莹。摆明了，他们各自今天都非要将鹰翔带走不可。

莹莹没办法，先将鹰翔推到一边，闪过花九娘的拐杖，又用笛子将晗冰的折扇挡住，奋力与两人打斗。

花九娘、晗冰两人心照不宣，他们知道必须先解决眼前共同的敌人，所以两人联手大战萧莹莹。

莹莹一个人战两个高手有些吃力，尤其晗冰的武功不在她之下。莹莹边打边想，就算拼上性命我也要保护鹰翔。她可曾知道一旁的鹰翔根本不会领情。

三人打斗了一百多招未分胜负，此时的鹰翔已经步履蹒跚地走出很远。廖天鹏夫妇追上前将鹰翔打晕，抬起鹰翔施展轻功向北面奔去。

晗冰见状赶忙收招去追，莹莹却被花九娘拦住去路，花九娘心想：不管怎么说也得拦下一个，总之现在人在我们手上。想罢死缠烂打将莹莹拖住。

廖天鹏夫妇抬着鹰翔施展轻功，拼尽了全力奔跑，因为他们知道晗冰的轻功强过自己，那天在擂台上已经见识了。

这时，张子道带着几个人正好经过。见状忙上前将晗冰拦住，虽然不是晗冰对手，也可以拖延一阵，争取时间让廖天鹏他们离开。

晗冰用最短的时间摆脱张子道等人，再找廖天鹏时已不见人影。前面是片树林，晗冰断定他们进树林躲了起来，于是向林中奔去……

廖天鹏夫妇刚刚来到树林就碰见了罗亮，罗亮见这两个人和那个花九娘是一伙的就知道他们没干好事。

"你们抬的人是不是鹰翔？把人给我留下。"罗亮将他们拦住道。

廖天鹏见到罗亮先是一惊，听罢之后笑了笑道："没错，不过得看你有没有本事留下他。"说完夫妇两人与罗亮斗一试身手。

晗冰来到树林见状不禁暗喜，心想：你们斗你们的，我带走鹰翔。想罢将鹰翔扛在肩上消失在树林里。

罗亮见状运用内功于枪上，向廖天鹏夫妇一扫，强大的内力穿透树干划向两人。两人接连躲闪，罗亮趁机已经消失去追晗冰。

此时的莹莹也已经战胜花九娘来到树林，见一个使枪的白衣人追出了树林，断定鹰翔被晗冰带走，自己也追了上去。

出罢树林莹莹就已超过罗亮紧紧跟随晗冰，但始终追不上对方。罗亮暗自佩服：怎么个个轻功都这么厉害啊。想罢加快脚步紧紧跟在后面。

晗冰原以为与萧莹莹错开了时间，对方根本追不上来。可没想到萧莹莹就在自己身后不到三十丈远的地方。

"也好，前面不远就是幽灵山庄了，就让她追吧，到山庄之后将她一起拿下。"晗冰想着下一步。

正当罗亮拼了命地追赶时，在他的正前方的空中突然出现一个大风筝似的三角形飞行物，远远看去像是用布和木棍做成的。

而且上面好像还挂着三个人，看样子年龄都不大。只是这风筝好像飞了很远，再加上带着人，已经失去平衡，正在急速地向下滑落。

罗亮只顾着向前奔根本没向上看，更想不到冲着自己来了。等他发现时已经晚了，幸好那个风筝的头没有撞上他。

只不过挂着的三个人伴着惊叫声一个接一个地砸向罗亮，不知发生什么事情的他被当场砸晕，那三个人虽然有罗亮挡了一下没有生命危险，但是连撞带吓也都晕了过去……

莹莹追赶晗冰来到了一片山林当中，这山高大险峻，而且山峦连绵起伏不断，看植被的覆盖和茂盛程度应该很少有人来过这里，更像原始森林。

来到这里，莹莹开始还能看见晗冰的身影。可转来转去晗冰踪迹不见，此时的莹莹钻进山林深处还迷失了方向……

幽灵山庄里，诸葛莲和蛇林正在大殿等待着消息，晗冰扛着鹰翔来到大殿之上："师父，鹰翔已经带到。"晗冰边向诸葛莲禀报边将昏迷的鹰翔放在地上。

诸葛莲点了点头，正了正面具看看躺在下面的鹰翔和旁边的蛇林道："蛇庄主，有了他，咱们就可以等逍遥派的二圣来自投罗网。只要除掉他们两个，日后咱们再练成神功，整个武林就是咱们两人的了。"说完和蛇林一起大笑起来。

晗冰接着说："只不过那个萧莹莹也跟来了，我想甩掉她，没想到她的轻功太厉害。不过也不要紧，她现在应该在树林深处迷路了。"

"哦，既然她也来了，以前设计让她和鹰翔反目成仇的计划就没必要了，将她一并抓来我还有用处。晗冰你在这儿看着鹰翔，为师和蛇庄主亲自去把莹莹姑娘请来。"诸葛莲说罢和蛇林挽着手飘出了大殿。

莹莹正在树林里寻找出去的路，忽然感觉两个影子闪过。随着"欢迎莹莹姑娘来我幽灵山庄"的话语，面前出现两个人。

莹莹随着声音看去，不由得惊讶。惊的不仅仅是这是幽灵山庄，还有两人的形象。一个女人的身材，戴着面具声音如同男人。"这里就是幽灵山庄？你们抓鹰翔干什么？他现在已是废人……"莹莹怒视着他们道。

"哈哈哈哈，我们不单单要抓他，还要请你去山庄小住一段时间。难道你不想知道是谁杀死了阿碧吗？"诸葛莲笑罢之后道。

莹莹突然想到那天在擂台上的幻觉，眼前这个人和幻觉中的一样。不但这样，脑子里闪现出在树林里萧海浪的话语，莹莹不禁想到：难道碧姨的死是他们故意安排？一切都不是幻觉。想罢从腰间抽出紫薇宝剑道："请我去山庄，看你们有没有这本事了。"莹莹心里明镜似的，自己根本不是她的对手，但也不肯束手就擒。想罢抖宝剑直刺诸葛莲。

诸葛莲笑着道："来得好！"与莹莹挥掌劈砍，旁边的蛇林早就想试试自己这两天练得阴阳颠倒功有多厉害，也纵身加入。

两个打一个，莹莹自然吃不消。勉强打斗了五十多招，被诸葛莲一掌推在胸口上，莹莹接连退步，眼前昏黑眩晕，栽倒在地。

其实诸葛莲只用了三成的功力，若用全力莹莹非死不可。诸葛莲有自己的打算，飘身来到莹莹近前，拎起莹莹直奔大殿。

大殿上诸葛莲两人走后鹰翔慢慢醒过来，此时已经醒酒。鹰翔环顾四周，再看看跟前的晗冰心想："这不是那天在擂台上救走蛇林的紫衣人吗？我这是在哪儿？"

"这里是什么地方，你又是何人，当日擂台之上为何要救走蛇林？"鹰翔站起身指着晗冰问。

晗冰正欲回答，诸葛莲、蛇林两人带着莹莹回到了大殿之上。"西域苍狼鹰翔，看看我把谁给你带来了。"诸葛莲边说边把受伤的莹莹拖到鹰翔近前。

莹莹面容憔悴，对鹰翔道："翔哥你没事吧？"说完跌倒在地。此时的鹰翔已顾不得莹莹是仇人，扑过去抱住她。

"莹莹你没事吧，是他们把你伤成这样的吗？"鹰翔激动地说完要从腰间抽宝剑与诸葛莲他们拼命。莹莹一把拉住他："你不是他们的对手，这里是幽灵山庄，更何况你不能运用内功。"

"哈哈哈哈，好一对恩爱的夫妻啊，没想到我苦心设计要你们反目成仇，到头来你们还是这样恩爱，真是让我羡慕啊。"诸葛莲笑罢之后道。

鹰翔用奇怪的眼光看向诸葛莲道："你说什么？"此时的莹莹也惊讶不已，心想：果然是他们所为。

诸葛莲笑着把怎样设计陷害莹莹的经过讲了一遍："本打算让你们自相残杀，不过现在不用了，你们的生死都掌握在我的手中。不过鹰翔你若是知道莹莹的身世之后，会不会还想这样护着她我就不得而知了。"

没等鹰翔再问什么，莹莹低声地对他说："翔哥，我的父亲就是你的杀父仇人萧海浪……"

此时的鹰翔已经充满杀气，不是因为自己的妻子是仇人的女儿，而是对面这个不男不女的人妖激起了他的杀气。鹰翔心想：莹莹姓萧又如何，倒是你这个魔头和蛇林狼狈为奸必须得除。

鹰翔已经忘记了自己用不了内功，抽出软藤剑直刺诸葛莲。莹莹为配合鹰翔，也抖擞精神，拔剑紧随其后。

双飞剑法令诸葛莲大吃一惊，虽然没过三十招两人就被她打倒在地。诸葛莲暗想：若不是两人都有伤在身，单凭这套剑法两人就能逃出我的幽灵山庄。幸好他们剑法还不是太熟练，否则后果不堪设想……

诸葛莲笑了笑道:"两人不愧是逍遥派的传人,果然厉害。只不过这也许是你们最后用这套剑法了。"说完一挥手,用内力将倒在地上的莹莹吸到近前。

"你要干什么?有本事冲我来,放了她!"鹰翔勉强站起来指着诸葛莲道。

"哈哈哈哈,你现在已经是废人,唯一的用处就是引你们师父上钩。至于莹莹姑娘嘛,过后还可以用攻心术控制她为我所用。"诸葛莲笑着说。

莹莹听了突然感觉有了希望,因为她听师父提起过,这世上有一种很邪门的武功叫攻心术。是利用人的私心这一弱点控制对方,为己所用。如果对方没有私心,这个攻心术就不会起作用。此时莹莹在想如果侥幸我没有私心,我可以装作被她控制等待机会摸清幽灵山庄的路线,把消息传出去集整个武林的力量来消灭他们……

所以莹莹配合诸葛莲盯着对方的眼睛,鹰翔心急如焚,但没有办法救莹莹。

没想到莹莹这次赌赢了,她是一个非常单纯善良的人。不过她得演戏……

"告诉我你的主人是谁,你要做的事情是什么?"诸葛莲用那难听的声音问道。

莹莹回答道:"庄主就是我的主人,我要做的就是帮庄主一统武林。"诸葛莲听罢哈哈大笑:"很好。"

此时任凭鹰翔怎么呼唤,莹莹也装作没有听见。心想:翔哥,对不起。

诸葛莲从怀里拿出个瓷瓶,从里面倒出两粒药丸。将一粒递给莹莹:"把它吃了。"

莹莹知道这肯定不会是毒药,因为对方控制自己是另有目的,不会毒死自己,更何况不吃的话岂不是会露馅。所以没说什么将药丸吃下。

"哈哈哈哈,鹰翔,轮到你了。"诸葛莲说完如幽灵般来到鹰翔近前,掐住他的脖子将药丸强行喂下。

"你给我们吃的什么东西,要杀了我们就给个痛快。"

诸葛莲打断鹰翔的话道:"你们的师父可是绝世高人,我这攻心术他们一定能破。以防万一,给你们吃的是绝情丹。你们不是恩爱吗?吃了这个,你们心中每想一次对方,就要忍受一次万箭穿心般的疼痛。而且你们永远都不能碰对方,哪怕是牵手。如果越轨的话就会气血逆流而亡。你们的剑法太厉害,不能让你们有在一起的机会,我不得不防止万一……"说完大笑起来。

此时的莹莹心里不由一颤:难道这就是我们的命运吗?相忘于江湖却不能相濡以沫。

"你这个魔头,只要我鹰翔还有一口气在定将你挫骨扬灰。"鹰翔说完再次挥剑直奔诸葛莲。

诸葛莲笑了笑道:"既然这样,今天我就送你去见你爹。"说完挥掌要将冲过来的鹰翔打死。

莹莹见状忙抢先一步来到鹰翔面前用玉笛将他打倒在地,鹰翔在倒地的瞬间看到了莹莹的眼神。那是一种只有两个深爱的人才能读懂的眼神……

"主人，先不要杀他，留着一定会派上用场的。不如把他关起来，现在杀了他易如反掌。"莹莹低声地向诸葛莲道。

"哈哈哈哈，也好，晗冰把他带上幽灵峰和那三个小东西关在一起。"诸葛莲并无多虑道。

晗冰将鹰翔带走之后，诸葛莲对莹莹道："莹莹，我相信你会成为我最得力的左膀右臂的。"她对自己的攻心术相当自信……

晗冰将鹰翔带上幽灵峰不由得大吃一惊，原来上面空无一人，凌狐、信欣、武金铃踪迹不见。他将鹰翔留下之后马上回报诸葛莲。

"什么？你是说那三个小东西跑了？"诸葛莲惊讶地问。

"没错，我上去的时候四处都找过了，没有他们的踪影。又询问了山下的守卫，他们没见有人下山，也没见什么人去救那三个小鬼。"晗冰道。

诸葛莲连声说："不可能，幽灵峰三面是悬崖峭壁，任凭轻功再高的人也无法逃走。唯一的路，幽灵山庄都是一等一的高手把守，试问当今武林，就算是二圣也不可能悄无声息地越过……"

"难不成他们跳崖自杀了？"一旁的蛇林道。晗冰也认同这个观点。

"不可能，以他们三人的性格绝不会跳崖。这样吧，我和蛇庄闭关一个月，共同练阴阳颠倒功。这一个月时间，晗冰、莹莹你们务必将他们三人找到带回山庄。一个月后凌云大概也该回来，如果他见不到凌狐的话一定会大开杀戒。那时正好是我们新旧功法融合武学最脆弱的时候，我可不想整个山庄毁在一个凌云手中。"诸葛莲吩咐晗冰道。

莹莹在一旁听到这些心中暗想：听师姐她们说过凌狐三人失踪，我想诸葛莲说的肯定是他们。否则以凌大侠的性格怎么会屈服于他们之下，现在事情越来越复杂了，看来我这次算是值了……

一切都安排好之后，诸葛莲和蛇林一起闭关练功。晗冰给莹莹安排了住处休息，决定明天去寻找凌狐三人。

莹莹来到住处，在想日后怎样办才能不被发现。不知不觉地想到了鹰翔，突然就觉得心如刀绞一般的疼痛，最后疼得她倒在地上人事不省……

同样的情况也发生在鹰翔身上，他来到山峰之上的屋里，不由得回想着莹莹的眼神，顿时觉心脏一阵疼痛。疼得他就地翻滚，想之越深疼之越深……

鹰翔翻滚着撞到了屋内的柱子，一次又一次的撞击突然从横梁上掉下来一本破旧的书。

此时的鹰翔已经疼晕了过去，等他醒来之后发现身边有本书，他打开看书中没有文字，都是人的图形，每个图形都有不同的动作。

鹰翔将书大概翻了一遍不由一惊，这本书中每个人的动作连起来居然是一套剑法……

这个屋子当年诸葛莲曾带着儿子逃到这里时住过。这一本剑谱隐藏于他们母子俩发现的武功秘笈之中。那时诸葛少白还是个孩子，偶然翻阅觉得上面的人很奇怪，就悄悄地将它偷了出来。他害怕母亲罚他，就偷偷地将其放到了屋顶的横梁上。后来他每天都被诸葛莲逼得练功到很晚，也就没有时间去偷看这本画册。

久而久之，诸葛少白把这本书淡忘了。这本旷世剑谱也就在这屋顶待了几十年……

8　幽灵内幕无人清

罗亮醒后发现身边围着三个十五六岁的孩子，两女一男正盯着他看，而且那两个女孩儿还在埋怨那个男孩儿什么似的。

这三个孩子不是别人，正是凌狐、信欣、武金铃。他们被带上幽灵峰之后，凌狐百感交集，他担心哥哥的安危，想尽一切办法要逃离这里……

"没用的，这里三面都是山涧，唯一一条下山的路还得经过幽灵山庄，而且下面还有他们的人把守，我们是逃不掉的。"信欣绝望地说。

武金铃接着说："是啊，我们只能在这儿等外面的人发现咱们了。你们说那个带着面具的人是男的还是女的啊？"

凌狐愁眉苦脸地道："管他是男是女呢，总之我知道他很厉害。恐怕中原武林没有人是他的对手。"

"鹰大哥和莹莹姐联手一定能打败他……"信欣还没说完，凌狐打断她的话道："可惜不是以前的他们了，别在这儿说这些了，快想办法怎样离开这个鬼地方。"

说完给信欣使了个眼神，意识旁边还有武金铃呢。信欣才意识到自己提到莹莹姐，金铃肯定会不高兴，马上闭嘴不再说话。

武金铃知道信欣不是有意的，也知道两人对自己很好。于是走到他们跟前："我们一起想办法……"

三个人在山峰上坐了很长时间，突然凌狐道："有了，我有办法了。做一个大风筝，咱们拽着风筝从这里跳崖，以现在的风势应该能把咱们吹到很远的地方。随风筝飘下去咱们也不至于摔死……"

"什么？你不要命啦？你自己走吧，我才不会陪你冒这个险呢。"信欣、武金铃同时道。

"唉，这是唯一的办法了。你们走不走随你们，不过我提醒你们啊，在这呆久了有可能变成戴面具那个人不男不女的哦。我去做风筝，你们好好想想吧。"凌狐说完，去找做风筝的材料。

信欣、武金铃两人相互看看对方。"他不会说的是真的吧？""有可能，那人抓凌狐是用来威胁凌大哥，那抓咱们两个不会真是……"

"等等我们，我们和你一起走。"两个姑娘忙去追凌狐。

三个人找来木棒，又从屋子里找来布做了一个很大的风筝。等做好了凌狐又将剩下的布撕成三份，分别拧紧分给两人。

"一头儿绑住自己的腰，一头儿绑在风筝中间的横木上。"凌狐边将布绑在自己腰上边说。

两人接过布条相互看看,武金铃疑惑地问道:"为什么要将自己和风筝绑一块啊?"信欣也用疑惑的眼神看着凌狐。

"二位姑奶奶啊,咱们从这么高的山上跳下去,下落的速度还有风的吹力,不绑起来的话你们能抓得住吗?"凌狐近于崩溃地道,心想:我怎么遇见这两位姑奶奶啊。

两人这才恍然大悟,信欣调皮地道:"用不用咱们三个人也绑在一起啊?"

凌狐彻底崩溃了:"祖宗啊,我真佩服你,这是什么时候你还有心思在这儿开玩笑……"

旁边的武金铃听了信欣的话也止不住地笑,这是她这些天来笑得最开心的一次。同时也为有这样的好朋友感到高兴……

三人一切准备好之后举着风筝来到崖边,凌狐在中间,两个姑娘分别在两侧。一起跳下了山崖。

风筝带着三个人在空中滑翔,加上高空的风势很强,风筝渐渐地飘离了这座大山,带着三人斜着滑向了远处。

"凌狐你真是太伟大了,咱们真的飞出来了。在空中飞行的感觉真好,你们说这风筝会不会被风吹破啊?"信欣刚说完,风筝的一个角上的布撕了个口子,风筝斜着向下扎去……

"你真是个乌鸦嘴,一会儿摔下去的时候你们两个尽量将我往前推,这样落地你们可以摔到我身上,好保住性命。"凌狐大声地道,因为滑落时周围的风声很大。

就在风筝快要坠在地上的时候,正好罗亮追赶晗冰来到这里,真是一刻也不差。可怜的罗亮被他们砸得晕头转向。

三人醒来之后,发现刚刚被他们砸到的人躺在那儿还没醒,马上围了上去。"他不会有事吧?"信欣问凌狐。

"不知道,看来是砸得不轻。都是你这个乌鸦嘴……"还没说完,信欣打断他的话道:"我问你,这个办法是不是你想出来的……"

"你们三个小鬼这是玩的什么玩意啊,净坏我的大事。"罗亮边说边站起身来看看周围心想:也不知道莹莹姑娘追上那人没有,本打算去帮忙,这倒好碰上这三个鬼东西。

"多谢大哥哥救命之恩,没有你的话我们三个都被摔死了。"凌狐三人纷纷对罗亮道。

罗亮一脸茫然地看着他们三个道:"行啦行啦,别在我眼前晃了。我可没打算救你们啊,这也算飞来横祸。行了,你们赶快回家吧,以后别玩这样危险的东西了。我还得去找人,没空听你们唠叨。哎呦,我的腰啊……"说完揉了揉向前方走去。

凌狐给信欣、武金铃使了个眼色，意思是跟着那人。天马上要黑了，这地方又荒无人烟，他们正不知道该往哪个方向走才能到少林。

"我们不知道该往哪儿走了，要不我们就跟着你走吧。"凌狐边说边给她们两人使眼色。

罗亮见状停下脚步看了看他们道："看看你们三个一个比一个机灵。相信你们的话，我就等着你们再砸我一次吧。"说完施展轻功想甩掉他们。

凌狐见状跟两个姑娘说："你们在后面慢慢跟着，我去追他……"没等他说完，俩姐妹同时说道："不行，你是不是打算一个人跑了，不管我们了？我们和你一起去追。"

"就你们的那点三脚猫的轻功怎么追啊？"凌狐说完要走。信欣、武金铃一边一个把他拦住，信欣道："我们的轻功是没你好，你可以拉着我们啊。"说完两个姑娘把腰间的布带往凌狐的腰间缠，说道："走吧，这下你甩不掉我们了。"

凌狐差点没被气晕过去，心想：就冲这个我也得追上那人，让他来陪我做伴。我一个人还不知道这两个丫头片子怎么整我呢。

想罢之后随着一声："你们可得跟紧了。"凌狐施展轻功向前奔去，两个姑娘借着拉力拼命地在后面跟着。

罗亮跑出一段之后见他们三个没跟来便停住脚步，现在罗亮根本就不知道去哪儿找萧莹莹。天这么晚了，他只是想甩掉凌狐三人好图个清静。

没想到刚刚停下没一会儿，凌狐就出现在他的视线了，而且后面还拉着那两个活宝。罗亮一看心想：行啊，这小子有两下子，我倒看看你拽着两个人能跑多快。想罢转身就走。

凌狐刚刚看见罗亮还停在那儿，一转眼又跑了，便加紧脚步去追。罗亮的轻功虽然比不上鹰翔和莹莹，但比一般的泛泛之辈要强得多。

凌狐呢，虽然年纪小，但得冲天残一刀柴戒十年的倾囊传授，那功夫也相当了得。若不是后面有两个姑娘拖累，他与罗亮也只是几步之差。即使这样，与罗亮也不过仅十几丈远。

两人较上劲了，这可苦了信欣和武金铃。她们两个哪里跟得上，但是跟不上也得努力跟……

转眼间跑出了十多里，罗亮心想：没想到这小子轻功这么好，他们绝不是一般贪玩走丢的孩子，也罢。

突然罗亮停下了脚步，转眼间凌狐就到近前，稳稳地站住。紧接着后面的信欣、武金铃一起撞在凌狐身上，都停了下来。两人停下之后大口大口地喘着粗气，喘气之余还不忘埋怨凌狐："你就不知道慢点啊，累死我们了……"

罗亮看着这一幕是又气又乐，等他们斗完嘴之后问道："你们都叫什么名字？

尤其是你，小小年纪竟有如此身手。"说完用手一指凌狐。

凌狐一抱拳道："在下凌狐……"这时信欣接过话道："你肯定没听说过他的名号，不过他哥哥还有他师父你一定听过。"

罗亮见状暗自好笑心想：这个小丫头肯定是看上这个叫凌狐的了，不过他俩倒是挺般配。

"哦，说来听听。"罗亮笑了笑道。凌狐拉了一下信欣的衣服，示意她不要张扬。信欣才不管这些呢，对着罗亮道："那你听好了，他师父就是天残派掌门天残一刀柴戎柴老前辈。他哥哥就是南七省第一刺客凌云凌大侠。"

罗亮不听便罢，一听不由得大吃一惊心想：怪不得小小年纪就有如此身手。

"接下来到我了，本姑娘名叫信欣。提我肯定没人知道，提到我哥你肯定知道。他就是与凌云齐名的北六省第一捕快信诺。"信欣倒不客气，在这儿自报起家门来。"还有这位姑娘，"说着用手指了指武金铃道，"她就是天狼帮武飞的女儿武金铃。"

罗亮吃惊归吃惊，心想：今天真是弟弟妹妹大聚会啊，不是凌云的弟弟，就是信诺的妹妹，有意思……

"我们都报名姓了，该你了吧，你叫什么名字啊。以后咱们就是哥们儿了，我们都认你为大哥。"信欣追问罗亮道。

罗亮听了真是哭笑不得，心想：当你们的大哥还不如叫我去死呢。于是答道："叫我罗亮就行了，至于当你们的大哥嘛还是免了吧。天快黑了，这里荒无人烟，看来只能在树林里忍耐一晚上了，天亮以后咱们就各走各的路。我也算是仁至义尽了。"

罗亮在树林里生了堆火，又打了只兔子烤给他们吃。"你们几个怎么会凑在一起的？据我所知凌云、信诺、天狼帮三者没一点关系啊。"罗亮问道。

凌狐三人相互看看，然后将发生的一切讲给罗亮听，当他们讲到在幽灵山庄看见蛇林还有一个紫衣少年的时候，罗亮心里一动。

"那个紫衣人是不是年龄和我差不多，手持折扇？"罗亮忙打断他们的话问道。

"对啊，大哥你怎么知道？"凌狐有些惊讶地道。"那时正是在追他才遇到你们的。"罗亮有些遗憾地道。

三人听了纷纷问为什么，罗亮也把事情的经过讲给他们听。"什么，你是说鹰大哥被她抓走了？不行，我得去救他。"武金铃说完站起身要走。

这时凌狐、信欣忙把她拦住："你冷静点，就凭咱们三个不是白白去送死嘛。再说了，现在咱们在哪儿都不知道，你怎么去救鹰大哥？"

武金铃站住，不禁落下了眼泪，哽咽地说："我现在就鹰大哥一个亲人了，他如果再出事我怎么办啊……"

罗亮想：按他们所说，幽灵山庄就在附近，但十分隐蔽，还有那个庄主的武功已到出神入化的地步。不知道莹莹姑娘怎么样了，但愿她没追上紫衣人，这样她还会安全些。不行，明天我得带他们三个回少林，从长计议才行。

想罢之后罗亮道："武姑娘你先别伤心，明天我带你们去少林寺。鹰翔我一定想办法去救……"

第二天晗冰带了几十名庄上的高手离开幽灵山庄去寻找凌狐三人，他没有带着莹莹。因为他想让莹莹休息一段时间，莹莹身上有伤不说，还服了绝情丹，短时间内一定是痛苦不堪。从某种意义上晗冰是关心莹莹。

莹莹偷偷地跟在他们后面，一是记下出幽灵山庄的路，二是想趁机把鹰翔被困在这里的事传出去，三是告知外界幽灵山庄里的一切，让整个江湖想办法灭掉幽灵山庄。

正当罗亮带着凌狐三人要赶奔少林寺的时候，晗冰正好带着人经过这里。

"哈哈哈哈，你们三个小畜生在这里啊。看你们还能往哪里跑。"晗冰说完直奔三人而去。

凌狐三人看见晗冰不禁呆住，此时罗亮一抖亮银枪将晗冰拦住。

"又是你，怎么哪儿都能遇见你。不过上次还得谢谢你，要不是和那对夫妇打起来，我还没机会抓到鹰翔呢。今天我奉劝你让开，这三个人我要定了。"晗冰指着罗亮道。

"好大的口气啊，我来问你，莹莹姑娘被你引到哪儿去了？"罗亮愤怒地道。

"哈哈哈哈，她好得很，已经加入我们幽灵山庄了。"晗冰说完挥折扇大战罗亮。

两人打得是难解难分，一个招数邪恶毒辣，一个枪法精妙。打斗了五十几招罗亮不禁佩服对方，如此年纪就有这么高的功夫。

那边晗冰也不禁暗挑大拇指，心想：此人这条枪如同出水蛟龙一般，当今武林使枪的人应该没有比他再厉害的了。再这样打下去，不出一百招我就很难抵挡了。想罢冲着后面的人喊道："你们还愣着干什么，赶快去抓那三个兔崽子。"

这时随晗冰一同前来的人一窝蜂似的冲向凌狐他们，三人见状看打不过他们转身就跑。

众人在后面紧追不舍，凌狐甩掉追兵是没问题，可信欣、武金铃两人没有那么好的轻功。

追赶他们的也都是高手，转眼间两个姑娘就被围上了，凌狐见状又奔回去解救，与众人打斗起来。他哪儿是对手，就是他师父柴戒对付这些人也没有赢的可能。

就在这个紧急关头，一个蒙面的白衣少女出现在众人当中动手左右开弓。与此同时，远处奔来四个人，凌狐看罢不由得高兴。来的不是别人，最前面的正是自己的师父柴戎，后面还跟着黑白无常、柳星……

　　这些人的加入确保了凌狐三人的安全，但他们也不敢恋战。柴戎带着徒弟和两个姑娘先向北面撤去。

　　这边黑白无常、柳星以及那个蒙面少女断后。见凌狐他们已经撤得很远，那个蒙面女子飘身跳到一边向柳星挥了挥手，示意对方随自己前来，然后转身施展轻功向远处树林奔去……

　　柳星一开始就觉得这个人眼熟，虽然蒙着面，但从武功招式、举止动作怎么看怎么像师妹莹莹，便紧随其后追了过去。

　　等柳星追到树林时对方早已在那里，面对着那人的背影柳星道："阁下是谁？为何引我到此？"

　　这时那人慢慢转过身来将面罩摘下："师姐，我是莹莹。"柳星忙奔到近前拉着莹莹的手道："莹莹昨晚去哪儿了？可把我急死了，还有唐璇师姐。不是说好了傍晚在少林寺会合吗？"

　　"唐师姐她怎么了？你们是怎么找到这儿的？"莹莹急忙地问道。柳星把经过讲了一遍。

　　柳星在寻找鹰翔的路上遇见了柴戎和黑白无常在寻找凌狐，路上他们两手空空，决定和柳星一起回少林寺，再去另一个方向寻找。

　　等到少林寺之后，娄方也刚好到达，唯独唐璇和莹莹没有回来。而恰好在少林寺他们遇见了正在养伤的萧海浪，从他口中得知花九娘等人要害莹莹的消息。众人商议过后决定由柳星、柴戎、黑白无常四人连夜来找莹莹。至于唐璇，就由娄方一个人去找，毕竟唐璇在江湖上也没有什么仇家，应该不会出什么事情。

　　经过一晚上的寻找，四人终于来到这附近，正当他们往前走的时候听见了打斗的声音。几人远远看去发现正是凌狐三人，于是就赶来相助。

　　"莹莹你怎么还要蒙着面……"柳星讲完经过后问莹莹。

　　莹莹叹了口气还没说话眼泪先掉下来了，这一瞬间莹莹忽然觉得胸口一阵疼痛。柳星见状心里更急了："莹莹你这是怎么了？"

　　莹莹忍着疼痛将经过讲了一遍，"什么？竟有此事？你和我回去，药王前辈一定有办法解你身上的毒。"柳星说完要拉着莹莹回去。

　　莹莹向后一撤身道："不行，在我没有弄清幽灵山庄的进出路线之前，我是不会离开这里的，还有，我要留下确保翔哥的安全。"

　　"你这是何苦呢，那我能帮你做些什么吗？"柳星问道，心里不是滋味。

　　"我引你到这来的目的就是要你帮我把消息传递出去，要各大门派尽快商议对策，否则后果不堪设想。"莹莹对柳星道。

　　"好，我一定竭尽全力去办此事。"没等柳星说完莹莹接着说："师姐辛苦你了，只是我担心江湖上的人不会相信这件事。一是幽灵山庄太为神秘，二是现在的我在众人眼中就是一个杀人魔女。这件事肯定极为难办……"

"没关系，他们不相信又如何？真要动起手来不还得依靠咱们逍遥派嘛，只要等师父和大师姐回来，不说荡平他幽灵山庄，至少也能把你和鹰师弟救出来……"柳星嘴上这样说是让莹莹放心，心里却是百感交集。

一切都交代好了，莹莹忍着痛苦回到幽灵山庄山脚下等待晗冰回来，她好悄悄跟在后面回到幽灵山庄。

柳星回到刚刚打斗的地方时，幽灵山庄的人已经被黑白无常引到别的地方，柳星正要往回走，就看对面凌狐急匆匆地往这边跑来。

在凌狐他们跑出一段距离后，突然想起罗亮还在和那个紫衣人交手，不顾柴戎的阻拦又回来寻找罗亮。

晗冰勉强和罗亮打斗了一百五十多招后实在顶不住，忙抽身向前面奔去。他打算绕过罗亮改去抓凌狐。

还真凑巧，正好凌狐跑了过来。晗冰暗自高兴直奔凌狐而去，转眼间就到了近前。结果凌狐被晗冰抓了个正着，晗冰将其举过头顶，想将凌狐的腿摔断以防他再逃跑。

就在这时，紧随其后的罗亮还有远处的柳星见状赶到近前，两人忙去接住凌狐。没想到凌狐来个鹞子翻身轻轻飘到了一边。

罗亮、柳星赶忙收住脚步，即使这样两人还是撞到了一起，四目相对那一瞬间柳星的脸刷下子红了。罗亮也感觉脸有些发热，这是他第一次与和自己年龄相仿的女子靠得这么近。

晗冰见罗亮和柳星出现在眼前，暗想：这个人枪法太厉害，再加上那个女的功夫也不一般。不用说抓凌狐回去，要迟疑片刻恐怕连我都走不掉了。

想罢晗冰趁着两人还在陶醉之中忙转身逃之夭夭。这时两人才反应过来应该捉住晗冰，可是再找他已经踪迹不见。

"遭啦，让这小子跑了。"罗亮有些遗憾地道。"是啊，都是凌狐这小子。"柳星边说边瞪了凌狐一眼。

此时凌狐正在一旁坏笑，见状道："柳姐姐这可不能怪我，要怪就怪你们两人太有默契了……"

"你小子怎么又回来了？"罗亮边说边打了凌狐后脑勺一下。"嘿嘿，我不是担心你嘛。你可是我的救命恩人啊，你要是死了，我柳姐姐得多伤心啊。"凌狐说完向远处跑去。

罗亮哭笑不得，这时柳星笑着道："你就是罗亮罗公子吧，元空大师和萧海浪都提起过你。多谢公子为此事奔波。"

"姑娘客气了。"正这时，黑白无常赶到两人近前："柳姑娘，刚刚那个蒙面人是谁？看身法怎么像莹莹啊？"

"没错，那人正是我的师妹，咱们得马上赶往少林寺。趁各派英雄还没走光之前，把这事情告诉大家。"柳星忽然急切地讲。

路上柳星将莹莹在树林里讲给她的一切讲给大家听，武金铃怀疑地说："我不相信，如果她真的被幽灵山庄抓了怎么可能不受控制？我看她是想骗咱们把众人聚在一块好一网打尽吧……"

"金铃你这是怎么说话呢，我们大家都知道你对莹莹有偏见……"没等柴戎说完，武金铃气愤地道："不是偏见是仇恨，你们也都亲眼看见她是怎么杀死我娘的。这样的人你们也会相信，恐怕柳姐姐也……"

柳星虽然心里很气愤但也没说什么，毕竟武金铃还是个孩子，随她怎么说去吧，总会有真相大白那一天的。

等众人到少林寺时发现院内聚集了很多人，都是屠狼大会后还没离去的各派代表。就见台阶上元空还有去而又回的昆仑派掌门张冰显得十分气愤。

众人赶忙过去看个究竟，等到近前才看到地上停放着一具死尸。柳星不看则已，一看扑到近前失声痛哭。原来死的不是别人，正是自己的三师妹唐璇。"这是谁人所为？"柳星浑身发颤，着急地问道。

就见张冰走下台阶来到近前道："柳姑娘节哀，杀害唐女侠的正是你的小师妹莹莹姑娘。我赶到时刚好见她动手，趁唐璇不备一剑封喉。你看看伤口是不是紫薇剑痕。"

柳星听罢仇恨的双眼看了张冰一眼心想：不可能，按莹莹所说她昨天被困在幽灵山庄了。紫薇宝剑？柳星突然想到今天在树林见到莹莹时她根本没有带宝剑，难道……

"张前辈敢问你是在哪儿见到她们的？"柳星擦了擦眼泪站起身低声地问道，双眼盯着张冰的眼睛。

"这个嘛，在少林寺北方大概六十里的青山镇。"张冰说得具体。

柳星暗想：莹莹去的是南方，走的距离大概也是六七十里。根本不可能有时间再去杀唐璇，这样看来是张冰在撒谎……

想罢柳星抽宝剑随着一句："姓张的还我师妹命来。"宝剑直刺向张冰。在场众人无不惊讶。此时柳星已和张冰斗在一处，柴戎、罗亮忙上前阻拦。柴戎拦住张冰，罗亮拦住柳星。

"罗公子你让开，我要为师妹报仇。要杀了这个污蔑莹莹的杀人凶手。"柳星激动地道。

9　贼子野心少林劫

"哈哈哈哈，柳姑娘是要杀人灭口，以免让天下人知道你们逍遥派想要颠覆武林的计划吧。"张冰的一句话让在场众人无不惊讶，纷纷询问怎么回事。

柳星尽量让自己平静下来，两眼怒视着张冰心想：看看他还耍什么花招。

就见张冰从怀中掏出一封信递给了身旁的柴戎："柴兄你把这上面写的念给大家听吧，你也看过那日白莲留下的字条，这笔体你应该认识。"

柴戎接过信打开一看，不由眉头紧锁，在大家的要求下他将内容念给众人听。信上写着：莹莹看到信之后马上告知师父一切顺利，让她等待消息。我已赶往祁连山，两位师伯已经与西域众高手准备好。等我们回来，中原武林就是咱们逍遥派的了，还有唐璇和那个信诺走得很近，我担心她会泄露咱们的秘密，必要时只能将她除掉……最后的落款是白莲。

此时的柳星冲到柴戎跟前夺过书信观看，不看则已一看呆在了那里：这是师姐的笔迹。为什么会是这样？一定是有人从中捣鬼……

这时元空对着柳星道："你们还有什么计划如实讲来，否则的话休怪老衲无情。"在场众人也在吵吵着。

刚刚呆住的柳星突然清醒过来道："既然你们都认为张冰讲的是事实的话，我无话可说。但是你们最好别阻碍我为我师妹报仇，谁若阻拦我绝不留情。"

柳星说完挥宝剑再次与张冰对打。就在两人打了不到十招的时候，中间出现一个人。二话不说将两人分开。

"大家听我说一句，逍遥派是无辜的，一切都是张冰所为。"此人站定之后道。

张冰向后退了几步定睛一看来的不是别人正是娄方，不过刚刚他将两人分开时用的武功让元空有些惊讶。

"各位，请听在下讲两句。"娄方站定之后向众人一抱拳道，"唐姑娘正是张冰所杀，不但这样他还将自己的徒弟信诺打成重伤。现在信诺已经被昆仑派的弟子带走……"

"你说什么？我哥哥出事了？"信欣忙来到娄方近前询问。娄方刚要将经过讲给她听，就见张冰仰天大笑。

"哈哈哈哈，娄方你与二圣的关系我已经一清二楚。至于你师出何门，如果我讲出来恐怕在场很多人都要除掉你吧。"

"张掌门你知道他师出何门，讲来听听。刚刚我也觉得他的武功在哪儿见过。"元空忙问道。

张冰笑了笑道："寒冰无崖飘青丝，不老婆婆巫弦巫娇姥大家可曾听说过？"

众人不听便罢一听纷纷怒上心头，尤其是元空不由得咬碎钢牙："这个杀人的魔王……"

张冰接着说："眼前这位娄方就是当年巫娇姥身边那个孩子。"

"什么，他就是青面魔童？"在场众人纷纷惊慌失色，元空原本慈祥的眼神露出了愤怒仇恨的目光。

此时的娄方笑了笑道："既然张冰已经揭穿了我的老底，也就没必要再隐瞒了。没错，我就是青寒门的传人，你们所称的青面魔童。"

说着将易容时贴上的面皮撕下，露出原有的面容。又将头上的假发摘掉，露出白色的长发。

此时的娄方从面容上看，不过三十岁出头，左边脸上从额头到颧骨有一块青色的胎记。虽然有块胎记也不影响他清秀的脸庞，虽然已是年过三十但一副娃娃脸让其显得有些孩子气。

罗亮、柳星、凌狐等人见状很是惊讶，尤其是武金铃已经呆住了，心想：这原来才是娄方的真实长相……

"大家都看清楚了吧，他不但是青面魔童，还是二圣安排在鹰翔身边的保镖，为的就是先将中原武林搅个天翻地覆，然后二圣再趁此联合西域各门派将中原武林一举歼灭。"张冰更是有底气地说道。

"果然是这个小魔头，老衲今天要为几位师弟报仇雪恨，为天下人铲除你这个魔头。"元空说着挥掌直奔娄方。

旁边一直没说话的柴戎赶忙将元空拦住，"柴戎你这是干什么？"元空气冲冲地直呼柴戎的名姓。

"大师，我知道当年少林一劫全是青寒门所为，但张掌门所说事关武林安危，而且涉及逍遥派二圣。他二人的人品众所周知，我觉得应该查清楚再说。"柴戎向元空一抱拳道。

"这个——"元空一百个不愿意，但柴戎的话不无道理。

正当元空再要说些什么时，张冰道："柴掌门一直都和二圣关系很好，但这次你就别为他们说话了。"

柴戎心想：看娄方这么坦然地表露出真实面目，冒着生命危险来少林寺，恐怕没那么简单。还有张冰他究竟想干什么？

想罢道："张掌门，刚刚娄方说你将信诺打伤并差人带回昆仑山，如果他讲了假话那相信张掌门定知道信诺在哪儿喽。当日我们分头找人时他去的方向正是北方。"

"哈哈哈哈，我的徒弟我能不知道在哪吗？信诺出来吧，把你知道的讲给大家听。"张冰向远处高声喊道。

这时远处飘来一人，稳稳地站在张冰身旁，正是信诺。娄方不由得惊讶，心想：

不可能啊，当时我明明看见信诺被昆仑派的人带走，怎么……

就见信诺先向在场众人一抱拳道："各位前辈，能听在下讲一讲事情的经过吗？"

元空和在场的人都吵吵着让信诺讲明一切，此时的信欣已经扑到信诺跟前："哥哥你没事吧，让我看看有没有受伤？"

信诺表情冷漠，行为拘谨。见状连忙说："没事，我这不是好好的吗。妹妹你先退在一旁，我有话和大家讲。"

别人没注意这些，对面的凌狐却发现了端倪：信诺怎么有点不对劲啊，从我见到信大哥那天起他从来都是直呼信欣的名字，这次怎么改叫妹妹了。

信诺呆站着，慢慢道来。什么这次来中原一方面是帮助鹰翔报杀父之仇，一方面还有一个大阴谋。二圣和冷彩霞花费几十年的心血成立了幽灵山庄，当年各门派高手离奇失踪就是他们所为，还有什么二圣联合西域众高手啊，冷彩霞害死剪赞啊等一系列的事件。信诺描述的跟真的一样。

"信诺，我一直敬你为英雄，没想到你竟是个无中生有颠倒是非的小人，今天我就要你的命。"柳星实在是听不下去，说完挥宝剑直奔信诺。

元空将柳星的去路拦住，柳星闪过元空又对准信诺。

张冰见状暗想不好。挥宝剑挡住柳星，他心里很明白不能让信诺动手，因为会暴露一切。

当柳星的宝剑被张冰挡住的同时，元空在后面狠狠地给了柳星一掌，柳星被仇恨冲昏了头脑只顾着要杀了张冰师徒，根本没想到元空会暗下毒手。

觉得身后恶风袭来柳星赶忙躲闪，在两大高手之间纵有天大的本事这一掌也躲不过去。没办法，只能运用内力硬生生地挨下这一掌。

柳星被打得飞出两丈多远，这时罗亮以最快的速度去接住柳星。被罗亮揽在怀里的柳星口吐鲜血人事不省。

这时元空对少林弟子和在场众人喊道："不能放走这些人，大家一起将他们捉住。"

元空指的就是柴戎、黑白无常、凌狐等人，因为他觉得这些人都和鹰翔走得很近，肯定是逍遥派的帮凶。

瞬间，众人将这几人团团围住，但没有人敢到近前，因为大家都知道这几人的武功厉害。

此时罗亮将柳星托付给柴戎："前辈你带柳姑娘先走，他们目的就是想害死柳星。现在唯独您有这本事带她离开这里。这里有我抵挡。我和他们无冤无仇，相信他们不会为难我的。"

柴戎答应，背起柳星给黑白无常使了个眼色，示意他们带凌狐和武金铃一起闯出去。黑白无常迅速带上两个孩子随柴戎冲出少林。

离开时凌狐的双眼始终没有离开信欣，信欣站在信诺旁边也在人丛中寻找着凌狐。四目相对信欣仿佛看到凌狐眼睛里要讲的一切，只是……

在场的人都去追杀柴戎他们，元空、张冰两人刚要去追，被娄方和罗亮拦住。

此时的元空也顾不得劝说罗亮弃暗投明，向前一纵身直奔娄方而来，抬手就是少林龙爪手。

娄方明白，.现在要做的就是尽量拖延时间，因为只要把这两人拦住，其余追赶柴戎的人根本够不上威胁。

面对强敌，娄方只得使出了冰魄寒丝掌，这套掌法乃是娄方的授业恩师巫娇姥所创。是一套内家掌法，掌法绵软有力正好与元空的外家龙爪手相反。

两人一个是刚猛有力一个是绵软轻巧，打了个难解难分。旁边张冰也已经和罗亮刀剑相向。

"娃娃，我奉劝你少插手此事，不然的话叫你死无葬身之地。"张冰边挥舞宝剑边对罗亮说。

"张前辈一世英名为何如此诬陷二位圣人？"罗亮边说边躲过张冰的宝剑并没有还手。

"小兔崽子用不着你来教训我，为何不还手？"张冰说着更加猛烈地击向罗亮。

"在下明理，和前辈们动手必先让三招。现在三招已过晚辈得罪了。"罗亮说完将银枪一抖这才与张冰斗法。

张冰听罢不由得气炸肝肺，不过等罗亮一动手暗想：这小子果然有两下子，他用的是金枪门的绝学摔竿神枪，我得多加小心……

四个人在大殿外两两打斗得难解难分，元空虽为少林主持，又是娄方的长辈，但想轻而易举就把对方擒获是不可能的。因为娄方不但身怀青寒门的绝技还学有逍遥派的功夫……

转眼两人过招一百多回合未分胜负，此时远处跑来二十几个少林弟子，最前面的是一个五十岁上下的和尚。就见他肩上扛着禅杖，一看这把禅杖就是纯钢打造，分量少说也得在一百二十斤以上。

那和尚边跑边喊："师父，徒儿给您送禅杖来了。"

说话间众人来到近前，小和尚们各持兵器把寺门挡住。刚刚喊话的和尚将禅杖扔给了元空。

元空接过禅杖抖了抖随着一句："来得好。"挥舞禅杖再次与娄方动手，这回元空如虎添翼，将禅杖舞得呼呼挂风。

娄方见状赶忙向后纵出两三丈远从腰间一抖手抽出一条金色的长鞭，再次与元空一试高低。

他这条鞭与鹰翔的九节鞭不同，鞭身用鹿筋夹着金丝编织而成，再好的刀剑也难以砍断。鞭梢是用纯钢打造的龙尾形状，用金水不知道走了多少遍。鞭把是龙头形状，整条鞭子有两丈来长。

元空看见这条鞭时不由一惊：金龙神鞭。青寒门历代掌门所用之物，难道这个娄方现在是青寒门的掌门人？管他是什么先将他拿下再说。想罢挥禅杖再次与娄方交手。

罗亮和张冰这边也是打得难解难分，张冰心想：没想到这小子能将摔竿神枪发挥到如此境界，何不用我的左箫右剑赢他？

想罢张冰左手从背后将长箫抽出，专点罗亮的穴道，右手宝剑招招刺向罗亮要害之处。

这么突然一变招术罗亮有些吃力，坚持了三十来招迫不得已将自己的家传枪法三百六十五路梨花枪法使了出来。

罗亮一换招式张冰有些发懵，心想：这小子用的是什么枪法？

这也不奇怪，罗亮现在用的家传枪法是在马上枪法的基础上改成步下枪法的。换句话说这是罗家枪法第一次出现在武林当中，以前都是在战场用。顾名思义少了些武林中花哨的招式，实战性很强，招招都能致人于死地。

张冰有些吃惊，鼻子尖上已然冒出汗来。一是打了这么久累了，二是有些被这套枪法吓到了。

正当他想用什么办法对付罗亮，一道寒光先是冲着他的右手手腕而来。张冰刚要收手为时已晚，手中的宝剑被银枪挑飞。正当他愣神的时候罗亮一抖手又将他左手的长箫挑飞。

转眼间自己的两件兵器失手，张冰赶忙向后一纵身准备使出昆仑派的绝学蛤蟆功。

只见张冰双臂齐摇运用内力，随着身子如同蛤蟆一般向前一趴，强大的内力如狂风般扑向罗亮。

罗亮见张冰向后纵身以为对方不是自己的对手，追上前抖枪就刺。当他枪刺出的同时，张冰的蛤蟆功也击了出来。

罗亮暗叫不好，赶忙闪身去躲，幸亏他脑子反应快，身手敏捷，勉强躲过这一击。

刚刚跳开，张冰的第二击已然到来，罗亮再想躲是难比登天。就在这紧急关头，罗亮就觉得自己的腰好像被什么东西缠住，自己被生生地横着拉出两丈多远。

救罗亮的不是别人，正是一旁与元空交战的娄方，娄方边打边留意着罗亮他们的动静。当他发现张冰向后纵的时候，就猜到对方要使用蛤蟆功，所以虚晃一招直奔罗亮。

还没到近前，罗亮刚刚躲过张冰的第一击，却没躲开第二次。娄方情急之下挥动金龙神鞭将罗亮拉到近前。

两人刚刚站稳，元空就挥动禅杖劈头盖脸向娄方砸来，娄方一把推开罗亮，身子向后一闪，禅杖从他的鼻子尖擦过。

"快走。"娄方向罗亮喊出这句话的同时，运用内力向后飘，挥手打出一把飞蝗石，分别射向元空和张冰。

罗亮听到喊声紧随娄方之后，直奔庙门而来，守门的小和尚们哪能拦得住他二人。元空和张冰躲过飞蝗石之后再找娄方，两人已是踪迹不见。

"居然让他们给跑了……"元空沮丧地说。

"大师不必沮丧，我有办法让他们乖乖回来。"张冰胸有成竹地道。

元空有些不解，上前几步问道："张掌门有什么好办法？"

张冰见元空到自己近前突然从腰间抽出紫薇宝剑，寒光一闪，元空已被刺中命门，慢慢倒在地上。

当时元空对张冰根本没有戒心，在紫薇剑抽出的那一刹那，元空明白了一切。可是为时已晚，两人武功本来就相差不多，再加上没有防备，堂堂的少林主持就这样死在少林寺大殿之前。

随着张冰的一句："马上带这丫头离开这里。"一旁的信诺将信欣夹在腰间闪身向墙外飘去，此时的信欣见到这样的场景已经呆住了。

张冰挥动着宝剑直奔院内的少林弟子，转眼间小和尚们纷纷倒在紫薇剑下。只剩下刚刚给元空送禅杖的慧尘和尚。

慧尘见此情此景不由得肝肠寸断："张冰原来一切都是你所为，杀了唐施主又害死我师父，你……"

"哈哈哈哈，接下来就是你了，这里一个都不能活着出去。"张冰说罢挥宝剑直奔慧尘和尚。

慧尘和尚可是元空的真传弟子，张冰想将其杀死没那么容易。再加上慧尘有些拼命的意思，所以对于张冰来说有些难缠。

即使这样，慧尘和张冰打斗了五十几招后明显感觉有些吃力，慧尘暗想：不行，我得留着性命将此事公布于众，再去白马寺找师叔回少林主持大局……

但是事与愿违，慧尘由于分心，一个不留神被张冰一掌拍在后背上。即使他练就的是金钟罩铁布衫这等刀枪不入的功夫，也被打得飞出去两丈多远，栽倒在地，口吐鲜血。

慧尘勉强站起身来刚要施展轻功逃离，张冰的第二掌就到了。躲是躲不过去，慧尘赶紧舌尖顶住上牙膛运用内力抵挡。他现在要做的是要保住性命……

这一掌正好打在慧尘的胸口，这次慧尘直接被打得昏死过去。练就了四十余年的金钟罩被打破，此时的慧尘即使没死也形同废人。

张冰挥宝剑要解决掉慧尘，就在他到慧尘跟前的同时感觉身后有股寒气袭来。根据他对兵器的了解，这寒气发自于一把旷世宝剑。

张冰不敢怠慢忙挥紫薇剑闪身抵挡，由于之前苦战罗亮，再杀死元空，又会斗慧尘，此时他已非常疲惫。

而来人偏偏针对这一点，挥动那把传说中只见剑影不见宝剑的承影狠狠地砍向他，紫薇剑正好缠在承影宝剑上。

来人狠狠一挥，紫薇剑从张冰手中脱落飞向大殿的柱子，入木三分插在了上面。来的不是别人，正是萧莹莹的父亲无情书生萧海浪。

萧海浪趁张冰没反应过来之际迅速背起慧尘飘向墙外。张冰刚刚被承影宝剑的气势所震撼，反应过来后飘身去追，他心里明白得很：慧尘必须得死……

等张冰到墙外，萧海浪已经踪迹不见，但张冰断定他们跑不了多远。正当他准备四处寻找时听到院子里乱成一团，断定是去追柴戒的众人回来了，于是计上心头……

少林的众弟子和几派的掌门没有追上柴戒等人，决定回少林再做打算。当他们看到寺内的场景时，个个呆若木鸡，众弟子边哭边喊着："这是谁干的。"

这时张冰从院外拖着受伤的右腿，一瘸一拐地向众人走去，腿伤是他自己弄的。众人纷纷过来边搀扶边询问情况："张前辈，您一定知道这是何人所为？"

张冰装作悲痛万分地道："大家看看那是什么？"说着用手指了指插在柱子上的紫薇剑接着说，"我和元空大师被娄方、罗亮拦住，我们拼尽全力就快将他们擒住。谁知萧莹莹还有那个萧海浪突然出现，尤其是那个萧莹莹下手极其凶狠。先是趁元空大师不备将其杀死，然后又杀死了很多小师傅。还劫持了慧尘大师，我拼尽全力营救虽然将萧莹莹的紫薇宝剑打飞，但还是让他们逃走了，我也受了伤……"

在场众人无不咬碎钢牙，这时少林弟子中有些威望的忙安排小和尚们收拾一切。将元空大师的遗体安放好，然后马上差人去白马寺请元空的师弟元坤大师速来主持大局。

娄方、罗亮两人逃出少林后拼命地跑，因为他们知道元空和张冰的轻功相当高强。可两人跑出好几里地发现居然没有人追，这才停下脚步走进路边的树林靠着树木坐下喘着粗气，两人真得累得不轻。

"唉，我说罗兄，你说他们怎么没追出来呢？"娄方问罗亮道。

罗亮缓了缓气道："不清楚，也许他们良心发现，或许是上天觉得不公，把他们给收了吧。娄前辈我有个问题想问问你。"

娄方听了罗亮的话开始还很高兴，当他听到"前辈"两个字时阴沉着脸道：

"我很老吗？那你猜猜我多大岁数了？"

"少说也得七八十岁了吧，我听说有一种不老神功。不过看您练得好像不怎么彻底……"罗亮还打算往下说，娄方先是给了罗亮一下道："你这是什么逻辑啊，你哥我今年三十三岁，虽说头发白了但我还年轻。"

罗亮不禁大笑起来，娄方看了看他道："不相信吧，接受不了吧。其实我也接受不了，我十三岁那年头发就全白了。"

"不会吧，快给我讲讲什么原因造成的？"罗亮更加感兴趣地问道。娄方叹了口气刚要往下讲，发现远处跑来一个人。

两人定睛观看发现不是别人正是信诺，腋下还夹着一个姑娘正是信欣。同时传来信欣的喊声："救命啊。"

两人一看不由得惊讶，忙飞身上前将其拦住。这时信欣看见罗亮、娄方大声呼喊："罗大哥快救救我，他不是我哥……"

信诺见两个人突然出现在他面前转身要跑，但已被两人捉住。

"信欣你说什么，他不是信诺？"罗亮追问信欣道。

"是啊！"信欣先把她在少林目睹的一切讲了一遍，然后又把怎么确定那人不是哥哥讲了一遍。

原来信欣被他强行带离少林之后，信欣原以为他是自己的哥哥，问道："哥，你们想要干什么？为何要杀死元空大师，还要嫁祸给莹莹姐？"

那人开始没有搭理信欣，一路上信欣不停地问。那人实在受不了了道："闭嘴，我不是信诺。用不了多久我就让你们兄妹相见……"

娄方听罢信欣讲的经过后，转身来到被罗亮按住的那人面前，先是揭开了他脸上的伪装。那人年纪在四十岁开外，长相和信诺真有几分相似。

"说吧，你和张冰什么关系，他这样做目的何在？"娄方问道。

那人冷笑道："为什么要告诉你们？等我们的计划实现了，你们成为阶下囚临死时就会知道的。"

娄方听了装作很害怕的样子道："是吗？我好害怕啊。不过那是以后的事情，现在好像你是阶下囚了吧。罗亮给他点颜色看看。"娄方的意思是让罗亮收拾收拾那人。

罗亮听罢点了点头先是给了那人几拳，见其不说又开始拳打脚踢。一旁的娄方不耐烦地道："罗亮，看你和张冰对打时下手挺狠的。怎么收拾起人来这么温柔啊，暴力点行吗？"

"这还不够暴力吗？我怕再暴力点把他打死了，咱们可就什么都问不出来了。"罗亮道，"我是没办法了，要不你来。"

"唉，这么点小事还得我亲自来。你和信欣在边上看着，也学着点。"娄方漫不经心地走到那人跟前，此时那人已经被罗亮打得站不起来了。

罗亮来到信欣旁边看着娄方边和信欣说："咱们看看他能狠到哪儿去，还说我不够暴力。"信欣听了想笑但又怕罗亮生气，点了点头。

此时娄方冲着罗亮、信欣喊道："信欣，你到旁边采几棵茅草来。罗亮你过来帮我把他的鞋脱了。"

罗亮和信欣相互看看不知道娄方打算干什么，转眼间娄方两人将那人的靴子脱掉。

"你们想要干什么，别枉费心机了，我是不会说的。"那人不解地问道。

此时信欣已经采来一把茅草，娄方先让罗亮按住那人。自己拿着茅草在那人脚心上划来划去道："让你爽一把。"

把那个人痒得刚想翻身被罗亮狠狠地按在地上，那种钻心的痒使得那人非常痛苦。开始时还是硬撑着，转眼间就求饶娄方停手。

"哈哈哈哈，想明白了？说吧，我听着呢，早这么乖不就没事了。"娄方笑罢之后道。

此时的罗亮笑着道："娄大哥我太佩服你，这招也太损了吧。"

"怎么说话呢？信欣你说说我这招损吗？"娄方装作很光明正大地问。

信欣忍着笑声低声地说："讲实话吗？"

"对，就是实话。"娄方道。

"是不怎么光彩……"信欣很无辜地说。

娄方一笑道："不管他光彩不光彩了，先听听他打算讲什么吧。"

那人在三人的逼问下讲出了一切，三人听了大吃一惊。尤其是信欣，恨不得马上赶到昆仑山解救自己的哥哥信诺。

事情经过是这样的，十几年前诸葛莲放眼中原武林发现真正能与她抗衡的没有几个。她最忌惮的二圣和冷彩霞已经退隐，剪赞、上官飞燕、柴戎等人也已销声匿迹。唯独她能看上眼想控制为己用的只有少林的元空和昆仑的张冰。

少林不用说了，以元空和元坤二人合力，当时的诸葛莲很难赢对方。所以她把矛头直指昆仑派的张冰。

诸葛莲暗中对张冰观察了很久，因为事关大计她一向是要做到知己知彼的。如果不能将其控制，后果会非常严重，有可能自己多年的计划就会付之东流。

经过观察，诸葛莲发现张冰这个人虽然外表正义凛然、刚正不阿，但野心十足。于是她决定改控制为合作，等计划实现时再除掉张冰。

正如诸葛莲所预料的，张冰果然答应了这一要求。诸葛莲将幽灵山庄里很多武功秘笈送给了张冰。

诸葛莲在幽灵山庄暗中积聚力量，张冰在昆仑为幽灵山庄壮大实力。整个昆仑派除了信诺不知此事以外，所有弟子都知道掌门要一统江湖的计划。

信诺不知道也不奇怪，因为他身为朝廷命官很少回昆仑。即使回去了，张冰吩咐弟子们不许将计划透露半分，因为他很了解信诺的为人。

张冰还习练诸葛莲交给他的攻心术，以防万一有弟子走漏消息。这个被娄方他们捉住的昆仑弟子是张冰最忠诚的弟子，整个昆仑弟子除了他没被攻心术控制，其余的都被控制。

也许这就是天意，唯独他被娄方众人捉住。娄方三人听了惊讶不已，信欣问道："那唐璇姐姐也是你师父杀死的喽？"

那人接着讲述。诸葛莲和蛇林闭关练功最忌惮的就是闭关期间二圣和冷彩霞。所以她安排了种种巧合把罪名安在逍遥派头上，就是为了在闭关期间如果三人赶到中原还会有各门派阻拦。但是设计杀死阿碧，让鹰翔、莹莹反目成仇是担心二人的双飞剑法。

屠狼大会结束后，张冰就离开少林赶奔了幽灵山庄，鹰翔、莹莹被抓上山庄时张冰就在那儿。只是没有露面，这事情就连晗冰都不知道。

诸葛莲让张冰带上紫薇宝剑赶往北方去杀死唐璇，因为她得到消息唐璇在寻找鹰翔的途中遇见信诺，并遇到了点小麻烦，就是两人误入黑风寨。与山贼发生摩擦之后耽误了返回少林的时间，以张冰的轻功造诣绝对会在唐璇赶回少林之前将其杀死……

果然张冰找到唐璇、信诺时天将放亮，趁唐璇不备一剑封喉。信诺见师父拿着莹莹的剑行凶就猜到了什么。

张冰本想将信诺也拉拢过来，但是信诺要将他的罪行公布于众。张冰一狠心将信诺的武功全废，但没舍得杀他。毕竟信诺是自己最得意的弟子，还是朝廷一品命官。

张冰吩咐自己从幽灵山庄带来的帮手将信诺押回昆仑山后带着唐璇的尸首，又模仿了白莲的笔体写了那封信，又将随后赶来的弟子易容成信诺的样子赶往少林寺。

他以为此事天衣无缝，但他和假扮信诺的弟子在途中讲的一切都被寻找唐璇的娄方听见……

"原来我哥和唐姐姐都是你们所害，我要杀了你。"信欣说着掏出匕首直刺那人的心口。

娄方在旁边不但没拦着反而把正要阻拦信欣的罗亮拉到了一边，就听惨叫一声，那人绝气身亡。

"你怎么不拦着他啊。"罗亮问道。娄方道："拦她干什么啊，这个人罪有应得。再说咱们都知道一切了，即使放了他，到头来他也是一死，倒不如早死早投胎呢。"

"我不是说这个,我的意思是信欣这么小的姑娘就杀人不太好吧?"罗亮低声地道。

娄方看了看他道:"无毒不丈夫,还是学着点吧……"

10 天残弟子系白灵

罗亮听了马上把话题引开道："不说这个了，接下来咱们怎么办？用不了多久，整个江湖的人都会追杀咱们，我看咱们是解释不清了。"

"还能怎么办，先找到凌狐他们再商量办法吧。"娄方无奈地道。

"怎么找啊，咱们连他们去哪个方向都不知道。"罗亮沮丧地说，一旁的信欣也随声附和。

三人正不知该去哪个方向时，忽然觉得树林深处有个黑影在闪动。转眼间已到近前，三人这才看清楚来人正是黑无常。

"你们没事吧，唉，他是谁？"黑无常指了指旁边死去的假信诺。

"这个一会儿再和你细讲，你怎么来了？"没等娄方说完，罗亮急切地问："前辈，柳姑娘怎么样了？"

黑无常嘿嘿一笑道："柴老头怕你们脱不了身叫我们弟兄回来看看，至于柳姑娘嘛伤得不轻，没十天半个月恐怕是痊愈不了。咱们走吧，这里不安全。"

三个人紧随黑无常离开了树林，路上又与去别处寻找的白无常汇合。一路上罗亮总有一种连自己都不确定的担心。

几个人来到了远处镇上的一家客栈，罗亮看见了面容憔悴的柳星，忙上前询问伤情。此时他也顾不得在场几人诧异的目光……

信欣把在少林所看见的一切告诉柴戎，柴戎不由得大吃一惊。更令他意想不到的是张冰的身份，当娄方把逼问出的一切讲给他们的时候柴戎不由得攥紧了拳头自言道："没想到张冰竟会变成这样……"

一旁的柳星听罢恨得直咬牙，刚要说些什么，突然觉得胸口发热，嘴角又淌出血来。罗亮忙安慰道："柳姑娘别激动。"

此时的信欣哭着对柴戎道："前辈，您去救救我哥哥吧，也不知道我哥他在昆仑怎么样了。"

柴戎叹了口气道："孩子别急，信诺我们是一定要救的，而且得马上去救，现在只有他能指证张冰的罪行。咱们大家商议一下有谁去昆仑救人，现在咱们就这几个人，柳姑娘又伤势严重。"

娄方听罢道："前辈，就由我去救信诺吧。你们找个安全的地方隐蔽起来，也好监视张冰和幽灵山庄的动静。"

"那怎么可以，此去昆仑救人路途艰险。昆仑派又是高手众多，还是我……"柴戎说话的意思是要自己去。

黑无常打断他的话道："老爷子您这么大岁数就别去了，我们兄弟二人陪娄方去。您老就留下来照顾三个孩子和柳姑娘，这样我们也能放心。真要让罗亮这小子一个人留下，恐怕只顾得谈情说爱，干不了什么正事。"说完坏笑起来。

一旁正在陪柳星的罗亮听了脸立马红了，不光是他，就连柳星也觉得有些难为情。罗亮刚要说些什么被黑无常打断。

"唉，你别说了，就知道你也要去。你还是留下吧，没别的意思，这里有老有小还有受伤的柳姑娘可都由你保护了，任务也很重的。"

"好了，罗亮你就留下吧，协助我观察幽灵山庄的动静。既然你们两位愿意随娄方一同前去那我也就不争了，你们一路上要多加小心……"柴戎叮嘱娄方三人道，心里更盼望着三人安全回来。

随着娄方信心满满的一句"放心吧"，三个人离开了客栈赶往昆仑山。娄方青面白发还娃娃脸，黑白无常更不用提了，三人走在街上也算是一道亮丽的风景线……

留下的柴戎正和罗亮、柳星赶紧商议怎样监视幽灵山庄的动静，毕竟幽灵山庄非常隐蔽，庄内的人都功夫了得。

正这时，凌狐突然道："师父，罗大哥，我有个好地方既隐蔽又可以监视他们。"

"什么地方？"柴戎、罗亮同时问道。"在幽灵山庄所在的那座大山的一片树林里，有几间没人住的屋子。我们可以搬到那里去，这样张冰他们就找不到咱们，还可以监视幽灵山庄。"

柴戎有些不敢相信地问："你怎么知道的，不是在耍我们开心吧？"柴戎知道凌狐这小子平时爱开玩笑，才这样问的。

"师父，我没开玩笑，信欣我们三人逃出幽灵山庄时在风筝上看到的，不信她们可以作证。"凌狐用手指了指信欣和武金铃。

两个姑娘连忙证明凌狐说的不假。柴戎想了想问罗亮和柳星的看法，柳星自然是没有意见，更何况她很想解救莹莹。罗亮也没什么意见，他根本就没想什么，只是见柳星同意他也就同意了。

就这样六人启程赶往幽灵山庄附近，一路上罗亮背着柳星前行。两个人都有一种形容不出来的感受。

大家走进大山深处经过两个多时辰的寻找和标记路标，找到了凌狐所说的房子。还算可以，有六七间屋子虽然简陋但收拾一下还是能住的。

这几间房子是一个猎户家族留下的，不知什么原因离开了这里。一切生活用具还在。

几个人在这里安顿下来，第二天柴戎出门四处寻找通往幽灵山庄的路线。正当他在树林里穿梭，突然觉的有人在靠近他。

"柴前辈您怎么到这儿来了，凌狐他们呢？"随着一个熟悉的声音一位白衣少女轻盈地飘落到柴戎跟前。

　　柴戎定睛一看不禁又惊又喜，来人不是别人正是萧莹莹。柴戎叹了口气道："一言难尽啊，你的事我们都知道了，现在有人监视你吗？"

　　莹莹低声地道："没有，他们以为我被攻心术控制所以没人监视我。怎么您……"

　　"随我来。"没等莹莹说完，柴戎留下这三个字飘身向树林深处奔去，莹莹紧随其后，转眼间莹莹被引到了柴戎等人的住处。

　　当莹莹看见受伤的柳星时不禁奔到跟前问道："师姐你这是……谁把你伤成这样……"

　　柳星将一切讲述给莹莹听，尤其是讲到唐璇的惨死还有张冰栽赃的事情时，莹莹惊得双眼直瞪。

　　"师姐你说什么？唐师姐她死了，而且是死在紫薇剑下？"莹莹颤抖着声音问道。

　　"没错，这一切都是幽灵山庄的计划。"柴戎道。此时的莹莹突然想到自己的宝剑连同鹰翔的宝剑都被诸葛莲拿走，是自己亲眼看见。他们的这个计划居然没有告诉晗冰……

　　想罢之后道："你们在这里多加小心，我回去继续探查山庄的一切，只不过最近晗冰要我和他一起去抓凌狐。上次的事情之后晗冰寻求我帮忙，一方面是找帮手，另一方面他有些怀疑我没被控制，想试探我……"

　　"莹莹姐我有个好办法，不知道可行不可行。"一旁的凌狐打断莹莹的话道。

　　"什么办法？快说来听听。"在场众人纷纷询问。

　　凌狐道："就让我被你们捉回去，这样晗冰就不会怀疑莹莹姐……"

　　"不行，这太冒险了，我不干。"莹莹道，她是千百个不愿意。

　　这时柴戎点点头道："凌狐说的有道理，他们现在最迫切的就是捉住凌狐。以免凌云提前回来他们得不到雪莲。这样，让我随凌狐一起去，伺机在诸葛莲和蛇林没有练成那邪门的功夫之前最脆弱的时候除掉他们。"

　　"前辈您说得不无道理，可是这太危险，还是想别的办法吧。"莹莹劝说道。

　　"莹莹姑娘你的担心是对的，但我师徒二人去意已决，你就不必阻拦了。再说即使我们杀不了诸葛莲，但救出鹰翔是没问题的。至于凌狐的安危，我相信只要凌云没回来他就不会有生命危险……"柴戎正说着。

　　莹莹在听到"鹰翔"两个字的时候，脑海里都是他的身影。就觉得心口发疼，多想一分疼痛就加强一分。

　　"莹莹姐你怎么了？"信欣和凌狐冲上前询问。莹莹低声地说："没什么，只是绝情丹的毒又发作了……"

就在这时，紧随信欣其后的武金铃也来到莹莹跟前，一把明晃晃的匕首直插莹莹的胸口。

武金铃一直对莹莹怀恨在心，以前是因为她觉得莹莹把鹰翔从她身边抢走，现在又加上所谓的杀母之仇。所以从莹莹来到这里那一刻她就在寻找机会下手。

而莹莹根本就没想躲，因为此时的她想到了诸葛莲给她和鹰翔施毒时说的话。只要自己已死了，鹰翔身上的毒也就没有效果了，而且还成全了武金铃，所以她没躲。

一旁的凌狐见状忙推了一把莹莹，即使这样，匕首虽没有刺中要害，但也刺进了莹莹的胸膛，随着一道血光莹莹倒在地上。

"武金铃你……"柴戎质问道。此时的武金铃仰天大笑："母亲，我给您报仇了……"

这时，柳星拖着虚弱的身体奔到莹莹近前，唐璇已经死了，她真的不能再承受莹莹的离去。

正在大家忙乱中，远处传来用千里传音喊出的声音。是晗冰在寻找莹莹，他见莹莹下山很久都没有回来，担心出事，正在四处寻找。

"罗亮你和柳姑娘带着她们在这儿养伤，我和凌狐带莹莹前去找那个晗冰，相信他不能见死不救。"柴戎说完背起莹莹带着凌狐向声音奔去。

"等等我，我也陪你们一起去。"信欣边跟在后面边喊，转眼间这里只剩下罗亮、柳星、武金铃三人。

没过多久，柴戎师徒二人就和晗冰众人相遇在树林当中。"是你们啊，凌狐，正愁找不到你呢。没想到你自己送上门来了！"晗冰说着，看到柴戎身后的莹莹，"你们把莹莹怎么了？"

说完晗冰挥折扇直奔柴戎，柴戎根本没打算和他动手，接了几招之后故意被其捉住，晗冰将莹莹抱起，对着身后众人道："把凌狐那小子捉上山去，等等，还有那个小丫头。"

众人一看后面还跟来一个气喘吁吁的信欣，柴戎和凌狐一看不由得心急如焚，心想：你怎么也来了？

这时二十几个人将凌狐和信欣围住，没一会儿两人纷纷被抓。在回山庄的路上晗冰不停地喊着莹莹的名字，莹莹缓缓地睁开眼睛，模糊的视线里有凌狐师徒的影子心想：你们还是来了。

这时柴戎看见莹莹醒过来心才落下，故意大声地对凌狐说："你个小兔崽子，我说不救她吧。你偏不信，说什么各大门派在冤枉她，她不是幽灵山庄的人，现在相信了吧。早知道这样的话就让张冰一剑杀死她算了……"

柴戎这样说既确保了自己不被怀疑，又暗示莹莹，如果晗冰问谁伤的她时就说是张冰所为，毕竟今天凌狐他们被抓太轻易了。

凌狐何等聪明，他无辜地说："我也不知道她会变成这样，竟把咱们骗到了这里，真是狠毒……"

此时的莹莹迷迷糊糊地也明白柴戎的用心。最想不通的就是晗冰，不是因为轻易的抓了凌狐，而是柴戎和各大门派怎么会知道有幽灵山庄……

经过了迷宫似的山路晗冰将柴戎等人押上了幽灵山庄，柴戎不由得暗自吃惊。山庄里除了仆人侍女大多数都是这几十年里失踪的各派高手，有些柴戎还认识。

不但这样，就是普通的仆人和侍女的举止动作间，都能显现出身怀高深莫测的武功。

晗冰没有心思去管柴戎他们，吩咐人把他们看押起来后赶忙去看莹莹。此时侍女们已经把莹莹的伤口包扎好。

晗冰刚刚到房内，他安排出去监视各门派的人飞鸽传书过来，他打开一看，不由得皱了皱眉头。

莹莹低声地问道："怎么了，发生什么事了？"

晗冰询问道："你这次下山是不是去刺杀少林掌门元空去了？"

莹莹听罢低声地道："没有啊，我们不是说好了下山之后分头行动去寻找凌狐，途中遇到了少林弟子和张冰追杀，幸好有柴戎他们相救。我趁机将他们骗上山庄，发生什么事了？"

"江湖传言你杀死了元空，而且留下紫薇宝剑在少林寺以示挑衅。"晗冰将纸条上的消息大概讲了一遍。

莹莹心想：难道晗冰不知道张冰也是幽灵山庄的人？按此推断，他只不过是诸葛莲培养的一个杀人工具……

"晗冰你是怀疑我盗走宝剑刺杀了元空……"莹莹低声地道。没等她说完，晗冰打断她的话道："莹莹，我不是在怀疑你，只是紫薇宝剑连同秋风落叶扫一起被师父收起。现在师父闭关练功，根本不会去刺杀元空。难道有人盗走宝剑？但这些天庄上没有什么异常。放眼整个武林有几个能从这里盗走宝剑，更何况幽灵山庄不被人所知……"

莹莹低声地说："最好的办法就是去看看紫薇宝剑在没在庄上……"

"只是师父的房间从不允许别人进入。"晗冰无奈地道。得知莹莹没什么大碍，晗冰回到了自己的屋内思索着一切。

最后他毅然决定去师父的房间看个究竟，他要看看紫薇宝剑到底丢失没有。如果丢失的话该怎么办。

晗冰来到诸葛莲的房间第一眼看到的是正对着门的床，不由得吓得他一阵颤抖。原因就是床上放着一个纸人，大小和真人一模一样。

再往四周观看，墙上挂满了画像。画像上的人和床上的纸人一模一样，这时的晗冰大概猜到这个人是谁了。

这个人就是诸葛莲的儿子诸葛少白，自从诸葛少白远走吐蕃之后诸葛莲就做了这个纸人。原因就是诸葛少白从小就喜欢研究奇门遁甲，时常按照书上之术做些纸人纸马。说什么可以像真人真马一样上战场。

毕竟是母子，诸葛莲练的功夫再邪门也改变不了她对儿子的思念。这几十年来这些画像和纸人也算是她的依靠……

晗冰环视四周，发现靠墙角有个摆放宝剑的架子。这一看不由得心一震，上面只放着秋风落叶扫，却没有紫薇宝剑的影子。

"难道宝剑真被人盗走了？谁有这么高深的武功能在幽灵山庄里来去自由？难道是莹莹将自己的宝剑拿走？不可能，她已经被师父所控制……"晗冰一边想着一边往外走，想得太过入神正好撞在桌子上。

原本桌上摆放整齐的册子散开来，一个册子引起了他的注意。就是当年诸葛莲捉各派高手的记录，上面清晰地记着哪个门派的哪个人是被自己控制了还是杀掉了。被控制的是对勾，杀掉的是叉。但一个人的名字很特别，就是昆仑掌门张冰。他的名字上是一个圈，而且用红色标记的。

晗冰看到这时，脑海里显现出在大厅师父用攻心术控制莹莹的那个晚上，他总感觉庄上有神秘人的存在。而且那个晚上诸葛莲早早就回屋去了，联想自己十来岁的时候，有一天师父说下山去抓昆仑掌门。可是过了很久之后却独自回来，他居然没有恼火反倒显得很高兴。

此时此刻晗冰似乎猜到了原因。这时一只信鸽飞了进来，晗冰取下纸条看罢一切全明白了。上面写着：

元空已死，整个江湖认为是逍遥派所为，你可以安心闭关练功。张冰。

晗冰悬着的心终于落了下来，但他心里有些不痛快。因为这些年来庄上的所有事情诸葛莲都会和他讲，还有诸葛莲说过："我在怀疑一个人时才会对他有所隐瞒。"难道师父不再信任我了，我没做错什么事啊。

想罢晗冰去看望莹莹，凌狐已经抓到，要做的就是等待诸葛莲练成神功。这段时间只要保证山庄太平就好。

对于晗冰来说最重要的就是莹莹的伤势，毕竟晗冰对莹莹的感情不只是搭档之情，还有爱慕之情。早在屠狼大会莹莹登上擂台那一刻晗冰就已经喜欢上莹莹……

幽灵山庄的一间空房里，柴戎、凌狐、信欣三个人被捆得结结实实的。"师父，咱们怎么办？你看看这四周的门和窗子都用铁条封上了，就连捆咱们的绳子都是鹿筋做的。还说什么探听消息呢，恐怕自身都难保了，只有任人宰割的份了。"凌狐郁闷地问。

"嘿嘿，我的好徒弟不要这么悲观嘛。你现在需要的是休息，等晚上咱还有活儿干呢。"柴戎笑了笑道。

凌狐不解地问："什么意思？师父你是不是有办法脱身啊，快告诉我什么办法。"柴戎诡异地笑了笑道："保密。"

信欣和凌狐同时"切"了一声，开始在一旁斗嘴。柴戎在旁边闭目养神，转眼间天黑了。等送饭的人走之后又过了两个多时辰，柴戎睁开双眼看着凌狐和信欣两人已经睡着，自言道："小东西就知道睡。"

说完了晃身子，身上的绳子一点一点地脱落下来。其实柴戎行走江湖这么多年在和别的门派切磋武艺时也学了不少其他门派的武功。

今天他用的是缩骨法和卸骨法两种绝学，缩骨法不是将原本的骨头缩小而是将各处的骨骼一起缩紧。卸骨法顾名思义就是将关节处脱臼，这样不管绳子捆得再紧、捆住关节也一样能脱身。

柴戎站起身来从怀里掏出很小的布袋子，里面有刀子、锯条、撬棍等等一系列的工具，不过都是袖珍尺寸的。

由于柴戎整天穿得跟个叫花子似的，晗冰他们只是把他的七星宝刀拿走，其身上都没人愿意去搜，柴戎因此得以留下了这套工具。

再看柴戎飞身来到屋顶的横梁上，站在上面正好够到屋顶。这套缩小的工具是都用上了，转眼间屋顶被弄出一个比人头大一些的洞。对于柴戎来讲足够用了，只要头能过去，其他身体部位容易得很。

柴戎来到房上先趴在屋顶观望，他心里很清楚，这里的人都是高手，一不留神就会被发现，必须确保没事才能行动。

当年上官飞燕为什么那么轻易就被发现，是因为她无意间闯入。而柴戎这次可是知己知彼，一万分小心。纵使幽灵山庄高手众多，以柴戎的轻功也不至于轻易被发现。

再者说这个山庄里的每一个人都相当狂傲，想想整个武林几十年里有些本事的高手都聚在这里，有谁敢闯进这里。十几年来不也只有上官飞燕一个人嘛，此外，外界又不知道这里有座山庄。所以这里的人戒备没有那么严，柴戎才没被发现……

柴戎只是四处勘察一下地形，主要是找到幽灵峰想办法救下鹰翔。柴戎转了一大圈终于找到了幽灵峰，不过山脚下足足有五十人在那儿把守，想登上山峰难比登天。

没有办法，他只好绕过这里寻找其他上山的路，可是转了几圈也没有找到。不过他在一片树林边上发现了一个石碑，上面写着：幽灵禁地，踏入者死。

这里让柴戎产生了兴趣，心想：这个碑应该是给庄里人看的，这样的话，里面肯定没有人把守。

想罢柴戎踏进了树林，穿过树林，前面是座不高的山峰。借着月色隐约看见前面石壁上有个山洞。

柴戒来到近前观看果然是个山洞，洞口的石门紧闭着，上方刻着"幽灵山洞"四个大字。

"难道这里是诸葛莲这个老妖婆子练功的地方，不行，我得看看四周有没有打开石门的机关？"想罢柴戒开始四处寻找。

最后他在洞门的右下方发现了机关，刚要打开，柴戒停下了。此时天已经有些发亮，如果进到洞中即使侥幸除掉诸葛莲也会被晗冰他们发现，不如先回去再做打算。柴戒想罢转身消失在夜幕中。

柴戒回到屋子后又将瓦片盖到了缺口处，正当他飘落在屋子里时，凌狐、信欣两人四只眼睛惊奇地盯着他。

柴戒没有搭理他们，从地上捡起绳子三绕两绕地把自己捆得和以前一模一样。

"师……师父您是怎么做到的，刚刚您干什么去了？"凌狐不敢相信自己的眼睛问道。

柴戒笑了笑道："你们两个小鬼就知道睡觉，折腾了一个晚上了这下也该我睡会儿了。你们两个不许打扰我啊，等我睡醒了再告诉你们。"说完倒在地上睡着了。

"唉唉唉，凌狐，你师父是不是神仙啊。怎么这样一晃荡就……"信欣不可思议地问凌狐。

凌狐也摸不着头脑地道："我和师父一起这么多年，也不知道他会这么神奇的武功啊。"此时的柴戒暗自在笑。

柴戒闭目养神歇了两个时辰，信欣、凌狐两个在那儿探讨了两个时辰。

"你们两个有完没完啊，还让我老人家睡觉不？"柴戒说话间坐起来看着凌狐、信欣两人。

两人见柴戒醒了同时问道："师父，快给我讲讲这是什么功夫。""唉，信欣小丫头我可不是你的师父啊。"柴戒笑了笑道。

信欣嘻嘻一笑道："那我现在就拜您为师，向您学习今天您使的功夫……"

柴戒低声地将这两套功夫的名字讲给两人听，并将自己晚上探查幽灵山庄的事情告诉他们。

凌狐两人听了惊讶不已："师父，今天晚上带我和您一起去吧。多刺激啊，我也想看看幽灵山洞里有什么东西。"

"不行，我不能让你冒这个险。凌狐，你过来我有话和你讲。"柴戒郑重其事地道。

凌狐见师父那严肃的表情，知道师父有重要的事情交代，没敢再开玩笑，慢慢地挪到师父跟前："师父什么事您说吧。"

柴戒叹了口气道："如果有一天师父不在了，你就回师父隐居的地方。在师父住的屋子下面有个密室，里面有咱们天残派的绝学'天残一刀斩刀谱'和掌门信物。你一定要将刀法练成，将咱们天残派发扬光大……"

"师父您一定会没事的，要不然您今天晚上就别去了……"凌狐正说着柴戎打断他的话道："那怎么能行，如果那真是诸葛莲练功的地方这是个好机会。现在不除掉他们，日后他们神功练成，恐怕江湖上没人能除掉他了，听师父的话，等你哥回来一定会安全地带你们出去。"

这些话凌狐哪里能听得进去，明知道师父要去冒险却……于是他耍起赖道："那我和你一起去……"

师徒两人开始不再争辩进入僵持状态，转眼间到了晚上。柴戎觉得时间差不多了，一抖身子将绳子脱身，飞身来到屋顶。在出去之前，看了看凌狐，那种眼神仿佛是最后的离别。

凌狐看着师父离开，想喊住师父却没有开口，怕幽灵山庄的人发现，只能默默地看着师父离开。

一旁的信欣低声道："凌狐你别难过，前辈他吉人自有天相。以前辈的武功不会有事的。"

此时的凌狐一句话不说，呆坐在那里。他不敢想将会发生什么……

由于昨天的查探今天柴戎很快来到幽灵洞外，触动了机关来到了山洞里。四周石壁上挂着火把和灯笼，里面很亮堂。

这是一条七八尺宽的通道，柴戎提着气缓慢地向前行进。虽然猜测这是练功房，但也不知道里面会有什么突发情况，所以他格外小心。

穿过了长长的通道，柴戎来到了一块宽敞的平台上，他站在平台的正中向四周观看。每个方向上都有一座石门，柴戎心想：难道这里面还有暗道？

正想着，他背后的石门突然打开，柴戎听到声音急忙回身观看，瞬间面前出现两个人。

"好快的身法！"柴戎边暗自感叹边上下打量两人，来的不是别人正是诸葛莲和蛇林。

诸葛莲没有戴面具，几天的时间没有太大的变化，只是胡须更长了些。再看蛇林变化可就大了。原有的胡须已经稀少了很多，举止动作有些像女人。不但这样，就连穿着打扮也有些不男不女了。

蛇林变成这样不单单因为这几天练阴阳颠倒功，也与诸葛莲给他输入内功有关。虽然蛇林武功了得，但想要短时间内练成神功必须急速提升内力，诸葛莲不会等他再花上几年时间去练内力。

于是她将自己的内力传给蛇林一些，她练的功夫本来就邪性，内力更加邪性了。这套心法练出的内力女人练了男性化，男人练了女性化。如果直接传入体内变化会更大……

"是谁这么大胆打扰我们练功?"诸葛莲用那半男半女的声音对柴戎道。

柴戎冷笑一声道:"你就是幽灵山庄的庄主诸葛莲,藏得挺隐蔽啊?"

诸葛莲听罢有些惊讶,暗想他怎么会知道我的名姓,这时旁边的蛇林笑了笑道:"柴戎,你真是神通广大啊,居然能找到这儿?"

柴戎听到蛇林的声音心想:这是什么邪门的功夫,怎么他的声音比那个老妖婆子还难听呢?

没等柴戎答话,诸葛莲惊讶地道:"你就是天残一刀柴戎,可惜啊可惜。""可惜什么?"柴戎问道。

原来诸葛莲早就听说柴戎的功夫了得,当时柴戎是她第一个想控制人选。只是柴戎行踪飘忽不定,诸葛莲始终没找到他。柴戎退隐江湖之后就更找不到人了。对于诸葛莲来讲这是个遗憾。

"不过,没关系,正好你今天大驾光临,彼此可以通力合作。"诸葛莲说,柴戎打断她的话道:"呸,和你合作也变得和他一样半男不女的。"柴戎说着用手指了指蛇林。

蛇林听罢不由得怒从心生,刚要动手被诸葛连拦住,诸葛莲暗示蛇林现在两人的状态最好别动武。

"哈哈哈哈,柴大哥你想哪儿去了。以你的武功还用练我们这些小把戏吗?我只是想邀您和我们共同开创一个新的时代。"诸葛莲边用那难听的话语说着,边盯着柴戎的眼睛伺机用攻心术控制对方。

柴戎见其举动知道诸葛莲要使用攻心术于是决定赌上一把,他本想借聊天的时候看看他们此时是不是最脆弱的。但是听莹莹提起过诸葛莲会攻心术,所以他毅然决定现在动手。

就见柴戎探臂膀从背后抽出一根一尺多长的痒痒挠,这只痒痒挠是用纯钢打造的,手指形状的头上是锋利的钩子。江湖中人只知道柴戎刀法威震武林,很少有人知道他还有这样特殊的兵器。

柴戎挥动兵器直奔诸葛莲,照着面门就是一下。诸葛莲赶忙闪身躲开,虽然躲开,但身法上显得有些缓慢。看来还是练功这段时期有些脆弱。

旁边的蛇林知道柴戎的厉害,挥掌与诸葛莲一起会斗柴戎。即使这样柴戎也很难战胜两人。

诸葛莲和蛇林更显得吃力了,诸葛莲心想:再这样打下去,我俩都得没命,怎么办?

忽然她想到了什么,边打边向左边的石门靠近。来到石门跟前触动机关,石门打开的同时,诸葛莲拉着蛇林以最快的速度逃回练功密室将石门关上。

柴戎正要追赶却被密室里出来的东西拦住，令他惊出了一身冷汗……

诸葛莲从密室里放出的是儿子走之前用奇门遁甲之术造出的一对纸人纸马，只不过这是一对失败品。

虽然它们可以和真人一样打斗，但是不受任何人的控制，即使是将它们造出来的人。当年诸葛少白研究奇门遁甲之术，造出它们却没有参透控制之术，差一点儿将幽灵山庄毁掉。

诸葛莲那么高的功夫都不是这两个纸人的对手，差点儿死在它们手上，好在把它们引到了这个石室并将其锁在里面。幸亏只是个失败品，要不然区区石室怎么能困得住它们。

而诸葛少白远走吐蕃连同习练奇门遁甲的古书一同带走，更没有什么方法消灭它们，所以这个幽灵山洞被诸葛莲设为禁地。

很多年过去了没有发生什么异样，这次她习练阴阳颠倒功来到了这里，为的就是专心练功不被人打扰。

柴戎知道江湖上有这么邪门的古书能造出这东西，但没想到会在这里出现。怎么办，逃是逃不了只能拼了。

这两个纸人马左右开弓，柴戎的兵器将其身体划开，转眼间自己就会愈合。这哪受得了啊，没过十几个照面响当当的天残派掌门就被这两个纸人打得粉身碎骨……

来到密室的蛇林奇怪地问道："难道这里还有其他人吗？怎么外面还有打斗的声音？"

诸葛莲叹了口气把这两个纸人的事情告诉蛇林，这时外面已经恢复了平静。诸葛莲自言道："柴戎应该被它们打死了。"

"那咱们岂不是要被困死在这里？"蛇林问道。诸葛莲笑了笑道："不会的，这里的水和食物足够咱们吃一个月的。一个月之后咱们的神功也会练成，到那一天，咱们完全有能力将它们弄回石洞，甚至可以毁掉它们。谁叫它们是失败品呢，也许上天都在帮咱们吧，一统江湖的时候就快到了。"

诸葛莲说完看了看蛇林，两人不禁大笑起来……

天渐渐亮了，凌狐静静等了一晚上不见师父回来。他知道会是这样的结果，但他接受不了这个现实。

"你们这些魔鬼把我师父怎么样了，我要见我师父。"凌狐边叫喊着边用身躯去撞封死的门窗。

晗冰早早来到莹莹房间，想看看她的伤势好转没有，刚到屋外就听见里面推倒桌子的声音。他赶忙推门进屋观看，此时莹莹倒在地上已经昏死过去。

晗冰赶忙将莹莹抱到床上盖好被子之后为其把脉，此时的莹莹还在喊着鹰翔的名字。晗冰心里一阵酸疼，暗想：莹莹，我一定要从师父那儿求得绝情丹的解药……

正想着，外面有人跑进来道："少庄主可找到您了，快去看看凌狐他们去吧。那小子一直在撞门，还说什么还他师父。门窗的钥匙在您这儿，我们也没办法到里面看个究竟。"

晗冰听了有些吃惊："竟有此事？我去看看。"说完吩咐侍女照顾莹莹，转身出屋赶奔关凌狐的屋子。

刚刚进屋凌狐疯子似的骂道："你个恶魔，你们把我师父怎么了。我要见我师父。"

晗冰一看只有凌狐和信欣两人，没有柴戎的身影。再看看地上放着的绳子不由得呆住了：柴戎是怎么逃跑的，看来当日他轻易被我捉住是故意的。

他抬头看到了屋顶柴戎弄出的洞：难道他会传说中的缩骨神功？"来人，马上带人去搜捕柴戎决不能让他逃出山庄。"

晗冰一声令下，整个幽灵山庄热闹起来。等众人行动起来之后，晗冰叫人把凌狐和信欣带到大厅之上开始审问他们。

"说吧，你师父干什么去了？"晗冰沉着脸道。此时的凌狐一句话不说，心想：别明知故问了，师父肯定被你们害死了。

这时信欣眼珠一转道："柴前辈去幽灵山洞刺杀那个老妖婆子了，恐怕现在早就得手了吧。"

"什么？丫头，你怎么知道幽灵山洞的？"晗冰有些不敢相信自己的耳朵，心想：幽灵山洞是山庄的禁地，一个黄毛丫头怎么会知道？

一旁的凌狐更是惊讶："你……"他的意思是：信欣你怎么说这些。信欣没有理会凌狐，接着说："是我告诉柴前辈的，你还不知道吧，你的庄主和张冰是合伙人。"

晗冰听罢心里一动："你接着说。""你师父派张冰去杀唐姐姐和元空大师是为了嫁祸给莹莹姐，而张冰杀了人之后称是幽灵山庄所为，还将你师父闭关的地方告诉给柴前辈我们，正好莹莹受伤，我们就趁机来到这里，之后的事你已经知道了。"信欣非常自信地道。

此时的晗冰心里有些乱，叫人把他们押下去，之后静下来思考了很久，觉得信欣说的应该是真话，想想师父房里那本册子，再想想除了张冰还会有谁知道幽灵山洞……

想罢之后，他决定等师父出关再将此事告知师父，但不打算下山去找张冰。因为现在柴戎生死未卜，如果他逃出幽灵山庄，用不了多久就会带人过来绞杀他们。虽然他们不把中原武林放在眼里，但也要以师父练功为重。再加上莹莹的状况，所以他毅然决定守在山庄。

信欣原以为用这种方法可以把晗冰支走，去寻找张冰问个究竟，然而晗冰并未中计。这样他们趁机寻找柴戎解救鹰翔的计划就泡汤了。

而同在幽灵山庄所在的山里的柳星、罗亮三人边养伤边想办法去救鹰翔。柴戎他们走后,罗亮将柳星扶到屋里休息。

武金铃一个人坐在外面发呆,这时罗亮来到她身边安慰。是柳星叫罗亮去的,因为她知道这里面有误会,武金铃是个可怜的孩子。

11　冷酷刺客西行路

　　蜿蜒曲折的山间小路上，一匹白马飞奔而去，马上坐着一位白衣女子，头发和衣服在风中飘荡显着格外潇洒飘逸。

　　这个人不是别人，正是逍遥派顶门大弟子白莲，在她想到千年雪莲能帮鹰翔恢复内力时，就毅然决定赶往雪山。

　　她为了节省时间，都是这样骑着马飞奔在路上，没有走宽敞的官道，而是选择了山间小路，这样可以近很多。

　　一路风尘，这天白莲在一条小河边停下休息，边吃干粮边往水囊里灌水，忽见路上飞奔过去十几匹马，骑马的人各拿兵器像是有急事似的狂奔而去，方向和白莲要去的方向一致。

　　白莲没有在意，依然坐在河边，没过多久又过来一批人。这些人没有骑马，但从步伐上看得出个个功夫在身，向同样的方向奔去。隐约能听见有人在说："这次绝不能让他逃了，这次我们几派联手一定要将他除掉……"

　　就在白莲休息这一会儿，前后过去四拨人，白莲心想：他们说的人是谁？听他们的语气，那人很厉害，不管那么多赶路要紧。想罢白莲飞身上马赶向前方。

　　没走出几里路，就见路边的空地上，那些人各持兵器将一个黑衣人围在当中，黑衣人背对着山路牵着一匹黑马，看样子也在赶路。

　　但那背影引起了白莲的注意：好熟悉的背影啊，在什么地方见过……她边想边停下来仔细打量。

　　就在这时，为首的人喊："凌云，这回你跑不掉了，我们几派联手就为了除掉你。为我们死去的弟子报仇雪恨。"

　　"他们死有余辜，我现在不想杀人，你们走吧。"那个黑衣人冷冷地道，声音不大但透着杀意。

　　白莲听到凌云的名字和他的话语，再想想当日在少林凌云的背影和眼前这个人一模一样。

　　为首那人大喝道："还等什么，咱们合力杀了他。"三十几人一窝蜂似的冲向了凌云。

　　此时的凌云一动未动，左手紧握着龙渊宝剑，那种无形的杀气令附近树林的飞鸟惊慌凌乱地飞向天空。

　　白莲见状第一反应就是得帮凌云，随着一句："凌大侠我来帮你。"白莲施展轻功挥舞宝剑来到人丛当中。

　　这些人听到白莲的话语纷纷喊道："大家小心，凌云有帮手。"也就停止了行动，伺机动手。

"没想到一向独来独往的凌云居然也会有帮手，而且还是个女的。真有意思，来得正好，先把她给收拾了。"为首的说完挥刀直奔白莲，周围的人又一次各持兵器冲了过来。

凌云根本就没把这些人放在眼里，也没打算杀他们。本想上马冲出去甩开他们就行了，没想到半路杀出个白莲来。

随着七星龙渊宝剑出匣，瞬间那些人的兵器纷纷被震落在地上，手上都多了一道血口子，纷纷狼狈逃走。然后凌云飞身上马，也不对白莲表达谢意就扬长而去。

白莲站在那里还在回想着凌云是怎么出剑的，因为她没有见过这么快的剑法。等她反应过来，这里只剩下她一个人。

"真是个冷酷的杀手，连句感谢的话都没有。"白莲自言自语地来到路上，飞身上马接着赶路。

路上，白莲始终没想明白凌云怎么会在这里出现，而且去的方向和自己一样……

穿过大山，白莲又经过了几个镇子，前面又是一座大山。在镇上她询问过了，再找镇店的话就得翻过山了。

白莲看了看太阳，决定穿过大山之后再找地方落脚，于是紧急催马赶路。天黑之前，她来到了对面的山前镇，与其说是个镇子倒不如说是座小城。

进城里之后她住在了福来客栈，正当她向二楼房间走的时候，又来了四个住店的客人，三男一女，年纪都在五十岁开外。

从穿着打扮上不难看出是江湖中人，而且不是泛泛之辈。一个长得比较粗壮个子不算高，一个手中托着只蜘蛛，显然是个用毒高手，还有一个身着灰色道袍的老道。最特殊的是那个女的，行为举止间透露着蛇一般的感觉，背后还背着一个竹筒。

同样他们也注意到了白莲，相互看了看前后脚来到楼上。白莲的房间和他们的房间挨着。

坐到屋内，白莲回想着那四人的样子，突然她想到了那四个人的来头。首先那个女的应该是神蛇门的掌门吞丹吐信蛇婆婆，听师父提起过。她的装扮和背后那个竹筒是她标志，竹筒里装的应该是一条黑色的毒蛇。

还有那三个男的分别是天蜘门的天蜘邪毒叟白城来。黑虎门的巨虎头韩云夕和莲花门的火莲道长李海山。

他们怎么会一起在这里出现？虽然他们属于下五门旁门左道的门派，屠狼大会上没有他们的席位，但也没有理由同时在这里出现。难道他们要联合起来害人？但这里没有江湖中人啊！不行，我得看看他们想干什么。

白莲正想着就听屋外有动静，好像他们纷纷去了最边上的屋子。白莲毅然决定去听听他们想要干什么。

白莲轻轻地推开门来到外面，施展轻功悄悄地来到他们聚集的屋顶上。使了个倒挂金帘，双脚勾住房檐倒挂在那，将窗户纸捅了个小洞刚好能看见里面。

就听那个老道说："三位掌门，弟子们已传来消息，凌云明天就该到达这里，咱们可得准备好了，想杀掉他可没那么容易。"

"是啊，李掌门说得没错，听说他还有个帮手，是个女的，武功了得。""是啊，还有今天咱们在门口时你们注意那个白衣女子了吗？她绝对是个高手，希望不是这个人在帮凌云。"那个女人道。

白莲听罢心想：原来他们是来追杀凌云的，看来在河边遇见的那些人都是他们的弟子。不对啊，凌云走在我前面的，怎么听他们的意思好像凌云还没到这里啊？

听罢他们的讲话白莲翻身来到屋顶，小心翼翼地回到自己房间，决定继续盯着他们。

毕竟凌云手中的龙渊宝剑是自己的师父所赠，师父都尊称凌云为大侠。遇到这样的事自己怎么能不帮忙？即便那家伙冷酷无情……

此时的凌云正在白莲穿过的那座大山里，虽然他走在白莲前面，但中途遇见了几次仇家的阻拦，所以现在刚刚到大山里。

凌云将马匹拴在树林里，自己找了棵又高又粗的树，飞身来到树上背靠着树干，腿搭在树杈上将龙渊剑抱在怀里半坐半躺着休息。

这是凌云的一贯做法，由于他性格孤傲又有很多仇家追杀。他很少会去住店，在他看来，如果住店仇人找上门来不但给客店老板带来损失，还会影响住店的客人。

第二天天还没亮，蛇婆婆四人就离开了店房，赶奔城外凌云的必经之路。白莲紧随其后也离开房间。她一晚没睡，只是在房间里打坐闭目养神。这样既可以休息又能随时监视他们的动静。

白莲跟随着他们来到城门附近，再找四人踪迹不见。白莲飘身来到城外突然四人在后面出现。

"姑娘好俊俏的轻功啊，若不是弟子们回来禀报，我们还不知道你是凌云的帮手。凌云现在在哪？"蛇婆婆阴险地笑了笑道。

原来昨天晚上他们派出的弟子没有找到凌云，来到房里禀报的时候发现了白莲骑的白马，蛇婆婆他们这才知道白莲就是凌云的帮手，于是四人设计引白莲出来。

白莲见状微微一笑道："没错，我就是他的帮手。没想到神蛇门、天蜘门、黑虎门、莲花门四位掌门为了追杀凌云要亲自出马，有些太兴师动众了吧？"

四人听罢相互看看，蛇婆婆道："兴师动众也好，有违江湖道义也好，先把你捉住，凌云定会自投罗网。"说完施展五步青蛇拳直奔白莲。

白莲知道这是神蛇门的看家拳法不敢怠慢,挥宝剑沉着应战。转眼间五十多招过去没分胜负,一旁的韩云夕挥拳加入战斗。

　　抬手就是黑虎拳法,刚劲有力双臂呼呼带风。两人打一个占不到什么便宜,白莲毕竟是冷彩霞的顶门弟子,也是少剑客的身份。

　　一旁的莲花门掌门李海山心想这丫头实在厉害,两位掌门恐怕不是对手。想罢挥宝剑上前三个打一个。

　　毕竟是三门之掌,白莲以一敌三也有些吃力。"既然他们没有找到凌云,我何必在这儿和他们硬碰硬。"想罢白莲虚晃一招施展轻功就要脱身。

　　但她没想到还有个白城来,这家伙不但会用毒,还有八把飞钩。见白莲要走,抽取两把飞钩抖手直奔白莲,白莲赶忙躬身飘开。

　　就在这时,蛇婆婆打开竹筒,一条一丈来长的黑蛇直奔白莲而去,白莲再次躲开的时候,李海山的宝剑已经搭在了她的脖子上。

　　"哈哈哈哈,正好用她来威胁凌云,带她去前面的亭子等凌云来。"蛇婆婆笑罢之后带着被五花大绑的白莲和众人来到了亭子里。

　　这时大山深处传来马蹄的声音,凌云来到了这里。突然凌云将马勒住,因为在他前面出现一个人,正是蛇婆婆。

　　"凌大侠久违了,我是满江湖的追杀你就是为了给我相公报仇。以前都没能杀了你,今天就是你的死期。"蛇婆婆狠狠地说。

　　凌云冷冷地道:"你相公作恶多端死有余辜,你这些年也干了不少坏事,正要去杀你呢,今天却送上门来了。"

　　"哈哈哈哈,凌大侠一向狂傲。不过今天死的恐怕是你吧,难道你就一点不顾及你帮手的死活吗?哦,看年龄和你差不多,应该是你的妻子吧。你看那是谁!"蛇婆婆说完,一指远处的亭子。

　　凌云看罢心想:蛇婆婆抓她做什么,难道是因为昨天她帮了我,以为……不行,我得去救她。

　　想罢凌云施展轻功奔向亭子,这时白莲不停地大声喊道:"凌大侠快走,这里有埋伏……"

　　凌云根本不理会这些,因为他根本没把蛇婆婆以及她的弟子们放在眼里。

　　转眼间凌云来到白莲跟前,就在他站定的同时,亭子上方一张用铁链编织的大网盖了下来。这是李海山三人弄的,想将凌云罩在网里。

　　凌云见状先是将白莲推到一边,抽宝剑剑身向上将铁网搅在剑上举在空中。这时三人运用内力使劲向下拉这网子……

　　他们的目的就是要把凌云用网子罩住,这样的话凌云再大的本事也施展不出来只能任他们宰割。

凌云也很清楚这一点，但他做出了任何人都想不到的举动：就是原本握着的宝剑被他托在手中，龙渊宝剑剑尖朝上剑柄戳在凌云的手掌正中。

强大的内力驱动着宝剑自己旋转，就见龙渊剑带着剑气将网子一点一点地绕在身上。随着凌云手掌向上托动宝剑，就见散碎的铁链飞向四周，龙渊剑从网子里直冲而出，凌云飘身而起去拿宝剑。

由于网子被冲破，李海山三人不由得后退十几步，险些没摔倒。白城来情急之下双手抛出两把飞钩，直奔凌云双腿。

他的飞钩和飞爪相似，铁制的钩子后面有长长的绳子连接。这两把飞钩正好缠在凌云的双腿上，凌云腾空握住宝剑的同时也被白城来生生地拉了下来。

白城来用尽力气将凌云拉倒在地，趁凌云倒地的机会拉着绳子直奔不远的石阶，很显然他想撞死凌云。

蛇婆婆、韩云夕、李海山三人也没停手，各持兵器击向凌云，此时的白莲正在和刚刚赶来的三派弟子动手，也就是河边凌云没有杀死的那些人。

虽然白莲被绑着，但那些泛泛之辈也不是她的对手。这时，一个人挥刀直劈白莲头部，白莲看准向后稍稍一撤身，刀擦着她的衣服而过，正好将白莲身上的绳子砍断。

凌云挥动着宝剑抵挡，突然他用剑柄向地上一戳，借着这么一点点力，身子腾空而起。此时的白城来还在拉着绳子，凌云顺势直奔他而去。随着一道红光，白城来倒在地上，送了性命。

在凌云转身的一瞬间，蛇婆婆三人看到了他眼中透射出强大的杀气，三人虽然还在挥舞着兵器向凌云击去，但心里却在颤抖。

那双冰冷的眼睛让任何人都会惧怕，龙渊宝剑的主人让任何人都会闻风丧胆。随着一道道血光，堂堂的三派掌门倒在了龙渊剑下。

此时三派的弟子见掌门人已死纷纷逃跑，连为掌门人收尸的胆都没有。

"你杀了他们，毕竟他们也是一派的掌门，这样做不太好吧……"白莲有些惋惜地道。

凌云看了看白莲冷冷地道："他们都是我要刺杀的目标，我杀的都是该死之人。"

"我知道他们都是作恶多端的恶人，但我觉得这样做你会招来更多的寻仇者，时刻都活在危险当中。"白莲盯着凌云道。

"这就是我的生活，已经习惯了。你走吧，我还要赶路呢。"凌云说完刚要上马，白莲拦住他。

"凌大侠要去哪里？我要去雪山，看看我们是否顺路。"白莲道。

凌云听罢再仔细看了看白莲觉得似乎在哪见过，心想：她也要去雪山，难道也是为雪莲而去？

想罢道："一样，西域雪山。"

"什么？凌大侠也要去雪山，难道是为千年雪莲而去？"白莲惊讶地问道。

此时凌云冷冷地道："希望我们不是敌人，敢问姑娘芳名，因为我，耽误了你的行程凌某惭愧，日后定当答谢。"

"逍遥派白莲。"原本要走的凌云听到这句话后停了下来，再次看了看白莲道："冷老剑客是你什么人？"

"正是家师，我是她的大弟子。据我所知，凌大侠的七星龙渊正是家师所赠。"白莲道，"这下可以告诉我你去雪山的目的了吧？"

"和你一样……"凌云翻身下马来。"难道凌大侠也对千年雪莲感兴趣？"白莲问道。

凌云见白莲是冷彩霞的徒弟也没隐瞒道："为救凌狐。"

正说着，凌云突然发现白莲身后一条黑色的毒蛇已经竖起了脑袋正向白莲的胳膊咬来，凌云因为距离太近没办法用剑，怕伤到白莲。

一把将白莲拉到一边："小心。"与此同时，那条黑蛇已经咬到了他的右手，那条蛇还不罢休，吐着芯子再次立起身子继续向凌云扑去。

随着一道血光，黑蛇被龙渊宝剑斩断。"这是蛇婆婆养的那条蛇，凌大侠你没事吧？"白莲赶忙过去看凌云的右手。

此时凌云的右手已经变黑，眼看在向胳膊蔓延。白莲慌张地说："凌大侠你中毒了，对不起，都是因为我……"

"没什么，这条蛇是蛇婆婆养的。快去看看她那儿有没有治蛇毒的解药。"凌云低声地道，此时毒液正在慢慢地逼近他的内脏。

白莲慌张地来到蛇婆婆的尸体近前，在尸体上取出了一个小瓶子。猜测这一定是解药，提到嗓子眼的心才平静下来。

当她转过身来惊呆了，凌云左手挂着宝剑坐在地上，但是在他面前四五丈远的地方站立着一位紫红色衣服的少女，长得十分妩媚动人，手里捧着五颜六色的花瓣正向凌云走去，脸上带有一种不怀好意的笑容。

白莲忙奔到凌云身边："凌大侠快把解药吃了。"边把解药交到凌云手里边低声地问凌云，"她是什么人？什么时候出现的？"

凌云服下解药后低声地对白莲道："快上马，能跑多快就跑多快……""为什么？"白莲不解地问。

"别问那么多了，快走。"凌云勉强站起身来将白莲拉到身后，自己向前走了几步将那女人拦住。

白莲知道要发生什么事情，对方一定是找凌云寻仇的。于是站在那儿一动未动，随时准备出手帮助凌云。

"堂堂的独行刺客凌云居然也会与人同行，而且还是个女人，这可不是你凌大侠的风格啊。"那女人的声音娇嫩，还在不停地摆弄着手中的花瓣。

凌云冷冷地道："你若为报仇而来，我凌云随时恭候，为其他事情的话请你让开。虽然我不是你的对手，一旦有机会我定会杀死你。"

白莲在后面听罢心想：这人是谁？看年纪不过二十岁左右，南七省第一刺客居然自认为不是她的对手？

"哈哈哈哈，你是不是喜欢上这个女人了？居然敢和我抢男人，我一定要杀了她。"那女人说完抖手打出两片花瓣直奔远处的白莲。

凌云刚服下了解药但蛇毒还没彻底消除，勉强挥宝剑打落了花瓣。但是凌云被花瓣所带的内力震得后退了几步拄着宝剑站定。

此时那个女人连续打出了十几片花瓣："凌云你居然为了她连命都不要了，看你能挡住我几片花瓣？"

此时的凌云根本挡不住这些花瓣，花瓣看似是在飘动，实则带着一种强劲的内力逼近白莲……

白莲赶忙挥舞宝剑，打落飘来的花瓣后转身来到凌云身边，拉着凌云直奔路边凌云的黑马。

"难怪啊，这丫头居然是逍遥派传人。看这两下子像是得到了冷彩霞的真传，想逃，没那么容易。"那女人说完施展轻功飘向白莲两人，转眼就到，挥掌直拍白莲后背。

此时白莲拉着凌云刚要上马，对方的掌已经到了，躲已经来不及，白莲一闭眼心里第一个想到的是鹰翔：鹰师弟对不起，我不能再为你做什么了，希望来生我能有勇气告诉你我喜欢你……

突然一个红色的身影飘过，接住了这一掌。不但这样，来人和那女人单掌相对将对方推出一丈多远。

此时白莲反应过来，迅速和凌云上马，两人骑着一匹马奔向了城里福来客栈。白莲将凌云扶到屋里才松了口气道："凌大侠你先在这里调理一下，等你身上的毒解了，咱们马上离开。"

"也好，多谢白姑娘相救。对了，你师父也随你一起来的吗？"凌云低声地问道。

白莲有些惊讶地道："没有啊，我师父一直在藏剑谷。有什么不对的吗？"

"噢，没什么，只是刚刚出手救咱们的人很像冷前辈，虽然没看清她的面容。"凌云道。

"是吗？我什么都没见。不管是谁了总之咱们得救了，那个女人是谁啊，为何要追杀你啊？而且年纪轻轻就这么厉害……"白莲好奇地问。

凌云听了叹了口气把经过讲了一遍，原来那女人是苗疆百花宫的宫主千年老花妖西门艳玲。

这个西门艳玲年纪已经八十多岁，练就的不老神功。同样是不老神功，冷彩霞是按正规的习练方法练就，而这个西门艳玲则是自创采阳补阴的歪法。

顾名思义就是用男人来练此功，而且她抓的男人还是年轻一代内功和武功都出众的小伙子，所以在苗疆乃至南七省一代多有各派弟子失踪的事情。

十几年前一代大侠李玄星决定去刺杀西门艳玲，结果重伤而回。李玄星临终前将武功传给弟子凌云凌飘远，并告知凌云遇见百花宫的人一定要躲得远远的。

凌云拥有了师父几十年的内功，后来又在师父传授的剑法上创出了万里飘风剑法，惩恶扬善专门刺杀武林败类和贪官污吏，成为南七省第一刺客。

凌云的做法让隐居藏剑谷的冷彩霞很是佩服，不惜出谷亲自来到南七省将镇谷之宝七星龙渊宝剑赠予凌云。

在得到宝剑之后，凌云更是如鱼得水。一次他偶遇百花宫的人不禁想起师父的惨死，于是将遇见的四个妖女全部杀死。不但这样，还毅然决定去百花宫杀了那个老妖精。

那四个人正是西门艳玲最得意的四个弟子，她岂能善罢甘休？正好凌云送上门来，不过当她看到凌云的时候不禁喜欢上他。

这些年来西门艳玲练功的同时还吸收了不少内力，此时她的功力与逍遥派二圣和冷彩霞比，也差不到哪儿去。

凌云没有刺杀成功，但西门艳玲不忍心杀他。欲逼凌云与其成亲，凌云逃出百花宫后西门艳玲满江湖地寻找凌云，甚至不再去抓男人。

这些年凌云飘忽不定就是为了躲避西门艳玲，为了不让弟弟凌狐受牵连就将兄弟托付给柴戎。但只是说怕自己杀人太多，仇家会对凌狐不利。

白莲听罢如梦方醒，低声地问："现在她找到你了，你打算怎么办？"

"杀了她，你愿意帮我吗？你我联手肯定能杀死她。"凌云冷冷地道。

白莲听了稍有些不情愿，但还是答应了："好吧，等你身体恢复了，如果再遇见她，咱们联手除掉她。"

此时的白莲觉得自己好没用，想想西门艳玲那么大的年龄，都敢向自己喜欢的人表白，尽管对方是自己的仇人，年龄还相差甚远。

再想想自己明明喜欢鹰翔，却不敢说出口。白莲不由自主地陷入沉思。

"白姑娘在想什么呢，还不知道你此次雪山之行是为了何人？这个人对你一定很重要对吗？"凌云尽量让自己的话没那么冷冰冰。

白莲先是一怔，然后支支吾吾了半天才说出"是为鹰翔"这四个字。

"不提这些了，赶快运功逼毒吧。这样身体会恢复得快点，也能早日赶到雪山。得到雪莲去救人……"白莲不知所措地道。

凌云见状也没再问什么，但是边运功逼毒边想：白姑娘是为鹰翔而来，鹰翔要雪莲干什么？即便他需要雪莲也不应该白姑娘来取，他们是什么关系？

不几日凌云恢复得差不多时，两个人共同赶奔雪山。一路上凌云感觉非常别扭，原因是自己一向独来独往，身边突然多了一个人而且还是个女的有些不习惯。

途中这两人，一黑一白的装束、相仿的年纪，一个冷酷稳重一个俊秀飘逸，很多人都误会他们是夫妻。

白莲一路上在幻想着与自己同行的人是鹰翔，而凌云却感觉有一种牵挂在身边，不知不觉少了些杀气，多的是自己都不知道的关怀。

西门艳玲被来人震出一丈多远站定身形观看："呦，我当是谁呢，原来是逍遥派冷师姐啊。看来冷师姐武功不减当年，只不过……"西门艳玲故意拉长声音道。

来的红衣人不是别人正是逍遥派三当家冷彩霞，她在这里出现也不奇怪。在柳星、唐璇那儿得知大弟子白莲赶往雪山后冷彩霞非常担心，就一路追随而来。

一边赶路一边寻找徒弟白莲，赶路途中发现了不少莲花门弟子正在议论追杀凌云的事，听他们的话语当中似乎有个白衣女子帮助凌云，冷彩霞断定那人肯定是白莲。

这天，她刚好来到山前镇，听到不远处有个女人在笑。从笑声中听得出来此人内力雄厚，于是冷彩霞赶了过来。

来到这里，刚好看见西门艳玲，她发现那个老妖婆正挥掌打自己的徒弟，于是冷彩霞以最快的速度过来接住这一掌。这也就是凌云为什么没有看清来人是谁，只是觉得像冷彩霞的原因，速度太快了。

"少废话，只不过什么？"冷彩霞面沉似水地道，心想：若不是我来得及时我徒弟早被你打死了。

西门艳玲偷偷地笑了笑道："只不过冷师姐保养得不怎么样哦，都老成这样了……"

"少废话，我徒弟白莲与你无冤无仇，为何要下毒手？若不是我及时赶到，恐怕她就死在你的掌下。"冷彩霞怒视着西门艳玲道。

"呦，原来那个丫头是你的徒弟啊，怪不得有两下子。若不是她抢走了我相公凌云，我也不会下如此重的手，既然她是你的徒弟，日后我也就不为难她了。"西门艳玲手里边摆弄着花瓣边道。

冷彩霞笑了笑道："你相公，你也不瞧瞧你多大岁数了。都能当凌大侠的奶奶了还相公，我奉劝你一句别打凌云的主意，否则我对你不客气。"

"是吗？我正想领教领教逍遥派的高招。"西门艳玲说着抖手弹出几片花瓣飘向冷彩霞。花瓣轻飘飘地转向西门艳玲，强大的内力无形地推向她。

西门艳玲正要和冷彩霞比个高低，这些年来她采阳补阴，吸收内力一直寻机与号称天下第一的逍遥派武功见个高低。

内力高低对于高手对决来说很重要，而冷彩霞在这一方面又略胜一筹。

西门艳玲知道这一点，于是向旁边一闪身，躲过强大的内力纵身来到冷彩霞跟前挥掌就打，施展出百花宫的百花艳姑掌。

冷彩霞知道这套掌法的厉害，赶忙变化招式施展出白红掌法。两位高手斗飞掌劈挡，转眼间一百招过去没有分出胜负。

西门艳玲寻思：没想到我苦苦练功这么多年还是比不过冷彩霞，难道今天一定要使出看家本领狐媚神功？

西门艳玲突然收招纵身飘出一丈多远，云中雨燕般飘在半空开始翩翩起舞。不但这样还围着冷彩霞转来转去。目的就是吸引冷彩霞的注意力，让对方去看她跳舞。

冷彩霞开始没在意这些，但是看了几眼后突然觉得眼前仿佛出现幻觉。

这时冷彩霞才意识到西门艳玲使用的是狐媚神功，这套功夫是在狐狸和黄鼠狼的行为基础上创出来的。

自然界里的狐狸生性好玩，最喜欢跳来跳去迷惑人们。还有一种黄鼠狼也有这样的本领，在自己要捕的猎物面前翩翩起舞，猎物会因好奇目不转睛地盯着它，用不了多长时间猎物就会晕倒……

狐媚神功就是这样一套邪门的功夫，今天西门艳玲迫不得已才使出来。因为对方太强了，还有一点就是如果不胜了对方自己要抓凌云的计划就不能得逞。

所以她将这套功夫发挥到极点，她还在不停地寻找机会打出花瓣……

冷彩霞深知这套功夫的厉害，于是闭上双眼仅凭耳朵的听力来判断对方的位置。

一个闭着眼站在原地，一个在不停地变换动作和位置寻找下手的时机。两人就这样对立了很久谁也不敢轻易出手。

由于西门艳玲不停地变换位置，冷彩霞很难判断其位置，因此使出了逍遥派另一套绝学传音搜魂大法。

这套功夫就是以高深内力送出话语，声音碰到物体会有回射，借此可以准确定位。

冷彩霞闭着眼运用内力喊出话语，她知道西门艳玲不会出声。为了准确判断其位置，她开始辱骂西门艳玲。

那话语是要多难听有多难听，开始西门艳玲还可以忍受。心想：这老家伙搞什么鬼。有心还几句难听的话，但又一想这肯定是圈套。

后来她忍无可忍道："冷彩霞嘴巴放干净些，现在给姑奶奶赔礼道歉还来得及，不然的话叫你死无葬身之地。"

她原以为边说边变换位置，冷彩霞就是有再好的听力也找不到她，可是她想错了。

　　就在她喉咙刚刚发音的一瞬间冷彩霞就已给她定位了，立即随声转身向右侧狠狠地击出一掌，纯正的逍遥派内力直奔西门艳玲。

　　西门艳玲万万没想到对方能判断出自己的位置，赶忙运用内力与冷彩霞再次拼内功。

　　这回冷彩霞用的可是十成内力，她勉强接下但觉得心口发热，一口血吐了出来。眨眼之间冷彩霞的第二掌已经击了过来。

　　西门艳玲赶忙施展轻功向远处逃走，冷彩霞飘身就追："想跑？没那么容易。"

　　冷彩霞深知西门艳玲的性格，如果放她走还会缠着凌云和白莲。尤其是白莲，在西门艳玲眼里白莲就是她得到凌云的绊脚石，肯定会想办法除掉白莲。

　　冷彩霞紧追不舍……

12 九子莲花鉴真情

雪山脚下一座庄园里,一位白发苍苍的老者正在练功,此人就是号称"白鹅遮天踏日月,万年冰雪铸尊魔"的雪魔派掌门邱海月。

邱海月刚刚练成雪魔寒掌出关没有几天,这天随着凌乱的马蹄声,邱海月的七名弟子雪山七莲赶回了大雪山。

七人来到大殿之上给师父请安:"恭喜师父练成神功,弟子们给师父请安了。"

邱海月面带微笑地道:"快起来,给我讲讲蛇林的计划进展得怎么样了?那个号称西域苍狼的娃娃应该被蛇林解决了吧?"

七莲相互看看对方不知道该怎么对师父说,邱海月看他们表情就知道此行并不顺利,道:"怎么了,是不是计划失败了?"

见师父一再询问,其中一个弟子把所发生的事情讲了一遍,最后道:"我们见蛇林大势已去就赶回雪山了。"

邱海月听罢陷入沉思:这个鹰翔竟然是逍遥派传人,二圣居然还活在人世。救走蛇林的神秘之人是谁?能在天下众高手眼前轻易救走蛇林,江湖上能有几人……

第二天,邱海月正在练功一名弟子前来报信:"师父,庄外来了一男一女要见您。男的叫凌云,女的叫白莲。"

邱海月听罢道:"请他们到大殿等我。"心想:凌云干什么来了?难道是来杀我……

凌云和白莲在路上商量过了,到雪山之后先见一下邱海月,向他询问一下雪山之巅的情况,毕竟他在雪山生活多年了解地形。

或者以邱海月的功夫也许早登上过雪山之巅,将雪莲采下。如果这样的话拿些东西交换也是可以的。

不过这些都是白莲的主意,如果以凌云的想法早就直奔雪山之巅了……

"哎呀呀,久仰凌大侠大名,今日一见果然非同寻常。"邱海月带着七名弟子来到大殿之上笑着道。

凌云一抱拳冷冷地道:"邱掌门客气了。"此时白莲看到邱海月身后的雪山七莲,心想:原来他们是雪魔派弟子,没想到这个邱海月与蛇林有联系。

此时七莲也想到了白莲,他们在少林见过。其中一名弟子低声地对邱海月道:"这个白莲好像是鹰翔的同门师姐。"

邱海月听罢面带微笑地道:"这位姑娘是?"他要确认一下白莲的身份。

"逍遥派白莲见过邱掌门。"白莲一抱拳道。

"逍遥派弟子果然气度不凡。"邱海月道,"不知二位到此有何贵干?"

凌云没有应，因为他不屑和这个老头再耽误时间。只不过白莲非要来此拜见一下，凌云没办法才来的。

白莲见凌云没有反应，赶忙接过话语道："邱前辈我们此行目的是为千年雪莲，不知前辈可否相赠？"

邱海月听罢皱了皱眉道："白姑娘，实不相瞒，我在此几十年试过无数次也没有登上雪山之巅，连雪莲什么样子都没见过。如果雪莲在我手上，我定当双手奉上……"

凌云心想：白姑娘你这是何苦呢，早听我的，直接去雪山之颠，也省着在这废话。

"哦，是这样啊。那就不打扰前辈了，我们先告辞了。"白莲说完刚要和凌云离开，邱海月赶忙拦住他们道："二位留步，你们就这样去雪山之巅是上不去的。"又对弟子们道，"给两位大侠去拿匕首和绳子。"

然后对白莲道："这些东西对你们有用，到了你们就知道了。"

白莲接过匕首和绳子谢过邱海月之后，两人赶奔雪山之巅………

等凌云两人走后七莲对师父的做法感到奇怪，纷纷问为什么不除掉他们反而帮助他们。

"哈哈哈哈，你们有没有想到凭凌云第一杀手的名气，杀了他谈何容易。还有那个白莲，逍遥派的功夫你们知道多少？她的功夫一点都不比凌云差。就让雪山之巅将他们吞噬吧。"邱海月笑罢之后道。

"可如果他们真的拿到雪莲该怎么办？"七莲问道。

邱海月突然严肃地答道："那就杀了他们，雪莲一定是我的，只是让他们去冒这个险罢了……"

"这些东西能有什么用？"凌云边走边冷冷地道，"我看那个邱海月没安什么好心。"

白莲看着凌云笑了笑道："没想到凌大侠也会担心这些，没错，他们确实没安什么好心。他们的目的就是等咱们拿到雪莲后再除掉咱们，人总比自然力量好对付得多。"

凌云听罢看了看白莲心想：没想到她说的话还挺有道理的。再看看白莲那张永远微笑的脸，不知不觉地发现有这样一个人陪伴挺好的。

两人按照邱海月所说的方向来到雪山之巅脚下，到这儿之后两人惊呆了。

从他们的脚下开始是一个比较缓的山坡，上面覆盖着近三尺深的积雪。山坡之上是一座笔直的大山，上面结了厚厚的一层冰，远远望去如同一面镜子。

就算轻功再好的人也没办法登上这座大山，此时凌云才知道匕首和绳子的用途。

两人施展轻功踏着积雪来到山脚下，相互点了点头。每人手中拿着一把匕首腰间系了串绳子，开始爬山。

两人决定相互配合，由凌云将白莲向上抛起，白莲借势加力向上纵。到达极点后将手中的匕首插在冰面上。

此时白莲挂在上面，右手握着匕首左手握着绳子一头将另一头抛下。凌云拉住抛下来的绳子，运用轻功来到上面，脚尖在白莲的肩膀一点更上一层。

同样的方法将绳子抛下，白莲再向上走。两人默契配合，转眼间就到了距山顶不到五十丈距离的地方。在他们头顶上方，有一个天然形成的台阶状平地。

条形平地上面结着厚厚的冰。

两人奋力攀上去观看四周，发现一个很小的山洞，再向上看，除了冰雪没什么东西。"凌大侠，雪莲真的会长在上面吗？这么高而且冰天雪地的……"白莲还没说完，就听见上面有"卡卡"的响声。

两人向上观看，就发现上面的冰在断裂。转眼间巨大的冰块落了下来，直砸向两人。

那一瞬间凌云拉着白莲奔向山洞，就在他们跑进山洞的同时，冰块已经将洞口封死。这块空地也随之堆满冰雪，上面的冰块还在向下落，此时已不是落在空地上，是落向山脚。

与其说那两人躲进的是山洞，倒不如说是凹槽，里面空间很小。由于洞口封锁里面漆黑一片，空气稀少。

两个人试了很多办法都推不开冰块，随着时间一点一点地过去，洞口慢慢地被冰冻完全封死……

"我们怎么办？"白莲低声地道。

"等死，洞口已经冻结，用不了多久这里就会没有空气，我们会被憋死……"凌云低声地道。

"不行，我要出去，我不能死在这儿，我还没有告诉鹰翔……"白莲一边激动地自言自语，一边在洞口周围寻找缝隙，试图通过一丝缝隙用宝剑撬开冰块。

凌云靠在厚厚的冰壁边道："没用的，还是省省力气吧……"白莲没有理会他，依然在寻找着希望。

过了大概一个时辰，随着洞内空气减少，白莲再也没有力气，坐在地上哭泣起来。

"看来鹰翔对你很重要，他怎么了？他需要雪莲的话完全可以自己来取，为什么你会来冒这个险？"凌云见白莲伤心欲绝，于是问道。

白莲听罢擦了擦眼泪道："他现在成了废人，内力尽失，只有雪莲才可以恢复他的内力。可是现在一点希望都没有了。"

"原来如此，你接着讲。"凌云闭着眼睛道。

"讲什么？我不是说了鹰翔的遭遇了，还让我讲什么啊？"白莲低声地道。

"你和鹰翔什么关系？愿意为他冒生命危险？"凌云缓缓地睁开眼睛道。

"他是逍遥派弟子，是我的师弟。还有……"白莲说到一半，后面的话语怎么也说不出口。

凌云没有再询问什么，两人陷入沉默。"凌狐怎么了？难道他也受了很重的内伤？"白莲打破沉默问道。

"他被幽灵山庄的人抓走了，他们要挟我来取雪莲……"凌云仅三言两语地讲了原委。

白莲听罢惊讶不已："还有这样的事情？按照你所说，蛇林应该是被幽灵山庄的人救走的。看来中原武林要毁在他们的手里。"

"现在这些都不是咱们操心的事了，咱们现在只能在这儿等死。你畏惧死亡吗？"凌云仍然闭上眼道。

"以前畏惧过，但从离开少林之后我就不畏惧了。遇见你之后我更加不畏惧了。"白莲低声地道。

"哈哈哈哈，没想到我还有这功效。你很喜欢你的师弟鹰翔吧？"凌云笑罢之后道。

白莲沉默了一会儿道："总之要死了，不如把心里话都说出来，总比没人知道的强……"然后把自己第一眼看到鹰翔的时候就喜欢上他了，还有鹰翔和莹莹的感情让自己不敢妄想什么等等的一切都讲给了凌云听。

凌云在那儿静静地听着，那颗冰冷的心渐渐地被眼前这个女人所吸引，他从来没有过这样的感觉。

"凌大侠，你有朋友吗？"白莲连续地问了好几声，凌云才听见。

凌云从刚才的沉思中反应过来道："有，我觉得应该算是朋友吧。"

"没想到凌大侠也会有朋友，我一直以为你是一个冷酷无情的人呢。能不能讲讲他是谁，至少在我临死前也知道了第一杀手凌云的朋友是谁。"白莲惊讶地问道。

凌云沉思片刻刚要说这个人就是你，突然他手中的龙渊宝剑颤动起来，不但这样，宝剑还时不时地自己出鞘。

"怎么回事？"白莲惊讶地问道。"有危险在靠近，应该在洞口那边。"凌云说完来到洞口附近，抽出龙渊宝剑。

瞬间山洞里变得亮堂起来，这把宝剑太亮了，发出的光芒叫人睁不开眼睛。宝剑出匣之后，仿佛宝剑在牵引着凌云，剑尖顶在了堵在洞口冰块之上……

凌云见状忙运功于剑上，并向白莲道："白姑娘快过来帮忙。"

白莲听罢迅速来到凌云背后，双掌推住凌云后背运用内力帮忙，两人的内力推动着宝剑直刺向巨大的冰块。

在龙渊宝剑刺进去的同时，冰块先是裂开一条口子，紧接着向四周崩开，中间出现一朵洁白的莲花。

与此同时，龙渊剑直向山崖而去，凌云迅速直扑过去留下一句："白姑娘快去取莲花。"

白莲紧随其后将莲花握在手中，但是刚刚碎开的冰块夹着上面落下的积雪狠狠地砸在了白莲身上。加上脚下是光滑的冰面，白莲直滑向空地的边缘，本来这条空地就不宽。瞬间白莲就掉下山崖，在那一瞬间她闭上了眼睛。

因为自己心里很清楚这里有多高，掉下去肯定粉身碎骨……

白莲原以为自己没命了，突然她感觉有一只手抓住了她的胳膊。睁开眼睛凌云正在山崖边上紧紧地握着她的胳膊，往下看是万丈深渊。

凌云抓住龙渊宝剑的同时，白莲刚好到山崖边缘，他赶忙去救白莲，可是冰面太滑了，在他握住白莲的胳膊时，对方已经掉了下去。

惯性险些把他也带下去，幸好他用宝剑插在了冰面上。"凌大侠你松手吧，不然的话谁都活不成。"白莲向凌云焦急地喊着。

"少废话，咱们一起来的就要一起回去。"凌云用命令的语气嚷道。这时凌云所在的冰面塌下了一块，两人共同坠下雪山之巅。

凌云用尽力气在下坠的过程中将白莲拉到身边，大声的喊道："抱紧我，快。"白莲紧紧地抱住凌云的腰，这时凌云双手紧握宝剑用尽力气将龙渊宝剑插进峭壁的冰层。

随着宝剑在冰层上留下一道深深的口子，两个人下坠的速度慢了下来，直到山崖底部……

两人安全到达山脚，白莲看着凌云道："为什么不顾生命危险救我？你我都要得到雪莲，我死了就没人和你争了。"

"在山洞里你问我的朋友是谁，我现在告诉你那个人就是你。你是我的第一个朋友，我不希望你出事。"凌云冷冷地道。此时的白莲呆住了……

"哈哈哈哈，没想到凌大侠也有温柔的一面。"雪山尊者邱海月和七名弟子出现在两人面前。

"凌大侠、白姑娘把雪莲交出来吧，否则的话谁也别想离开。"邱海月接着说。

两人对于邱海月的伎俩心知肚明，凌云先叫白莲将雪莲花收好，转身对邱海月道："凌某想要离开，江湖上几人敢阻拦。"说着龙渊宝剑直指邱海月。

邱海月冷笑一声："早就想领教领教凌大侠的万里飘风剑。"说着施展雪魔寒掌直奔凌云。

一股强大的寒气直奔凌云，雪魔寒掌所打出的真气能将对手冻住。凌云不敢怠慢，运内力于剑上，挥舞宝剑将邱海月打来的真气打散。两人斗在一处，凌云虽然厉害，但想打败邱海月有些困难。邱海月若要胜过凌云也不是一招半式那么简单。

"还等什么，快带雪莲走啊。"凌云边打边向白莲喊。白莲握着雪莲，心想：不能这样丢下凌云，要走一起走。想罢直奔邱海月……

这时雪山七莲七人七把剑将白莲围在中间，白莲在山峰上被冰块砸得不轻，又没有宝剑，汇斗七人有些吃力。

正在这时，传来清脆的话语："邱掌门手下留情，白莲不要担心，为师到了。"话音未落一道红光飘过……

这时所有人都停止了打斗，凌云气喘吁吁，收住招。此时的他已经累得快不行了，见来人真是冷彩霞赶忙过来施礼。

"前辈在上凌云有礼了。"

"凌大侠不必多礼。"冷彩霞非常客气地道。

这时白莲跑了过来，她听到师父的声音既惊讶又欢喜。"师父在上，弟子白莲给您磕头了。"说着跪在冷彩霞面前。

冷彩霞对四名弟子都如同自己的孩子一般，平时弟子们给她施礼都会未等跪下就搀起来。

今天冷彩霞没有，面沉似水，看了看白莲道："起来吧，退到一边。"话语中带着训斥的感觉。

白莲站起身来到冷彩霞身后，心里很清楚师父在生自己的气……

"原来是逍遥派三当家冷老剑客，邱某这边有礼了。"邱海月向冷彩霞深施一礼道，心想：这个老女人脾气暴得很，看来今天想要得到雪莲有些困难。

"尊者不必多礼，只不过堂堂雪山尊者与两个晚辈动手有失身份啊。"冷彩霞道。

邱海月迟疑了一下："这个，令高徒和凌云要带走我雪山圣物我岂能放他们走？冷老剑客到访也是为雪莲而来吧？"

"尊者这话从何说起？雪莲生长在雪山不假，但说是你雪魔派的有些勉强吧，江湖人都知道谁能登上雪山之巅雪莲是谁的。阁下只是想坐收渔翁之利吧？"冷彩霞很不痛快，最后连尊者都不叫了。

邱海月笑了笑道："冷老剑客讲得好，在下就要坐收渔翁之利。即使你来了也休想把雪莲带走。"

"哈哈哈哈，说得好。尊者我来帮你，我帮你抢到雪莲，你帮我留下凌云。"这时西门艳玲突然出现在众人面前。

前些天西门艳玲败给冷彩霞逃走，开始冷彩霞紧追不舍，但因担心白莲在雪山会遇见麻烦就没再追。

而西门艳玲对于冷彩霞重出江湖很感兴趣，她想知道冷彩霞打算干什么，就偷偷地跟在后面要看个究竟。

　　来到雪山之巅脚下时正好发现凌云、白莲也在。再一听双方对话，心想：正好帮邱海月得到雪莲，我也可以借他的力量抓住凌云。

　　于是她才现身喊了一嗓子，邱海月一看是她，暗想：今天雪山热闹了，连这个疯子都来了。不过也好，正好利用她来牵制冷彩霞。

　　"哈哈哈哈，西门宫主还是这么年轻。只要你能帮我得到雪莲，捉住凌云不成问题。"邱海月笑了笑道。

　　冷彩霞见状心想：这下可不好对付了，一对一我肯定能赢。但是凌云、白莲两人即使合力也很难赢其中一个，更何况还有雪山七莲。

　　"怎么冷姐姐你怕啦？那就把雪莲交出来吧。"西门艳玲道。

　　冷彩霞笑了笑道："怕，我冷彩霞没那么胆小，今天我就先收拾了你再说。"说着挥掌直奔西门艳玲，心想：真后悔当时没打死你这个不要脸的东西。

　　西门艳玲刚要上前迎战，一边的邱海月道："让我来领教一下逍遥派高招。"随着声音落地，邱海月与冷彩霞捉襟厮杀。

　　"哈哈哈哈，凌云咱们又见面了。看来只有杀了这丫头你才会跟我走啊。"西门艳玲说罢直奔白莲。

　　这次西门艳玲没有用花瓣，直接就是百花艳姑手，目的是快速结束战斗，夺走雪莲杀死白莲。

　　什么和邱海月合作，只是相互利用罢了。千年雪莲谁不想占为己有，既能得到雪莲又有机会带走凌云岂不是两全其美。

　　白莲左手托着雪莲花右手持宝剑，见对方直扑过来，转眼间就到近前，赶忙躲开。白莲还没站稳，西门艳玲的掌跟着就来了，实在是太快了。

　　西门艳玲就觉得身后寒气逼人，这时凌云挥动宝剑直刺她的后心。"呀，小子我舍不得杀你，你竟下如此毒手。"西门艳玲闪身躲开之后道。

　　"少废话，今天就是你的死期。"凌云边说边施展万里飘风剑汇斗西门艳玲，白莲这才有喘息的机会，与凌云并肩作战。

　　上次因为凌云中毒，这次虽然胜不了西门艳玲，但也不至于轻易被抓，况且有白莲的帮忙。

　　"行啊，小两口一起来对付我。不过凌云你的剑慢了很多，杀气也没那么足了。看来你是动情了，可惜啊，这样会害死你的。"西门艳玲边打边说。

　　确实，凌云这些天与白莲相处，让他有些改变，也就是没有以前那么冷了。对于一个顶级杀手，少了杀气多了感情是很可怕的事情。

　　另一边冷彩霞和邱海月打了个难解难分，一个施展雪魔寒掌，一个施展白红掌法。两人内力相当。

短时间内很难分出胜负,雪山七莲本想去帮师父,可是根本插不上手。七人商议决定去抢雪莲。

七个人七把长剑直奔白莲而去。此时白莲刚好被西门艳玲的掌力震得后退一丈来远,还没站稳,七把长剑已经到近前。

西门艳玲紧跟着也到近前挥掌就打,凌云挥剑去阻止西门艳玲,却被她另一只手的掌力推出好几步远,再上前去救白莲为时已晚。

眼看着白莲命悬一线的时候,不知什么地方飞出几片冰片,直打向七莲持剑的手腕,七柄长剑纷纷落地。

与此同时,西门艳玲就觉得一股强大的力量与自己的掌力相碰,虽说没有把她震飞但也后退几步。

白莲见状不知道怎么回事,此时凌云赶忙来到她身边也询问怎么回事。

"他奶奶的,大白天的居然还会闹鬼。"西门艳玲看了看四周没发现什么人,怒骂道,接着再次挥掌直奔白莲。

七莲也纷纷捡起宝剑欲再次围攻两人,可还没动手宝剑再次被冰片打落在地,七人彻底呆住了。

眼看西门艳玲的百花艳姑掌击了过来,凌云推开白莲生生地接下了这一掌。以凌云的内力根本抵不住这一掌,但是凌云接下这一掌的同时一股强大的内力顶在他身后。

西门艳玲再次被震得后退几步,站定之后不由得火往上撞,大骂道:"什么人躲在暗处,有本事出来一决高下?"然后就是怒骂的话语。

"凌大侠,你没事吧?"白莲赶忙过来询问。

"没事,到底是谁在帮咱们。"凌云自言自语。

"西门宫主不要恼火嘛,发怒可是要伤身的。"随着话音落地,从不远的雪堆后面走出两位老者,西门艳玲不由得大吃一惊⋯⋯

凌云和白莲对于西门艳玲的表情有些不解,这也难怪。两人只听说过两位老者的大名,却从没有见过本人。

来的不是别人正是冷彩霞的两位师兄,乾坤飞龙岳秋和魔剑书生杨瑞。

西门艳玲很有自知之明,知道有这两人在,想要夺走雪莲带走凌云难比登天。随着一句:原来是二位圣人赶到,西门先行告辞。说罢飘身形离开山坡。

这时邱海月和冷彩霞也停止了打斗,冷彩霞知道两位师兄来了,是又喜又气。喜的是可以带着徒弟和雪莲安全离开,气的是杨瑞。

但是毕竟是同门师兄妹,而且几十年不见。纵有再大的怨气众人再相见也都消失,更何况现在是紧急关头又有外人在场,冷彩霞也没与杨瑞翻脸。

此时邱海月一看来人是冷彩霞的师兄心就凉了半截,暗想:一个冷彩霞就能搅得雪山天翻地覆，加上二圣后果不堪设想。

想罢之后道："没想到为取雪莲隐居多年的二位圣人都出山了，邱某技不如人只能拱手让出雪莲。我们走！"说完怒气冲冲地叫上七名弟子离开山坡。

杨瑞两人本想化解一下纠纷听听邱海月怎么说，做到不偏袒自家人，平息这次不愉快的事情。两人知道师妹的脾气，不一定都是对方的错。

见邱海月非常生气地带着徒弟走了，刚要喊住他们却被冷彩霞拦住了："管他干什么，放他走便宜他了。"冷彩霞愤怒地道。

岳秋笑着对冷彩霞道："你呀，脾气一点都没变，还是那么暴躁。"

"改不了啦，见到某些人我就来气。"冷彩霞故意讲给旁边的杨瑞听，然后又将凌云、白莲叫到身边给两人介绍。

二位圣人又惊又喜，惊得是没想到第一杀手凌云这么年轻。再看看手中的龙渊宝剑就知道此人非同一般，不然的话师妹怎么会将藏剑谷最为珍贵的宝剑赠予此人。

再看看白莲，无论是长相还是气质都有冷彩霞当年的风范。二位圣人真为冷彩霞高兴。

"你们怎么也来雪山了，也是为雪莲而来吗？"冷彩霞不经意地问两位师兄。

"我们是在祁连山呆腻了，就出来走走。你来要雪莲干什么？"杨瑞漫不经心地问道。

本来冷彩霞见杨瑞就生气，再一听他们还问为什么，冷彩霞气不打一处来。鹰翔成了废人，自己做师叔的都知道了，这两个师父却不知道……

"还不是为了我那苦命的师侄鹰翔，亏你们还是他的师父呢，徒弟武功全废你们居然不知道，有你们这样的师父吗？"冷彩霞怒斥道。

二位圣人不听则已一听脑袋嗡的一声险些背过气去："何人所为？"杨瑞咬着牙问道。

冷彩霞让白莲把事情经过讲给二圣听，因为她自己也不是太清楚。白莲把姐妹四人从藏剑谷出来后所遇见的事情讲述一遍。

二圣这才平静下来，至少伤鹰翔的是鹰飞，面对亲生哥哥鹰翔的做法是对的。但是很为徒儿惋惜，毕竟鹰翔是逍遥派未来的掌门人。

这时凌云向冷彩霞三人一抱拳道："三位前辈，有件事必须告诉你们。想想整个武林恐怕也只有你们三位能铲除这个邪恶的组织。"

"凌大侠此话怎讲？"杨瑞赶忙问道。

凌云将自己被困幽灵山庄的事情讲了一遍，最后道："那个男不男女不女的庄主好像叫什么诸葛莲……"

"诸葛莲，是她？那个几十年前带着儿子四处拜师学艺的女人？如果没猜错的话，她练的应该是阴阳颠倒功。"杨瑞道。

岳秋和冷彩霞不禁眉头紧锁："如果真是这样武林又是一场浩劫啊……"

"这样，凌云、白莲你们带着雪莲先去救凌狐。我们三人去趟昆仑山随后赶到，希望能制止这场武林浩劫。"杨瑞对凌云两人道。

"前辈，真的要把雪莲交给他们吗？我担心他们得到雪莲会更难对付，如果为兄弟的一条性命让他们杀死更多的人，我甘愿失去兄弟，相信凌狐他不会怨我。"凌云大义凛然地说道。

白莲听罢气冲冲地对凌云道："凌大侠你怎么会说出这样的话，凌狐可是你的亲弟弟啊……"

"凌大侠不必如此，白莲看看你手中的莲花与其他莲花有什么不同？"岳秋打断白莲的话道。

白莲仔细看了看手中的莲花，除了上面有九颗莲子以外其他地方没有什么特别的。

"只是有九颗莲子而已。"白莲奇怪地答道，不知道岳师伯什么意思。

这时杨瑞接着道："雪莲的精华之处就是这九颗莲子，你将它们取下收好。回去之后找朵普通的莲花将莲子按在上面，以假乱真去换凌狐。切记，一定要晚上前去，否则会被识破。"

白莲、凌云两人恍然大悟，向三位前辈告辞之后踏上了返回中原的路途。

等白莲他们走后，三人决定先去昆仑叫上张冰，然后再去趟终南山找剪赞还有上官飞燕。他们哪知道如今张冰已不是他们认识的那个张冰，剪赞和上官飞燕也已不在人世……

幽灵峰上鹰翔每天按照图谱上的招式练习，没有宝剑在手就在周围树上折根树枝当作宝剑。

鹰翔惊奇地发现这套剑法速度奇快，最适合用软剑习练。不但这样给他的感觉不是人在舞剑，而是剑法在支配着自己的一举一动。

时间一天天过去，鹰翔发现自己渐入魔道。但是每每放下树枝停止练习又会遭受想念莹莹时的万箭穿心之苦。

于是他不停地练剑，负责给他送饭的人都觉得鹰翔疯了……

幽灵山庄里晗冰这段时间都陪在莹莹身边，哪怕是远远地看着。莹莹每天也在受着和鹰翔一样的痛苦。

时间一点一滴地过去，诸葛莲和蛇林的阴阳颠倒功已经练成。这段期间诸葛莲练的是这部邪门武功的下阕"花"，是一套极其邪恶的剑法。

而蛇林练的是上阕"葵"，重点在于内力的修为。

再看两人，诸葛莲没多大变化，而蛇林胡须全部掉光，行为举止连同声音都变得女性化了。但手中短小的银针打出去却是威力无穷。

最让人接受不了的是两人对对方的称呼，诸葛莲称蛇林为林妹，而蛇林称诸葛莲为莲兄……

"莲兄，咱们虽然神功练成，但是怎么出这幽灵洞啊？外面可是还有两个纸人很难对付。"蛇林娇滴滴的声音道。

"哈哈哈哈，林妹不用担心，我自有办法。一会儿你我躲在石门两侧，等石门打开，纸人冲进来之际，咱们以最快的速度跑出石室，将它们关在里面。"诸葛莲粗犷的声音道。

蛇林有些不解地问："难道咱们不把它们毁掉吗？"

"暂时还不能，因为咱们不知道阴阳颠倒功与逍遥派北冥神功哪个厉害。万一不是二圣的对手，它们是咱们致胜的法宝。"诸葛莲捋了捋稀疏别扭的胡须。

两个人找了一件衣服搭在椅子上，弄得和人坐在上面一样。两个人来到石门边上，做好准备后打开石门。

就在石门打开的一瞬间，两个纸人如闪电般冲进了石室，因为它们感应到里面有人一直徘徊在石门附近。

诸葛莲两人见纸人直冲椅子，迅速来到石室外面触动机关。当两个纸人发现之时石门已经关上。

两人见状大笑起来，笑罢之后走出幽灵山洞。

幽灵山庄大殿之上诸葛莲和蛇林高坐当中，两边分列着庄上众高手。晗冰和莹莹站在大殿之下正中间的位置。

诸葛莲面沉似水的对晗冰道："凌狐那小子抓住了吗？"

"回师父的话，抓住了，现在正关在铁屋子内，还有上次和他一起抓到的小丫头。"晗冰低着头不敢抬头。

"是不是还有那个老残废柴戎……"诸葛莲愤怒地道。

晗冰和莹莹不由一惊，心想：她怎么知道的！"是，只是被他逃走了……"晗冰吞吞吐吐地道。

"逃走？你知不知道他闯进幽灵山洞险些要了我和林妹的命，这么点事都办不好留你有何用。"说着诸葛莲一挥手晗冰被打出一丈多远，倒在地上站不起来。

"这次是给你个教训，下次再办事不利的话送你去见阎王。"诸葛莲冷冷地道。

晗冰捂着胸口勉强撑起身来道："多谢师父不杀之恩。"此时的莹莹突然发现晗冰居然是这么可怜的一个人，有些同情晗冰。

诸葛莲接着说："虽然有些小疏忽，但是在我们练功期间没有被各门派发现，这些天也算是辛苦你了。功归功过归过，说吧，你想学什么武功？"

晗冰擦了擦嘴角的血道："我不要什么高深的武功，我要娶莹莹为妻。还要您赐予莹莹绝情丹的解药。"

晗冰对诸葛莲很是了解，如果直接向她索要解药肯定不会同意，只有这个办法值得一试。

一旁的莹莹听了心里一颤，暗想：晗冰想要做什么？想要说些什么？又一想这段时间和晗冰相处觉得他不是什么十恶不赦的恶人，这样做自有他的道理。

诸葛莲听罢哈哈大笑道："好，我同意了。"心想：我倒看看这小子要和我玩什么花样儿，不管怎样，莹莹都在我掌控之中，何况我又不会交给她真正的解药。

"一个月后给你们办喜事，那个时候中原武林应该是争斗得一片狼藉了。那时我们幽灵山庄要荡平整个武林。"诸葛莲接着道，"那个鹰翔怎么样了？"

下面有人答话道："回主人，鹰翔每天除了睡觉就是练剑，有点疯了的迹象。"

"很好，只要他还活着就行。不过也活不了多久了，只等二圣前来一同将他们干掉。"诸葛莲信心满满地说道。

"莲兄，你真的会给他们解药吗？你就不怕她逃走了？还有，为何要一个月之后行动？"两人离开大殿蛇林疑惑地问。

"不会，从晗冰的眼神里能看得出来与我们已经疏远。还有在闭关期间他应该去过我的房间，我只是想看看他想干什么。至于称霸武林嘛，我在等，等逍遥派的人到来……"诸葛莲道。

莹莹追问晗冰道："为什么要这样做？"晗冰将莹莹拉到没人的地方道："我是在帮你和鹰翔，有了解药你们就有机会逃走。别以为我不知道你在装作被控制……"

莹莹心里咯噔一下，心想：他怎么知道的？"你知道了为何不揭发我？"莹莹问道。

"没有原因，只是希望你过得好而已。"晗冰说完转身离开，留下莹莹独自站在原地很久很久……

凌云、白莲马不停蹄地赶回了幽灵山庄，到达时正是中午。他们想到了二圣的话，决定等晚上再去。于是两人来到了树林里边吃干粮边研究怎么营救凌狐。

突然一个身影闪过，向树林深处奔去。凌云两人想要探个究竟，他们以为这个树林深处也住有幽灵山庄的人。于是远远地跟在后面。

闪过的身影正是罗亮，他去外面打探各门派的消息回来。他和柳星、武金铃躲在山里，经过一个月的调养柳星的伤势痊愈了。

罗亮这才放心出山打探消息，柳星留在住处保护武金铃。虽然柳星对武金铃有成见，但武金铃毕竟是个孩子还是一如既往地对待武金铃。

武金铃这些天总是闷闷不乐，觉得自己做错很多事情似的，柳星经常还要安慰她。时间久了，武金铃也开朗起来，并和柳星说等见了莹莹一定向她道歉。

罗亮来到住处的篱笆墙外发现后面有一股强大的杀气在靠近自己，暗想：不好，被人跟踪了。

转身一看不远处站着一男一女，尤其那个黑衣男子杀气逼人。罗亮二话不说挥银枪直奔两人。

凌云让白莲退后，抽出龙渊剑迎着罗亮银枪而上，打斗中罗亮佩服凌云的剑法高超，凌云佩服罗亮的枪法出神入化，两人交战旗鼓相当。

正这时，屋里的柳星听见打斗声以为幽灵山庄的人发现这里，提宝剑来到屋外观看。发现罗亮正和一个黑衣人动手，旁边还站着一位白衣女子。

仔细一看柳星不由得惊喜万分，白衣女子正是师姐白莲，和罗亮打斗的正是凌云。柳星赶忙高喊一声："罗亮快住手，都是自己人。"

白莲听到声音一看原来是柳星，赶忙奔了过去。此时凌云和罗亮分别收手，见两个女人抱在一起那亲热劲就知道是自己人。

众人相互认识之后白莲问道："你们怎么会在这里？"

柳星叹了口气道："一言难尽啊。"然后武林争锋、莹莹和鹰翔被困幽灵山庄的事情讲了一遍。

白莲得知师妹唐璇的死讯不由得悲痛万分，四姐妹从小一起长大，现在走了一个怎么不痛心。

过了一会儿等白莲平静下来后，柳星问道："师姐你不是去雪山了吗？怎么和凌大侠在一起啊，还有师父去找你，你们见到了吗？"

白莲擦擦眼泪道："见到了，而且还见到两位师伯了。他们去找帮手，用不了多久就会赶到。"然后又把自己一路上的遭遇讲了一遍。

几人都为对方的经历感到惊讶，尤其是罗亮早闻南七省第一杀手的大名，这次见到真容高兴得很。凌云虽然孤傲，但是和罗亮一见如故。

白莲为柳星能遇见罗亮而感到高兴，柳星为白莲身边能有凌云陪伴而羡慕。此时白莲更加为鹰翔担心……

大家猜测这些天都没有柴戎的消息，断定他们的计划不怎么顺利，商定晚上前去幽灵山庄拿雪莲去换人，顺便查看一些庄内情况。

等到天快黑了四人离开住处前往幽灵山庄，为了安全起见决定让武金铃留在住处。

凌云凭借上次离开幽灵山庄时的印象，带着大家找到这个隐蔽的山庄……

"禀告主人，庄外闯进四个人。两男两女，带头的自称凌云。"一个报信的来到诸葛莲的屋外道。

没过多久大殿之上诸葛莲、蛇林高坐中间。两侧依然是众高手，晗冰站在一旁。唯独没有见到莹莹。因为诸葛莲认为现在尽量让她少露面，尤其是在外人面前，以免计划失败。

这时大殿之外打斗声连连，一会儿大殿之上出现四个人。前面的正是凌云，后面跟着白莲、罗亮、柳星。

"哈哈哈哈，凌大侠果然能力超凡，这么短的时间就能带雪莲而来，而且还带着帮手来的，怎么怕我食言吗？"诸葛莲笑罢之后道。

"少废话，凌狐呢？让我看见他没事再说咱们的事情。"凌云冷冷地道。

诸葛莲道："凌大侠果然快言快语，来人把他们带上来。"说话间有人把凌狐和信欣带了上来，两人没有被捆着，诸葛莲自信他们逃不了。

凌狐两人来到大殿之上见凌云四人在这儿，凌狐大声地喊道："哥，你们快杀了这个魔头，我师父就是死在他们手里。"

此时白莲、罗亮、柳星三人心急如焚，只有凌云依然淡定。

"凌大侠该让我看看雪莲了吧。"诸葛莲道。

凌云从白莲手中接过盒子道："雪莲就在这里，先放了他们两人，雪莲自然是你的。"

"好，放了他们。"诸葛莲一挥手，下人们放开了凌狐两人。她有把握将这几个人杀死，才这么做。

其实以诸葛莲和蛇林，还有身边这些高手，根本不用这么废话，完全可以从凌云手中夺走雪莲，将几人拿下。她只是想寻开心而已，这就是有本事和势力人的一贯作风。

等凌狐他们跑过来之后，白莲三人带着两个孩子迅速向大殿之外撤去，凌云将盒子扔给了诸葛莲之后站在原地一动不动。

诸葛莲接过盒子看都没看放在一边道："凌大侠果然有胆识，怎么还不离开，难道是打算刺杀我吗？"

凌云冷冷地道："我在等你看过确定是雪莲之后再走。"其实他是在拖住诸葛莲，以保证白莲他们逃离。即便诸葛莲出手，他也可以抵挡一阵。

"很好，雪莲是真是假不重要，重要的是要你们的命。"说话间诸葛莲一纵身出掌直奔凌云，强大的内力紧跟而来。

凌云早有准备，但没想到对方武功这么强，根本没有躲的机会，只有将龙渊宝剑向上一立，运足内力去挡。

就这一掌，凌云直接被打到大殿门口，口吐鲜血右手拄剑勉强站起身。白莲带凌狐他们边走边往回看，见凌云受伤留下一句："你们先走。"返身来帮凌云。

"很好，很感人嘛。你们谁也别去追，今天我要玩个痛快。"诸葛莲向两旁的人喊道，示意自己亲自来。

随着话音落地，诸葛莲的第二掌打向凌云，白莲以最快的速度拼尽力气将凌云拉到一边勉强躲过这一掌。

正当两人向外跑的时候，诸葛莲的第三掌击出，两人实在是躲不开。总之是一死，倒不如拼上一把，凌云白莲转过身来双掌并列，运足内力去挡打来的真气。

与此同时，两人觉得背后有人用掌顶住了他们的后背，真气相撞过后，诸葛莲居然后退一步，站定身形之后观看来人。

再看凌云、白莲以及后面的人后退了十几步险些栽倒。"你们快走，这里我来应付。"声音很熟悉，同时两人被掌力甩出两丈多远。

白莲赶紧扶着凌云向山下跑去，这时来人向前走了几步道："没想到你这个男不男女不女的丑八怪这么厉害。"

诸葛莲站定后观看此人，一个身着紫红色衣服的女人站在面前，长得十分妩媚，手里摆弄着花瓣。

来的不是别人正是百花宫的西门艳玲，当日在雪山她并没有走，留在不远处观看。白莲他们的谈话她都听见了，不由得让她对幽灵山庄产生了兴趣。

她这个人对名利看得不重，没有称霸武林的野心，只是对凌云一往情深，所以她决定暗中跟随他们去幽灵山庄，目的就是不想让凌云死在幽灵山庄里。

此时诸葛莲直奔西门艳玲，心想：竟敢坏我好事，定叫你死无葬身之地。

"呦，不打声招呼就动手啊。"西门艳玲说着闪身躲开，与诸葛莲交起手来。西门艳玲这次可是把看家本领全使了出来。

诸葛莲虽然厉害，但想迅速就将西门艳玲打倒也不是件容易的事情，此时蛇林命令众人前去追杀凌云，自己飞身来帮诸葛莲。

这下西门艳玲不是对手，一个没注意被诸葛莲一掌拍在胸口上打出一丈多远，口吐鲜血。

眼见两人再次来袭，西门艳玲一抖双手从宽大的袖子里打出无数片花瓣。在诸葛莲、蛇林躲闪之时西门艳玲瞬间遁形。

蛇林刚要追诸葛莲拦住他道："不用追了，她活不了多久了……"

晗冰带着众人紧紧追赶白莲和凌云，很快就将两人追上。没办法只能硬拼了，就当两人拼死一搏的时候，一位蒙面的白衣女子突然出现。

晗冰一眼看出来人是莹莹，所以没怎么动手，故意被对方追兵刺伤了胳膊。有了莹莹的帮忙，凌云两人安全逃出幽灵山庄。

13 齐聚少林辨是非

原来莹莹听说凌云来到庄上，大家都被叫到大殿之上，唯独缺少自己。就猜到诸葛莲是有意要隐瞒什么。于是她偷偷地前去观看，才发现两位师姐也来到这里，心里更是焦急，于是找了把宝剑蒙上面纱伺机帮忙……

"什么，让他们给跑了。废物！一群废物！"诸葛莲大发雷霆。

"莲兄息怒，就让他们多活几天吧。总之雪莲在咱们手里，再加上你我二人的功夫，以及庄里的人员，何愁不能荡平中原武林。"蛇林娇滴滴的声音道。

诸葛莲点了点头向众人一挥手："你们都下去吧。"

等人们离开之后，诸葛莲将盛有雪莲的盒子打开，取出看了许久，不禁再次勃然大怒："好你个凌云，竟然拿假雪莲骗我，我定将你碎尸万段。"

"什么？雪莲是假的？"蛇林不可思议地道，接过雪莲观看。

此时诸葛莲强忍着怒火道："雪莲的独特之处就是有九颗莲子，其精华都在莲子之上。你看这莲花是雪莲不假，但莲子是后安上去的。"

"果然如此，那真的莲子肯定在凌云手中。还等什么，立即去追杀凌云啊。"蛇林道。

"不急，无论如何要等段时间再出幽灵山庄。"诸葛莲冷静地道。"为什么，我就不明白了，咱们已经练成神功还等什么？"蛇林不解地问。

"等逍遥派的二圣和冷彩霞。"诸葛莲慢慢地道。

"你不是利用张冰挑起了逍遥派和少林的争斗了吗？不用咱们动手，二圣也会够呛应付的。"蛇林道。

"确实如此，所以才要等。还有张冰到现在还没有联系上，二圣那边也没有什么动静。我担心张冰露出了马脚，所以必须得等。如果真如想象中那样，他们没有反目一起来对付咱们的话，在这里等是以逸待劳，他们都来幽灵山庄才好。这样就不用咱们动手，只要放出那两个纸人一切难题都解决了。"诸葛莲道。

蛇林听了恍然大悟道："那如果计划成功了呢，我们是不是就可以离开这里，重见天日？"

"没错，那时咱们还需要一个根据地……"诸葛莲还没说完，蛇林道："这个好办，我的金蛇山庄如何？而且那里还有我不少帮手和手下。"

诸葛莲点了点头道："很好。"

"那现在这雪莲怎么办。"蛇林问道。

"派晗冰、莹莹他们去追寻凌云的下落。"诸葛莲说完两人哈哈大笑起来。

罗亮、柳星带着两个孩子逃出山庄回到了住处，但是不见凌云、白莲两人的身影，刚要回去寻找，白莲搀扶着凌云来到了这里，"快，快来帮凌大侠疗伤"白莲焦急地喊道。

凌狐见哥哥受伤赶忙冲到身边："哥哥，你怎么样，都是我无能，害你成这样。"

"没事，死不了。"凌云拍拍兄弟的肩膀道。

刚刚说完凌云眼前一黑栽倒在地，众人将凌云抬到床上忙着要为其运功疗伤，凌云低声地道："没用了，我的心脉已断，别白费力气了。"

"不可能的，你不能死，一定有办法的。快把它吃了。"白莲手忙脚乱地从怀里取出一颗莲子往凌云嘴里塞。

她也不知道这是为什么，见到凌云这个样子心痛不已，有一种害怕凌云离开的感觉。

"这是你冒着生命危险拿到的，而且是救鹰翔的丹药，我不能吃。"凌云推开白莲的手道。

"若不是你我也拿不到雪莲，何况还有八颗莲子足够救鹰翔的。还愣着干什么？快把他按住。"白莲说完向柳星他们喊道。

在众人的帮忙下，白莲强行将莲子给凌云喂下。这时突然飘进一人，捂着胸口，嘴角还滴着血道："以他现在的身体状况消化不了这颗莲子，都闪开。"

随着话音落地，白莲等人被来人推开。此人将凌云扶起，坐在其身后将内力输向凌云体内。

"西门艳玲？你要干什么？趁人之危吗？"白莲抄起宝剑指着来人道。

西门艳玲为救凌云负伤逃出幽灵山庄，她是暗中跟随凌云进去的，只是晚上没有记下下山的路。

于是她认准一个方向忍着伤痛向前走，直到她发现前面有隐约的灯光。这里离幽灵山庄有段距离，断定不是幽灵山庄的人才敢到近前。

当她到达时突然发现凌云躺在屋里，白莲刚好给凌云吃莲子。

雪莲子不但能治内伤还能让内力迅速提升，但是必须运功将生成的内力疏通才行，否则会有生命危险。

现在的凌云根本没有能力运功疏导，西门艳玲这才闯进门来帮助凌云。要说西门艳玲对凌云的感情可谓是真心实意。

"我可是比你更在乎他，我是在救他。不相信的话可以杀了我，能和凌云死在一起我也心满意足了。"西门艳玲边运功边说。

白莲举着剑呆站在那好久好久，说不出话来。"动手啊，下不去手就出去，免得打扰我运功。"西门艳玲说罢不再出声专心运功。

这时柳星、罗亮见来人确实是来救凌云的，便一起将白莲拉出屋去，"师姐，她是什么人啊？你们认识啊。"柳星问道，"看她的样子很喜欢凌大侠似的。"

"百花宫的宫主，刚刚也是她救我们出来的。"白莲低声地说道，但没有回答柳星的第二个问题，此时的白莲心里有一种莫名的难受……

随着凌云一口淤血吐在地上，他的伤势有所缓和。莲子所产生的内力也全部疏散，唯一要做的就是休息几天，等待内伤痊愈。

"为什么要救我？"凌云低声地道。

"你说呢？我曾说过我喜欢你。我也知道我们年龄相差甚远，我们是仇人。但从第一次见到你时我就喜欢上你了。这些年来我一直都在缠着你，越是这样你越是恨我。哪怕是远远地望着你也是件美好的事。不过你放心，从此以后我不会再缠着你了。白莲是个好姑娘，你们挺般配的，好好把握吧。最后我还有个小小的要求，就算是让你报答我的救命之恩吧，抱着我好吗？"西门艳玲声音颤抖地说道。

开始凌云没有理会，渐渐地发现西门艳玲的声音中已经没有了底气。当他慢慢转身看过去时，一个白发苍苍的老妇躺倒在他身后，嘴角淌着血静静地死去。

这时白莲等人来到屋内全部呆住了，罗亮、柳星他们还在自言自语地道："没想到她这么老啊。"

"凌云你没事吧，她没把你怎么样吧？"白莲来到凌云面前询问道。

"我没事。一会儿帮我把她抬出去，我要亲自给她安葬……"凌云低声地说道。

在众人的帮忙下，凌云将西门艳玲掩埋，最后他在树干做成的墓碑上刻上了：百花宫西门艳玲之墓。

处理完这桩事，大家商议暂时先躲藏在这里，以防出去遭到少林等门派的追杀，况且出去正是幽灵山庄所希望的。

现在唯一要做的就是等二圣到来，等娄方他们把信诺救出来。这样才有指证张冰行凶的证据。

转眼数日过后，凌云的身体彻底恢复，不但这样，内力还增强了不少。

"咱们这样等也不是办法，如果二位师伯赶到了中原，他们不知道我们在这儿岂不是白等了？"白莲对大家说。

"师姐说得有理，可是现在咱们出去的话，既有各门派的追杀又有幽灵山庄的追杀，恐怕等不到师父他们我们先被干掉了。"柳星泄气地说道。

"我去吧，这里只有我没受各门派的追杀。"凌云冷冷地说道，"就这么定了。"说完站起身向屋外走去。

"不行，你的伤刚刚痊愈……"白莲还要往下说。凌云没有理会她继续前行，白莲见状紧随其后道："我跟你一起去。"

凌云停下了脚步道："不行。""为什么？"白莲追问道，"别说我会被追杀这个理由，总之我是去定了，谁让你说过我是你第一个朋友呢？"

凌云本来就不善与人斗嘴，说上一句白莲能说出十句辩解的话来，最后的情景是一黑一白再次踏上征途。

凌云和白莲在二圣来中原的必经之路上等了数日，这一天他们终于等到了三人。

"师父你们怎么才来啊。"白莲诧异地问。

冷彩霞叹了口气道："本打算去请几个好友帮忙，结果都不在了。好不容易有个活的还不知道去哪儿了？"

"您说的那个活在人世的是谁啊？"白莲问道。"能有谁，昆仑派的那个张冰。"冷彩霞道。

白莲听了赶忙道："二位师伯，师父你们有所不知……"然后将柳星讲的经过讲给他们听。

不听便罢，听后冷彩霞"哎呀"一声："你说什么？唐璇死了……""嗯，都是那个张冰所为。"白莲眼泪欲出。

"二位师兄随我去找张冰，我要让他血债血偿。"冷彩霞说完拉上二圣要去找张冰。

"师妹，你怎么还这脾气啊。侄女死了我们也伤心，咱们不管是去少林还是去找张冰都会与各门派发生冲突，这不正是幽灵山庄希望的吗？"岳秋拦住冷彩霞道。

杨瑞接着说："没错，孩子们的做法对，现在只能等娄方他们救出信诺才能揭穿张冰的真面目。咱们只能等……"

"也好，那咱们先去幽灵山庄去救鹰翔和莹莹。"冷彩霞道。

杨瑞点了点头道："这样也好，我正要会会这个诸葛莲。看看她的阴阳颠倒功有多厉害。"

"师父，那就先去我们现在的安身之处吧，就在幽灵山庄附近。"白莲听罢之后道。

杨瑞笑了笑道："最危险的地方就是最安全的地方。好，前头带路。"

众人启程赶回住处，等到住处之后柳星见到师父眼泪止不住掉了下来。冷彩霞一改往日的严厉，变得和蔼可亲些。

罗亮、凌狐、信欣、武金铃四人更是激动万分，有幸见到二位圣人那是何等荣耀。让两位指点一招半式就能受用终身。

所以这四人从二圣到住处时起就围在两旁请教个没完，二圣始终都是和蔼可亲的样子，一点也没觉得烦。

应几个小辈的要求，三位高人没有立即去幽灵山庄救人，在这里休息了几天。在此期间，凌云等进过幽灵山庄的人给二圣讲述了大概地形和路况。

"白莲，你说莹莹他们两人都中了绝情丹的毒？"冷彩霞问道。"是啊，具体情况我也是听柳星说的。"白莲道。

柳星赶忙将莹莹和自己讲的事都讲给师父听。她这样装作被控制岂不是很危险，莹莹她到底想干什么？冷彩霞心里想着。

经过熟悉基本路线，三人决定夜探山庄顺便去救人。几个小辈想跟着去，被三人拦下："你们在这里等我们的消息就行，万一我们出事也不至于全都送命。"

晚上三人按照凌云所说的路线来到幽灵山庄之外，三人分头行动。冷彩霞去寻找莹莹的住处，二圣向幽灵峰方向前去。

冷彩霞寻找了很久也没有找到，最后她发现周围房屋都没有光，唯独远处一间屋子里有烛光。

借着光观看，里面的人影在动，很痛苦的样子。这不禁引起了冷彩霞的注意，于是她飘身来到窗外向里面观看。

看罢冷彩霞不由得心里一阵酸疼，此时的屋子里莹莹正在地上打滚，疼得脸上的汗水如雨滴般向下落。

每天都如此，莹莹一个人的时候都会想到鹰翔。虽然同在一个山庄里，却不能相见甚至不能想，每天都是疼得晕死过去。

见到莹莹，冷彩霞拉开窗子飞身来到屋内，此时莹莹已经昏死过去。冷彩霞将莹莹扶起给她运功暂时镇住绝情丹的毒。

当莹莹醒过来看见师父坐在旁边还以为自己是在做梦，得知眼前的一切都是真的时，莹莹抱住师父痛哭起来。

"别哭了，师父是来带你离开的。"冷彩霞道。

"不，我不能离开。我要留在这儿设法得到绝情丹的解药，如果得不到，我宁愿一死来解除翔哥的痛苦。"莹莹坚决地说道。

冷彩霞叹了口气道："我和你两位师伯一定会想出解毒的办法的，现在他们已经去幽灵峰救鹰翔了……"

"什么？师父您快去帮两位师伯。看守幽灵峰的都是山庄的高手，不但人数众多，而且他们被诸葛莲那个怪物控制心灵，只要和他们动手，诸葛莲会第一时间知道。"莹莹满眼焦急。

"难道你的两位师伯还不是她的对手吗？"冷彩霞说着要拉莹莹走。莹莹抽出匕首放在脖子上道："师父我一定要等到解药再走，不然我就死在您面前。您快去帮师伯他们救翔哥去吧，徒儿求您了，一定要救出翔哥！"

"莹莹你这是何苦呢？""师父您要再不离开，徒儿立刻死在您面前。"莹莹说话间欲行自刎。

"罢了罢了，你好自为之。"冷彩霞一跺脚转身离开莹莹的房间，赶往幽灵峰。

诸葛莲正躺在床上看着身边的纸人，想念着儿子诸葛少白。突然间脑海中显现出一个场景：不好，有人闯进山庄欲救走鹰翔！

她马上起身从剑架之上抄起秋风落叶扫来到院外，用意念将庄上所有被控制的人驱向幽灵峰。

这时蛇林也发现有情况，与诸葛莲会合之后问道："发生什么事情了？"

"有人闯入山庄，目标是幽灵峰。如果没猜错的话应该是逍遥派二圣，没想到他们来得这么快。随我来，今天叫他们有来无回。"诸葛莲说完飘身向幽灵峰奔去，蛇林紧随其后。

冷彩霞走后，莹莹不停地祷告，祈求上天保佑师父他们能带着鹰翔安全逃出幽灵山庄。

这时门突然打开，晗冰急匆匆地来到屋内，看到莹莹坐在屋内，才松了一口气。"你怎么来了，发生什么事情了吗？"莹莹诧异地问。

"庄上闯入两个高手，是去幽灵峰救鹰翔的。想必应该是二圣，师父等人去阻拦了，我是怕你也赶奔那里……"晗冰道。

"你怎么没去？你可是诸葛莲的徒弟。"莹莹问道。"她没有通知我，自从她出关以后很少把事情交给我去办，有一点不信任的感觉。"晗冰道。

莹莹没再问什么，她现在最担心的是师父和鹰翔。"没事，你可以出去了。"莹莹心不在焉地道。

以二圣的轻功，庄上的人很难发现他们，只是到幽灵峰脚下就有所不同了。他们到那儿，看后惊讶万分，前面看守的众人居然都是多年前各大门派离奇失踪的高手。

没等两人去想原因，那些人一拥而上将两人围住，这时二圣才发现这些人已经被控制。没有办法只能硬闯，即使这样他们也是手下留情，用点穴大法将他们点住。

两人刚要上山就听身后传来既难听又刺耳的声音："横推八百无敌手，轩辕重出武圣人。二位圣人果然名不虚传啊？"

诸葛莲和蛇林飘身来到二圣的正前方，站定之后先是一阵狂笑，那笑声比鬼哭狼嚎还要难听。

二圣定睛观看，两人的形象让他们不由一惊，暗想：世上竟有如此邪恶的武功，真是武林的灾难啊。

"诸葛莲，你们母子的遭遇我们有所耳闻。各门派之所以不收留你们就是因为你有一颗仇恨的心，如果练成绝世武功也会祸害武林，当然那时各门派也有做得不对的地方……"

还没等杨瑞说完，诸葛莲打断他的话道："用不着你来教训我，现在说那些陈年往事有什么用。我变成现在这个样子就是要荡平中原武林，让所有门派都臣服于我，包括你们。"

说完，诸葛莲挥动秋风落叶扫直奔杨瑞，而后面的蛇林挥手打出三颗绣花针指向岳秋。

岳秋急忙闪躲，心想：小小的绣花针放在水中连沉下去都听不到声音，在他手中竟成了武器，足以见得他们的功夫已经炉火纯青。

此时绣花针再次袭来，岳秋赶忙打出逍遥派暗器冰片生死符，去拦截绣花针。

另一边杨瑞与诸葛莲展开了生死对决，一个赤手空拳化真气于利剑，一个挥舞宝剑锋刃光寒，打得难解难分。

诸葛莲带来的众人根本帮不上什么忙，只有拿着火把观阵壮壮气势。

这时，冷彩霞从远处听到打斗声找寻到这里，随着一句："师兄我来帮你们。"冷彩霞飞落打斗地点。

诸葛莲见状死死将杨瑞缠住，而且故意将其往幽灵山洞方向引。蛇林见状恍然大悟，以同样的方法直奔同一地点。

冷彩霞在人群中刚要去追，就听杨瑞喊道："还不上山去救鹰翔。"冷彩霞施展轻功摆脱众人直奔幽灵峰山顶，众人在后面紧追不舍。

此时鹰翔在山顶上正在练剑，现在的鹰翔几乎无时无刻地练剑，因为他停下来就不禁会想到莹莹。

但是只要去练这套剑法他都控制不住手中的树条儿，走火入魔的程度越来越深。这样他也要承受着痛苦。

就当冷彩霞摆脱众人来到山顶之时，鹰翔刚好练完剑法倒在地上恢复到常态。

"鹰翔快随我离开这里。"冷彩霞突然出现在鹰翔面前道。鹰翔听到声音睁开眼睛一看师叔站在身边，马上站起来。

"师叔，您怎么来了？"鹰翔奇怪地问。冷彩霞焦急地道："以后再告诉你，现在你师父正和那两个魔头决斗，赶快随我离开这里。"

没等鹰翔再问什么，冷彩霞拉着鹰翔就往山下冲。可没走出多远，鹰翔的体力就不行了。

对于内力尽失的鹰翔怎么能跟得上冷彩霞的步伐，再加上鹰翔刚刚练完剑法。冷彩霞顾不上那么多了，背上鹰翔施展轻功离开幽灵峰。

纵使鹰翔一百个不愿意也没有办法，突然鹰翔忍着疼痛问道："师叔，莹莹呢？我要和她一起走。"

冷彩霞一阵心酸，但又不能现在告诉鹰翔，如果告诉她莹莹还留在山庄，鹰翔还会走吗？能救一个是一个。

"她已经被我救出去，现在和白莲她们在一起。"冷彩霞骗鹰翔道。

来到幽灵峰下，冷彩霞却不知道该往哪个方向走了，只有凭自己的直觉，带着鹰翔不知不觉地闯进了幽灵山庄的禁地。

两人刚好到达幽灵山洞前面，见四周没有一个幽灵山庄的人。鹰翔要求师叔放下自己，他不想劳累师叔。

冷彩霞见这里很隐蔽，就将鹰翔放下。自己站定寻找出路，仰望星空辨认方向。

鹰翔正对着幽灵山洞的石门，在想象着师父的模样。下山这么久不知道师父们有什么变化，肯定又老了许多。

正这时，石门被一股强大的力量震碎，从里面飞出两个人，正好落在鹰翔面前，鹰翔不看便罢，一看正是两位师父。

随着二圣的飞出，后面飘洒着被震碎的纸人碎片……

鹰翔见状马上冲上前去，抱住两位师父悲痛万分。一旁的冷彩霞见状更是悲痛，抢步栖身来到杨瑞身边将其抱在怀："师兄，你们可不能死啊。"

此时杨瑞缓缓睁开眼睛看了看师妹和鹰翔低声地说道："快走，你们不是他们的对手……"话还没说完便绝气身亡。

正在冷彩霞和鹰翔痛心疾首的时候，诸葛莲和蛇林狂笑着从山洞里走出来。

原来诸葛莲与杨瑞动手，几十招之后发现两人旗鼓相当，再斗下去一定是两败俱伤。那边蛇林汇斗岳秋更是困难，于是她决定利用幽灵洞里的纸人杀死二圣。

想罢之后故意向幽灵洞方向退去，蛇林对于诸葛莲的做法心照不宣。而二圣呢也觉得不对劲，但没有别的选择，只有拖住两人冷彩霞才有更多的时间去救鹰翔，所以紧随而去。

诸葛莲、蛇林两人来到洞内之后，二圣紧随其后也来到洞内。此时山洞的石门已经自行关闭。

二人迅速来到石室旁边，随着石门打开里面的纸人冲出的一瞬间，两人躲进石室石门紧闭。

纸人看石门打开，直扑而上与二圣动手，动作快似闪电，力大无穷。

二圣见石室里冲出两个纸人，杨瑞道："不好，奇门遁甲之术。"说完两人转身要离开，两个纸人已到近前。

没办法只能硬拼了，两位圣人使出北冥神功，将压箱底绝学全部使了出来，勉强与纸人斗了个平手。

"莲兄，这两个纸人能行吗？两个老家伙这么厉害。"蛇林没有底气地说道。

"行不行也走到这一步了，即使不行也能消耗他们很大一部分体力。到那时咱们再出去更有取胜的把握。"诸葛莲边听着外面的声音边道。

果然如诸葛莲所说，时间长了二圣落了下风。有血有肉的人再厉害也没法和没有生命的物体相比。

两人被逼到了洞口石门边上，眼看纸人冲了上来。二圣抱着必死的心，共同运用所有内力。在纸人的拳头击中两人的同时，北冥神功的掌力也打在了纸人身上。

13 齐聚少林辨是非

四股强大的力量将石门撞得粉碎，二圣的心脉如同这石门一样被击碎，两人随着碎石块飞了出来。而两个纸人也被北冥神功的力量打得粉碎。

蛇林两人在石室里听着外面的动静，过了很久没有声音，这才轻轻推开石门向外观看。

正好看见死去的二圣和粉碎的纸屑，让他们喜悦的就是还有活着的冷彩霞和鹰翔。

"哈哈哈哈，二圣已死，天下还有谁是我们的对手。受死吧！"诸葛莲笑罢之后挥舞秋风落叶扫直奔鹰翔。

冷彩霞见状赶紧去拉鹰翔，打算带鹰翔逃离这里。谁知鹰翔见诸葛莲眼都红了，不但没躲反而从地上拔根野草直奔诸葛莲。

在这个很少有人烟的禁地，野草长得很茂盛，有三四尺高。虽说比宝剑短了些但也足够了。

鹰翔在没有内力的情况下使出了这套无名剑法，诸葛莲万万没想到鹰翔会直奔自己而来。

诸葛莲就觉得握着宝剑那只手的手腕被什么东西割了一下，剑随即脱手而出，收手观看腕子被割了条口子。

鹰翔见机拿到软藤剑直刺诸葛莲的咽喉，此时蛇林忙打出几颗绣花针，来救诸葛莲。

冷彩霞在后面看得清清楚楚，飞身上前拉着鹰翔施展轻功离开这里。

"莲兄没事吧？"蛇林问道。诸葛莲刚刚被鹰翔这一招惊呆了，听到蛇林的话语才反应过来："没事，赶紧追不能让他们跑了……"

此时冷彩霞根本分不清东南西北，不管哪个方向只要能走就行。诸葛莲、蛇林两人在后面紧追不舍。

突然，冷彩霞前面闪出一个黑影，仿佛是在给他们引路。在这个人的指引下，冷彩霞、鹰翔安全地逃出了幽灵山庄。

而诸葛莲两人被此人指引的路线绕得远远落在了后面，"那个黑影是什么人？怎么对这里的地形这么熟悉？"看不见冷彩霞两人的影子，蛇林停下来问道。

此时诸葛莲愤怒不已，听见蛇林的话，再想想那人的步法道："萧莹莹！"

"什么？你不是将她控制了吗？怎么会……"蛇林惊讶地道。

"我也不清楚这是怎么回事，但我能断定就是她。"诸葛莲咬着牙道。

冷彩霞带鹰翔来到住的地方，虽然是深夜，白莲等人都没有睡觉，在焦急地等待众人的归来。

大家见到冷彩霞和鹰翔出现在眼前，激动得不得了，此时的白莲见到久违的小师弟激动得更是一句话都说不出来，泪水滑落脸庞……

"师父，二位师伯怎么没回来？莹莹救出来了吗？"柳星见只有师父和师弟两人回来问道。

鹰翔听到这句话，直冲到柳星跟前忍着痛苦追问道："师姐，你说什么？莹莹她还在幽灵山庄里面？"

柳星不知所措地看着师父，冷彩霞来到鹰翔身边，把自己为了让他随自己走，骗他的事情说了出来。

鹰翔听罢转身欲重回幽灵山庄去救莹莹，被冷彩霞一把拉住。冷彩霞把和莹莹的对话讲了一遍，最后道："孩子，你即使现在回去，莹莹也不会和你回来。她的脾气我了解，如果你真想救她，现在好好养伤……"

在众人的劝说下，鹰翔平静了下来，冷彩霞又把经过讲给众人听。所有人都呆住了，不敢相信听到的一切。

"现在唯一的办法就是去少林，将误会解除。靠各门派的力量共同对付幽灵山庄了，而且要快，不能再等下去了。诸葛莲最忌惮的就是我的两位师兄，现在她没有畏惧的人了，我断定不出几日他们就会先荡平少林然后灭掉其他门派。"冷彩霞道，"大家都回去休息吧，明天咱们再等一天，如果娄方他们还是没有回来，不管付出多大代价也要赶奔少林……"

夜里鹰翔一个人坐在外面，此时的他心里非常复杂。而白莲在远处一直看着他，白莲想去陪陪师弟，但又不知道怎么安慰他，只好在远处默默地陪着他。

第二天白莲终于鼓起勇气来到鹰翔身边，手中托着八颗莲子道："给，把它吃了吧。对你的内伤有好处，很难得的千年雪莲的莲子。"

鹰翔在凌狐的口中已经得知白莲为了自己不远万里去了雪山，取来千年雪莲。听到师姐的话鹰翔充满感激："师姐，你的心意我领了。多谢你为我奔波，只是现在恢复不恢复内力已经没什么意义了……"

不管白莲怎么劝说，鹰翔也不肯吃下自己千辛万苦取回的莲子。最后白莲寒心离开，独自一个人来到树林哭泣起来。

"怎么了，是不是人家不领情啊？"一个冷冷的声音道。

白莲赶紧擦擦眼泪对着来人道："凌大侠是你啊，我只是希望他的内伤早点好。他和莹莹受这样的折磨我感觉好心疼。"

"看着你这样某些人也会心疼，给我吧，我会让他吃下去的。"凌云说着伸出手去要雪莲子。

白莲似乎看见希望似的将莲子交给凌云："好吧，只能让你去试试了，如果他吃了，我会很感激你的。对了，你刚说的某些人是谁啊？"白莲问道。

"没什么，逗你开心呢。"凌云说完匆匆离开。对于凌云的这一句话白莲很是诧异，暗想：这是我认识的那个冷面杀手吗？没想到他也会开玩笑，不过这样比冷冰冰的好多了。

"想什么呢兄弟，堂堂的西域苍狼不会这样就被打倒了吧，而且是被自己打倒的。"凌云来到正在发呆的鹰翔跟前道，然后扔给他一坛酒道，"我知道你现在需要这个。"

"凌大哥什么意思？"鹰翔接过酒坛道。

"你在我心中是一个真正的对手，我敬佩你。放眼江湖，我凌云敬佩的人能有几个，年龄相仿的人中更是寥寥无几，你是其中一个。不过今天看来，你竟是一个不懂得人情事理，不敢面对困难的懦夫。"凌云边喝酒边说。

见鹰翔没有说话，凌云接着道："我知道你的感受，师父惨死爱人身陷险境。这一点挫折就承受不了吗？现在的你应该振作起来，为了两位前辈，为了莹莹姑娘以及整个武林将身体养好，来面对挑战，像狼一样执着，而不是像现在这样。"

鹰翔似乎被触动了，低声地问："还有什么？"

"不懂人情事理，白姑娘不惜冒着生命危险去取雪莲为的什么？她关心你，爱护你，不单单是因为你是她师弟。而你呢却在辜负她的一片心意……我也不多说什么了，我早就想和你比试比试，今天正好，如果你输了就乖乖把雪莲子吃下。"凌云冷冷地道。

鹰翔听着这些话语心里不是滋味，凌云说得句句属实，现在的自己就是这样。还有师姐对自己的爱慕以前却浑然不知，即使不能接受师姐的爱，但也不能辜负师姐的一片心意。

想罢之后鹰翔将酒坛放下道："好，比就比。"凌云听罢道："这才是我心目中的西域苍狼。"

两人各持宝剑开始比试，凌云没有用内力，在他心目当中要的是公平比试。白莲在不远处静静地看着。

方才凌云所说的话白莲都听见了，她对凌云的反常举动感到不解。回想起刚刚在树林里凌云所说的话，和雪山之行凌云所说的每句话和行动，白莲瞬间明白凌云所说的某些人就是他自己……

"怎么可能？"白莲不敢相信自己的推断，这时鹰翔使出了那套无名剑法，有些控制不住自己。

本来鹰翔想点到为止却收不住招，宝剑直刺向凌云的肩膀。"凌大侠小心。"白莲见状情不自禁地喊道。

但是为时已晚，软藤剑已经刺了进去。此时鹰翔勉强收住招："凌大哥对不起，我控制不住自己。"

凌云笑了笑道："好剑法，我输了。"这时白莲跑到他近前慌张地问道："凌大侠你没事吧。"

"没事，死不了。"凌云若无其事地道。这时鹰翔感激地道："谢谢凌大哥唤醒了我，莲子呢，我要疗伤。"

凌云将八颗莲子交给鹰翔，并嘱咐他不能全部吃下，而且要运功化解吸收其力量。

"凌大哥，快包扎伤口吧。"白莲和鹰翔同时向凌云道，而且白莲拉着凌云来到屋内亲自给凌云包扎。

"凌大哥没想到你这么能说，今天真是谢谢你啊。"白莲一边给凌云包扎一边道。

凌云看了看不再是愁眉苦脸的白莲道："人总是要变的，以前我孤傲没有朋友，现在我有你们这帮朋友感觉很幸福。鹰翔同意吃雪莲子了，这下高兴了吧。"白莲点了点头，但是陷入沉思当中。

冷彩霞看着刚才发生的一幕，暗想：我当年没有看错凌云，希望白莲能明白凌云的心意，懂得珍惜。

"为什么只吃一颗莲子？"冷彩霞来到鹰翔身边问道。

鹰翔见师叔询问回答道："一颗对于我来说足够了，这七颗我要留给莹莹。我有一种预感，我们身上的绝情丹之毒解不了。还有，我要除掉诸葛莲他们志在必得，必要的时候我会和他们同归于尽。如果这样日后我不会再陪伴在莹莹身边，这些莲子留给她会有用到的时候……"

冷彩霞听了鹰翔的一席话，既感动又心酸："来，我帮你运功化解体内的莲子。"说完给鹰翔运功。

鹰翔吃了莲子，在冷彩霞的帮助下体内凌乱的真气迅速聚集在一起。再加上莲子所产生的力量，鹰翔和凌云一样内力增强了很多。

当他再次拿起软藤宝剑习练那套无名剑法的时候，令人悚然。那套剑法在鹰翔的习练下只能用风起云涌来形容。

不过鹰翔练这套剑法出现的问题也越发的明显，那就是受剑法控制走火入魔。

冷彩霞等人都劝说过鹰翔不要再练这套剑法了，但鹰翔坚持要练。不单单是这套剑法太出神入化，还有就是鹰翔在幽灵山庄用草木刺伤诸葛莲的事让他痛下决心必须练成剑法，哪怕是深入魔道也要除掉诸葛莲、蛇林二人。

转眼间日落月明，还是没有娄方等人的消息。第二天众人毅然决定赶往少林向元坤大师讲明一切，让他做好准备。

"冷彩霞，你还敢上少林寺。今天我要除掉你们这些杀人的恶魔。"元坤和尚来到大殿之上指着赶来的冷彩霞众人道，说话间就要动手。

冷彩霞高声喊道："元坤大师且慢动手，请容我解释。"

这时张冰突然出现在大殿之上，将紫薇宝剑握在手中对冷彩霞道："还有什么好解释的，紫薇宝剑乃是藏剑谷四大宝剑之一。用这把宝剑的又是你的徒弟，还有什么话说？大家还等什么，一起上将他们除掉。"

原来张冰一直都没走，假惺惺地帮着少林弟子处理元空的后事。目的是等元坤赶来时编造事实颠倒黑白，让元坤大师相信这一切都是真的，另一方面派弟子去追杀萧海浪。

"什么时候少林的事情轮到昆仑派做主了？张冰你和幽灵山庄勾结害死我徒弟，诬陷逍遥派，早晚我要宰了你。"冷彩霞可没有二圣那么好的脾气，眼睛瞪着张冰道。

此时元坤拦住欲动手的弟子们道："冷老剑客，希望你能给我一个合理的解释。"这些天元坤想了很多，总觉得事情有蹊跷，刚刚张冰的所为更让他有所怀疑。

冷彩霞让信欣将所知道的一切讲给元坤听，自己又将二位师兄惨死在幽灵山庄的事情讲了一遍，最后道："我希望各门派联合起来共同对付幽灵山庄。"

"笑话。信欣只不过是个小孩子。当日我派弟子护送她离开，没想到被你们的人劫走。现在肯定被你们用什么妖术控制，还有以二圣的武功谁人能敌，恐怕是你们设好圈套要将我们一网打尽吧。"张冰咄咄逼人地道。

元坤听了两方的话似乎都有道理，刚要说什么，张冰抢着道："当日鹰翔擂台上身受重伤恐怕也是假的吧？"说着张冰拔剑直奔鹰翔。

在冷彩霞众人到少林时张冰对两个人的到来感到不解，一个是凌云，怎么会和他们在一起。另一个就是鹰翔，不是被困在幽灵峰上了吗？怎么会在这儿出现？真如冷彩霞所说二圣舍命救下了鹰翔，但他的内力也不可能恢复得这么快。正好让元坤看看当日鹰翔是在装受伤，来实行其他计划。

鹰翔本来没想动手，但是那种危险来临时的本能反应让他从腰间抽出宝剑。现在的他似乎碰到宝剑就会不由自主地使出无名剑法，后果可是不堪设想……

两人交起手来，不过二十几招张冰就被鹰翔的剑法所震撼。此时的鹰翔已经不受自己控制，如同变了个人似的宝剑直刺张冰的心口。

张冰已经呆住，他从来没有见过这么快的剑法。就在这时，元坤迅速出手，勉强用双指将软藤剑夹住。

"少林寺内由不得你撒野。"说罢欲与鹰翔动手。"大师住手。"随着话音传来，大殿之外出现三个人。

一个老道，一个和尚还有一个俗家，老道不是别人，正是药王司马青，和尚乃是元空大师的得意弟子慧尘。而那个俗家正是莹莹的父亲无情书生萧海浪。

当日萧海浪救走慧尘，被张冰派出的人四处追杀，再加上慧尘伤势严重，两人被团团围住。正当萧海浪苦战众人的时候司马青路过此处。

开始见是萧海浪就没打算帮忙，但仔细观看旁边地上还躺着少林的慧尘大师。司马青才出手相助，但他不相信萧海浪所说，元空被张冰杀死。

后来经过很多天才救醒慧尘，得知萧海浪说的句句属实。但为了安全起见，三人找了个隐蔽的地方躲了很久。

等慧尘的伤势好转了，由萧海浪和司马青护送赶奔少林寺。刚好他们在这个时候赶到。

但是萧海浪看到鹰翔众人没有再向前走，和司马青打了声招呼飘身离开了少林寺。此时鹰翔看见他，心中已经没有太多的仇恨。

来到大殿之上，慧尘将亲身经历讲给众人听。元坤听罢不由得怒上心头："张冰，原来这一切都是你所为，真是知人知面不知心啊。"

此时张冰正要逃走，被冷彩霞和元坤拦住。这两人联手，张冰怎么会敌得过。没过几招就被两人擒住，用鹿筋绳子捆绑结实。

正在众人要审问张冰的时候，少林寺内又来了四个人。

走在前面的是一个三十多岁白发青面的怪人，罗亮等人看罢高兴地道："娄大哥他们回来了。"说着跑去迎接。

后面是一黑一白黑白无常，在他们中间架着一人正是信诺信天英。

娄方三人赶往昆仑山，去的路上还算顺利，虽说招来了很多人的观看和指点。

到达昆仑山之后也算顺利，毕竟张冰不在家，其余的昆仑弟子们哪是这三个怪物的对手。于是纷纷被他们擒获，在他们的逼问下在地下密室里救出了信诺。

三人一看信诺的状态真的很惨，内伤虽然好了很多，但手脚筋脉都被打断。即使能医治好也是个废人，什么都干不了。

三人把昆仑派的弟子全部捆绑起来塞进了密室，然后带着信诺离开昆仑赶往少林。这也就是二圣他们去昆仑时没有见到任何人的原因。

开始时三人轮番背着信诺走，后来觉得不行，应该找辆马车，可是市面上没什么好马车，在信诺的要求下去了官府借马车，毕竟信诺身背朝廷正一品的官职。可是到官府后不但没有他们想象中的热情，反而被官兵围住，欲将其抓走。

原因还是信诺勾结杀害涿州知府的江洋大盗，皇上已经批准全国通缉信诺……

这一路上可谓是经历了千辛万苦才赶到少林寺……

信欣见到哥哥变成如此模样痛哭不已，信诺安慰道："傻丫头别哭了，我这不是还活着吗？"

然后信诺叙述了目睹当日张冰杀害唐璇的经过，这下真相大白，张冰也没什么好说的了。

娄方的出现引来了新的矛盾，元坤和尚见到这个青面魔童和元空是同样反应，都是失去常态欲杀之而后快。

鹰翔也对娄方现在的模样不解，在众人面前娄方讲出了一段往事。当年娄方的授业恩师巫娇姥练功走火入魔，四处杀人。

不但这样，当时年仅十几岁的娄方练得和师父一样的内功，同样是走火入魔。这师徒俩四处杀人。

就连少林也不放过，当时元坤师兄弟六人，被娄方师徒打死了四个，就剩下元空和元坤，也是身负重伤。

娄方师徒也伤得不轻，于是欲回青海湖廖心洲青寒门疗伤。途中正好遇见带鹰翔回祁连山的二圣，两人欲帮巫娇姥师徒疗伤，打通经脉。

但巫娇姥知道自己活不了多久，要求二圣一定要救徒弟娄方，二圣答应，虽然救活了娄方，但他的头发全白，恢复不了了。

后来岳秋经常去看望娄方，并传授他鞭法。岳秋这样做的原因就是徒弟鹰翔是个练剑的天才，对于鞭法虽然也能用得出神入化，但远不及娄方对鞭法的悟性……后来鹰翔艺成下山，二圣担心徒弟，就让娄方跟随鹰翔。至于娄方怎么化装成那样子纯属于娄方的恶作剧。

"元坤大师，你若报仇就来吧，我绝不还手。"娄方将经过讲完之后对元坤和尚道。

元坤几次挥掌要打，却有没下得去手："罢了罢了，冤冤相报何时了……"

14 静心之曲一人听

元坤没有再追究过去的事情,众人皆大欢喜。元坤刚要审问张冰为何要这么做时,整个少林寺突然传来刺耳的笑声。

不难判断是两个人的笑声,但很难判断是男是女,那声音难听得让人有一种揪心的感觉。

"这笑声是诸葛莲、蛇林发出来的,没想到他们来得这么快。"冷彩霞向元坤道。

没错来的正是诸葛莲、蛇林。当日他们没有追上冷彩霞两人,断定暗中帮忙的是萧莹莹。第二天将山庄里的人召集起来,但坐在大殿上的她并没有揭穿莹莹:"现在咱们最大的敌人逍遥派二圣已经死了,放眼武林也就只剩下冷彩霞与元坤有些实力。谁想阻拦我们是不可能的,现在大家下去准备,明早要离开这个鬼地方,赶往金蛇山庄开启我们称霸武林的第一站。"

吩咐之后诸葛莲让晗冰和莹莹留下来陪她聊天,目的是想看看莹莹到底有没有受她的控制。

经过试探,她发现莹莹确实没有被控制,让她百思不得其解的是为什么会这样,难道这个丫头一点私心都没有吗?

最后诸葛莲想:不管怎样你们吃了绝情丹是真的,你们不是合起伙来要骗取解药吗?到你们结婚那天吃下解药定叫你生不如死。

"明天你们带着庄上的人赶往金蛇山庄,对于那里蛇林的原有部下包括花九娘他们,如果有什么非议,全部给我干掉。"诸葛莲用那难听的声音道。

"师父,明天你们去哪儿?我们要跟着你们,也好帮忙。"晗冰询问道。

诸葛莲听罢道:"帮忙?你们帮不上忙。把安排给你们的事情做好就行了,下去吧。"

第二天由于安排庄上的事情,耽误了些时间。等到安排好了他们这才赶往少林。欲大开杀戒,先从少林开始。

两人来到大殿之外看着众人,此时元坤等人一一来到外面。

"难得大家聚得这么齐,正好不用我们去四处找你们了。商量商量哪个先来送死?"诸葛莲说罢大笑起来。

还没等众人说话,张冰先喊上了:"诸葛庄主,快救救我啊。"

这时诸葛莲才看到大殿之上被捆绑的张冰,二话没说施展轻功直奔张冰而去,根本没把在场众人放在眼里。

元坤见状挥掌去拦诸葛莲:"妖孽,今天叫你有来无回。"随着话语使出了少林绝学易筋经。

强大的内力直奔诸葛莲而去，诸葛莲只是向元坤一挥手，轻如飞燕一般来到张冰跟前，好像拎包似的又飘回原处，将绳子解开。

元坤这一掌被诸葛莲轻轻一挥就给挡了出去，再看元坤，后退好几步，若不是冷彩霞扶了一把肯定栽倒在地。

"哈哈哈哈，这么不堪一击啊。拿命来！"诸葛莲笑罢再次向众人而去。接着蛇林紧随其后。

单打独斗不是对手只能众人一起上了，冷彩霞、元坤、凌云、白莲等人围住诸葛莲。鹰翔、罗亮、娄方等人齐战蛇林。

而张冰却站在原地寻找着什么，没错他在找信诺。当他发现信诺的时候一个箭步奔过去，强行将其带走。

罗亮突然发现这一幕，挥枪紧追不舍。暗想：这个张冰想干什么？

鹰翔这边面对蛇林这个杀害父母和外公、害死哥哥的仇人本来情绪就不稳定，再使上无名剑法之后魔性大发。

纵使现在的蛇林练就奇功也很难抵挡发了魔的鹰翔，不但这样，在鹰翔周围的所有人都是他攻击的目标，包括娄方他们。

另一边诸葛莲已经先后将元坤和冷彩霞打成重伤，冷彩霞是为了徒弟白莲挡诸葛莲一掌，虽有内功护体但也伤得不轻。

诸葛莲算是占了上风，凌云他们纷纷被打倒在地。正当诸葛莲欲下毒手时却发现蛇林被发了魔的鹰翔逼得节节败退，迫不得已去帮蛇林。

而娄方几人根本帮不上忙，有他们在鹰翔同样也会去杀他们。几人惊慌之下索性收招去救治元坤等人。

已入魔道的鹰翔势不可挡，手中的软藤剑如千百条蛟龙穿梭在诸葛莲、蛇林两人之间。

蛇林已经被这套剑法震慑住，诸葛莲对这套剑法虽没有达到恐惧的地步，但从上次鹰翔用草木刺伤自己以后对鹰翔的剑法已经有所戒备。

这样一来三人打了个平手，鹰翔还是略处下风，只是从气势上震慑住两人而已。

随着时间一点一滴地过去，诸葛莲示意蛇林离开这里，这样打下去对自己非常不利。蛇林点头之后冲着鹰翔发出几排绣花针，两人趁此机会摆脱鹰翔离开少林。

"鹰翔这小子用的什么剑法？这么厉害？"离开少林之后蛇林娇滴滴地问。

诸葛莲缓了口气道："他好像被剑法所控制，练剑练得入魔了。方才发现没有，他连自己人都要杀，想必现在元坤他们已成了他的剑下之鬼了。"

说罢两人哈哈大笑起来。"随我回趟幽灵山庄。"诸葛莲笑罢之后道。

"干什么去？"蛇林问。"阴阳颠倒功的秘笈还在石室里。"诸葛莲有些急切地道。

蛇林道:"谁会发现那里啊,到金蛇山庄以后派人去取不就行了。""我有些不安,方才张冰一个人溜走,我断定他是趁你我不在山庄去找阴阳颠倒功的秘笈了。他很早就对这套秘笈感兴趣了……"两个人急匆匆地返回幽灵山庄。

少林寺里打斗还没结束,此时的鹰翔已经杀死了几个少林弟子,入了魔的他正在滥杀无辜。

见状,白莲、凌云、以及娄方等伤势比较轻的将鹰翔围住,不能再让他杀人了。可是无济于事,又有谁能抵挡得了他。

正在这时,远处传来了悠扬的笛声,那声音非常柔美动听。听到笛声的鹰翔平静了下来,渐渐地恢复了正常。脑海里显现着终南山谷底莹莹吹奏曲子时的情景,伴随着万箭穿心的痛苦鹰翔晕倒在地。

大家寻着笛声望去,就见远处山门上站着一位白衣少女,手中的玉笛那么熟悉。见鹰翔恢复平静,白衣少女转身拂袖而去。在转身的瞬间流露出悲伤与不舍,举手投足间也伴有离别之苦。

冷彩霞、白莲、柳星三个人同时说出莹莹的名字。没错,来的正是萧莹莹。

晗冰和她对于诸葛莲的安排不得其解。于是晗冰自己带着众人赶往金蛇山庄,莹莹决定暗中跟随诸葛莲、蛇林。少林发生的一切她都看到了,但这些都不重要,重要的是她看见了鹰翔。虽然心如刀割似的痛,也想多留在这里一会儿。当她看见鹰翔控制不住自己的时候,只想用曾经一起吹奏过的曲子唤醒他。当看到鹰翔恢复原样之后,便拂袖而去……

经过这一番打斗之后,少林寺里一片狼藉。众人疗伤的疗伤,收拾东西的收拾东西。

冷彩霞众人将鹰翔抬到屋内,药王司马青为鹰翔把脉之后道:"他现在脉象平和,没有走火入魔的迹象,现在看来造成鹰翔魔性大发的原因只有他使的那套剑法。由此推断只要他不用那套剑法就会一直保持正常……"

此时白莲道:"对啊,上次他与凌云比试时也是如此,被剑法所控制。世上竟有能控制人的剑法,太奇怪了。"

"只要鹰翔没事就行了,司马老弟不知你能否解绝情丹的毒?"冷彩霞问道。

司马青摇了摇头道:"绝情丹我只是听说过,祖上传下来的医书宝典上没有记载。应该是近年用毒高手自行配制出来的,或者说不在毒谱之内……"

冷彩霞也没再追问,突然她发现罗亮和信诺不见了。再问一旁的小和尚,方知信诺被张冰掠走,罗亮追了出去。

罗亮见张冰带着信诺离开就紧追不舍,没想到张冰来的地方竟是幽灵山庄。罗亮有些犯怵,之前进过山庄,里面高手众多很难闯入。

但又不能不管信诺,于是悄悄地跟随潜入山庄。张冰见罗亮没有跟来加快了脚步,让他惊讶的是偌大的山庄居然一个人都没有。

这时的他也顾不上那么多了,直奔幽灵山洞。据他了解,庄上的所有秘笈都藏在那里,所以他直奔那里。

到那儿之后,他也顾不上细想为何洞门破碎了,带着信诺跑进山洞之内,打开石室四处寻找。

"你带我来这干什么?"信诺问道。"取回咱们昆仑派的武功秘笈啊,师父我委曲求全于诸葛莲之下就是为此。"张冰编了一个很完美的谎话。

信诺不解地问:"什么意思?"这时张冰在诸葛莲练功的石室里找到了阴阳颠倒功的秘笈"葵"和"花"。

他拿着这两本秘笈道:"这就是咱们昆仑派的武功绝学……"正这时,洞外传来了诸葛莲和蛇林的对话声。

张冰迅速将两本秘笈塞到信诺手中道:"一会儿师父把他们引开,记住如果我出了意外,你就按照上面记载的武功去练。将来把昆仑派发扬光大,记住我所做的一切都是为了昆仑派好。还有不要让别人发现,就当师父求你了。"说完来到石室之外。

而信诺似乎被张冰的话语蒙骗了,在他心中师父一直是个好人,即使是杀死唐璇陷害逍遥派也一定有他的苦衷。所以此时的信诺决定日后练成神功惩恶扬善,将师父那仅有的污点给抹去。

张冰奔出山洞正好遇见诸葛莲两人:"张冰,我一猜你就来盗秘笈了,还不把秘笈交出来。"诸葛莲指着张冰道。

张冰从怀里掏出两本随手在山洞里拿的书道:"没错,秘笈就在我手中,你过来拿吧。"说完施展轻功向山谷逃去。

诸葛莲两人紧追不舍,而此时躲在树林里的罗亮趁机来到山洞救出了信诺:"你师父带你来这干什么?"

"他打算盗走里面的秘笈带我回昆仑,欲恢复我武功,以弥补他的过失。"信诺编了套谎话道。罗亮也没再追问,背起信诺道:"说实话你师父对你真的很好。"

山路险峻,两人急着赶回少林,信诺怀里的那本写有"花"字的秘笈掉在了半路上,情急之中两人都没有觉察。

不多时一辆马车经过,看样子赶了很长的路,停在附近歇脚。车上下来一位公公,看得出来是外出办私事的。那位公公正好看见那本秘笈,将其捡起……

张冰被逼得夺路而逃来到了幽灵峰上,现在身处绝境。

"哈哈哈哈,张冰,你为什么要这样做?"诸葛莲问道。"你迟早会杀了我的,我只能练成这上面的神功才有生还的机会……"

还没说完诸葛莲已到近前,猛击一掌将张冰打下山崖。张冰就这样死在了诸葛的手里。

"这回，就没有人是我们的对手了。"诸葛莲说完站在幽灵峰上狂笑着。

等莹莹到达金蛇山庄之后却是另外一种样子，原来金蛇山庄的人都已被晗冰他们抓获。晗冰在大殿之上焦急地等待莹莹的出现，生怕诸葛莲他们发现莹莹。

"莹莹你回来啦，师父他们没有发现你吧？"晗冰焦急地问。

莹莹看了看四周疑惑地道："没有，你师父他们没有回来吗？"

晗冰直爽地道："没有，你跟踪他们有什么发现没有？"

"哦，他们去了少林寺。可是他们明明在我之前离开那里的，怎么会没回来呢。你还顺利吗？看样子是武力解决的。"莹莹随便地问。

"嗯，他们对蛇林算是很忠心的，不过听他们的语气除了蛇林，他们还有其他的领导者，只是不在庄上罢了。"晗冰回答道。

第二天正当两人在大殿之上交谈诸葛莲他们怎么还没有回来的时候，突然外面传来叫骂的声音："什么人这么大胆竟敢这么明目张胆地接收金蛇山庄。"

随着大殿之外传来打斗的声音，晗冰两人赶紧出去察看，一眼就认出人群当中站着的三个人。

"原来是他们……"莹莹自言道。晗冰也见过他们却是叫不上名字，听到莹莹的话问道："你认识他们？"

"怀中抱琴的那个女人和手拿算盘的男的是夫妻，他们是梅花门的廖天鹏和何玉娇。那个身着红衣的老妇是五毒门的掌门花九娘，他们都是蛇林的帮凶。"莹莹向晗冰介绍。

蛇林失踪之后，花九娘等人本打算拉上萧海浪再谋称霸武林的大计。没想到萧海浪不愿意，后来他们又想抓住莹莹来要挟萧海浪。可是莹莹和鹰翔都神秘失踪，后来雪山七莲以及几派掌门又纷纷退出。现在只剩下这三个人死心不改，占据金蛇山庄伺机称霸武林。

一个月前他们听说莹莹杀死少林主持元空，三人决定南下了解一下当今武林的局势，好趁机下手。

谁知等他们回来却发现自己的老巢被人侵占，三人岂能善罢甘休，这才来到山庄之内看个究竟。

这时三人看到从大殿走出的莹莹、晗冰二人，花九娘道："萧莹莹，原来是你，老身正要找你呢！"说话间花九娘挥拐杖直奔莹莹而来。

晗冰二话不说抖折扇将其拦住，花九娘见状笑了笑道："可以啊，鹰翔失踪后这么快就找了个小白脸啊……"

"少废话，接招。"晗冰挥折扇与花九娘缠斗起来，之前花九娘与晗冰交过手，知道这个年轻人的厉害。这时廖天鹏也加入了战斗，共同对付晗冰。

何玉娇也没闲着，弹奏出六指魔音。这样一来，晗冰势单，自然不是对手。莹莹起初没打算帮晗冰，在她心中晗冰一定是别有用心，要不然为何知道自己没被控制却不向诸葛莲告发？即使帮自己也另有目的……

所以她在犹豫不定该不该出手，眼看着晗冰被逼得节节败退，莹莹实在看不下去吹响了《碧海超声曲》。

就当她刚刚吹响曲子，院子里突然闯进两个人。不是别人，正是诸葛莲和蛇林……

两个人的表情有些奇怪，说痛苦吧不算，略有些承受不了似的。"没想到练成了神功竟然还是受不了这首《碧海超声曲》。"蛇林自言道。

"没错，看来这丫头留不得。"诸葛莲接着道。此时莹莹停止了吹奏，她知道这两个人来了，自己没必要再帮忙。

花九娘三人包括晗冰都受《碧海超声曲》的影响，但笛声突然停止，几人感到奇怪。花九娘、廖天鹏打斗过程中发现了远处站立的诸葛莲两人，但是他们没有认出蛇林来。

于是两人停止了围攻晗冰，打算看个究竟。而何玉娇背对着蛇林根本没有发现他们，依然弹奏着六指魔音。

"吵死人了。"随着诸葛莲怒吼一声，同时胳膊向何玉娇轻轻一挥，一股强大的内力随之打了过去。

何玉娇听到喊声心里还在气愤：什么人敢在我弹琴的时候这样喊叫。一瞬间措不及防，强大的内力将她打出去两丈多远，重重地撞在殿脚，当场死于非命，焦尾琴也被震得粉碎。

"哎呀，夫人你死得好惨。"廖天鹏来到何玉娇身旁将其抱在怀里老泪纵横。

"你是什么人？我们与你无冤无仇，为何下此毒手杀死我夫人？"廖天鹏哭罢站起身来点指着诸葛莲道。

蛇林见状，娇滴滴的声音道："廖掌门，这都是误会，请给蛇某一个面子别追究此事了。"

廖天鹏包括远处的花九娘听到蛇林的声音再仔细察看，才发现眼前这个不男不女的人确实是蛇林。

顿失夫人的廖天鹏哪里还顾得这些："误会，说得轻巧，我一定要给夫人讨个公道！"说话间挥动算盘直奔诸葛莲。

还没靠到近前，就被诸葛莲一掌击中胸口，整个人横飞到死去的何玉娇身旁："这样黄泉路上你们也有个伴。"诸葛莲说罢大笑起来。

再看廖天鹏口吐鲜血，倒在何玉娇身旁，双眼圆睁，死不瞑目。

诸葛莲虽然连杀两人心里仍不痛快。这也难怪，她练成神功出来原以为事情会一切顺利，但接连发生的每一件事都让她感到头疼。

花九娘见状不由得心里一阵发抖：赶快逃命，不然下一个躺在这儿的就是我了。想罢转身施展轻功要走。

她的一举一动诸葛莲都看在眼里，就在她转身的瞬间，诸葛莲已经扑向她。花九娘见状抖手打出腐蚀之毒。

这种毒是粉末状，落在人的皮肤上会由毛孔渗入体内，凡是粘上这种药粉之处都会腐烂。随着药性蔓延至全身，整个人会全部烂掉。

花九娘在危难之时为自保使出这种毒药，诸葛莲眼见粉末飘向自己，躲都没躲，抬手用内力将所有粉末推向已经向后纵身的花九娘。

一团粉末都扑到了花九娘的脸上，她万万没有想到对方竟然能将粉末打向自己。瞬间花九娘的脸开始腐烂，最无奈的是花九娘是用毒高手从不配制解药……随着惨痛的叫声渐渐微弱，花九娘死于自己的毒法。晗冰和莹莹已经呆住，转眼间两派掌门死于非命。

"你们两个进来，我有事情宣布。"诸葛莲对着晗冰和莹莹说完，与蛇林走进了大殿。

"师父，您有什么要宣布的？"来到大殿之上晗冰问。

诸葛莲看了看晗冰和莹莹道："我决定将你们的婚期提前，二十天之后给你们办喜事。不过这期间你们不能离开金蛇山庄……"

晗冰、莹莹两人听了有些诧异，诸葛莲为什么会突然把婚期提前，而且不允许我们离开山庄。

正当两个人疑惑的时候，诸葛莲道："怎么，不愿意吗？如果没什么意见的话你们下去吧。"晗冰两人听罢向诸葛莲告退之后离开大殿。

诸葛莲的做法让蛇林也有些惊讶："莲兄，怎么突然把婚期提前了？"蛇林问道。

"我等不及了，我是想利用这个婚礼将鹰翔和这个萧莹莹一同除掉。这个婚礼一定要让天下人都知道，而且鹰翔必须得来。"诸葛莲捋着为数不多的胡须道。

"可是通知整个武林，再加上鹰翔他们都来到这里，以咱们现有的人数怎么抵挡得了？"蛇林不解地问。

"我的意思是让天下人都知道，不一定让他们来。"诸葛莲说着从袖口里掏出一张请柬接着道，"你看好了。"

说完从外面叫上一个被控制的人让他打开请柬，当那人打开的一瞬间请柬里射出无数根绣花针。再看那人双眼被刺瞎，满脸都是针如刺猬一般，没过一会儿便倒地死亡。

"看到吗？咱们办喜事，我要让整个武林办丧事……"诸葛莲面露凶光道。

蛇林听罢还有些疑问："这样确实可以杀掉各派掌门，不要忘了各派高手可不止掌门一人。这样岂不是更增加了对咱们的仇恨？"

"这个你放心，你看这些年我捉来的都是些什么人？"诸葛莲问道。"都是各大门派的高手。"蛇林回答。

"没错，他们是哪个门派的我就让他去哪个门派送请柬，而且临行之前我还要给他们吃下这个。"诸葛莲说着掏出一个很精致的瓷瓶，"这是能使内力瞬间增长的药，我相信他们每个人都能以一人之力灭掉整个门派，然后他们也会力竭而死去……"

蛇林听着汗毛都立起来了，暗想：幸好我是被她选中的合作伙伴，不然的话我必死无疑啊。

诸葛莲笑了笑接着道："我相信肯定会有失败的，或者漏网之鱼。但那些残余势力不值一提。剩下的也只有鹰翔他们几人而已，只有这个鹰翔最难缠，不过也兴不起什么大浪来。"

说完两人大笑起来。

笑罢之后诸葛莲道："林妹你回屋休息去吧，我赶紧把请柬做出来。"说完拂袖而去。

晗冰、莹莹两人感觉事情有些不对，就一直注意着诸葛莲的举动。他们发现诸葛莲离开大殿之后就一直把自己关在屋里，好像是在做什么东西。

由于诸葛莲忙得都没出来吃饭，晗冰借着给诸葛莲送饭之际要探个究竟。

"谁啊？我正忙着呢。"正在做请柬的诸葛莲听到有人敲门，停下来问。

"师父是我，来给您送饭的。"晗冰端着饭菜道。听到这些诸葛莲忽然有种亲切感，不由得想到儿子诸葛少白，于是唤晗冰进去。

"师父您在忙什么呢？"晗冰问道。诸葛莲道："我徒弟的婚事怎么少得了请柬呢？"

"原来师父有很多朋友啊，我看看都有谁。"说着随手拿张请柬要打开看，诸葛莲赶忙将请柬夺过来恢复原来的样子道："什么都是你看的吗？出去！"

晗冰见师父这么激动赶忙离开，不过在离开的时候顺手拿了张请柬。万幸的是诸葛莲背对着晗冰没有发现，否则的话后果不堪设想。

"你师父做这么多请柬干什么？难道她想借此机会将各门派一网打尽？"莹莹说着要将请柬打开看个究竟，却被晗冰拦住。

"等等，我觉得请柬一定有问题，否则师父是不会不让我打开的。师父她除了武功高强，对机关术也深有研究。"晗冰说完从墙上取下宝剑砍向桌上的请柬。

随着请柬分为两半，里面的机关被破坏，一颗颗绣花针漏了出来。两人见状不由得惊讶万分。再拿起请柬观看上面写着金枪门掌门吕国英的名字，这时两人才恍然大悟：原来诸葛莲要借请柬害死各派掌门。

"不行，一定要想办法制止……"晗冰刚说到一半，发现莹莹目不转睛地盯着他，"怎么了？"

"你为什么要这么做？你可是幽灵山庄的人，而且是诸葛莲的徒弟。"莹莹问道。

"没错，但这些年来师父的种种行为都是那么邪恶。我一直想逃离她，可是又能逃到哪呢？那么多的高手都被师父控制，我有什么能力逃走。我承认自己怕死，但是当我看到你和鹰翔乃至凌云他们的时候，我才知道什么是勇敢、无畏……"晗冰将心里的话说了出来，唯独没有说出自己喜欢莹莹。

得知一切的莹莹放下了以前对晗冰的戒心，两个人共同想办法制止这件事，随后便神秘地忙活起来。

诸葛莲经过了一整天的忙活终于将请柬做好，一切都准备妥当之后回自己的卧室休息，毕竟这些天忙得不可开交，武功再高强的人也有累的时候。

晚上，晗冰倍加小心地将做好的请柬偷了出来全部销毁，两人再按原有的数目把他们做好的请柬放回原处。

第二天诸葛莲将请柬发给安排好的人，又将增长内力的药给众人服下。这些人离开山庄，赶往各自要去的地方。

罗亮将信诺带回少林之后，信诺将张冰交代自己的事情隐瞒起来。只是随便地解释了几句，最后信诺决定带妹妹回北平府。

理由很简单，自己在这里不但帮不上什么忙，还会拖累大家。信诺一再坚持，众人也只好答应。

离开的时候信欣有些不舍，她不想离开凌狐。和凌狐经历了那么多事情，突然离开有些接受不了。但是哥哥需要照顾，再不舍也得离开。殊不知这次分别之后两人再见间隔了十年，这是后话。

对于罗亮所说的幽灵山庄的人凭空消失之事众人觉得不可思议，接下来的几天里，凌云、鹰翔等人找遍了幽灵山庄附近的整座大山也没有什么结果。

但是一个又一个的江湖传言让他们对金蛇山庄有所怀疑，其中的一个传言让他们大吃一惊。

说是各大门派纷纷接到金蛇山庄办喜事的请柬，成亲的是晗冰晗笑雪和萧莹莹。不但这样，所有送请柬的人都是收请柬那个门派失踪多年的弟子，而且武功高强，送到请柬时大开杀戒……

凌云几人在镇上也听到这个传言，传说是少林寺突然来了十几位各门派的掌门，告知元坤近日收到请柬的事情。

白莲得知消息后大吃一惊，决定立即去镇上找到鹰翔几人告知他们。因为离请柬上的日期只有两天的时间，事情紧急，白莲飞身上马赶到镇上。

小镇上行人太多白莲只能步行寻找，当鹰翔看到白莲的时候一个箭步来到她近前："师姐将马借我，谢谢。"

没等白莲反应过来鹰翔已将缰绳夺到手中策马扬长而去。街上的人见飞奔的烈马忙闪出一条通道，鹰翔一路喊着："抱歉，在下有急事。"

"白莲你怎么不拦住他！"凌云来到白莲跟前急切地问。白莲刚刚反应过来："鹰翔这么急要去哪儿？"

凌云道："他肯定是去金蛇山庄了。"然后将得知的消息讲给白莲，还没讲完，白莲打断他的话道："我来也是正要告诉你这些。"随后道："你们赶快回去把鹰翔的事情告诉师父他们，我去帮鹰翔。"

"要去也是我去，你照顾好自己就行了。"凌云双眼盯着白莲，说完转身就走，白莲呆住了，脑海里闪现着凌云刚才的话语和眼神中少有的体贴……

冷彩霞、元坤等人得知这个消息后，在各派掌门的提议下决定立刻启程赶往金蛇山庄探个究竟。

两天后金蛇山庄大殿之上诸葛莲、蛇林高坐当中，大殿之下只有晗冰和莹莹两个人，其余众人都不翼而飞，整个金蛇山庄空旷得很。

"哈哈哈哈，今天大喜的日子感觉有些冷清，不过正是我喜欢的。我徒弟办喜事，整个武林办丧事。"诸葛莲笑罢心想：看来各门派已经基本被灭，就等今日鹰翔等人到来，就算有残余势力今天正好连同萧莹莹一同铲除。

晗冰和莹莹相互看看对方，两人共同的想法是：已经将请柬换掉，各门派怎么没有动静？按诸葛莲所说，似乎收到请柬的门派都出事了，怎么可能……

两个人正想着，突然诸葛莲拿出一粒药丸："拿去吧，这是绝情丹的解药。"说完抖手将药丸打向莹莹。

莹莹接过丹药看了看晗冰暗示按计划行事，然后将丹药吃了下去。在接过丹药之时，莹莹就想过了：解药也好毒药也好，只要翔哥不再受绝情丹的折磨死又何妨。

吃下丹药之后就见晗冰和莹莹两人各自施展轻功，以最快的速度直奔大殿门口而去。

这是他们事先商议好的，来到金蛇山庄时晗冰就发现大殿的两扇门是用特殊材质做的，非常坚固。

他们的计划就是得到解药之后以最快的速度逃到门口，将大门关上。而且当日不可能只是他们两人，会有各门派的代表，脱身会很容易。

结果他们没想到今天是这样的场景，计划赶不上变化。与其等死倒不如放手一搏，两人按计划行事。

莹莹将一扇门关上后来到大殿之外，而晗冰关上另一侧门的同时自己没有离开大殿，顺手用折扇将门别住。

"晗冰，我养你这么大，传授你武功，没想到你竟然背叛我。"诸葛莲飘身来到晗冰跟前怒视着晗冰道。

"没错，你对我是有养育之恩。但是这样的生活我已经过够了，当你决定救下蛇林那一刻，我就已经决定离开你……"没等晗冰说完诸葛莲道："好，我成全你。"说话间将所有怒气集于双手，猛击双掌将晗冰打死……

莹莹见大门紧闭晗冰没有出来一切都明白了，当她忍着悲痛刚要离开的时候，大门突然打开，诸葛莲和蛇林飘了出来。

"哈哈哈哈，没想到你有这么大魅力。短短一个月的时间竟能让我养了二十年的徒弟对你死心塌地，既然这样，就让你早些时辰与晗冰做对鬼夫妻吧。"诸葛莲说话间挥掌直奔莹莹而去。

莹莹赶忙闪身躲开，虽然躲开了诸葛莲的这一掌，但强大的内力依然将莹莹推倒在地，紧接着诸葛莲第二掌击出。

就在莹莹无望躲开的时候，随着光芒一闪，一个中年人右手持宝剑，左手拖住剑身将宝剑立在胸前挡住了诸葛莲这一掌。

诸葛莲的掌正好拍在剑身上，虽然有宝剑抵挡，来人还是被震得口吐鲜血，勉强站定之后道："莹莹还不快走？"

当莹莹听到那个略带亲切的声音，看到那个既陌生又熟悉的身影时，却不愿独自逃离，一种亲情促使她留下来。

诸葛莲被宝剑的光芒逼退了几步，定睛观看："我当是谁，原来是无情书生萧海浪。果然是血浓于水啊……"

这时旁边观战的蛇林上前几步用那娇滴滴的声音道："原来是萧兄啊，这又是何必呢。看在你我合作多年的份儿上，只要你连同莹莹姑娘一同加入我们，我保证诸葛庄主热烈欢迎……"

"嗯，林妹说得不假。只要你愿意……"没等诸葛莲说完，萧海浪冷笑一声道："和你们合作我觉得恶心。"

这一句话激怒了诸葛莲："好一个不识抬举的萧海浪，今天我让你们父女一起去见阎王。"说罢挥掌打向萧海浪。

毕竟是父女，生死关头莹莹抛去对父亲的怨恨一把将重伤的萧海浪拉到一边，夺过承影宝剑拦住诸葛莲。

随着强大的内力逼近，突然诸葛莲收住胳膊后退了几步。紧接着鹰翔出现在诸葛莲跟前："你们快走，这里有我呢。"说话间心口疼痛袭来。

诸葛莲见鹰翔来了不禁高兴："等了你好久了。"说着与鹰翔交起手了，蛇林知道鹰翔的厉害，赶忙去帮诸葛莲。

莹莹哪里舍得离去，刚要上前帮忙，就觉得心口一阵剧痛，一口鲜血涌出晕倒在地。萧海浪见状忍着伤痛背起女儿直奔山下而去，这里地形他很清楚，所以很快跑出了金蛇山庄。

　　到山下正好遇见刚刚赶来的凌云："凌大侠快去帮鹰翔，他现在在山庄里面和那两个魔鬼交手呢。"

　　"不行，你们现在都需要医治。只要你们安全了，鹰翔他有能力脱身。"凌云说着急忙将莹莹和萧海浪扶上马背，施展轻功策马向远处城里奔去。他心里很明白，救下莹莹才是最关键的。鹰翔不会恋战，因为他不知道莹莹伤势如何，绝对会想办法脱身……

15　情断天涯泪谁明

刚刚来到距城门五里的树林里，萧海浪就从马背上摔了下来，凌云赶紧停下脚步拉住急奔的马。

"你没事吧？我来为你运功疗伤。"凌云将倒在地上的萧海浪扶到路旁坐下问道。

"凌大侠你省省力气吧，诸葛莲这一掌已经将我五脏震裂，没得治了。我只是要求大侠帮我做些事情。"萧海浪嘴角淌着血道。

"什么事，我凌云定当全力以赴。"凌云扶着萧海浪道。

萧海浪忍着痛苦道："求大侠一定要救活我女儿莹莹，还有，代我向她说声对不起，我对不起她们母女。"

凌云连连答应，萧海浪又将一张地形图交给凌云道："这是整个金蛇山庄的地形图，最主要的就是后山。那里有无数个机关，希望这些对你们有利。"然后又指了指身边的承影宝剑道，"这是鹰翔父亲的宝剑，帮我把它交给鹰翔。让他一定要照顾好莹莹。"

原来萧海浪将慧尘和尚送到少林后只是躲到暗处并没有走，后来诸葛莲大闹少林以及萧莹莹吹奏笛声助鹰翔恢复平静他都看在眼里。

对于女儿的突然出现既惊喜又不解，莹莹和鹰翔关系一直很好为何却又离开？于是他远远地跟随莹莹来到金蛇山庄。

经过他几天的暗中观察才晓得其中原因，庄内高手云集，他就是凭借当年和蛇林在一起时暗中留下的这份地图才能出入自如。

但以自己的本领根本没法和他们周旋，只是时刻观察里面的动静，保护莹莹安全，也就有今天的突然出现救走莹莹。

凌云接过地图和宝剑，萧海浪接着说："对付诸葛莲控制的那些人最好的办法就是将他们引到后山……"还没说完便气绝身亡。

收好地图的凌云迅速将莹莹从马上抱下来，察看伤势。虽然凌云不是什么大夫，但是也能看出莹莹是中毒了。

正当他要给莹莹运功逼毒的时候，远处飞奔过来二十几匹马，最前面的不是别人正是白莲。后面跟着罗亮等人，最后面是冷彩霞、元坤以及几大门派的掌门人。

这些人得到消息之后马不停蹄地赶来帮忙，算是没有来晚吧。

众人远远地看见凌云三人，迅速来到这里纷纷下马察看。

"司马前辈，快来看看莹莹姑娘的情况，她好像是中毒了。"凌云急切地喊道。

这时冷彩霞、白莲、柳星已经围到莹莹身边，看见莹莹憔悴的样子，嘴角还在淌着血心疼得很。

司马青把过脉不由得大吃一惊，"怎么样？"冷彩霞焦急地问。

"情况不妙，莹莹体内先前有绝情丹的毒。这也算不上什么，只要不想心爱之人就不会有事。即使想了，也只是受万箭穿心之痛，不会有生命危险。只是……"

"只是什么啊？"众人追问道。"幽兰花，幽兰花与绝情丹的毒相互结合，会产生超强的毒性，会很快侵入五脏六腑，乃至全身。此毒无药可解……"司马青遗憾地道。

"什么？一定有办法的。莹莹她不能死！"冷彩霞激动地道，"真的没办法了吗？"

司马青没有把握地道："也许只有一种置之死地而后生的办法，不过太冒险了。"

"不管什么办法只要能救活莹莹就行，前辈请讲。"白莲道。

"鹰翔手里不是还有七颗雪莲子嘛，让莹莹全部吃下。将其转换成内力，再借助外力将遍及全身的毒从她的心脏逼出，莲子有化解毒素的作用，只是需要时间……"

没等司马青说完，冷彩霞道："就这样办，只要能救莹莹。鹰翔呢？"

"鹰翔他还在金蛇山庄与诸葛莲搏斗，我现在就去帮他。"凌云说完转身要走。

"凌大侠你不能去，你和鹰翔体内都有莲子化成的真气，应该留下来以备万一。"司马青拦住凌云道。

旁边的元坤大师对着各派掌门道："大家随我去换鹰翔。"说完带领众人直奔金蛇山庄，黑白无常、罗亮、白莲、柳星紧随其后。

娄方却被司马青拦住："娄兄弟你也得留下，一会儿运功逼毒的时候不能有闪失。你留下来负责保护大家的安全。"

鹰翔正和诸葛莲、蛇林打得难解难分，当时鹰翔见到莹莹那副样子眼睛都红了，挥舞宝剑大战两人。

虽然鹰翔这套剑法能将他带入魔道，但是打斗时间长了就有些吃力，毕竟两个对手比魔鬼还要可怕，脱不了身的鹰翔只能硬拼。

诸葛莲和蛇林暗自高兴，决心今天一定除掉鹰翔，以免留下隐患。

正当鹰翔节节败退的时候，元坤众人冲上了金蛇山庄。白莲高声喊道："鹰翔快走，现在莹莹需要你。"

只要听到莹莹的名字，鹰翔就会清醒一些，转身直奔山下，诸葛莲和蛇林刚要去追，白莲、柳星等人一拥而上将两人拦住。

这时埋伏在周围的幽灵山庄的人突然出现，将各门派的人团团围住，在院内展开了厮杀。

鹰翔焦急地奔出了金蛇山庄，在娄方的接应下来到了树林。当鹰翔看到莹莹的那一瞬间恨不得马上冲过去，将莹莹抱在怀里。

可是疼痛的心告诉他不能，这样会害死她的："师叔，莹莹她怎么了？你们快想办法救救她啊。"

冷彩霞把情况简单讲了一遍，还没说完，鹰翔从怀里掏出七颗莲子交给她："师叔您一定要救活莹莹。"

大家马上行动起来，冷彩霞先将莲子给莹莹吃下，然后坐下将内力输入莹莹身体。司马青在一旁把着莹莹的脉搏观察情况。

时间一点一滴地过去，七颗莲子在莹莹体内渐渐融化，慢慢形成真气。此时的冷彩霞满脸汗水，原本乌黑的头发渐渐变成白色……

融化这七颗莲子已经将冷彩霞的内力耗掉了多一半，所以她渐渐地衰老。此时司马青忙喊："鹰翔、凌云快过来帮忙。"

两人听罢，按照司马青的指示来到冷彩霞的身后，一左一右运用内力。两个人的真气通过冷彩霞的身体来到莹莹体内，不多不少正好九股力量将全身的毒逼到了心脏。九股真气将莹莹的心脏团团围住，聚集在心脏的毒素被逼出来。虽然还在体内但是被真气包围，无法再扩散。

司马青悬着的心终于可以落地："成功了，成功了。"司马青的一句话，冷彩霞、鹰翔、凌云、娄方，还有凌狐都松了口气。

再看冷彩霞头发眉毛全白了，满脸皱纹变成了本来的模样。"师叔，您没事吧？""前辈您没事吧？"在场几人忙问道。

"我没事，司马兄弟，莹莹什么时候能醒过来？"冷彩霞面容憔悴地道。

"前辈您放心，莹莹姑娘她没事了，不过醒过来还得个三五天。毕竟一下子接收这么强的内力一时半刻消纳不了。"司马青道。

然后司马青将鹰翔单独叫到了一边，"前辈，有什么话您就说吧。"鹰翔知道这事情一定很重要。

"鹰翔啊，莹莹姑娘的命虽然保住了，但是绝情丹的毒不是那么轻易就能解的，何况莹莹体内又有幽兰花，更加大了绝情丹的毒性。"司马青有些犹豫地道，不知后面该怎么告诉鹰翔。

鹰翔似乎看出司马青的心思道："前辈有话就直说吧，只要莹莹能活下来，让鹰翔做什么都可以。"

司马青叹了口气道："孩子，你有所不知，这个办法虽然能保住莹莹的命，但是你们很难能在一起了。"

鹰翔听了脑袋嗡的一声道："此话怎讲？"

"莹莹体内的毒被逼出了心脏，但还在体内。你想到她时你还会受万箭穿心之苦，而她不会。可是你们仍不能碰对方，否则绝情丹之毒又会回到心脏，到那时神仙也救不了她。更重要的，她对你的情越深绝情丹的毒就越容易攻心，莹莹就越有危险。反之，她恨你越深就会远离一分。这就是绝情丹与幽兰花融合的最毒之处……"司马青道。

"前辈的意思是让我离开莹莹,而且要让她恨我?"鹰翔听罢心颤了一下问道。

"没错,而且你不能让她知道这些。以她对你的感情绝对不会让你受这样的苦,会自寻短见。这是件很困难的事,但这是唯一的办法,这样不出意外九年之后莹莹体内的毒素会被莲子化成的真气彻底消除……"

"前辈,我明白了。我会让莹莹活下来的。"鹰翔坚定地道。

这时娄方和凌云喊道:"鹰翔快过来,前辈不行了。"

鹰翔和司马青赶紧跑了过去,当鹰翔来到冷彩霞的身旁时,冷彩霞已经奄奄一息。她拉着鹰翔的手把当日在少林带回的紫薇宝剑交给鹰翔道:"翔儿,这是莹莹的宝剑,你先保管好,以后逍遥派就要靠你了。师叔最不放心的就是莹莹,你要好好保护她……"

说完冷彩霞离开了人世,鹰翔等人悲痛万分。而刚刚偷听司马青和鹰翔谈话的凌狐此时不只是悲痛……

娄方在城里买了辆马车,将莹莹安置好之后,几人又将死去的冷彩霞和萧海浪安葬,大家垂头丧气地来到城里找了客店住下。

留下凌狐和司马青照顾莹莹,鹰翔三人赶往金蛇山庄。因为时间过了这么久也不见众人回来,不知道众人怎么样了。

当三人来到山庄附近时已经听不见打斗声,三人知道事情不妙。按照萧海浪留下的地图潜入山庄后才发现所有人都被抓住了。

原来众人与金蛇山庄的人厮杀没过多久,各派掌门就被人数众多的幽灵山庄高手所抓获。这也是诸葛莲的主意。

随后白莲、柳星等人也纷纷被诸葛莲、蛇林二人擒获。"为什么不杀了他们?"蛇林不解地问。

"你呀就知道杀人,这些也算是中原武林最后的一点精英。我要留着他们为我所用,至于他们嘛,"说话间诸葛莲看了看白莲等人,"不要忘了咱们最强的对手还没出现,有他们在,不愁鹰翔和冷彩霞自己不送上门来。"

蛇林点了点头道:"莲兄真是高,稳坐山中就能让整个武林臣服脚下。"

诸葛莲叹了口气道:"若是我儿少白能来帮我的话,何止是武林,一统天下也是轻而易举。这些年他的奇门遁甲之术应该练成,只可惜他到现在也不愿回到我身边。不过没关系,我对一统天下没什么兴趣。"

这时报信人来到大殿之上:"主人,距山庄二十里外的树林里发现冷彩霞和萧海浪的坟墓。"

"哈哈哈哈,没想到冷彩霞这么快就死了。探听到鹰翔等人的消息了吗?"诸葛莲笑罢之后道。

"回主人,他们带着萧莹莹可能躲到城里了。萧莹莹身中剧毒走不了多远,只要去城里搜寻肯定能找到他们。"报信的人道。

诸葛莲看了看蛇林道："没必要，他们会自己找上门来的。也许现在就在金蛇山庄之内。"

这时躲在大殿顶上的鹰翔三人不由一惊，各自暗想：遭啦，被她发现了。鹰翔刚要下去救人，被凌云、娄方拦住，两人示意他赶紧离开。

鹰翔觉得既然被发现就直接闯进去算了，却被两人强行带走。

蛇林听到诸葛莲的话刚要派人去搜寻，诸葛莲笑了笑道："我只是随便说说，鹰翔现在应该正想办法为萧莹莹解毒，或者为她办丧事呢，哪有时间来这儿啊！"

若是平时，鹰翔他们早就被发现了，今天众人被俘，冷彩霞已故，萧莹莹基本上无药可救。唯一剩下鹰翔三人也兴不起什么风浪来，所以诸葛莲根本没有什么戒备之心。

而柳星他们得知冷彩霞去世的消息简直不敢相信自己的耳朵，心不由得凉了半截，感觉失去了精神支柱。

"为什么拦着我，大不了和他们同归于尽？"两人将鹰翔带到安全的地方之后，鹰翔道。

"如果能同归于尽的话我们肯定随你前去，大殿之上有多少被诸葛连控制的高手。不用诸葛莲动手，咱们三个就会没命。咱们需要想出个既能救人又能确保安全离开的方案。"凌云说完拉着鹰翔回到四方客栈。

回到客栈之后，司马青和凌狐忙问情况如何，凌云把里面的情况讲述一遍最后道："就凭咱们几人非常困难。幸好有这张地图，不然的话我们今天就回不来了。"凌云将萧海浪留下的地图放到桌上。

地图是半折着的，突然凌狐问道："哥，这个地方怎么画着个骷髅啊。上面好像还写着死亡之谷。"

凌云没有在意道："那里是当年蛇林请人设的机关埋伏。"

"不是，在那边上呢。"凌狐还没说完几人同时看向地图，唯独鹰翔没在桌子旁边，他在看着莹莹发呆。

"那里是一片树林，非常茂密。再往里就不知道了。"鹰翔当时和信诺去救莹莹的时候在树林边上过去的，所以随口说了一声。

经过凌云几人的察看，发现机关安置最密集的地方就是那片树林。而死亡之谷在树林的另一侧，看样子那里安置的机关是防止人们去往死亡之谷的。

"这里究竟有什么？能让以金蛇山庄安家的蛇林都这样重视，而且在图上这样标记？"凌云自言自由道。

鹰翔听罢突然来到桌前，看了一眼上面的标记，顺手将地图拿在手中道："凌大哥、娄大哥，你们留下保护莹莹他们，我去看个究竟。"

"兄弟，现在紧急关头，不能再去冒险了，还是想想办法怎么救众人，犯不上

15 情断天涯泪谁明

为这个冒险。"凌云拦住鹰翔道。

"这些我都知道，相信我这样做是对的。我不希望你们任何人跟来。等我回来。"鹰翔说罢转身离开，凌云四人没有办法只能在客店里等。

当鹰翔按照地图上的标志躲避过所有机关来到树林时令他大吃一惊，树林深处几乎每棵树上都有一个甚至几个巨大的蜂巢。

由于是晚上看不见蜜蜂的出没，鹰翔提着气以最轻的脚步继续往前走。这样的蜂窝连绵了数里之远。

而且地上还有零星的白骨，有人的，有动物的。鹰翔断定这些都是被蜜蜂蜇死的，数目众多的蜂巢足以见得蜜蜂的数目。

鹰翔暗想：原来树林边缘喷火的机关是用来对付这些蜜蜂的，它们只要来到树林边缘就会被火烧死，久而久之它们不敢再靠近边缘。而树林另一侧是万丈悬崖，它们飞不上去，蜜蜂们被困在了这里。

这时天快亮了，鹰翔迅速离开树林按照原路离开金蛇山庄，回到客栈之后将所看到一切讲给大家听。

"竟有这样的事情。几位我有个好办法能救大家脱身，只是有些冒险……"司马青还没说完，鹰翔等人忙问什么办法。

"现在这里真正能去救人的也只有你们三个。"说着指了指鹰翔三人接着说，"我和凌狐这点本事根本帮不上你们，只有帮鹰翔照顾莹莹姑娘，真是惭愧……"

"前辈您有什么办法就直说吧。"三人一同问道。

司马青打开地图道："我的办法就是由鹰翔将诸葛莲和蛇林引出山庄尽量拖延时间，娄方或者是凌云你们其中一个带上地图想尽一切办法把庄内高手引到这片树林里。"

说着司马青指了指地图上的骷髅位置接着说："其余一人对付金蛇山庄的那些乌合之众，然后救人。不过这是非常冒险的事情，因为要在白天进行，只有白天蜜蜂们才会出来觅食……"

三人听了完全同意，但是凌云和娄方就谁去将人引到死亡之谷的事情发生了争执。两个都想去，这是个非常冒险的事，有可能会被蜜蜂活活蜇死，所以两人都不想让对方去。

最后司马青笑了笑，从怀里掏出一瓶药水道："那就我来决定吧，凌大侠你去。到时候把这些药水涂到身上，保证蜜蜂绕着你走。"

"这是什么？"凌云接过药水后问道。"这是我多年配制出来避免昆虫叮咬的药水，在南七省昆虫蜇咬是很厉害的，凌大侠应该很清楚。这个药水的气味任何昆虫都难以接受，它们都会绕道而行……"大家的分工已经明确，每个人都去准备。

这一天的任务就是在此熟悉地形，确保万无一失，第二天再行动。这一天里鹰翔寻找到了一个叫断情崖的地方，山崖并不高下面是块空地。这里离金蛇山庄大概四十里，鹰翔决定将诸葛莲两人引到这里……

晚上每个人都在想着不同的事情，凌云在想念白莲，凌狐自然是在想信欣，而鹰翔只能远远望着还没醒来的莹莹，暗想：明天不管付出多大代价也要除掉诸葛莲两人，哪怕是同归于尽……

正这时凌云来到鹰翔跟前将承影宝剑递给他道："萧海浪临终前让我交给你的，他还说让你好好照顾莹莹……"

鹰翔接过父亲当年用过的宝剑，再想想凌云转达的萧海浪临终的话语心里不是滋味……

第二天鹰翔将紫薇宝剑和秋风落叶扫一上一下分别缠在腰间，背后背上父亲当年使用的承影宝剑。

一切都收拾好之后鹰翔最后看了看莹莹，给人一种一去不复返的感觉。临行前司马青再三嘱咐鹰翔一定要回来，千万不要意气用事。

鹰翔郑重地答应，但心里想的却是不惜一切代价除掉两个魔头，从他将三把绝世宝剑全部戴在身上就能看出。

鹰翔解释说带上三把宝剑是为了确保安全脱身，司马青等人天真地相信了。

金蛇山庄大殿之上诸葛莲正在用攻心术欲控制元坤和尚，她对于佛教的六根清净之说很感兴趣，想看看是不是如和尚们整天念叨的那样。蛇林在一旁观看。

突然大殿之外传来鹰翔的喊话声："诸葛莲、蛇林你们这两个魔头快出来送死，今天我要为师父师叔报仇雪恨！"

大殿里回荡着鹰翔话语的回音，诸葛莲听罢之后面带微笑对元坤说道："一会儿我再来收拾你，林妹走，今天一定将鹰翔拿下。"说话间她和蛇林一同飘出大殿。

"哈哈哈哈，鹰翔我等你好久了，听说你又办丧事去了？要真是都走了最后谁给你收尸啊。我看趁着萧莹莹还没彻底断气，有人给你收尸你趁早死了算了……"诸葛莲笑罢之后说。

"我死之前也得看见你们两个先死去才行，少废话，过来送死。"鹰翔手持承影宝剑指着诸葛莲道。

"哟，这不是萧海浪你岳父大人的宝剑吗？不过你和萧莹莹这辈子都不可能在一起了。"诸葛莲故意把话题往莹莹身上引，目的是让鹰翔体内绝情丹毒性发作伺机下手。

对方两次提到莹莹，鹰翔感觉心口阵痛，暗想：不好。随着承影宝剑剑光一闪，鹰翔直奔诸葛莲和蛇林。

三个人在金蛇山庄内展开了激战，但一边打着鹰翔一边在想：每次我使出无名剑法时都会控制不住自己，可是这次怎么没有？而且以往剑招奇快，这次怎么变得缓慢？

他哪里知道这套剑法最适合轻便柔软的软剑，根本不适合承影宝剑。很多软剑能使出的招数在承影剑上根本用不上。

鹰翔没有时间去考虑这些，打着打着转身就走。诸葛莲正要去追，蛇林道："莲兄还是别追啦，小心有诈。"

诸葛莲撇下一句："有又如何？除了鹰翔还有谁能威胁到咱们，还不趁他这次没有入魔除掉他。"之后飘身就追。

蛇林没办法也紧随其后去追鹰翔，诸葛莲两人的轻功何等了得，但是和鹰翔始终有十来丈远的距离，这次鹰翔可是将幻影步法和腾云步发挥到了极致。当今武林无人能追上他，也就是诸葛莲、蛇林勉强不会被他用得太远。

两人被鹰翔引开之后，躲在庄外的凌云将药水涂抹妥当挥宝剑走进庄内，故意无视一切直奔大殿而来。

幽灵山庄的众高手岂能坐视不管，一窝蜂似的将其围住。凌云二话不说挥舞龙渊宝剑大战众人。

交手中凌云虚晃一招直奔后山，而这些被控制的人如同饿狼一般，发现猎物岂能放走，纷纷去追，正如司马青所料庄上只剩下金蛇山庄蛇林原有的部下看守。

随着众人的离开娄方飘到金蛇山庄院内，一眼看到大殿之上的元坤大师，娄方径直奔而去。

途中有人阻拦，不过这些泛泛之辈哪里是娄方的对手。娄方挥舞着金龙神鞭如入无人之境转眼间众人倒下一片。

"大师其他人都关在哪里了？"娄方边为元坤解开绳子边问。元坤带着娄方去营救其他人。

正当大家得救之后欲要离开，凌云飘身来到众人跟前，娄方忙问："怎么样，还顺利吗？"

凌云微微一笑道："全部解决，想不到那里面的蜜蜂还有剧毒，场面太壮观了。"

原来凌云将这些人按计划引到了后山，依地图上的标记很容易地通过了机关埋伏来到树林边缘。

追他的众人虽然触动了机关，但是这些机关根本难不倒他们。每个人都轻松通过，眼见凌云逃进树林，众人一拥而上也闯进树林。

凌云到树林内先是挥宝剑将跟前几棵树上的蜂窝砍落，正要再去砍的时候，这些蜜蜂如同有心灵感应似的倾巢而出。

先是直扑凌云，可是刚到近前它们受不了他身上的药水味纷纷四处散去。

正当这时众人闯进树林，直奔凌云而去。凌云赶紧向树林深处奔去，目的是引这些人到更里面借助蜜蜂们袭击。

转眼间所有蜜蜂冲向这些人，没多久树林里一片死尸。死者身上尽是已经发黑的包。

　　凌云转身离开树林去帮娄方救人，跑到院内正好遇见得救的众人，大家都感到奇怪。

　　白莲问道："凌大侠你们怎么就能轻易闯进山庄，诸葛莲他们呢？"

　　"以后再和你们解释，大家快随我进城。"说完凌云和娄方带着大家赶往城里四方客栈。

　　因为事先约定，救下众人之后大家在四方客栈汇合。现在凌云、娄方两人已经得手，不出意外鹰翔应该已经甩开诸葛莲赶往客栈。

　　大家来到客栈之后凌云、娄方二人不禁大吃一惊，司马青和凌狐两个人在莹莹的房间纷纷被点住了穴道，莹莹却不在房间。

　　大家给两人解开穴道之后才知道，鹰翔三人刚走没多久莹莹就醒过来了。而此时司马青去药铺给莹莹抓药还没回来，只有凌狐一个人在看着莹莹。

　　"莹莹姐你终于醒了，你都昏迷了三天了。"凌狐激动地说，然后给莹莹倒了杯水。

　　莹莹看了看四周，问道："我这是在哪儿？怎么就你一个人，其他人呢？"

　　凌狐支支吾吾不知道怎么说才好，莹莹看出发生了很多事情，开始逼问凌狐。

　　凌狐只好把这些天发生的事情讲了一遍，但他没有将树林里偷听司马青和鹰翔的对话讲出来，因为他知道后果会有多严重。

　　莹莹得知师父已经去世的消息险些没再次昏过去，听到今天救人的计划，焦急地问："断情崖在哪儿？"开始凌狐不肯说，莹莹一再逼问，凌狐说出了地点。

　　莹莹听罢抄起身边的玉笛就要去找鹰翔，凌狐尽力阻拦，却被莹莹点住穴道。刚好司马青买药回来也要拦住莹莹，同样被点住穴道。

　　虽然莹莹昏迷几天，但体内九颗莲子化成的真气令她的内力已经开始恢复，离开客栈焦急地赶往断情崖……众人听罢急得直跺脚，已经没有时间埋怨凌狐，纷纷离开客栈赶往断情崖……

　　鹰翔将诸葛莲和蛇林引到断情崖下与其展开了厮杀，由于承影宝剑达不到软剑的效果，鹰翔先后被诸葛莲、和蛇林击掌飞出去两丈多远承影剑脱手而出。

　　随着绣花针的射来蛇林已到近前，鹰翔向后一纵身从腰间抽出软藤剑再次与蛇林斗在一处。

　　此时的诸葛莲从远处捡起落在地上的承影宝剑，再次与蛇林一起汇斗鹰翔。诸葛莲去拿宝剑的目的就是使用阴阳颠倒功的剑法，足见今天他们必欲置鹰翔于死地。

　　鹰翔也抱定决心，没打算活着回去。三个人打得风生水起，随着鹰翔挥舞的软藤剑将无名剑法发挥到了极致，他也随之再次陷入魔道。

时间一点一点地过去，虽然鹰翔已入魔道但之前所受的两次重创还是让他感觉有些吃力。随着伤势的加重鹰翔节节败退，嘴角的鲜血擦了一遍又一遍，洁白的衣袖已经染成了红色。

诸葛莲、蛇林见状暗中高兴，知道鹰翔支撑不了多久，加紧了进攻。

正当鹰翔苦苦支撑的时候，远处随着白衣闪动传来了悠扬的笛声。一股强大的内力随着笛声飘散，笛声所到之处都会有内力的存在。

"《碧海超声曲》，怎么可能？即使是二圣吹奏的也达不到这种境界。"诸葛莲听到笛声，顺着笛声看去，不由得大吃一惊：萧莹莹竟然没死，而且内力还增强了很多，怎么可能？

刚刚还不占优势的鹰翔在莹莹的帮助下占了上风，诸葛莲、蛇林两人只好运用内力封住耳朵阻断声音。而莹莹身后二十几丈远的地方，众人根本到不了凌云近前，笛声的穿透力太强大了，纷纷坐在地上运功堵住耳朵护住心脉。

诸葛莲暗想：再这样打下去必死无疑，不如保住命日后再想办法解决鹰翔二人。想到此示意蛇林设法离开。蛇林也觉得逃命要紧，打斗间突然散出几根绣花针之后向一旁奔去。

鹰翔岂能让他逃走，父母之仇，外公之仇，哥哥鹰飞乃至武飞叔叔婶婶之仇瞬间显现在鹰翔脑海里。

此时的鹰翔顾不得一旁的诸葛莲，挥剑直奔蛇林。以蛇林的轻功哪里能从鹰翔面前逃走。转眼间赶到蛇林身后，软藤宝剑在鹰翔的抖动之下瞬间缠住蛇林的脖子，随着血光一闪，蛇林身首异处，当场毙命。

见鹰翔直奔蛇林，诸葛莲并没有逃。在她的想法中得和蛇林一起走，因为少了蛇林日后更不可能是鹰翔的对手。

于是诸葛莲挥动承影宝剑紧随鹰翔其后，鹰翔杀死蛇林的一瞬间诸葛莲的剑来晚了一步，她没成功，顺势宝剑直刺鹰翔持剑的右手。鹰翔迫不得已将软藤剑扔在地上，同时左手从怀里掏出九节鞭去挡承影宝剑。九节鞭刚好将宝剑缠住。

诸葛莲欲撤回宝剑，鹰翔右手已从腰间抽出紫薇宝剑直刺诸葛莲的心口。诸葛莲扔掉宝剑向后撤身，可为时已晚，随着一道紫光紫薇宝剑刺穿了她的胸膛，见她身如软泥般立刻瘫在地上……

随着两人的相继毙命莹莹转换了曲子，这首曲子是用来让鹰翔恢复平静的。鹰翔渐渐恢复了平静，莹莹才停止了吹奏，看着久违的鹰翔会心地一笑。

这时凌云等人赶到近前，纷纷跑到鹰翔跟前欢呼雀跃。此时只有司马青、鹰翔、凌狐三个知道内情的人高兴不起来。

"翔哥，我们终于可以在一起了，一起退隐江湖过平淡的日子。"莹莹来到鹰翔跟前高兴地道，说话间欲扑到鹰翔怀里。

而鹰翔却是向后一闪身冷冷地道："对不起，我不会和你在一起的，忘了我吧。"话一出口令在场众人无不惊讶，莹莹呆住了，她万万没想到鹰翔会说出这样的话："为什么？给我个理由。"莹莹颤抖的声音问道。

"因为我从来没有喜欢过你，我喜欢的人是师姐白莲。"说话间鹰翔将白莲拉到身边。

白莲简直不敢相信自己的耳朵，凌云也是如此，不敢相信鹰翔会这样做。

"我们是夫妻啊，在终南山谷底我们已经成亲。难道你都忘了吗？"莹莹眼含泪水地道。

"那只是为了满足上官前辈的心愿，不让她留下遗憾而已。"鹰翔强忍着悲痛冷冷道。

此时莹莹在想着更多的理由："当时你不顾自己安危去金蛇山庄救我，不惜千里带我去终南山为我治伤，这又是为何？"莹莹颤抖的声音追问道。

"我只是为了报答北平府汇斗廖天鹏夫妇的救命之恩。"鹰翔继续冷冷地回答道。

"好一个救命之恩，早知今天这样我情愿当初不认识你。既然如此，我祝福你们白头到老。"莹莹泪流满面地转身离开。

在莹莹转身的一瞬间鹰翔心如刀绞，此时柳星边喊莹莹的名字边追了过去。白莲对着鹰翔说了句："你怎么能这样伤害莹莹？"说完刚要去追，被鹰翔一把拉住。

"帮我照顾武金铃，对不起。"鹰翔向白莲只说了一句对不起，转身向莹莹相反的方向走去。所有人都惊呆了，娄方赶忙追上鹰翔问道："你要去哪儿？""回祁连山。""我和你一起去。"娄方能猜得到这不是鹰翔的意愿，怕鹰翔会出什么事紧随其后。

此时各门派的人都离开了，只剩下白莲愣在那里。当她听到鹰翔说喜欢她的一瞬间是那么美好，可是转眼间却变成这样。

"哥哥，其实鹰大哥很喜欢莹莹姐的，他这样做是为了保住莹莹姐的性命。不行，我得把这些告诉白姐姐。"凌狐说完转身向白莲跑去。凌云刚要追问，见凌狐转身就走也随即跟了过来。

"白姐姐你别太伤心了，其实鹰大哥有他的苦衷……"凌狐把听来的一切讲了出来。刚刚还怨恨鹰翔的白莲听罢之后开始同情鹰翔和莹莹，就在那一瞬间，她也明白了谁也取代不了莹莹在鹰翔心中的位置，随着泪水的滑落白莲彻底放弃了对师弟的爱恋。

"谢谢你能告诉我这些，放心吧，我不会有事的。"白莲擦了擦眼泪，对凌狐道。

这时去追赶莹莹的柳星回来了，她没有追上莹莹却拦下了欲要离开的罗亮。他们

15 情断天涯泪谁明

两人的关系也只有他们自己明白。

"师姐，鹰翔那个没良心的东西呢？"柳星回来之后气愤地问道。

凌狐刚要为鹰翔辩解，欲将实情告诉柳星却被白莲拦住，示意他别说。因为柳星心直口快，如果让她知道，恐怕用不了多久整个江湖都会传遍，鹰翔的良苦用心岂不是白费了？

"没什么，他走了，回祁连山去了……"白莲还没说完，柳星激动地道："他什么意思啊，当我们姐妹是什么了，不行，我得找他问个清楚。"说完就要去追鹰翔，却被罗亮一把拉住，罗亮示意她别这么激动。

白莲尽量显得很平静，转换话题打趣道："你怎么把罗亮找回来了，你不是去追师妹了吗？"

"鹰翔这样对你你还高兴得起来，以莹莹的轻功我哪追得上她啊，算了，我也不管你们的事了。正式向你们宣布我要和罗亮回去成婚了，到时候我会邀请你们的。"柳星拉过罗亮向白莲和凌云道。

几人听了既惊讶又为两人高兴，"好，到时请柬送到峨眉山青花观就可以了，我们兄弟二人一定赶到。"凌云高兴地道。

柳星和罗亮离开的时候低声地对白莲道："我看凌大侠比那个没良心的鹰翔强多了……"

"和我们一起去峨眉山吧，一个人回藏剑谷会很寂寞的。"凌云勉强地将这句话讲了出来，虽然语气中依然带有些冷酷。

"凌大侠我明白你的意思，其实从雪山之行到现在我始终在犹豫，你和鹰翔之间究竟哪个在我心中更重要。我知道你因为我改变了很多，不再是那个让人望而生畏的冷酷杀手，多了些平易近人。给我些时间好吗……"白莲将藏在心里很久的话讲了出来，然后转身离开，她不敢回头，因为真的需要时间去淡忘鹰翔。

凌云明白白莲的苦衷，带着弟弟决定隐退峨眉山，在回去之前又去了北平府看望信诺，但是没有见到，知情人告诉他们信诺被免了官职险些入狱，带着信欣不知去向。鹰翔先是去父亲的墓前祭拜，并将承影宝剑埋在父亲墓前，让承影陪伴父亲。在回祁连山的路上娄芳回到了青寒门，离别的时候娄芳留下了一句："不管你和莹莹之间发生了什么，我都相信你做的是对的，不过等你重出江湖那一天一定要通知我……"

莹莹伤心地离去没有目的的游荡江湖，最后来到终南山谷底，决定在美好回忆中了此一生……

16 乱世邪心风再起

两年后安禄山起兵造反，北六省战火连绵。大唐帝国不再安定，老百姓被迫逃难。

带着妹妹在江湖上游荡了两年的信诺，经历了无数沧桑落寞。又遇战火的他最终带着信欣赶往自己两年都不愿回去的昆仑山。

来到昆仑山，原有的昆仑派已不复存在。由于张冰死在幽灵峰，信诺又成废人，被张冰控制的弟子们死的死，逃得逃，偌大的昆仑派空无一人。

两人在此落脚之后，信诺开始研究张冰的那本所谓的昆仑秘笈，但信诺手中只剩下"葵"，那部"花"早在两年前就丢失了。

见哥哥整天研究秘笈上的武功，信欣除了做饭洗衣外其余时间也开始练武。她练的是真正昆仑派的武功，这些武功都是她在密室里发现的，包括内功、剑法等等。

信欣发现这些秘笈的时候，先是拿给哥哥让他去练，可是信诺连看都没看，道："这些远不及师父留下来的秘笈精妙。"

转眼间八年过去了，信欣二十四岁。出落得貌若天仙，不比当年萧莹莹差，而且武功了得，八年间她将昆仑派武学的精髓全部掌握了。

而信诺这八年来始终没有参透秘笈里的精华武学，只是学了些皮毛。即使全部按上面记载的方法练习，也达不到预期的效果。

信诺的脾气变得越来越坏，他原以为这十年忍耐可以换来曾经的辉煌，可是一事无成。

这一天突然来了两个人，一个六十岁上下的男子，从举止动作和面部特征不难看出是个太监，后面跟着一个三十来岁的男子。

只有信诺在院内练功，信欣到山下镇子买东西去了。就听年龄大的男子用那不男不女的声音道："没想到信大人躲在这里，十年时间终于找到你了。"

信诺听到声音向那人看去觉得有些面熟，回想了一下道："信某没猜错的话，您是王元王公公？"

"哈哈哈哈，没想到信大人还记得我。你可是让我找得好苦啊。"

原来这人是当年皇宫里的公公王元，是当年唐玄宗身边的太监高力士的门生。他和现任代宗身边的李辅国是好朋友，算得上是同门吧。

当年玄宗封信诺为一品带刀护卫时就是他宣读的圣旨，而且王元还颇爱武艺，功夫了得。和信诺切磋过武艺，武功一点都不比信诺差。

他身边那个年轻人正是李辅国的义子李林，一直跟随王元习武。

相互招呼之后，信诺道："王公公你是不是来捉拿我的，八年战乱换了两任皇

16 乱世邪心风再起

帝，没想到还记得我信诺这点罪名？"

"哪里，信大侠多虑了。我八年前就辞去了官职，这次来纯属与老朋友叙叙旧。"王元解释道。

当年信诺将写有"花"字的秘笈遗落在路边时，捡走秘笈的正是王元。那时王元回家祭祖，在回京途中捡到秘笈，而且还看到了信诺的背影。

回到京城，王元被秘笈上的武功所吸引，于是决定辞官回家专门研究武学。可是他发现上面记载的是一套精妙剑法需要与之相克的内力才能习练。

很快他意识到应该还有另一本秘笈，猜到秘笈一定会在信诺手上。于是他去了北平府，却没有找到信诺。

后来安禄山叛乱，哪里都是战火就更不知道去哪儿找了。代宗即位之后李辅国独揽大权，几次劝王元回去帮他，但是王元没有答应。李辅国又将酷爱习武的李林交给王元，让其传授武功，并利用官府为王元找到了信诺的下落……

于是王元带着弟子来到昆仑山，王元也不客气，将事情经过讲了一遍，最后道："信大人想必你现在习练的就是那本秘笈上的武功吧？"

信诺暗想：没想到得到秘笈的竟是他，这个人一向心狠手辣。再有李辅国为其撑腰，看来这秘笈他是志在必得啊。

王元接着道："我说知信大侠武功全废，在下可以帮助恢复武功，并让你做回一品带刀护卫，甚至更高的职位。只要你将秘笈给我，一切都好办。"

信诺还是没回话，心里想了很多。这些年的生活让他明白了，人不为己天诛地灭，以前的豪情壮志全都不复存在，而且十年时间都没有吃透秘笈，即使留在手中又有什么用。再想想信欣为自己所吃的苦……他动摇了。

"信大侠你要想清楚，以你现在的状态我若从你手中抢走秘笈乃是易如反掌。"

没等王元说完，信诺道："好，我希望你能兑现承诺。"说完将秘笈交给王元。

王元接过"葵"字秘笈，笑着道："爽快，信大侠我现在就给你运功恢复内力。"说着将秘笈交给李林开始为信诺运功。

这些年王元修炼完"花"字秘笈后，武功算是达到登峰造极的地步，恢复一个人的武功那是相当容易。

信欣回来后见来了两个陌生人，看样子哥哥好像认识他们。将买来的东西放下来到信诺身边。

相互介绍之后，信欣内心对他们有些抵触，尤其是那个李林，从信欣回来后就一直盯着看。

在信欣去做饭之际，王元和信诺定下第二天就去长安面见李辅国，他在皇上面前请旨恢复信诺的官职。

而且还说了些题外话,这是李林让师父提的,就是打算娶信欣为妻……

信诺开始没敢同意,他怕妹妹不会同意。但是信诺的心里很赞同,原因就是妹妹的婚姻可以让他飞黄腾达。如今的信诺已经变得落魄不堪,为达目的什么事情都做得出来。

吃过饭之后,信诺试探着询问信欣的想法,果然信欣一口回绝。但是信诺和王元已经想好了办法,也就没有再提。

第二天,四个人启程赶往长安,信欣本不打算去,却被哥哥硬拉上路。到了长安之后,没过几天代宗接见了信诺兄妹。

李辅国宣读了恢复信诺官职的圣旨,现在信诺名为代宗的护卫,实为李辅国的走狗。

不但这样,皇上还赐婚给信欣,让信欣半个月后与李林完婚。信欣听后脑袋"嗡"的一声,瞬间猜到哥哥肯定知道这件事。

回到住处,信欣与信诺大发雷霆,但是已于事无补。皇上赐婚,不同意那就是抗旨。信诺又将事情的严重性讲给妹妹听,最后道:"你若不同意,或者自寻短见的话,哥哥的命也保不住。就当哥哥求你了。"说完跪倒在信欣面前。信欣被逼无奈,只有答应哥哥……

得知皇上赐婚,李林心里乐开了花,来到义父李辅国屋里一个劲地献殷勤。这个李辅国对李林那是如同亲生儿子一般,娇宠得不得了。

儿子的婚事要昭告天下,即使现在战乱还没平定,也要办得风风光光……没办法,谁让这个李辅国独揽朝廷大权,连代宗皇上都得听他摆布。

但是这次大张旗鼓的婚事却遭来了杀身之祸……

半个月后李府上下一片喜气,前来道喜者数不胜数,大小官员一个接一个……

信欣身着嫁衣,坐在铜镜面前发呆,周围侍女们给她梳着头发。此时此刻她最想见到的就是凌狐,脑海里回忆着十年前在一起的美好时光。

大厅之上李辅国高坐正中,李林拉着蒙着盖头的信欣走到近前。李林满脸得意的笑容,信诺心里不是滋味,更不愿看妹妹怨恨的面容。

正当主事人喊道一拜高堂的时候,突然从外面飘进一位白衣少年,速度之快让人难以置信,甚至有些宾客都不知道那人什么时候出现的。

"等一等,我要看一下新娘是不是信欣。"白衣少年站定之后道。

人群中的信诺定睛一看,不由得大吃一惊,暗想:这不是凌狐吗?虽然变化很大,但也能认得出来。

信诺刚要上前阻拦,示意凌狐不要瞎闹。李辅国已经喊出护卫,几名侍卫直奔凌狐。

蒙着面的信欣听到那既熟悉又陌生的声音将盖头掀开，转身观看来人，一种久违的感觉涌上心头。

这时护卫们已经冲向凌狐，信欣顾不了那么多转身直奔几名护卫。一旁的李林开始愣住了，不知道发生什么事情，等反应过来几个护卫已经被凌狐打倒。

周围的来宾纷纷躲避，都知道来人不是善茬。而李辅国更不好惹，哪个不知道他的身边还有一个辞官的王元。

"凌狐，真的是你，你知道这十年我有多想你吗？"信欣来到凌狐身边含着眼泪道。

"我也一样，先不说这些了，咱们走。"凌狐说完拉着信欣的手就往外走。

新郎李林哪受得了这个："什么人竟敢抢我的女人？"说完挥拳直奔凌狐。

这时信诺从人群中忙冲到近前先是拦住李林，然后喊住信欣两人："凌狐你不要在这无理取闹，这是皇上赐的婚，带信欣走是欺君犯上，是要杀头的。"

"皇上算个什么东西，你怕杀头我凌狐不怕。"凌狐说完头都没回继续带信欣向前走。

此时的李林管不了那么多了，再次冲上前去挥拳就打。凌狐侧身闪开一挥手中三尺多长的青色木棒似的东西一下将李林打倒在地。

一旁的王元见徒弟吃亏哪里忍受得了，纵身直奔凌狐，此时一队官兵将门口堵住。

凌狐与王元打斗起来，王元本来就功夫了得再加上习练秘笈上的武功。如今的他不亚于当年的蛇林，手中的宝剑上下翻飞。

而凌狐被迫抽出宝刀力战王元，原来凌狐手中的是棒刀，刀把和刀鞘对在一起正好是一条木棒。

信欣见状不顾一切从士兵手中夺过一把刀直奔王元，两人合力大战王元。随着打斗三人来到了院子里，士兵在一点一点地增多。

正当凌狐两人难以逃脱的时候一个黑影飘过，飘过之处士兵咽喉纷纷被割破倒地身亡。来的正是第一杀手凌云。

凌云的到来使得信诺也加入了战斗，不过他不是帮自己的妹妹而是帮王元大战凌云。

随着士兵慢慢增多，再打下去对凌狐三人越不利。三人边打边向院外退去，然后各自虚晃招式转身就走。

王元、信诺以及士兵们紧追不舍，三人分不清东南西北，看到前面有一座高墙跃过高墙来到院内。

追赶的人纷纷停下，不敢向前。原来院内就是代宗皇帝的后花园。王元、信诺哪敢乱闯，赶紧回去告诉李辅国前去抓人。

正好代宗皇帝在后花园赏花，突然飘进来三个人把代宗皇上吓得一哆嗦："你……你……你们是什么人？"说话都结巴了。身边的太监赶紧大声呼喊："来人呐，护驾……"

信欣忙上前去将刀架在代宗皇上脖子上道："皇上，我们不是有意闯皇宫的。"

皇上一看是半个月前赐婚的那个信欣才平静一些道："你不是今天成婚吗？怎么跑这里来了，他们是什么人？"说完指了指凌云兄弟。

此时侍卫已经赶来，将凌云两人团团围住。兄弟俩本想逃走，见信欣和那皇上聊起来不知什么情况，就站在原地没动。

信欣和皇上将自己不愿嫁给李林的事讲了一遍，并威胁皇上道："看见那个黑衣人了吗？他就是响当当的南七省第一刺客凌云，想要取你性命容易得很！"

皇上听罢似乎陷入了沉思，像是想到了什么。正这时传来杂乱的脚步声，是李辅国带着人捉拿凌狐他们来了。

皇上突然道："你们随朕来，朕保你们安全离开。"由于事情紧急，凌云三人半信半疑地跟代宗皇上来到了休息用的屋子里。

"你们先在这里躲一会儿，朕把他们支开。"代宗郑重地道。信欣有点赌一把的意思将皇上放开。

等皇上带着侍卫们离开后，凌狐道："你怎么把他放了，一会儿就会有人抓咱们来。你啊，还是和以前一样傻。"

信欣看了看凌狐道："没空和你争辩，我相信他不会出卖咱们。""我也相信。"凌云淡定地道。

凌狐诧异地看了看两人道："你们是从哪看出来的？""眼神。"凌云道。

"皇上你没事吧？那两个刺客没伤着您吧？"李辅国带着众人跑到后花园问道。

代宗皇上故作惊恐道："朕是被惊了，幸好侍卫们来得及时，不过还是让他们跑了，你等一定要抓住他们……"

将李辅国骗走之后皇上将三人带到一个非常隐蔽的书房，皇上如此做法令他们十分不解，询问原因后更是大吃一惊。

代宗留他们在皇宫里是想让凌云去刺杀李辅国，并承诺如果办成此事，对于他们擅闯皇宫和信欣抗旨之事概不追究，而且还要给他们加官晋爵。

其实代宗是李辅国拥立为帝的，代宗继位后，李辅国以立帝有功，恃此骄横，竟然对代宗皇帝说："陛下只须深居宫中，外面的政事有老奴来处理。"代宗虽然心中不满，但慑于他手握兵权，只好委曲求全，尊称他为尚父（可尊尚的父辈），事无大小，都要与他商量后才能决定。

代宗皇上早想除掉李辅国，苦于没有两全其美的办法。今天当他听到信欣威胁他的话语时，突然想到用他去刺杀李辅国。

这样的话就神不知鬼不觉，也不会有起兵造反的可能。然后找个替罪羊处死，这样李辅国的同党也没有理由将罪名指向皇上。

随后收回兵权，将他们一个一个地处理掉。这就是代宗皇上的计划。

"好，我答应去刺杀，不过你要兑现你的承诺。"凌云冷冷地道。皇上是别人眼中的九五之尊，在他眼中和普通人一样，所以他不会讲卑微的话。

代宗皇上不但没生气，反而越来越佩服这个冷血杀手，决心将他留在身边。皇上吩咐宫女给三人安排了住处，决定等李辅国那里戒备不严的时候行动。

"你怎么跑来京城和官府扯上关系了？"一切都安顿好之后，凌狐不解地问信欣。

信欣叹了口气，把这些年和信诺所经历的事情讲了一遍，信欣发现哥哥信诺像是变了一个人，变得自私自利，甚至用妹妹的幸福来换取自己的高官厚禄。

当她讲到信诺这些年苦心钻研那本"花"字秘笈的时候凌云皱了皱眉道："整个江湖都知道昆仑派绝学是左箫右剑和蛤蟆功，昆仑派几百年来也没有什么"花"字秘笈的功夫啊。我觉得这里一定有隐情。"

"凌大哥说得没错，这十年来我习练了各种昆仑派武学，感觉都是相互关联的。如果那本秘笈真是昆仑武学，以哥哥对昆仑武学的了解，即使武功全废也能悟出其中的奥秘。但是他研究了十年都没什么领悟，不过现在也不用研究了，秘笈落在了那个老太监王元手中。"信欣将自己的猜测讲了出来。

一旁的凌狐根本没听这些，目不转睛地盯着眼前这个十年未见曾经一次又一次陪自己冒险的跟屁虫发呆。

而凌云听了这些话却陷入了沉思：恢复武功，加官晋爵。为了一套秘笈这么不惜代价，看来江湖又要风云再起了。

"唉，发什么呆呢？这些年兵荒马乱的，你们兄弟俩都干什么去了？还有，我听江湖传言鹰大哥和莹莹姐他们……"信欣问正在发呆的凌狐。

"他们的事情我们也不太清楚，至于我们嘛，哥哥带我去了一个地方在那儿一待就是十年。"凌狐把鹰翔和莹莹的事情绕过去，讲了这些年的经过。

兄弟俩在回峨眉山之前先去了柴戒隐居的地方，凌狐谨遵师命将天残一刀的秘笈取走。

可是凌狐到了峨眉山之后习练刀法却不是很顺利，没有师父的指点很难将刀法练成。于是凌云带着他去拜见了两位用刀的高人，这两个人分别是战天派占无情和快刀门秦竹义，两人早年隐居于涨海地区（今南海地区）。

这两位高人与凌云有过一面之缘，来到涨海两人见到凌狐不由得欢喜。因为凌狐天生就是练刀的材料，又是凌云的弟弟，柴戒的弟子。两人更是倾囊相授，分别把本门绝学万战无情刀法和七十二路追风刀法传授给凌狐。

十年间凌狐刀法可谓是达到了登峰造极。不过柴戎留下的天残一刀斩，两位高人知道其中奥秘却没有告知凌狐，原因是练成此刀法必须身患残疾，或者自残身体才行，即使凌狐天资聪明也要弄瘸一条腿才有可能练成刀法，有得必有失。

因此两人才没有透漏其中秘密，不但这样，凌云兄弟离开时两人还特意嘱咐凌狐不到万不得已，危在旦夕的时候，不要使出两人的刀法。凌狐不理解为什么，两人却没有解释。

临行前秦竹义将自己佩戴几十年的追风宝刀赠予凌狐，凌狐在李府用上了这把刀。这把刀是快刀门的镇山之宝，刀长三尺三寸，刀身很窄，刀把和刀鞘如同木棒，外面包的是青色鱼皮。如果不拔刀的话同一根青色木棒，这把刀的特点就是轻便，最适合追风刀法以快取胜的宗旨。

兄弟俩离开涨海打算返回峨眉山，半路上看到了信欣成婚昭告天下的榜文。凌狐看罢也不顾成婚的那人是不是与信欣同名同姓，立刻赶往长安要看个究竟。

凌云担心弟弟也就跟了过来，其实凌狐在与王元的交手中可以取胜，只是他想到了两位师父的话没有使用真实本领。

信欣听着凌狐讲完经过，调皮地道："没想到你还有点良心，还会记得我。"心里却是美滋滋的。

儿子的婚礼被不明身份的人闹成这样，当着到场众官员连儿媳妇都被劫走，李辅国哪里忍受得了。

在信诺口中得知搅闹婚礼的人是凌云兄弟后，李辅国根本没有禀报皇上就下旨通缉凌云两人。

信诺担心信欣安危，更是为了讨好李辅国决定亲自带人外出巡捕，而王元却找理由离开李府。

李辅国再三挽留让他留下来帮自己共图大业，但是王元坚持离开，原因是他已经迫不及待地想去练"葵"字秘笈里的武功了。

李府只剩下李辅国和义子李林，以及一些佣人侍卫。代宗很是欢喜，自己的计划马上就要实现了。

"凌大侠，最近李辅国那个奴才利用权力在全国通缉你们，这是刺杀他的好机会。只要成功帮朕收回兵权，朕定当撤销通缉榜文，为你们加官晋爵……"代宗来到凌云三人的住处对凌云道。

"我刺杀他只是为民除害，加官晋爵就免了。过了今晚兵权就是你的。"凌云说完转身离开。

代宗从来没有遇见过凌云这样冷酷之人，不禁愣住了。突然信欣跑过来道："皇上，您刚说的加官晋爵有我们的份吗？"

代宗皇上微微一笑道："你们都有，朕无戏言。""皇上，我可不可以不要官职

16 乱世邪心风再起

也不要金银珠宝啊？"信欣小声地在代宗耳边问道。

"不要这些你打算要什么？"代宗不解地问道。"可不可以给我和凌狐赐婚？"信欣说着心想：凌狐你跑不掉了……

代宗听了，看了看信欣，再看看凌狐不禁大笑起来："可以。"

晚上，凌云趁凌狐和信欣没注意，将两人穴道点住，自己只身离开皇宫去刺杀李辅国。凌云知道这里是京城，李辅国身边可全是大内侍卫，不能让他们两个人来冒险。

凌云先是来到李辅国存放金银珠宝的屋子，故意显露身影，在里面弄出动静来，将府里的侍卫引诱过来。

以凌云的身手轻易就把这些人引到了府外。他原以为李府里会有很多高手，还会有婚礼当天动手的那个王元，结果出乎凌云意料。

李辅国与李林正在书房聊天。李辅国询问李林何等秘笈竟将王元迷恋成如此沉迷，连在皇宫里和他一起独揽大权这样的诱惑都不愿。

突然书房的门打开，身着黑衣手持龙渊剑的凌云出现在两人面前。"来人，来人啊……"还没等两人喊完一道血光，龙渊剑下父子俩共赴黄泉……

凌云离开的时候顺便将府中最珍贵的一颗夜明珠带回了皇宫。"两人已死，这是从他府中带回来的。明天你可以说李府失窃，那对父子是被盗贼杀死的。"凌云将夜明珠放到代宗皇上面前冷冷地道。

代宗皇上先是一惊，他没想到凌云会这么快刺杀成功，也对此有些怀疑："凌大侠不愧为第一杀手，只是……"

"陛下放心我不会立马离开，我会等见证过尸首之后再走。"凌云冷冷地道，说完转身离开回到住处。

凌云刚走，服侍代宗的公公急匆匆地跑了进来："皇上大事不好，李大人被刺杀身亡……"

"什么？堂堂天子脚下竟有如此大胆之人，传旨下去全力追捕刺客。"代宗装作非常惊讶的样子。

事后他又将皇子雍王传到身边，交代其从死牢里提出两名囚犯，换上夜行衣带出城外将其杀死……

次日早朝代宗在大殿前宣布已将刺杀李辅国的两名刺客处死，由于李辅国殉国，颁旨将兵权交给雍王李适掌管，并命朔方节度使仆固怀恩次日赶往回纥借兵十万，以期一举平息叛乱。

退朝之后代宗将仆固怀恩单独留下去见凌云三人，大家相互认识之后，凌云道："陛下，既然事已办妥，我们三人也应该离开……"

没等凌云说完代宗皇上道："今天朕带仆老将军来见三位是有事相求，三位也都知道当下叛乱未平，国家危在旦夕，请三位大侠保护仆老将军赶往回纥借兵。凌大侠是个有正义感的人，不过单凭一人一把剑能除掉多少恶人？有道是天下兴亡，君臣有责，相信凌大侠会答应朕的不情之请……"代宗皇上讲了一大套，就是为了让凌云三人留下帮忙。

因为去回纥路途遥远，仆固怀恩年龄又不小了。战事紧急没有多余的兵力护送，只能寻找武功高强的江湖人士相随。这个计划在凌云三人误闯皇宫之时代宗就想好了，所以他千方百计地留下凌云。

见凌云没有回答，代宗忙给凌云边上的信欣使了个眼色，意识她帮忙劝说。信欣为了皇上能赐婚，想尽一切办法劝说凌云。

凌云向来不喜欢与官府合作，这次又是皇上，更是不会同意。不过想想当今形势，代宗说得很对，只好答应了……

第二天凌云三人护送仆固怀恩赶往回纥，半路上凌狐怎么也想不明白皇上为何派这么一个老头前去借兵。

"仆老爷子你真的有本事借那么多兵吗？十万啊，就凭一句话人家就能借给你？"信欣也有着和凌狐一样的疑问。

仆固怀恩笑了笑道："当然能，都已经借过一次了，这应该是第二次，不过这次我觉得会有些困难，我女婿那儿好说，只是回纥国的国师和大臣们会再三阻拦的。上次借兵他们就不同意，结果我女婿同意了。"

"你女婿？听着他官职很大啊，是不是除了回纥大汗就是他说了算啊？"凌狐奇怪地问。

"哈哈哈哈，年轻人就是好奇。我女婿就是回纥大汗牟羽可汗。"仆固怀恩笑着答。

两人听了差点没从马上掉下来："什么？你说回纥大汗是你的女婿？"三人边聊天边赶路，凌云却没心思询问这些，他心里很清楚前面有多少困难等着他们。

这日，几人来到青海湖廖心洲境内，路两旁都是高耸的山崖。他们走在峡谷里，四周山上几乎没有植被，显得特别荒凉。

凌云一马当先向前赶路，进入这里时他总觉得有一双眼睛在盯着他们。这是一个杀手的直觉……突然一个包着头蒙面的黑衣人从山崖上纵身下来，目标很明确——仆固怀恩，因为仆将军再怎么乔装也能看出是朝廷重臣。

转眼间，黑衣人将仆固怀恩从马上如同拎包似的抓在手中，转身奔向山崖。凌狐和信欣见状纷纷施展轻功紧随其后来到山崖之上。

最前面的凌云看着黑衣人的背影和身法有些熟悉，于是他两脚轻点便飞向顶端但没有上去，只是挂在了突出的石沿上。

凌云这样做的目的就是想试探一下弟弟这十年里功夫习练得怎么样，还有面对强敌时的应变能力。

凌狐和信欣来到山崖上面才发现不只是黑衣人一个人，上面有二十几匹马，马上的人各持兵器正瞄着他俩。

此时黑衣人已经将仆固怀恩打晕交给了手下。

"你是什么人，光天化日之下竟敢拦路劫人？赶快放了仆老将军。"凌狐指着黑衣人道，他以为是叛军史朝义派人来杀害仆将军的。

"哈哈哈哈，没想到还是个将军。不去打仗平息战乱，却跑到这儿来，一看就是个贪生怕死的窝囊废。"黑衣蒙面人笑罢之后道。

山崖边上挂着的凌云一听这声音不由得暗自高兴，心想：没想到这小子竟然干起这行，正好看看他武功有没有进步。提剑直奔黑衣人而去，凌狐和信欣见哥哥赶来纷纷收招站到一旁。

黑衣人看到那把龙渊宝剑先是一惊，打量来人，心想：原来是凌云。想罢黑衣人抽出金龙神鞭与凌云斗在一处，旁边的凌狐和信欣看见金龙神鞭又惊又喜。两人相互看看一起说道："原来是娄大哥……"

凌云两人打斗了一百多招没分胜负，黑衣人收招纵到一边将面罩取下，露出本来面目道："凌云，十年了你的功夫又有长进啊。""娄大哥，也一样啊。凌狐、信欣快过来。"凌云说完将两人唤到身边。凌狐、信欣两人一起来到娄方身边道："娄大哥原来是你啊，怎么还干起强盗这行了？"娄方看看两人道："一言难尽呀！老实交代是不是现在信欣主外你主内每天烧火做饭啊……"凌狐听罢真是哭笑不得。

17　重出江湖四海惊

"你们怎么和官府打上交道了，走，回青寒门咱们好好聊聊……"娄方说完将几人带到了青寒门。

这时仆固怀恩慢慢醒来，看了看周围众人很是惊讶。不过看凌云三人和那人有说有笑的，猜到他们认识才松了口气。

凌云给仆老将军和娄方相互介绍之后，讲了这次去回纥借兵的紧急性和重要性。娄方毅然决定随他们一起前去。

娄方本打算留大家在青寒门住上几天，可是仆老将军很是着急，怕耽误了军机大事，于是几人稍作休息之后又开始赶路。

路上，凌狐和信欣讲了这十年里各自的经历，凌狐问道："娄大哥你不是和鹰大哥在一起的吗？怎么不见他啊？"

娄方叹了口气道："说来话长。"然后娄方把和鹰翔离开断情崖之后的事讲了一遍。

鹰翔两人离开断情崖之后先去了鹰傲夫妇的墓地，鹰翔将父亲的承影宝剑装进匣子里埋在了坟墓的边上。

后来两人在青海湖廖心洲分开，娄方留在了青寒门，而鹰翔回到了祁连山。一年后娄方去祁连山看望鹰翔，却没有找到他。

娄方以为鹰翔出去办事，之后他每年都去祁连山一趟，可是每次鹰翔都不在山上。

"娄大哥，鹰大哥和莹莹姐之间到底发生什么了，为什么她们十年都不见对方？听说绝情丹的毒已经解除，他们为什么没能在一起啊？"信欣向娄方问出了同样的问题。

一旁的凌狐接过话语道："很多原因的，你就别问了。整天询问这些你累不累啊。"

"我只是为他们的做法不解而已，多好的一对神仙伴侣啊。而且他两人联手天下无敌，多让人羡慕啊。"信欣自语道。

仆固怀恩一路上听得最多的就是鹰翔和莹莹的话题，不禁问道："他们两个到底是什么样的人物，听你们的意思像是天下无敌似的。难道比你们的武功还要高强吗？"

"那当然，他们两个任意一个的武功都比我们四人加起来还要厉害，更不用说两人联手了。"信欣骄傲地道。

仆固怀恩听了有些不敢相信，问一旁的凌云道："凌大侠，信姑娘说的可是真

17 重出江湖四海惊

的?"他知道凌云说的肯定不是吹嘘的话语。

"没错,两人联手天下无敌。"凌云郑重地道。"有机会我倒想见识一下这两位高人。"仆固怀恩自言道。

日夜兼程,他们终于来到了回纥国,受到了隆重的欢迎。牟羽可汗、王后、王子、郡主以及文武大臣亲自出来迎接。

迎接的队伍中有一位五十多岁的老者,拄着一支牛头拐杖,看样子是少数民族国度的法师,这个人是回纥国的大国师巴尔虎德。

这个人眼睛都没离开过凌云几人,心想:这几人什么来头,与以往的唐朝侍卫不同。看样子是江湖中人,而且杀气很重,尤其是那个黑衣人。

人群当中还有两人对凌云等人有所兴趣,一个是牟羽可汗的妹妹天琪君主,还有可汗的弟弟。

天琪君主生来崇尚英雄,她是国师巴尔虎德的弟子。看见凌云几人就猜到是中原的武林人士,激起了君主的好胜之心。

而可汗的弟弟眼睛始终停留在信欣身上,在回纥他所见过的女子没一个比得上信欣漂亮。再加上牟羽可汗的王妃就是中原人士,他的梦想就是娶个中原女子做妻子。今天一眼看到信欣就从内心喜欢上她了……

仆固怀恩将来意讲述一遍,牟羽可汗虽然有些不太乐意,但是没表现出来。毕竟之前已经借给大唐二十万精兵,这次又是十万,换成哪个可汗能那么痛快。

但是前来借兵的是自己的岳父大人,事情很明了,代宗让仆固怀恩来借兵的原因就是利用这层关系。借到部队没什么事情,如果借不到回去之后代宗肯定治罪。

这样牟羽可汗的王妃仆固怀恩的女儿肯定受不了,这使牟羽可汗有些为难。所以他看了看国师巴尔虎德,示意让他想办法拒绝。

这时旁边的国师巴尔虎德上前一步道:"老将军不远万里赶来,怀有大唐天子亲笔信函我们理应借兵。不过上次借兵之事就遭到了满朝文武的非议,甚至引起本国士兵和百姓的争议。这次恐怕得平息一下百姓的争议方能借兵。"

仆固怀恩一听心里有些不痛快,但又一想确实如此。这样三番两次的借兵谁都不会乐意,也会让女婿牟羽可汗为难。于是他笑了笑道:"不知大国师想用什么办法平息?"

巴尔虎德看了一下牟羽可汗,然后道:"很简单,在都城立擂台比武。号召本国的有能之士与贵国的高手比武,如果贵国赢了借再多的兵也不会有什么争议。但是贵国输了的话那对不起,老将军就要空手而归了……"

大殿上的文武官员纷纷赞同,尤其一旁的天琪君主听罢之后来到牟羽可汗身旁道:"王兄这个办法好!"

仆固怀恩看了看身后的凌云几人,再看看牟羽可汗没有说话,心想:只能如此了，道："好，就依国师所言，比武。"

巴尔虎德这样做的原因与他的出身有关，他的师父是吐蕃国师大喇嘛活佛丹巴。这个丹巴乃是吐蕃第一高手，一生有两个徒弟。巴尔虎德是二弟子，大弟子就是诸葛莲远走吐蕃的儿子诸葛少白。

巴尔虎德这次竭力阻止借兵的原因就是前不久师兄诸葛少白赶往了叛军史朝义军中，目的就是帮其灭掉唐王朝，然后趁其立足未稳，再一举将其消灭，这样整个中原就是吐蕃的天下。然后再利用巴尔虎德在回纥的权力，内外呼应再将回纥歼灭……

所以他想尽一切办法让牟羽可汗不借给大唐军队，就是为了师兄那边顺利达到目的。

"十日之后比武之事就依仗几位大侠了，为了中原大地早日不再受战火的煎熬，几位一定要取胜。"仆固怀恩说完叹了口气。

"老将军不要烦恼，我们定当全力以赴。"娄方略带安慰的语气道。

而巴尔虎德飞鸽传书将此事禀告给师父，活佛丹巴看罢之后心想：按信中所说与仆固怀恩同行的几人绝不是泛泛之辈，为了确保胜利我得亲自走上一趟。

于是丹巴约上自己的三位师弟以及几位师侄快马加鞭赶往回纥国……

转眼间十日过去，牟羽可汗要亲自观看比武，带着文武百官赶往擂台。这座擂台搭建在回纥国都最繁华地带，擂台三侧分别立有三座看台。东西两侧是为比武双方准备的，北侧则是为牟羽可汗准备的看台。

得到消息众人汇集而来，当日可谓是人山人海，大家都想见识一下中原的武林高手有多厉害。

回纥国这边为首的是巴尔虎德、天琪君主、移地山亲王以及回纥各地的勇士、军中战将。

大唐这边没别人，娄方、凌云、凌狐、信欣和仆固怀恩五个人，而且仆固怀恩还基本伸不上手。

不但这样，规则还是回纥国定的。不分几局几胜，谁最后能留在台上，没人敢上去挑战就算赢，打死打伤一切自负。

首先上台的是回纥国的一个将军，九尺多的身高，膀大腰圆少说也得四百来斤。络腮胡子秃头，这长相和身材跟狗熊没什么区别。肩膀上扛着一对西瓜大小的镔铁大锤，一看就是个猛将。

此人就是回纥国第一勇士拔野古名，来到台上之后观擂的百姓沸腾了。就听拔野古名站在台上高喊："对面的大唐勇士哪位与我比试。"说话都带着回声。

娄方刚要起身前去，一旁的信欣早已起身施展轻功向擂台奔去，"这丫头能行吗？"娄方问道。

"行不行已经上台了，没事的，死不了。"凌狐嘴上开玩笑，心里却为信欣捏了一把汗……

信欣轻飘飘地站在台上之后，台下一片哗然。纷纷指手画脚的议论着"好身手！""这姑娘真漂亮！""这不是瞧不起咱回纥国嘛，派个女人来打擂。"总之，说什么的都有。

"姑娘我劝你赶快回去，换个男人来，即使胜了你我也脸上无光。"拔野古名一看是个女子，不无藐视地道。

信欣听罢微微一笑道："对付你这样又胖又笨的大块头，本姑娘就绰绰有余了！"

"什么，你竟敢骂本将军？今天我让你见识见识本将军的厉害。"愤怒的拔野古名向前一纵身挥双锤搂头盖脸地砸向信欣，心想：一锤砸死你个不知天高地厚的丫头。

牟羽可汗、移地山亲王以及台下百姓都以为拔野古名这一锤非得把信欣拍死不成，移地山心都提到嗓子眼了。

拔野古名这一锤下去再找信欣踪迹不见，心想：人呢？怎么没了？台下众人看得清楚，信欣正在他的身后。

就听"哎呀，扑通"一声，硕大的拔野古名将军被信欣一脚踢下了擂台，摔得惨不忍睹，地面生生地被砸出了一个大坑。

回纥国的士兵赶到近前看拔野将军的伤势，毕竟皮糙肉厚没什么大碍。他站起身来看看了台上的信欣，怒气冲冲地回到看台。

在拔野古名离开的时候，信欣还扮了个鬼脸道："实在是不好意思，再见了胖哥哥……"更是让拔野古名心生怒火，回到看台直哼哼。

移地山见信欣取胜甚是高兴，还对拔野古名开玩笑道："再见，胖哥哥……"也不知道他是哪头的。说完起身扛着大棍来到了擂台之上。

"信妹妹的伸手真是了得，让哥哥我羡慕。我就喜欢像你这样既漂亮又有一身好武艺的女人。干脆咱们就别打了，给我做王妃你看行不行？"移地山嬉皮笑脸地道，一点没有王爷的形象。

看台上的牟羽可汗听罢，鼻子差点没气歪了，心想：我怎么有你这样一个兄弟啊，当着天下百姓的面说出这样的话。

信欣听罢笑了笑道："没想到王爷也会来打擂，我得手下留点情啊。至于做王妃嘛，先打赢我再说吧。或许我会考虑一下，不过恐怕这辈子你的愿望是实现不了了。"

另一边看台之上娄方自言道："这疯丫头一点都没变，还是这么调皮。唉，凌狐听见没？你可得要抓紧了，看样子追求这丫头的可不少啊。"娄方和凌狐打趣道。

"抓紧？我巴不得有人追求她呢，这样她就不会天天缠着我了。"凌狐嘴上这么说心里却想：你个傻丫头，居然说出这样的话来。万一人家把你胜了怎么办，难不成你真的嫁给他？

这时擂台之上已经交起手来，论功夫，移地山还不如拔野古名。只是拔野古名当时轻敌，根本没把信欣放在眼里，一时大意才轻易被打下擂台。

而恰恰信欣这次又想戏耍一下这个移地山亲王，所以表面上打得是难解难分。其实信欣只是点到为止。

巴尔虎德和天琪郡主看得清楚，巴尔虎德暗想：没想到一个小丫头就这么厉害，若不是我通知了师父，恐怕没有赢的可能性啊。

正想着，移地山亲王"哎呀"一声飞下了擂台，被信欣一掌打下去。同样摔到了刚刚拔野古名落地的位置……

转眼间回纥两位勇士被打下擂台，天琪郡主受不了了，抄起柳叶双刀腾身跃上擂台。

信欣一看暗想：这个郡主一定受过高人指点，三十来岁的年纪有如此功夫的人算是高手了，我得多加小心。

郡主上台之后只说了一句话："小妹妹可要当心喽。"说罢摆双刀直奔信欣，双刀如飞舞的柳叶飘忽不定。

信欣这次不敢轻敌拔出宝剑大战郡主，使出了昆仑派的左箫右剑剑法。两个女子如浮云一般飘荡在擂台之上，转眼间五十招过去难分胜负。

牟羽可汗以及台下百姓都看不清台上两个人模样，看台上的凌狐手心都攥出了汗水，他可是在场所有人中最为信欣担心的人。

天琪郡主没想到这个小丫头这么厉害，她想速战速决不想再拖延时间。于是虚晃一招向后败去，虽然身子向后撤，但是始终是面对着信欣。她想用飞刀取胜。

信欣还是年轻没有想到这些，纵身去追，就在她向前纵身的同时三把飞刀飞了过来。一把直奔信欣的面门，一把飞向她的咽喉，第三把直奔她的心脏。

发现眼前寒光一闪信欣才知不好，一晃身子躲过了前两把飞刀。而第三把没躲利落，擦着她的胳膊飞过去。

一道口子出现在信欣的左臂上，鲜血溢了出来。就在信欣一捂胳膊的时候郡主挥刀直奔她而来。

信欣急忙飘身躲过，可是落的地方却是擂台之下，这时娄方飘身过来将信欣拉到看台之下为其上药包扎。

此时擂台之上站着一位白衣少年，不是别人正是凌狐。凌狐见信欣被逼下擂台而且胳膊受伤再也坐不住，飘身来到擂台之上。

"呦，好俊俏的小伙。怎么，上台是为那姑娘报仇的吧！不是姐姐说你，人长得挺俊怎么用这么一件兵器啊。是在哪片林子里折了根木棍啊，用不用姐姐送你两件兵器用啊！"郡主藐视地道。

"对付你这号的用根木棍足够了，少废话，看招吧。"凌狐说完提着追风宝刀站在原地等着天琪郡主出招。

"小子竟敢这样和本郡主说话，今天我非剁了你不可。"郡主说完挥柳叶双刀直奔凌狐。

十招，二十招，转眼五十招过去了凌狐没有出刀，郡主急眼了，收住招之后指着凌狐的鼻子道："小子怎么不出招，是不是瞧不起本姑奶奶？"

凌狐心想：这回纥国的郡主也太蛮横了吧，应该好好教训教训她。想罢之后道："凌狐没那意思，只想让姐姐几招以示敬重。"

"少废话，接招吧。"郡主说着挥柳叶刀再次冲向凌狐。再次接招的凌狐抽出了追风宝刀。

台上台下的所有人都震惊了，老百姓们是被凌狐奇快无比的刀法震惊。而巴尔虎德被追风刀震惊。

他在活佛丹巴身边学艺的时候听说过中原有三大刀客，分别是柴戎、占无情和秦竹义。

三人的刀法最快的就是秦竹义，而且秦竹义有把追风宝刀。这把刀一改以往的刀宽大笨重，甚至比大唐王朝的流行的唐刀还要窄一些，大大加快了刀的速度。

巴尔虎德想到这儿，不禁为徒弟天琪郡主担心，暗想：希望这丫头别不知好歹地逼人家使出杀招……

另一侧看台之上娄方惊奇地问凌云道："我说凌云，看来秦竹义这老家伙真是大方啊，连镇山之宝追风刀都给了凌狐，难得啊。"

凌云微微笑了一下还没说话，信欣问道："什么追风刀、秦竹义的。娄大哥快给我讲讲。"

擂台上凌狐依然没有使出真正的追风刀法，但是天琪郡主却是有些吃力。见不是对手不由得又想起飞刀来。

于是她虚晃一招向后撤身，右手刀交到左手再一抖手连着发出三把飞刀。凌狐一直都在提防郡主的这一手，一晃身子飞刀打空。

就在凌狐刚刚站稳的时候，郡主第二次打出的飞刀已到近前，在场所有人都认为凌狐这次是死定了。信欣着急地站起身来喊着："凌狐，快躲啊。"

再看凌狐先是用刀碰飞了第一把飞刀，左手接到了第二把飞刀，用嘴叼住了第三把飞刀……

所有人都惊呆了，天琪郡主简直不敢相信自己的眼睛。就在这时，凌狐一抖左手，飞刀直奔郡主而去。

凌狐原以为天琪郡主是玩儿飞刀出身的，肯定能躲过去，可是他想错了。此时的郡主已经呆住了。

眼见郡主没有躲的意识，凌狐急忙纵身向前拼尽自己最快的速度抓住飞刀后面的红布条，生生地将飞刀追了回来。

所有人再次被惊呆，尤其是牟羽可汗，吓得都闭上了眼睛心想：完了完了，郡主必死无疑。

随着台下人们高喊"好功夫！高手……"的呼声，牟羽可汗慢慢睁开眼睛，此时的天琪郡主已经回到了看台。

牟羽可汗不知怎么回事，不停地向身旁的官员询问。当得知情况之后不由得暗中敬佩凌狐的武功。

这种情况也把凌狐吓出一身冷汗，这要是一飞刀将郡主打死，恐怕不但借不来兵，反而会挑起两国的战争，凌狐擦了擦汗转身刚要离开，就听台上有人高喊："少侠好功夫，巴尔虎德要向少侠讨教几招……"

正当凌狐转身的同时，凌云稳稳地站在他跟前道："凌狐下去休息吧，哥哥和他比试。"

原来凌云见巴尔虎德登上擂台有些为兄弟担心，几人都看得出来回纥国这边最厉害的就是巴尔虎德。凌狐他虽然武功大有进步但是江湖阅历还远远不够，于是凌云上台来替换凌狐。

凌狐知道哥哥怕自己吃亏，留下一句："小心点，哥。"施展轻功飘向看台，回到看台之后信欣边询问有没有伤到边围着凌狐转了好几圈，确定没事之后，才和凌狐一起坐下观看比武。

擂台上巴尔虎德上下打量着凌云："阁下就是中原武林第一刺客凌云凌飘远吧，早闻阁下大名，今天相见切磋技艺真是三生有幸啊。"说着将法杖靠在肩上，双手抱拳向凌云深施一礼。

凌云还礼之后道："小小名气何足挂齿，与大国师比起来不值得一提。"虽然客气，但凌云话语中仍带有冰冷的感觉。

两人相互施礼之后开始比武，第一个照面谁都没有出手。这是一个敬重对手的表现，台下的百姓不懂得这些纷纷叫喊着"动手啊！"

等动起手来众人都傻眼了，凌云的剑法快得惊人，再加上龙渊宝剑的光芒，根本看不见两个人的招式，只见两个身影在台上晃动。

巴尔虎德边打边暗中佩服凌云，不愧为中原第一刺客。自己若不加小心的话肯定败得很惨。

凌云也暗自称赞对方的功夫，短时间内分不出胜负。如今的凌云早已不再那么杀气逼人，以往眼神中的杀气似乎所剩无几。

从他与白莲相识到现在这十年里变化太大了，虽然武功又有所提升，但已不再是那个不管对手比自己强多少都一往直前的那个冷面杀手，若是十年前，恐怕巴尔虎德的命早就没了。

巴尔虎德见久战不能取胜决定用内力取胜，突然他虚晃一招纵出一丈多远，将法杖丢在台上双臂挥动如同手举大鼎一样，瞬间强大的内力形成，再次挥手功力直奔凌云。

凌云见巴尔虎德向后撤身又将法杖丢掉以为对方不打了，刚要收招发现内力袭来。凌云赶忙运功于龙渊剑上直刺袭来的内力。

他整整练了十年的内功，一是为了静一静心念，二是自己的万里飘风剑法已到了招数极限。

就见龙渊宝剑带着内力穿透袭来的真气直奔巴尔虎德，在遇到危险的那一瞬间凌云的杀气被惊醒。

眼见龙渊宝剑直奔巴尔虎德的咽喉，凌云却没有收招。而对方已经定住，根本没办法躲避。

当凌云发现这种情况的时候收招是收不住了，只能剑往边上一偏正好刺到巴尔虎德右耳戴的耳环之上。

巴尔虎德"哎呀"一声捂住耳朵，鲜血顺着手掌流了出来。凌云飘身形站定之后冷冷地道："承让。"

转眼间回纥的四个登台之人全部落败，娄方、凌狐几人高兴得不得了。仆固怀恩总算松了口气，心想：总算不辱使命借到兵马。

巴尔虎德忍着疼痛回到看台心想：师父他们怎么还没赶到，再不来计划可就失败了……

正当牟羽可汗欲宣布获胜的是大唐之时，台下的百姓突然混乱起来，转眼间分向两旁让出一条路来。十几匹马飞奔而来，最前面的是一位七十岁上下的大喇嘛。

巴尔虎德看罢别提多高兴了，心想：师父啊，你们怎么才来啊。想罢奔下看台把师父丹巴等人接上看台，向牟羽可汗一一介绍。

来者正是吐蕃喇嘛教的活佛丹巴，以及他的三位师弟嘉措、江央、格来。牟羽可汗见过几人之后道："各位法师可是来为回纥国打擂而来？"

"没错，大汗这兵借也好不借也好是大汗与大唐君主的交情，但是这擂台上咱们不能丢面子啊，否则的话会让他人取笑我回纥国没有高人。"活佛丹巴向牟羽可汗道，示意他这比武之事还得继续。

牟羽可汗听罢点了点头，他没想到凌云几人年纪不大这么厉害。四阵皆输面子上有些挂不住，丹巴这么一说牟羽可汗爽快地同意了。

首先来到擂台之上的是丹巴的四师弟格来，年纪在五十岁上下，一身紫红色喇嘛服。没有戴发冠，留着短发。手中擒着一把又宽又长的宝剑，健步来到台上。

此时凌云已经回到了看台之上，几人正在议论来的这几个人。这时就听格来用那不怎么流利的汉语道："对面的大唐高手哪位与小僧比试？刚刚使剑的那位凌云高手上台来，小僧正要和你比试一下。"这边开始指名点姓叫上名字了。

对面的凌云岂能退缩，挥宝剑纵身二次来到台上。格来看了看凌云道："看样子是个高手，小僧可要先出招了。"

说完格来挥舞手中的宝剑直奔凌云而来，宝剑带着风声直劈凌云。这宝剑镔铁锻造而成，分量少说也得一百斤开外。

凌云有心用龙渊宝剑去挡，但又心疼宝剑。不是怕龙渊承受不了，而是凌云太爱惜这把剑了。

既然不挡只能闪身躲开，宝剑直刺格来持剑的右手。凌云目标很简单，以巧取胜，虽然这样会很累。

动起手来凌云倒吸了一口凉气，对方不但勇猛过人身形步法也快得惊人。看上去有些笨拙感觉慢上半拍似的，实际上却如同猿猴一样敏捷。

凌云将自己的万里飘风剑法发挥到了极限，却才和格来打了个平手。格来也很是惊讶：难怪师侄巴尔虎德不是其对手，果然有两下子。

转眼间一百招过去了，看台这边凌狐等人急得都站起身来。突然就听"当"的一声，凌云被震出一丈多远险些掉下擂台。

由于两人旗鼓相当，凌云绕着格来的大宝剑进招非常吃亏。开始没什么，时间长了就不行了，再加上凌云之前与巴尔虎德大战有些累了。

格来横着一宝剑向凌云胸口砍去，由于已经躲不开，凌云将龙渊宝剑立在胸前挡下了这一剑，人却被震了出去。

趁凌云尚未站稳，格来挥大宝剑瞬间来到其眼前，一个力劈华山直扑凌云。凌云再躲就会掉下擂台可就输了。

对于每战必胜的前提之下，凌云身子向后一仰，左手托住剑尖双手向上抵挡。腰腹崩紧双腿腾空而起，在借助宝剑的同时双腿狠狠地蹬在格来的双腿上。

随着凌云身子向下坠落格来一头折下了擂台，凌云站起身来，双手虎口已经被震裂，擦了擦脸上的汗水站在台上喘着粗气。

丹巴看得清清楚楚，原以为师弟肯定取胜，结果却掉下擂台，叫人把格来扶下看台之后要亲自上台，却被嘉措和江央拦住："师兄，不必亲自出马，有我们兄弟二人足够了。"说完两人虎步疾驰来到擂台之上，这两人分别习练的是无相神功、般若大能功，这两种功夫合二为一相当厉害，所以两人一起登上擂台。

"哈哈哈哈，大侠好身手。嘉措、江央向大侠讨教几招。"嘉措法师笑罢之后道。

这时娄方飘身来到擂台之上:"凌云,你太累了,这里交给哥哥我吧。"

凌云知道娄方的用意:"娄大哥多加小心。"说完凌云回到了看台。

"也好,既然有人上台免得旁人说我兄弟二人趁人之危,不知施主高姓大名?"江央大喇嘛道。

娄方笑了笑道:"无名鼠辈娄方,二位高僧是一个一个来呢,还是一起上啊?"说完娄方抽出金龙神鞭等待对方出招。

两人相互对视之后一左一右齐奔娄方而来,娄方的战略很清楚,不让两人靠近自己。将金龙神鞭舞得如一条金龙,嘉措、江央两人被控制在一丈之外。

嘉措和尚见状喊了一句大迦叶气罩,就见江央来到嘉措身后。两人各自运功,嘉措的无相神功与江央的般若大能功合在一起形成了一种至奇、至秘、至奥、至绝的功夫。静式时,布成一整体气罩,令敌无隙可乘,其范围可大可小,随施者心意变化。若一旦聚之于掌,施发出来则能摧山裂岳。

这么一来内力所形成的气罩将两人罩在其中,任娄方的宝鞭怎么抽打也伤不到嘉措两人。

不但这样,嘉措还将内力积聚在掌上打向娄方,开始娄方不知道其中利害,运足内力去接这一掌,结果被震得口吐鲜血险些倒地。

娄方刚刚站定身子,嘉措两人的第二掌打了出来,强大的内功直奔他而来,娄方想躲已来不及了,想运功去接已然接不住。

就在这时,随着黑影一闪娄方前面出现一人,不但接下了这一掌,还将嘉措两人一同震得后退十几步栽倒在地。

就在来人站在台上的一瞬间,娄方觉得这个身影是那么熟悉,像极了自己的好兄弟西域苍狼鹰翔。

没错,来的正是西域苍狼,当年鹰翔独自回到祁连山陪伴他的只有后山的群狼。娄方第一年去找鹰翔的时候他就在祁连山,只是躲了起来。

也就是那一刻鹰翔决定离开祁连山,因为呆在这里他会更加想念死去的师父和下山以来所发生的所有事情。

于是鹰翔来到了天山山脉,无意中遇见隐居天山的司马纵横老剑客。司马纵横与他一见如故,在老剑客的盛情挽留下鹰翔留在了天山,并与其八拜结交。鹰翔本来是不同意,觉得司马纵横与师父是同一辈分,这样一结拜岂不是乱了辈分?但是老剑客似乎不以为然,看鹰翔犹豫就有些生气,最后鹰翔只好答应。

这一呆就是九年,九年里司马纵横将自己门派的天山逍遥剑和冰河落枫手传授给了鹰翔。

在鹰翔按照师父留下的秘笈练习北冥神功、小无相功的时候,司马纵横从旁帮助提高,指点。

不但这样，鹰翔又创出三路掌法、三路擒拿法。掌法和擒拿手之中，蕴含剑法、刀法、鞭法、枪法、爪法、斧法等等诸般兵刃的绝招。由于此武功在天山所创，两人研究决定取名为"天山折梅手"。

鹰翔还创出九式掌法，由于这是阴阳二气相结合的掌法，故取名为天山六阳掌。

还有那套让鹰翔习练起来就会控制不住手中宝剑的剑法，这九年间在鹰翔一次又一次的入魔之后终于渡过这个阶段。已能控制这套剑法，唯一的遗憾就是感觉这套剑法还有瑕疵。

在鹰翔和司马纵横的共同拆招捋顺下，将这套剑法总结出九式，并未取名，鹰翔要等将瑕疵找到并修改成功后再为其取名。

这十年虽然显得有些忙碌，但鹰翔始终没有忘记一个人，那就是让他想到就会心痛的萧莹莹，每个夜晚他都会看着紫薇宝剑发呆很久……

十年之后的一天，司马纵横和鹰翔到山下镇上去买粮食，发现了回纥国张贴的比武榜文。看着榜文再听着百姓的议论，司马纵横道："兄弟，难得这里会来中原高手。正好咱们闲来无事，去凑凑热闹如何？"

鹰翔本来不想看这热闹，但一听司马老哥哥的意思是非去不可只好答应了。两人回到住处收拾好一切离开天山，赶往回纥国都。

当他们赶到之时正好活佛丹巴等人赶到，两人飞身来到远处的旌旗之上观看。当时擂台上凌云正在大战格来，在看台上，鹰翔一眼就看到白发童颜的娄方。还有两个年轻男女，虽然与十年前截然不同，但也能认得出来是凌狐、信欣两人。

鹰翔看罢自言道："他们怎么会在？不行，我得去帮凌云。"刚要飘身上台却被司马纵横拦住："兄弟，别急，以凌云的功夫那个喇嘛不是他的对手。只是凌云这小子不如以前有杀气了。"

但是当娄方上台，较量中遇到危险的时刻鹰翔赶忙来到擂台之上。用小无相功接下了嘉措的第二掌，并将嘉措和江央两人的大迦叶气罩震破。

此时司马纵横也随之来到台上，鹰翔转身来到娄方跟前为其看伤："娄大哥，你没事吧？"

娄方一看来的是鹰翔高兴得不得了，已经忘了伤痛道："没事，你怎么来了？"

鹰翔看了看站起身的嘉措、江央，然后对娄方道："娄大哥你先去休息，这两个人交给我。"

娄方在司马纵横的搀扶下回到了看台，此时看台上的凌云等人激动不已。尤其是凌狐和信欣，手舞足蹈地喊着："鹰大哥终于重出江湖啦，太好了。"

一旁的仆固怀恩老将军不解地问："他是谁啊，看他到来你们这般高兴？"

"老将军，他就是我们提起过的中原武林最厉害的鹰翔。这下你不用担心借不到兵了。"信欣激动地道。

"哦，他就是鹰翔。看样子是个书生嘛，怎么也看不出是个武林高手啊。"仆固怀恩怀疑道。

信欣接着说："一会儿你就知道他有多厉害了，包你大饱眼福。"

这边几人一边观看比武，给鹰翔加油，一边听司马纵横讲述这十年来的事情。

活佛丹巴见状不由得心里一颤：能轻易将大迦叶气罩打破足见此人内力强大，不行，我得亲自会会此人。想罢丹巴弓步龙形跃上擂台去换两位师弟。

而这边看台上牟羽可汗、亲王移地山、天琪郡主都愣住了，不敢相信自己的眼睛。

尤其是天琪郡主从鹰翔来到擂台之上那一刻起，眼睛就始终停在鹰翔身上：不但武功高强而且人也俊秀。

这些年鹰翔的容貌没什么改变，依然是那副清秀帅气的脸庞，只是内心成熟了不少，不再像以前那样轻狂。

"王兄我要出嫁。"天琪郡主突然对哥哥牟羽可汗道。这个郡主年纪也不小了，二十七八岁，在回纥国一直没有相中的对象。今日看到鹰翔第一眼就喜欢上了，而天琪郡主是那种直来直去的人，再加上游牧民族没有中原那么多礼数，所以直接对牟羽可汗来了句这样的话。

"什么？快说说你相中了回纥的哪个将军？王兄为你做主。"牟羽可汗先是一惊，然后高兴地道，心想：难得有这丫头看得上眼的人，我倒想看看那人有什么不同。

天琪郡主有些不好意思地道："王兄，一会儿我再告诉你他是谁，咱们先看比武吧。"

丹巴来到台上打量了鹰翔一番，心想：看样子也就三十左右的年纪，而且还很书生气，居然有如此高的武功。

想罢之后道："年轻人能有如此高的功夫实属罕见，敢问阁下姓字名谁？师出何门？"丹巴询问道。

"在下逍遥派鹰翔，区区把戏而已。敢问大师法号？"鹰翔一抱拳道。

丹巴听罢不由一惊：逍遥派鹰翔？号称西域苍狼的那个？就是他杀死了我大弟子诸葛少白的母亲诸葛莲？难怪这么厉害，今天我得多加小心。

"原来是西域苍狼，早闻大名。只是没想到大名鼎鼎的鹰翔居然这样年轻，这样书生气。在下丹巴可要领教一下鹰大侠的功夫。"说完一抖手中的金刚飞轮叫阵鹰翔。

鹰翔知道对方功夫了得，先是向后一撤身随即从腰间抽出软藤剑秋风落叶扫，随着脚尖点地腾空而起躲过飞轮，宝剑直刺丹巴的双眼。

丹巴赶忙闪身躲开，两人在擂台之上打斗起来。台上台下的所有人都没有看过这么激烈的打斗，喝彩声接连不断。

还没打上二十招丹巴变换了招式，与鹰翔拉开距离运用内力控制飞轮击向对方。飞轮旋转起来非常快，边缘是无数的齿牙如刀子一般锋利。

鹰翔用的是软剑很难抵挡，因为只要与飞轮相碰肯定搅在一起，于是鹰翔施展幻影步法，穿梭在飞轮与丹巴之间，令其眼花缭乱。

在场的所有人的眼睛都跟不上鹰翔的速度，纷纷议论着："今天算是开眼了！""一个比一个厉害！""中原真是高手众多啊！"

见飞轮打不到鹰翔，丹巴索性不用兵器了，挥掌直劈鹰翔，使出了藏族的精髓武功大手印。这套掌法非常厉害，尤其最后一招用内力化成巨大的手的形状拍向对手。

鹰翔见对手变招，将软藤剑缠在腰间，挥掌相对使出了新创的天山折梅手，与丹巴展开近距离搏斗。心想：正好试试天山折梅手效果如何。

丹巴原以为自己的这套掌法能完胜对方，没想到鹰翔的天山折梅手一点都不比大手印差，甚至比其更厉害。

转眼间五十多招过去，丹巴一点便宜没有占到，反而有些吃力。于是他突然后退使出了最后一招。

强大的内力形成了一个手掌，直拍向鹰翔，鹰翔赶忙运用北冥神功于掌上，双掌向上击出内力去接拍向自己的真气……

随着擂台塌陷，两人各自飘落在地上，站定之后的鹰翔向丹巴一抱拳道："承让！"

站定之后的丹巴欲再动手忽然感觉心口发热，暗叫不好：没想到鹰翔这么厉害。又见鹰翔抱拳意识不打了，也就顺势还礼："大侠果然好功夫，在下佩服！"

此时看台之上的凌云等人松了口气，一是鹰翔没事，二是即使这场算是平手，按之前的胜场也赢了。

牟羽可汗看得都呆住了，他从来没有见识过这样的比武，回味了很久之后宣布大唐的代表获胜，决定回宫之后立即借兵给大唐王朝。

王宫大殿之上牟羽可汗再次接见了仆固怀恩等人。只是大殿之上少了巴尔虎德师徒，原因是巴尔虎德以陪师父为由向牟羽可汗告假退场了。

大殿之上的天琪郡主给牟羽可汗使了个眼色，示意哥哥赶快询问结亲之事。原来在回宫的途中，天琪郡主就把当时在看台上没说的心事告诉了哥哥。

"天琪啊，这下可以告诉王兄你打算嫁给谁了吧，王兄给你做主。"牟羽可汗笑着询问道。

天琪郡主一脸害羞地道："就是刚刚在台上比武的鹰翔……""嗯，我就猜到会是他，这个鹰翔确实与众不同。不过像他这样的大侠恐怕早有妻子了，王兄只能帮你询问一下，至于人家同不同意就不知道了。"牟羽可汗道。

"即使有妻子又如何，能比得上我堂堂的回纥郡主吗？还有，如果他不同意王兄就降旨逼他同意，或者不借给他们兵马看他会不会同意。"郡主狠狠地道。

"对，郡主说得对。王兄，我也看中个姑娘，求王兄做主。"移地山亲王一旁道。

牟羽可汗一脸茫然，心想：今天这是怎么了，他也跟着掺和上了。不耐烦地道："一边呆着去……"

移地山的事情不管可以，但是在牟羽可汗心中妹妹天琪的事情得管。郡主都快三十岁了还不出嫁了解内情的都知道郡主眼光高，不知道的还以为郡主没人要呢。

大殿之上牟羽可汗迟疑了一下，向鹰翔问道："今天鹰大侠可谓是令本王开眼了，不知大侠多大年纪，可否娶妻？"

"大王过奖，草民今年三十岁，十年前就已成婚。"鹰翔似乎猜到牟羽可汗的心思回答道。

天琪郡主听罢不敢相信自己的耳朵，激动地道："她是谁，叫什么名字？"此时她已顾不得鹰翔是在和牟羽可汗对话。

鹰翔身后的娄方低声地对凌狐等人道："看见没，这位郡主喜欢上鹰翔了……"

"她是我的同门师妹，名叫萧莹莹。"鹰翔郑重地道。天琪郡主听罢有些接受不了，刚要再说什么被牟羽可汗用话语拦住。

"嗯，就说嘛像鹰大侠这样的人物怎么会没有妻子呢？"说着向仆固怀恩道，"仆老将军我要亲自带兵随你赶回大唐平定叛乱如何？"

仆固怀恩激动地道："多谢大王借兵……"此时天琪郡主已气冲冲地离开大殿。

次日回纥十万大军浩浩荡荡赶往中原，鹰翔本想随司马纵横赶回天山，但在凌云等人的百般劝说下决定随几人再返中原重出江湖。

告别的时候，司马纵横拍拍鹰翔的肩膀道："兄弟保重，经过这十年的相处，我发现最适合你的地方就是江湖。"

正当牟羽可汗带着队伍将要出城的时候，天琪郡主骑马赶到："王兄我也去。"然后故意对着鹰翔方向说了一句，"跟定你了，休想甩掉我……"

18　再次重逢情亦深

活佛丹巴在与鹰翔对掌之后身受内伤，由几个徒孙陪伴返回吐蕃养伤。临行前交代三位师弟立刻赶往中原去帮诸葛少白，他怕诸葛少白不是鹰翔的对手。不但报不了仇反而坏了他们的计划。

丹巴走后，嘉措三人秘密赶往中原寻找诸葛少白，而巴尔虎德跟随牟羽可汗一起前往中原，以便更好地实施计划。

路上，天琪郡主始终在鹰翔左右用各种方法吸引他的注意，但是鹰翔根本不理会她。

现在鹰翔唯一想的就是既然决定回中原不管莹莹在哪儿也要找到她，十年了，她身上的毒应该解除了。

"喂，郡主姐姐别缠着鹰大哥了。小妹有事情问你。"信欣心怀不轨地向郡主喊道。

郡主催马来到信欣、凌狐身边道："小鬼什么事说吧，看着你们两个真让人羡慕。"

"我说了你可别生气啊。"信欣笑嘻嘻地说。"哪那么多废话，快说。"郡主快语道。

"就是你贵为回纥国的郡主，怎么这么一把年纪了还没成亲啊？"信欣试探地问，生怕郡主生气。

谁知天琪并没生气，叹了口气道："妹子，你看看回纥国的这些男人有几个姐姐我看得上眼的。对了，给我讲讲鹰翔的事呗，他真的成亲啦？那个萧莹莹有我漂亮吗？实话实说啊！"郡主转换话题。

信欣笑了笑道："这个嘛，她确实比你漂亮些，不过这不重要。鹰大哥不是那种以貌取人的一般人，只是他们两人对对方的感情是很少有人做到的。"然后信欣将鹰翔和莹莹经历的磨难讲了一遍。

正当她要讲十年前鹰翔和莹莹分手的事情时，一旁的凌狐故意把话岔开道："是啊是啊，所以郡主还是死了这条心吧。"然后示意信欣别瞎讲了。

听罢鹰翔以往的经历之后，天琪郡主对这位旷世奇侠更加感兴趣了，一路上她的眼睛始终在鹰翔的身上，自己遐想着能与鹰翔相守终生。

牟羽可汗与众人风尘仆仆地踏上了中原之地，离长安城不到一百里在途经一片树林时，忽然一个白影闪过，白影之后紧随着四位勇猛高大的吐蕃人，四人各持镗、槊、钺、叉重型兵器。不但这样，白衣人背着一个十来岁的男孩，身影一闪即过。

走在队伍最前面的凌云、鹰翔两人看见身影的一瞬间同时想到了一个人，那就是逍遥派顶门大弟子白莲。

两人二话没说飘身施展轻功追赶上去要看个究竟，一口气追出十里远的时候，两人听到了打斗的声音。

寻着声音追到近前一看，两人才大吃一惊，那个白衣人果然是白莲。正在与四位吐蕃人打斗，她的身上已经伤痕累累，那四人显然功夫都在白莲之上。

鹰翔两人各自飘身过去帮忙，白莲有些不敢相信自己的眼睛。但是面对强敌纵有千万话语也来不及说。

"凌云，快带白师姐走，这里交给我了。"鹰翔边打边说，凌云来到白莲身旁，挡住进攻带着她和孩子撤出，向大部队奔去。

四人刚要去追却被鹰翔拦下，这四人联手功夫一点都不比活佛丹巴差，而且武功路数及内功修为不难看出是丹巴的门人弟子。

鹰翔挥舞着软藤剑穿梭在四人之间，四把重型兵器呼呼带风袭向鹰翔。正打着，天琪郡主突然冒了出来，挥柳叶双刀加入战斗。她那两下子能帮什么忙，上去没几招被其中一人一槊砸在双刀上，把她震出去两丈多远栽倒在地，那人直奔郡主举槊就砸。

鹰翔赶忙上前救人，但是软藤剑根本挡不住这么沉重的长槊。迫不得已左手从怀中掏出九节鞭一挥手将砸向天琪的槊缠住，硬生生地拉了回来。

此时另外三人的兵器已经砸向鹰翔，以鹰翔的功夫也不难躲开。但是就在他正要去躲的时候，三人的手似乎被什么东西割了，兵器纷纷落在地上。

紧接着不远的地方响起悠扬的笛声，吐蕃四人听到笛声痛苦不已狼狈逃走。

"《碧海超声曲》？"鹰翔心里一颤，顺着声音看去，此时暗中出手的人已经停止演奏，飘向树林深处，留给鹰翔的只有那一闪而过熟悉的背影。

随着鹰翔情不自禁地说了一声："莹莹！"施展轻功纵身追去。天琪郡主刚刚在笛声所造成的痛苦中解脱出来听到"莹莹"两个字，再看看远去的鹰翔捡起双刀紧随其后跟了过去。

"鹰翔，等等我。"天琪郡主边追边喊。鹰翔根本没理会她，按照白衣女子离开的方向迅即消失。

凌云带着白莲和孩子回到了大部队，满身是伤的白莲见到娄方几人像是见到亲人似的，但还没来得及说话就晕倒在凌云怀里。

众人赶紧救治，随军的大夫帮忙给她包扎伤口。白莲渐渐苏醒，缓了口气将那个十来岁的男孩唤到身边道："罗星，快来见过你的叔叔、阿姨。"那个男孩听罢一一给凌云几人施礼。

"白姑娘难道这孩子是罗亮的儿子？"娄方疑惑地问。"没错，他就是罗亮和柳星的孩子罗星。"说话间白莲的泪水夺眶而出。

众人不知道白莲为何落泪纷纷询问原因，白莲擦擦泪水道："金枪门惨遭灭门，罗亮、柳星双双死在吐蕃四人手中。我赶到时那四人正要杀死罗星，我拼尽全力救下，他们苦苦紧追幸好遇见你们……"

十年前白莲带着武金铃隐居藏剑谷，而罗亮、柳星回到金枪门之后不久就成亲了。成亲的时候白莲与武金铃前去祝贺，之后两人就再也没出藏剑谷。

而罗亮和柳星共同掌管金枪门，第二年柳星生下罗星。一家三口过得也算逍遥，但是在两个月以前，中原武林突然发生一连串的怪事。

很多门派的弟子接二连三地失踪，而且都是功力小有成就的人物。不但这样，在失踪几天后会在不同的地方发现他们的尸体，经查看都是被吸光内力之后杀死的。

罗亮、柳星两人觉得奇怪，于是决定去藏剑谷将此事告诉白莲。为了安全起见两人带着罗星一起出发，而金枪门众弟子分别隐藏起来，以免掌门不在之时有人找碴。

两个月后的一天罗亮正在院里练功，突然一个黑影从他面前闪过。能在金枪门里来去自如，而且在罗亮面前闪过足以见得此人的身法有多快。

罗亮提亮银枪去追，但是惊人的事情发生了。当追到城门附近的时候，那个黑影居然消失在城墙之中。

"不可能，这世上怎么可能有鬼？即使有的话大白天的这东西也不可能出现啊。"罗亮提着枪在周围找了个遍没发现什么异常转身回去。

当他回到金枪门的时候大惊失色，因为院里院外到处都是金枪门弟子的死尸。

而且四个高大的吐蕃高手的兵器一起打向柳星，虽然有宝剑挡住兵器，但强大的内力将柳星打得飞出去一丈多远，重重地摔在地上大口吐血。

罗亮一个箭步冲到柳星身旁将其抱在怀里，柳星颤抖着说："罗亮我不行了，一定要保护好星儿，你……"那句"你不是他们的对手"还没说出口就离开人世。

悲痛欲绝的罗亮站起身来欲去院里寻找儿子罗星，却被吐蕃四大高手拦住，各挥兵器大战罗亮。

这四人用的分别是镗、槊、钺、叉，而且比普通的要长很多。四人身材高大，兵器也沉重很多。

不但这样，他们个个内功深厚，武艺绝伦，其中任意一个放在中原武林都能横行武林少有对手。

他们的目的很简单，就是要罗亮的命，招招狠毒，无不打向致命之处。个个运内力于兵器，挥舞兵器所挟之风几乎都能伤人。

面对杀妻灭门的强敌罗亮失去了理智，在他心中只有一个目的，杀死四人，为柳星和同门报仇，但是他忘记了柳星临死前对他讲的话。

罗亮将手中的亮银枪挥舞得如同一条银龙，将家传三百六十五路梨花枪法尽数使了出来。

由于对方各个力大无穷，没法硬碰硬，只能以快取胜。亮银枪的光芒形成一团白雾，罗亮这次真是拼命了。

即使这样，以他一人之力也胜不了四人，随着交斗时间拖延，罗亮有些顶不住了，满脸汗水，枪法也慢了下来。

此时罗亮才意识到不能蛮干，可是为时已晚。忽然间对方四件兵器一起砸向自己，他纵有分身术也是躲不开了。

只能硬拼，罗亮一咬牙运足内力于枪上生生地接下了四人的兵器，随着一声巨响罗亮口吐鲜血险些倒在地上。

他咬着牙再次运功生生地将四件兵器拨了出去，与此同时，右手持枪向四人横扫过去，虽然发出内力，但是对方的兵器已经插进了他的胸膛。

罗亮银枪落地身体不支也倒在地上，吐蕃四人也被罗亮的内力所伤，个个嘴角溢出血来。四人稍微休息了一下直奔院内寻找罗星，原本躲在暗室里的罗星跑了出来："你们这帮坏人，我杀了你们……"小罗星提着枪直奔四人。

他哪里是四人的对手，正当四人欲杀死罗星的时候白莲赶到。

白莲指导武金铃练成剑法之后让其留在藏剑谷，自己急忙赶往金枪门，可还是晚了一步。

见院外罗亮和柳星的尸体突然想到了罗星，赶忙来到院内正好看见四人欲砸死罗星。白莲以最快的速度来到罗星跟前，抱起罗星就走，但是四人的兵器还是划到了白莲的胳膊和后背。

白莲顾不得这些，带着罗星拼尽全力逃出，吐蕃四人在后面紧追不舍……

众人得知罗亮和柳星被害，个个伤心不已，突然白莲急切地道："鹰翔怎么还没回来，那四人非常厉害，你们快去帮他。"

这时大家才想到鹰翔，正当娄方几个起身欲去帮鹰翔的时候，鹰翔飘身来到众人跟前没顾得上去询问众人只留下一句："你们随部队先去京城，我会去找你们的。"说完鹰翔飞身上马扬长而去。正当几人还没弄明白怎么回事的时候，天琪郡主从树林里奔了出来，同样上马紧紧追赶鹰翔。

由于平定叛乱紧急，牟羽可汗也没去管郡主的去向，和仆固怀恩带着部队向长安城挺进。在仆固怀恩的再三要求下，凌云几人也随之赶往长安，几人决定到长安之后再做打算。

鹰翔匆匆忙忙赶奔的地方乃是终南山。

在树林里鹰翔发现莹莹的身影紧追不舍，但是到树林深处却不见踪影，只好站定身形四处观望。

这时天琪郡主也追到了那里，在一旁喘着粗气说不出话来。突然鹰翔就觉得身前闪过一个白影，距离是那么近。

如同与自己擦肩而过一般，虽然没有看清对方的容颜，但是那种气息与铃铛的响动，鹰翔断定就是莹莹。

这时几丈远的树上传来了一句："鹰翔，没想到你竟然也辜负了白师姐！"

鹰翔寻着声音看去，一位白衣女子轻盈地站在树上，不是别人正是萧莹莹，鹰翔看到十年未见的莹莹已经激动地说不出话来。

这时莹莹接着道："没想到你又另结新欢，白师姐为你付出了那么多，你却不好好珍惜她。"

鹰翔低声地道："没错，是我辜负了你和白师姐，只要你安然无恙你怎么说都行。"

"少废话，今天我救你是为十年前少林寺擂台上你没有杀我的那一份情谊。现在你我恩断义绝，日后相见我定当将你挫骨扬灰。"莹莹狠狠地道。

"好，现在就杀了我吧，只要能平息你心中的怨恨。"鹰翔心痛地道。

"杀你？我要在上官前辈墓前杀了你，若想取回软藤剑就到终南山谷底找我。"莹莹说完将背在身后的右手在鹰翔的眼前晃了晃，转身飘向树林深处。

当鹰翔看到莹莹手中的紫薇宝剑和软藤剑的时候，才意识到缠在腰间的宝剑被莹莹取走，就在刚刚莹莹从他身前闪过的时候⋯⋯

鹰翔听罢转身离开，目标只有一个"终南山"。而在一旁听到一切的天琪郡主也紧随其后，生怕鹰翔办傻事。

当年莹莹悲痛万分一个人来到终南山谷底。开始她每时每刻都能想到与鹰翔在一起的点点滴滴，尤其是在这座山谷的短暂而美好的时光，每天都要看着铃铛发呆。

无时无刻不在想鹰翔为什么要这样做，随着时间的流逝，她对鹰翔的爱始终没有消除。她开始拼命练功，可是每次除了练当年与鹰翔合练的双飞剑法外就是《碧海超声曲》和轻功。

随着时间的流逝，体内绝情丹之毒被莲子形成的真气慢慢吸掉，她对鹰翔的爱越来越深。

不但这样，九股真气在吸收完毒素之后更加强大，由于莹莹每天拼命练功促使九股真气迅速融合形成一股强大的力量，致使莹莹的内力一路飙升，以她现在的内力真正是天下无敌。

全靠内力吹奏的《碧海超声曲》比以前强大几倍，轻功已经到了登峰造极的境界。

此时的莹莹似乎接受了现实，于是她决定出谷去看望师姐和鹰翔。出谷之后才发现中原大地战火连连，去哪里找白莲他们？

只能撞撞运气去藏剑谷走上一趟，结果来到久违的藏剑谷，白莲正好离开去往金枪门。

留在藏剑谷的武金铃见到莹莹既惊讶又高兴，但是莹莹的一句话让武金铃有些不解。

"金铃，现在翔哥怎么样了？他和师姐一起赶奔金枪门了吗？"莹莹询问道。

"鹰大哥没有和你在一起吗？"武金铃惊讶地道，这些年来她只知道鹰翔托白莲照顾她的，其余的什么都不知道。

"什么？你再说一遍？"莹莹简直不敢相信自己的耳朵，又问了武金铃一遍。

武金铃真不知道该说些什么了："莹莹姐，鹰大哥应该是和你在一起啊，怎么可能和白莲姐在一块呢？"

"你的意思是这十年来这里只有你和师姐？"莹莹诧异地问。武金铃点了点头。

此时莹莹迫切地想知道究竟发生了什么，于是她离开藏剑谷赶往金枪门。但是阴差阳错地走错了路，来到了与鹰翔相遇的那片树林。

在树林深处休息的她突然听到有打斗的声音，于是飘身来到现场，正好看见鹰翔情急之下冒险去救天琪郡主。

那一幕不禁让莹莹心痛不已，在她的看法当中：鹰翔抛弃她和白莲全是因为眼前鹰翔冒死相救的西域女子。

鹰翔师出西域的祁连山，这样看来，鹰翔早在来中原之前就有了心上人。自己和师姐的十年青春全部葬送在这个无情无义的人手里。

那一瞬间开始，莹莹对鹰翔只有恨，但是见鹰翔有危险，她仍情不自禁地吹奏起《碧海超声曲》帮忙，然后转身离开。但是她没想到鹰翔会去追赶她，此时她突然想到了报复，于是停下了脚步，藏在树上等待鹰翔到来。

她决定将鹰翔约到终南山谷底，那里是他们成亲的地方，她要在那里为自己和师姐讨回公道。但又怕鹰翔这个忘恩负义的家伙不会去终南山找她，于是她才用那绝世轻功在鹰翔眼前取走两把宝剑。

有了这两把宝剑就不怕鹰翔不去，顺便也收回属于藏剑谷的东西。

莹莹带着宝剑拼命地向终南山方向奔去，泪水一路上不停地洒落。每一滴都记载着十年前两人的美好回忆。

此时的莹莹心里很矛盾，既希望鹰翔能够跟来，又不愿鹰翔来终南山。她不知道在谷底会发生什么，怕控制不住自己一剑杀了鹰翔……

而鹰翔正快马加鞭地赶往终南山，这十年来莹莹所受的折磨他能想象得到。只要她一切都好，能放下怨恨即使是死自己也心甘情愿。

鹰翔来到当年两人携手登上的谷顶，山水依然，只是多了条不知接了多少节的树藤，一头绑在树上另一头垂下谷底。

这应该是莹莹为了进出谷方便弄的。想罢鹰翔拽着树藤飘向谷底，这里什么都没变，只是正值秋季满地的落叶，略微显得凄凉。

远处的树林里落叶乱舞，飘荡得四处都是。隐约传来宝剑的响动，鹰翔快步奔向树林。

树林深处莹莹正在挥舞着紫薇宝剑单独习练双飞剑法，那一瞬间鹰翔仿佛回到了十年前，不知不觉地折根树枝，飘向莹莹身旁与其同练双飞剑法。

那一刻莹莹以为自己是在做梦，希望这个梦不会醒来。随着鹰翔挽住她的手才反应过来，莹莹一抖手飘到一边站定。

在握住莹莹的手的一瞬间，鹰翔发现莹莹体内绝情丹的毒已经解除，虽然高兴但是心里却是空落落的。

"你还是来了，目的是想看看我是怎样为你伤心的，还是为宝剑而来？"莹莹站定之后道。

"莹莹我知道这十年来你受了不少的苦，在你心中我就是那种背信弃义，玩弄感情的恶人。你恨我，怨我，我都能猜得到，这十年来我无时无刻不在想你……"

莹莹打断他的话道："够了，别再用花言巧语来骗我了。我用了十年时间放下怨恨，祝福你和师姐。没想到你竟然也辜负了她，原来就是因为那个西域女子吗？"

"不是，我与她没有任何瓜葛……"鹰翔把十年前忍痛离开的原因讲了一遍，"我知道这样做有些过分，但是我没有更好的办法。"

"好充分的理由，绝情丹之毒早在十年前就被师父解除。我原以为你会感到内疚，没想到你竟编出这样一个理由，真是可笑。去死吧。"说完莹莹挥紫薇宝剑直奔鹰翔，虽然相信鹰翔的话，但怨恨驱使她要杀死眼前这个负心之人。

鹰翔站在原地一动不动，已经抱着必死之心。莹莹的宝剑直刺他的心脏，一股强大的剑气随之而来。就在剑尖刺进衣服的一瞬间，莹莹心里颤动了一下，手腕一抖剑尖微微一偏，让过心脏刺进了鹰翔的胸膛。剑气仍然撞到心口，鹰翔一口鲜血吐了出来。

随着衣服划破，鹰翔怀里的铃铛落在地上，"没想到你还留着它，可是又有什么用呢。"莹莹说完松开手中的紫薇宝剑转身离开，那一瞬间她的心刺痛着，那种疼痛远比绝情丹的毒要厉害得多。

莹莹含着眼泪离开了山谷，她要做的就是南下去寻找药王司马青。如鹰翔所说，内情只有他和司马青知道，她要当面问个明白。

在鹰翔迷离的眼神中莹莹迅速离开，他想上前去追，可是迈出第一步之后便晕倒在地上。

他做了一个非常美好的梦，与莹莹隐居山谷，过着平淡的生活。两人一起习练双飞剑法，如同神仙伴侣。

突然他在梦中惊醒，发现自己躺在山洞里。天琪郡主正焦急地望着他："你终于醒了，幸好那个叫莹莹的手下留情，否则你死定了。"郡主看着醒来的鹰翔道。

"你见过她？快告诉我她去哪儿了？"鹰翔听罢郡主的话问道。

"她没说去什么地方，只是说要去南方寻找一个飘忽不定的人。"郡主低声地回答。

鹰翔听罢赶忙起身要走，可是刚起一半又倒在了地上。虽说莹莹这一剑没有刺中心脏但他也是伤得非常重。

"你还是先好好养伤吧，那个人说了你不养好内伤是出不了这个山谷的。"天琪郡主拉住鹰翔道。

原来莹莹来到谷顶之时正好遇见没有办法下谷的天琪郡主，就她那两下子即使有树藤也没办法下去。

"你把鹰翔怎么了？你真的误会他了，我们一个月前才认识的。其实是我非要死缠着他的。"

"不用说了，他受伤了。一会儿我把你送下山谷，好好照顾他。告诉他好好养伤，这个绝壁他知道，不养好伤是出不了山谷的。"莹莹说着把天琪郡主带下了山谷，然后离开终南山。

临行前郡主问道："你要去哪儿？"莹莹看了她一眼道："去南方寻找一个飘忽不定的人。"说完把紫薇宝剑留在了地上。

鹰翔听罢暗想：一定是司马青前辈……

"对不起啊，都是我缠着你才闹成这样的。我真不知道你们会误解对方。"天琪郡主自责地道。

鹰翔低声道："这不关你的事，你不用自责，即使没有你，也是这样的结果。"

半个月后，鹰翔的剑伤好了七八成，但是内伤却没痊愈。莹莹的内力太强了，再加上鹰翔当时根本没用内力抵挡。

即使这样，鹰翔还是决定出谷去找莹莹，当他将紫薇剑缠在腰间，收好铃铛拿起天琪郡主为他洗好的衣服时发现被剑挑破的地方用红色线缝接上了。

"这是我第一次缝衣服，又没有针线。只能弄成这样了，不过总比不缝好一些。"天琪郡主低声地道。

原来天琪郡主把自己的耳环摘了下来，在石头上磨出尖头。又将自己红色的外衣撕下一块把线拆出来，一点一点把鹰翔的衣服补上……

"谢谢你，真是难为你了。"鹰翔真诚地道。此时的天琪郡主只是会心一笑。

在出谷途中，鹰翔一手拉着天琪郡主的手，一手拉住树藤运功登上这利刃般的峭壁。

郡主多么希望时间永远停留在与鹰翔挽着手的那一刻，但是她知道是不可能的，能照顾鹰翔半个月她已经很满足了。

"你回长安吧，牟羽可汗会担心你的。"鹰翔带郡主来到谷顶之后道。

"想把我甩掉啊，你的伤还没痊愈需要有人照顾。再说，我可是个外地人，不知道回去的路啊。让我陪你一起去找莹莹姑娘吧。"天琪郡主笑嘻嘻地道。

"这个……"鹰翔正要说些什么，郡主打断他的话道："我们是好哥儿们嘛，我可是要保护你这个伤员的。放心啦，我感觉莹莹姑娘没那么小气，她一定会原谅你的。"

鹰翔看着她那副天真无邪的笑脸点头道："好吧，谁叫我们是好兄弟呢。"

"原来你也会笑啊，你笑起来很好看的，兄弟。"天琪郡主开玩笑道，"对了，你虽然比我年龄大，但是必须叫我姐姐。"

"为什么？"鹰翔不解地道。"你想啊，堂堂的西域苍狼，中原武林第一高手是我天琪的弟弟。在中原谁还敢欺负我啊。"郡主笑嘻嘻地说完向山下走去……

看着整天笑嘻嘻的天琪郡主鹰翔不禁想起武金铃，也不知道这十年她在藏剑谷过得怎么样。还有自己那个深明大义的白莲师姐，为什么会遭到吐蕃人的追杀。

带着这些疑问，鹰翔踏上了寻找莹莹的路途，虽然知道了莹莹去的是南方，但茫茫人海要寻找一个人是多么困难。

这天两人来到安徽当涂境内，正在官道上前行。忽然一匹马飞奔而去，马上坐着两个人。前面是一名女子，后面是一位白衣少年，看样子是受伤了。

由于一闪而过，两人没有看清那女子的面容，但是看后面的那名男子的背影两人一眼就认出那人是凌狐。

"那不是凌狐吗？他应该在长安城啊，怎么来这里了？"天琪郡主自言自语道。

鹰翔也有些疑问："他们应该去前面县城了，咱们加快步伐应该可以追到他们。"说完两人相互较劲一路奔向前方。

刚刚过去的那两个人正是凌狐和信欣。原本是他们随仆固怀恩等人赶回长安面见皇上。

代宗得知牟羽可汗亲自带兵前来帮忙自是高兴，接见众人之后代宗皇上要给凌云、凌狐、信欣三人加官晋爵，可是被三人婉言谢绝。

皇上也清楚江湖中人喜欢自由就没有强求，赐给他们三人一人一块免死金牌。三人跪谢皇上之后，信欣笑嘻嘻地低声问代宗道："皇上，我还有一个小小的请求，您可是答应过我的……"

"噢，明白了，你这个鬼丫头。"代宗皇上看了看凌狐然后道，"传朕旨意特赐凌狐少侠与信欣姑娘次日完婚……"

"谢皇上赐婚。"信欣深跪谢恩，心里别提多高兴了。凌狐听罢呆住了：这是怎么回事？

在凌云低声地说了一句："还不谢恩？"凌狐才反应过来跪倒谢恩，偷偷地看了看高兴得不得了的信欣心想：肯定是这丫头搞的鬼。

由于皇上要亲自证婚，所以凌狐几人还要在皇宫里待上一天。"信欣你真行，有你这样逼婚的吗？"回到住处凌狐气急败坏地道。

"嘿嘿，总之皇上赐婚了，你不同意就是抗旨。可是死罪哦。"信欣调皮地道。就这样两人争执了很久，不过凌狐虽然嘴上怨信欣，心里别提多高兴了。两个人你情我愿不说，想想谁的婚礼能在皇宫里举行，而且有皇上亲自证婚。

但是婚礼当天却不见信诺在场，信欣略微有些失望。婚礼结束之后众人离开皇宫赶往嵩山少林寺，一是要将吐蕃人在中原武林兴风作浪之事告知元坤大师，二是要将罗星托付给少林，以免遭遇不测。

在途中几人遇到了信诺和王元，还有那四个吐蕃高手。他们几人的同时出现让众人不解。

当日凌云刺杀李辅国之后，由于信诺是李辅国举荐的，所以官职被免。四处流浪的信诺遇见了王元，两个人结伴而行来到了北平府，在信诺原有的住处定居下来。

王元将"花"字秘笈中的剑法传授给信诺，而自己开始练习"葵"字秘笈上的功夫。不到一个月的时间他将秘笈上的武功练成，由于他是宦官，最适合练阴阳颠倒功。练成之后远比当年蛇林、诸葛莲的功力要高很多。

现在王元的形象比之前更加不男不女，练成神功之后的他觉得这个名字不够好听，于是将这套神功改名为《葵花宝典》，并总结出前人练不成此功的原因。

虽然诸葛莲和蛇林之前已经天下无敌，但也没有领略这种功夫的精髓。王元总结出的经验就是欲练此功必先自宫，和他一样成为太监才行……

王元、信诺两人经过暗中调查，发现代宗皇帝设法处死李辅国的内情，并查到刺杀行动是凌云所为。

两人决定投奔叛军史朝义，帮助他灭掉唐王朝。只有这样他们才能为李辅国和李林报仇。

当他们来到史朝义的军中之时，正好吐蕃的诸葛少白也随之赶到，相互见过之后王元想要试一下自己的《葵花宝典》有多厉害，决定与诸葛少白比试一下。这是必须的，他想要在史朝义面前展示一下自己的身手，不能到时候让一个吐蕃人来领导自己。

结果王元落败，诸葛少白的身手让所有人都惊呆了。"王兄，你练就的可是阴阳颠倒功？不知道你是从哪里弄到的秘笈，我母亲之死莫非也与你有关？"诸葛少白捋着花白的胡须问道。一旁的信诺听罢心里不由一颤：什么？那两本秘笈是阴阳颠倒功？为什么师父说是昆仑绝学。想罢没等王元说话自己先问道："诸葛兄，你说王兄的《葵花宝典》是阴阳颠倒功有何凭证？"

诸葛少白微微一笑道："几十年前我母亲让我习练的就是此功，因为看到里面武功邪门我才与母亲闹翻远走吐蕃。但是后来当我研究奇门遁甲之术时，发现阴阳颠倒功是在奇门遁甲之中零碎地摘抄了些技法，只是些皮毛而已。这就是王兄为何不是我的对手所在。信诺，据我所知，当年你也曾参加过除掉我母亲的计划，算来你也是我的仇人之一……"

诸葛少白说话间已到信诺近前，信诺暗叫不好，刚要逃走被他一把擒住了脖根。诸少白运足内力，信诺脖子猛然间被折断当场死于非命。

王元根本没有阻拦的机会："诸葛兄为何要杀死他，留着的话会对我们有用的。"王元不解地问。

"死了比活着用处更大。"诸葛少白说完在信诺的胸口点了几下，信诺奇迹般地站了起来，和生前一模一样，甚至举止动作说话语气都一样。只是他现在是一个没有生命的活死人而已，这就是奇门遁甲之术其中的一个邪门之术。

诸葛少白笑着看了看周围的人道："大家不要惊慌，只要大家对大燕皇帝（史朝义）忠心，我是不会对你们这样的。王兄，日后我会再指点一下你的武功。《葵花宝典》这个名字很不错，一定要让它成为世上最厉害的武功……"

诸葛少白变成现在这样同样是受奇门遁甲的影响，也变得心狠手辣。以他现在的本事远远超过了师父活佛丹巴。

之后的日子里诸葛少白开始指点王元，而且四处吸取内功深厚的武林中人的内力，为的是造出更强大的纸人纸马。与此同时，让他的四名弟子巴森、巴林、胡明、古田四个吐蕃人寻找金枪门的所在地，他要将当年与母亲之死有关的人全部杀死，那天引走罗亮的身影就是他。现在所有的人，包括史朝义都畏惧诸葛少白三分，有什么事情都要和他商量之后才下决定。那天诸葛少白把罗亮引出金枪门之后就回到史朝义的军中，他很清楚剩下的事情自己的四名弟子完全有能力办好。

可是过了很久巴森四人才回来，而且每个人都受了内伤。"怎么回事，那个罗亮这么厉害吗？居然能伤到你们四个？"诸葛少白询问。

"那个罗亮虽然有些本事，已经被我们解决了。不过……"巴森把追杀白莲之时发生的事情讲了一遍。

诸葛少白略微有些惊讶，这时王元道："诸葛兄，依照令徒所说，他们遇见的应该是鹰翔和萧莹莹。我曾听信诺说过这两人联手天下无敌……"

"就是他们杀死我母亲的，应该算是有些本领。不过没关系，早晚他们会落在我的手里。王兄，你不是要杀凌云兄弟吗？那就去吧，带上他们四个正好帮我试探一下鹰翔他们的武功。"说完指了指巴森四人。

王元一笑道："我定将他们碎尸万段……""不行，要活的。我要看看他们有什么独到之处，尤其是鹰翔、萧莹莹和凌云。"诸葛少白打断王元的话道，"对了，把这个活死人也带上，能帮你们解决很多事情。"说完指了指信诺。

真是冤家路窄，几人正在赶往长安城的路上遇见了凌云等人。信欣看见哥哥之后很是惊讶，没想到他会和这些人混在一起："哥哥，你怎么会在这儿？为什么和他们在一起？"

可是连着问了几声信诺都没有回答，后面的凌云等人发现信诺的眼睛根本没有眼神，甚至眼球都不会动。凌云运用内力去听和感应信诺的心跳，居然听不到。

凌云赶忙把信欣拉到一边低声地道："不对劲，你哥他好像已经死了，站在咱们面前的只是一具能行走的尸体。"

"不可能，我哥不会死的，如果死了他怎么会站在这儿的……"信欣边说边要上前去看，王元用那难听的声音道："凌云果然厉害，没错，你们的信大捕快早就死了。用不了多久你们每个人都会变成这样。"说完飘身直奔几人。

以王元现在的功夫这些人哪是他的对手，他那宽松的衣服里瞬间甩出无数条红色飘带直奔每个人。

凌云几人赶忙各持兵器迎战。此时信欣已经奔到信诺跟前，刚要说些什么，信诺一把抓住了她的脖子。

在那一瞬间，信欣才感觉到凌云说的话是真的，掐住她脖子的那双手根本没有体温。近距离观看信诺的眼睛根本不会动弹。

见信欣被那具行尸走肉掐住了脖子，凌狐急得不得了，飘身绕过王元直奔信诺而去。随着追风宝刀出鞘，凌云一刀将信诺掐指信欣的手给砍掉。

断臂上流出的血已经不是鲜血，是发黑变质的血。凌狐的这一刀完全把这具行尸走肉的杀性激起，挥舞着双臂直奔凌狐。

奇快无比的速度让凌狐招架不住，这时巴森四人各持兵器已经击向信欣。此时的信欣没有心思去为哥哥伤心，挥舞宝剑大战四人。

她哪是这四人的对手，没过三十招，随着巴森的一槊砸下来，信欣已经躲不过去。紧急关头，被信诺追得四处飘躲的凌狐一把将信欣拉开了。与此同时，腾空用右脚从侧面将巴森的槊踢到一旁。

19　当涂大战后人评

他俩躲开了巴森，可其余三个人的三把兵器狠狠地砸在了凌狐的腿上。凌狐狠狠地摔在了地上。

见自己的兄弟受伤，凌云一个箭步冲了过来拦住了巴森四人。而白莲赶忙挡住了直奔信欣而去的信诺。

"信欣，快带凌狐走。"凌云边打边喊。信欣以最快的速度背起凌狐奔到马匹跟前，飞身上马带着凌狐直奔南边而去："凌狐，你要挺住……"信欣泪流满面地喊着。

随着凌云和白莲的离开，娄方哪里是王元的对手。没过十几招就被王元甩出的飘带缠住，然后被王元狠狠的一掌打倒在地。

接着王元冲着凌云而去，此时的凌云正与巴森四人打得难解难分。因王元的加入使凌云明显不敌对手，白莲运用内力勉强将信诺打得后退几步之后直奔王元。

口吐鲜血的娄方勉强站起身来到已经吓呆了的罗星跟前，抱起他跨上马奔少林方向而去。

站定之后的信诺再次挥舞着两支血淋淋的胳膊瞄准白莲出击，凌云、白莲勉强抵挡了不到五十招后双双被捉。

"哈哈哈哈，凌云你也有今天。你们把这两个人带回军中，我和这个行尸走肉去追逃走的那两个人。"王元笑罢对巴森四人道。

"那个带着孩子逃走的白发人怎么办？"巴森不解地问。

王元一笑道："他们成不了大气候的，有了这两个人就行了。你们师父的意思是要捉拿鹰翔，这下有了他们，鹰翔那个重情重义的家伙一定会出现的。"

四人点了点头，押着凌云和白莲赶回了史朝义军中，而王元和信诺飞身上马向信欣两人离开的方向追去。

王元两人顺着凌狐留下的血迹紧追不舍，还用千里传音不停地喊着："你们跑不掉了，就算跑到天涯海角也逃不出我的手掌心。"王元这么穷追不舍的原因就是要为李辅国和徒弟报仇。

他和李辅国的感情如同亲兄弟一般。凌云已经被抓，只剩下凌狐和信欣两人，怎么可能让他们跑掉。

随着两人越追越远，血迹也渐渐消失。王元沿路打听着信欣两人的去向，在后面紧追不舍。

信欣没有别的选择，只能不停地快跑。遇到镇店就以最快的速度换马，备干粮。之后接着上路，不知不觉地就跑到了安徽当涂境内。

到达当涂县城,已经被伤痛折磨得不成样子的凌狐从马上摔到地上人事不省,信欣抱着凌狐不停地哭喊着:"凌狐,你可不能死啊。你死了我该怎么办啊,我只剩下你一个亲人了……"

瞬间大街上的人都围了过来,正在这时,鹰翔和天琪郡主赶到。见到眼前的这一幕,鹰翔不由得呆住,天琪郡主忙上前询问信欣怎么回事。

信欣看见鹰翔和天琪郡主一句话也说不出来,一头扎在郡主怀里痛哭不已。

这时人群中走出一位五十岁上下的男人,面似银盆,浓眉大眼,花白的胡须飘洒胸前,身着灰色长袍,手持折扇,举止动作一看就是个文化之人。周围的百姓见到他纷纷跪倒:"拜见大人!"此人忙道:"各位乡亲不必多礼,赶快起来。"

然后向鹰翔一抱拳道:"少侠,你朋友的伤如果再不医治恐怕腿就废掉了,如果不嫌弃的话先到本县家吧,正好我家现在住着一位名医。"

鹰翔赶忙还礼道:"多谢县令大人好意,只是怕我们打搅……""诶,无妨,就这样定下啦。来人啊,快帮忙把这位少侠抬回家里。"老者打断鹰翔的话叫下人过来帮忙。

这时远处传来王元的千里传音:"凌狐、信欣你们跑不了了,劝你们赶快束手就擒。"

鹰翔心想肯定是这个人伤的凌狐,我要看看究竟是谁。想罢向老者一抱拳道:"那就有劳县令大人了,我还有件急事。一会儿办妥之后再到府上给大人请安。"

"也好,若不击退此人,恐怕你的朋友也不能安心养伤。"老者道。鹰翔又让天琪郡主陪信欣前去,然后自己飘身赶奔城外……

鹰翔来到城外正遇见王元和信诺两人,他的突然出现让原本飞奔的马突然停下。

王元不禁倒吸了一口凉气,打量着对面的鹰翔:一件黑色长衫,乌发在风中飘荡,眉清目秀的脸庞透着傲然正气,两只眼睛亮如闪电,一看就是位武功卓绝的人物。

鹰翔第一眼看到的就是信诺,但是他没有过去相认,因为他早就看出信诺已经不是当初的信诺。

先不说少了一只手,还有一动不动的眼睛,加上没有听到信诺的心跳声,鹰翔就断定眼前这个曾经的好友已经是个死尸。他暗想:能让死尸活动的只有江湖中传闻的奇门遁甲之术可以做到。

再看看另一个人,身着大红色的衣衫。不仔细看就是一个女人,若仔细看就能发现是个男人。

他是什么人?只有练过阴阳颠倒功的人才会变成这个样子……鹰翔正想着就听王元道:"你是何人,敢挡住我们的去路?"

"西域苍狼鹰翔,你是什么人?为何追杀我的朋友。"鹰翔低声道,但是声音足能传出几里地远。

　　"什么？你就是鹰翔？没想到竟是一个文弱书生。"王元大吃了一惊道，"我正找你呢，咱家名叫王元。你不是曾经与萧莹莹联手杀死了练成了阴阳颠倒功的诸葛莲和蛇林吗？今天我让你尝尝《葵花宝典》的厉害。"

　　"《葵花宝典》？蛇林、诸葛莲两人罪有应得，你是他们的什么人？"鹰翔询问道。

　　"哈哈哈哈，没听说过吧。《葵花宝典》就是曾经的阴阳颠倒功，那你应该知道诸葛莲有个儿子叫诸葛少白，专门研究奇门遁甲之术。这套功夫就是在阴阳颠倒功的基础上加入奇门遁甲之术研究出来。还有，现在诸葛少白就在大燕皇帝军中，这次来中原就是来取你和萧莹莹的性命。"王元笑罢之后道。

　　鹰翔皱了皱眉道："我朋友信诺是你们给害成这样的？""没错，还有凌云、白莲已经在我们手里，就剩下你和萧莹莹。对了，还有我必须杀死凌狐那个小冤家。今天就是你的死期。"王元狠狠地道。

　　说完王元飞身下马，先是对着信诺说了句"先在这儿老实呆着"，意思是自己要与鹰翔单独交手。然后一抖手无数飘带直奔鹰翔而来，鹰翔脚尖点地用轻功四处躲闪，他知道每条飘带上都带着强大的内力。

　　没有办法只能拔剑，随着紫光一闪鹰翔手持紫薇宝剑施展无名剑法与其一较高下。黑色的身影伴着紫色的光芒穿梭在无数条红色的飘带中间，显得格外漂亮。

　　刚开始动手时王元根本没把鹰翔放在眼里，但是打斗五十几招之后不禁暗自佩服。心想：这小子果然厉害，看他的样子不久前应该受了很重的内伤，要不然怎么会尽量避免使用内力。

　　鹰翔本来应该静养，这一路奔波伤势也没有好转。即使这样，单凭那套无名剑法的招式就能与王元的《葵花宝典》抗衡一段时间，但是时间长了鹰翔就有些受不了。

　　交手刚过一百招，鹰翔的速度明显慢了下来。这套无名剑法就是奇快无比，这一慢下来可就不是王元的对手。

　　王元见状暗自高兴，一抖手随着飘带的飘动打出几根绣花针，然后飘身直奔鹰翔而去。

　　鹰翔暗叫不好，用紫薇宝剑将飞来的绣花针打落，刚要躲闪，王元已到近前。女人般纤细的双手，长长的指甲如同魔爪直袭鹰翔的心口。

　　红色飘带从侧面击向鹰翔，来不及躲闪的鹰翔右手挥舞宝剑抵挡飞来的飘带。与此同时，运用北冥神功于左掌上，强大的内力推向王元的利爪。

　　两人开始较量起内力，随着两股力相撞，鹰翔嘴角溢出鲜血。正在这时，远处传来悠扬的笛声，一股强大的力量压向王元。

　　那笛声让王元感觉非常刺耳，强大的内力生生地将王元推出了一丈多远险些栽倒在地。虽然站定了身形，但是一口鲜血吐在地上受了内伤。

再看一旁的活死人信诺被这股力击倒在地，不但这样，诸葛少白施在他身上的奇门遁甲之术也被这笛声震散，也就是说现在倒在地上的是信诺的尸体。王元见状大吃一惊，赶忙施展轻功向远处树林飘去，在转身的一刹那他回头看了一眼吹笛子的人。想知道这位高手是谁，但是让他惊讶的是远处吹奏笛子的竟是一位白衣女子。

王元边跑边想：难道她就是他们说的萧莹莹？这样看来鹰翔和他联手真的是天下无敌……

远处吹笛的女子正是萧莹莹，她离开终南山之后四处寻找打探药王的下落。江湖这么大上哪儿去找啊，但是莹莹没有放弃。

不知不觉她来到安徽南部的黄山，正好救了一位被山贼劫持的老者。在这位老者的口中得知当涂县天门山有一位神医，应该就是司马青。

于是莹莹又向当涂县赶去，当她找到当涂县城刚要进城时发现有人在打斗。当时她根本没有看清两人当中一个是鹰翔。

因为王元的飘带挥舞已经将鹰翔左右都围上了，但是在两人较内力的时候莹莹才看到鹰翔。

眼见鹰翔有危险，那种不自觉的担心迫使她出手相帮。在她心中，鹰翔始终是最重要的，只是她不敢承认罢了。

见王元逃走，鹰翔解除了危险，她飘身离开。在飘身离开的瞬间，她还听见鹰翔呼喊她的名字，但是她毅然离开，只是泪水滑落脸庞……

鹰翔的伤势让他没有办法追上莹莹，只好背起信诺的尸体向城里走去，寻找凌狐、信欣他们。

这时天琪郡主带着县里的衙役出城来寻找鹰翔。"你没事吧，快和我回县衙，那儿有个你认识的人。"郡主说完拉着鹰翔的手向城里奔去。衙役们抬着信诺的尸体紧随其后。

来到县衙门口的时候，知县大人和一位老者在焦急地等待，鹰翔看见那位老者是又惊又喜。

那位老者不是别人正是药王司马青，没什么大的变化只是显得老了许多。当年司马青离开断情崖之后继续他飘忽不定的生活。

随着安禄山、史思明先后叛乱他曾在北六省行医救人，两年前他回到了自己隐居的当涂县天门山。

这里有一位他的好朋友，就是在大街上带凌狐他们回府的当涂县令李阳冰，两人经常一起饮茶闲聊。

几个月前李阳冰家来了一位客人，是他的族亲。这个人在大唐王朝赫赫有名，号称"诗仙"、"诗侠"的李白李太白。

按辈分算的话李阳冰是李白的族叔，也就是李白的叔叔。如今的李白已经六十多岁，加上仕途的不顺与旅途的劳累一病不起，所以在途经当涂的时候来找李阳冰。

　　见太白病得不轻，李阳冰差人把司马青请到府上为太白看病。

　　结果司马青发现李白的内脏均有不同的损伤，尤其是胃脏和肝脏。原因是太白嗜酒，长期饮酒所致。

　　加上李白已经六十岁，治愈的可能性非常小，这位一生放荡不羁的诗侠最多也只能再活半年。

　　李阳冰得知消息之后恳求司马青留在府上，以便随时观察李白的病情。司马青也对这位侠客诗人非常敬仰，所以就留了下来。

　　与李白相处的这段时间，司马青发现李白是个用剑高手，青莲剑法和凤凰剑法盖世无双，以李白的身手在江湖上称得上是一等一的剑客。

　　不但这样，他还得知李白与当年神鹰山庄的庄主鹰傲是同门，都是大唐第一剑客裴旻裴将军的徒弟。

　　这日司马青正与李白闲聊，突然微服出行的李阳冰带着几个下人匆匆赶了回来。下人们抬着一个白衣少年，后面跟着两个女子。

　　一个是回纥族的装束，一个是汉人的装束。司马青看到那个汉族女子和受伤的少年时第一反应就是：他们两个怎么这么像凌狐和信欣。

　　这时后面的信欣看到司马青惊喜地跑到他面前道："司马前辈，你怎么会在这儿？还认识我吗？我是信欣。"

　　刚刚还在猜测的司马青听到信欣的声音更加确定了："真的是你和凌狐，凌狐的腿怎么了？"

　　"司马前辈你快救救凌狐吧，不能让他的腿废了。"信欣边说边落下了眼泪。

　　司马青听罢赶忙叫人把凌狐抬到屋里观看伤势，此时的李阳冰才松了口气。

　　李阳冰和李白同时问天琪郡主："姑娘，你们是什么人？怎么会和司马神医认识？"

　　天琪郡主先是愣了一下，然后道："我也不知道他们怎么会认识。"然后把自己所知道的事情讲了一遍。

　　"噢，原来姑娘是回纥郡主，下官在这儿有礼了。"李阳冰说完深施一礼。"大人不必多礼，能借我几名衙役吗？我担心鹰翔他伤势未愈斗不过那些恶人。"天琪郡主急切地道。

　　"好，本县的衙役随你调遣。"李阳冰爽快地答应了，而李白听到鹰翔的名字时不由得惊喜万分。

　　此时在屋子里给凌狐看伤的司马青不禁皱了皱眉，原因是凌狐的小腿断成了三截，而且有些地方成了碎片……

"司马前辈凌狐的腿还能治好吗？"信欣眼泪汪汪地问。

"我只能尽力而为，日后即使能行走恐怕也会留下后遗症。可能他日后行走会是一瘸一拐的。"司马青遗憾地回答道。

说完司马青叫信欣和下人们按住凌狐，开始为凌狐接骨。半晌接好之后又用竹片夹在腿的两侧固定好之后才走出屋子。

信欣守护在刚刚再次被疼晕过去的凌狐身边，默默地祈祷祝福……

之后李阳冰和司马青在县衙门口等候鹰翔回来，而李白本打算一同等候却被司马青拦住。以李白现在的身体状况最好是卧床休息，可是他仍然坚持坐在院子里等待着自己仰慕已久的西域苍狼的到来。

鹰翔来到县衙看到司马青的时候激动不已："前辈您怎么会在这里？这十年您还好吧？"

司马青一把拉住鹰翔的手高兴地道："我一切都好，来让我好好看看。比以前成熟了很多，你内伤很严重啊，走快到里面再说。"司马青突然发现鹰翔伤得不轻，忙将鹰翔和郡主让进县衙。

"这位就是我昔日同门师弟之子，大名鼎鼎的西域苍狼鹰翔？"李白托着病重的身躯来到走进院子的鹰翔跟前。

"您是？"鹰翔疑惑地问。"大家坐下来慢慢聊。"李阳冰边说边让几人坐下。

坐下之后司马青介绍："这位是当涂县令李阳冰李大人，你们还是老乡呢。李大人的祖籍是河北赵县。"

"这位是赫赫有名的诗侠李白李太白。"司马青一一给鹰翔介绍。鹰翔听罢惊讶不已，忙上前给两人施礼。

司马青接着说："这位太白居士与你父亲鹰傲大侠都曾拜在裴旻裴将军的门下，算起来他还是你的师伯。"

鹰翔更为惊讶，他没想到一代文豪李白竟然是自己的师伯，忙上前跪倒给李白磕头："师伯在上，晚辈鹰翔给您叩头了。"

李白赶忙把鹰翔搀扶起来："快起来，让我好好看看。"李白上一眼下一眼仔细观看鹰翔，自言道："真是一表人才，有当年鹰傲的影子。"

李白与鹰翔一见如故，也忘记了自己的身体状况，与鹰翔聊得很投缘。此时司马青去给鹰翔配制治疗内伤的药物。

李阳冰吩咐下人准备酒菜，然后去看望凌狐和信欣两人，吩咐下人一定要照顾好凌狐。

剩下李白和鹰翔两人聊得是天南海北，李白佩服鹰翔年纪轻轻就有如此身手。鹰翔敬佩李白文武全才。

知道鹰翔剑法出众，李白要求他练套剑法一睹为快。虽然自己有伤在身，但鹰翔毫不犹豫地答应了。

紫薇宝剑出匣在空中闪了道紫光，随着李白喊了一句"好剑"鹰翔飘身来到院子中央先是练了一套司马纵横传授的天山逍遥剑，然后又将那套无名剑法练了出来。

李白不停地叫好，尤其那套无名剑法让李白大吃一惊。开始他还目不转睛地观看，后来不知不觉地起身练起了青莲剑法，与鹰翔遥相呼应。

晚饭的时候信欣将他和凌狐乃至白莲等人的遭遇讲给大家听，鹰翔听罢道："这样看来，那四个吐蕃人应该是诸葛少白的弟子，我感觉诸葛少白不单单是来寻仇的。"

"没错，据我所知，现在回纥大军在剿灭史朝义的叛军途中遇到了麻烦。死伤惨重，而且对方根本没有动用很多兵士。难道你们所说的那个妖人在用奇门遁甲之术帮助史朝义？"李阳冰推理道。

"大人说得有道理，这样的话天下岂不大乱？于公于私我都要去会会这个诸葛少白。"

鹰翔的话还没说完，一旁的李白道："翔儿你的心情我可以理解，不过你要在这里住上一段时间才行。不然我绝不会让你离开。"

"师叔此话怎讲？"鹰翔不解地问。李白微微一笑："明天你就知道了……"

第二天众人帮忙将信诺的尸体掩埋，信欣在哥哥坟前哭了很久。最后她擦了擦眼泪回到李府，现在她剩下的唯一亲人就是凌狐。

"别太伤心了，人死不能复生。"躺在床上的凌狐用手擦了擦信欣脸上的泪水道。

信欣点了点头道："现在我只剩下你一个亲人了，答应我，不管发生什么事情都不能离开我。"

"好，等帮着鹰大哥除掉那个诸葛少白以后咱们就退隐山林。我这个残疾可是要你照顾一辈子的……"凌狐尽量讲着让信欣忘掉悲伤的话语。

在李府的后花园李白手持宝剑正在传授鹰翔青莲剑法，这也算为师弟鹰傲做的事吧。

收招之后李白托着病重的身躯来到石桌旁边，将上面的盒子打开。里面有两本书籍，李白先将第一本交到鹰翔手中。

"孩子，这是青莲剑法的心法和剑诀。你父亲那里也有一份，今天我把它交给你，希望你能将这套剑法发扬光大。"李白把剑谱交到鹰翔手中。

鹰翔手捧剑谱道："多谢师叔，我一定不辜负您和我爹的期望。"

李白笑了笑道："好孩子，打开看看吧。以你的悟性应该用不了多久就能掌握其中的精髓。"

鹰翔将剑谱打开不由得爱不释手，这条剑法太精妙了。上面是这样记载的：

心法：老君拂袖天门开，拨云斩妖魔星摘，虎扑鹰搏身剑快，足踏魁罡杀敌败。剑势神勇显气在，身若游龙刚柔快，眼明意到身剑致，剑法有式杀无式。剑遂意行巧准快，身剑合意精妙在，虎势仗剑惊陌怪，怒吼长啸取敌帅。天王举剑除孽害，剑气如尘荡尘埃，非是好杀生灵害，为保太平万民快。回剑拂袖定收式，凝神舒气静泰然。

剑式：老君拂袖，拨云望月，横扫群魔，老君画符，苍鹰伏兔，顺水推舟，挥剑斩兰，顺风摇旗，荡海斩蛟，白鹤亮翅，后羿射日，天王默将，虎趟羊群，雄鹰展翅，青牛犁地，太公钓鱼，蛟龙出海，猛虎跳涧，拨草寻蛇，叶底藏花，流星赶月，丹凤朝阳，鹞子翻身，金鸡独立，古树盘根，怪蟒翻身，鱼跃龙门，嫦娥奔月，天女散花，凤凰展翅，鹤立鸡群，雄鹰翱翔，虎势仗剑，二郎搬山，挥剑画虹，老君掸尘。

鹰翔看罢之后不知不觉地按照剑谱习练起来，果然是练剑的天才。虽说没有完全领悟其中的奥妙，但一招一式已经使得十分到位。

李白在一旁看着鹰翔仿佛想起自己年轻的时候，年少轻狂，仗剑行天下的游侠生活，暗叹岁月不饶人啊。

鹰翔将这套剑法练了一套下来，李白鼓掌叫好，然后从盒子拿出另一本书道："翔儿你看这是什么？"说着将书交给鹰翔。

鹰翔接过一看封面上写着三个大字：侠客行。下面有李白的印章，"师叔这不是您写的诗歌吗？"

"没错，这是我游历到河北邯郸一带写下的。当时我遇见了一位无名道士，我们情投意合。那时我写下这首诗歌，他看罢之后做了注解并说注解当中藏有极为深奥的武学。他希望能遇到有缘之人将这套武功练成，我研究了很久也悟不出其中的奥妙。我把它交给你就是希望你能将其研究透彻，练成之后除掉那个妖人诸葛少白……"

李白讲着自己的想法，而此时的鹰翔正在观看这本《侠客行》：

赵客缦胡缨，吴钩霜雪明；银鞍照白马，飒沓如流星。十步杀一人，千里不留行。事了拂衣去，深藏身与名。闲过信陵饮，脱剑膝前横。将炙啖朱亥，持觞劝侯嬴。三杯吐然诺，五岳倒为轻。眼花耳热后，意气素霓生。救赵挥金锤，邯郸先震惊。千秋二壮士，烜赫大梁城。纵死侠骨香，不惭世上英。谁能书阁下，白首太玄经。

后面是那个道士的注解，鹰翔看罢之后发现这里面的武学太精妙了："师叔，鹰翔愚笨恐怕领悟不了其中奥秘。"

"哈哈哈哈，没关系，慢慢来。如果你都悟不出其中的武学的话，恐怕天下没有人能悟得出来。慢慢来，总之这两本秘笈你得练成一样我才放心让你离开。"李白用命令的语气道。

鹰翔别无选择只能答应，之后的这段时间里李白先是指点鹰翔习练青莲剑法。在练剑的过程当中鹰翔突然发现这套剑法正好能弥补之前无名剑法上的瑕疵。

于是他开始试着将两套剑法相融在一起，悟出了其中的奥秘，就是无招胜有招，之前的无名剑法就是速度奇快，而且全是进攻的招式，根本没有防守。因为那样的速度根本不用防守，敏捷的判断与快速的出剑。在敌人出手的一瞬间洞察敌人的破绽，在对方来不及变招的情况下迅速制敌。

此时鹰翔才明白十年前在幽灵山洞用草木就能刺伤诸葛莲的原因，要加快速度，再轻的宝剑也不如草木轻，加之伴着内力草木即能伤人，也就是说现在鹰翔即使用紫薇软剑这样轻的兵器也比不上用草木的威力大。这就是为什么断情崖一战中鹰翔要莹莹帮忙才能取胜的原因。

青莲剑法的融入，这套无名剑法正好九式：总决式、破剑式、破刀式、破枪式、破鞭式、破索式、破掌式、破箭式、破气式。再加上之前剑入魔道取名为"天魔九式"（这套剑法后传入独孤世家，被独孤求败发扬光大改名为独孤九剑。但因独孤求败没有突破剑入魔道的阶段，误认为控制不了紫薇宝剑将其扔下悬崖。之后按自己所悟改变剑法虽然颇有成就，但远不及天魔九式，造成了天魔九式失传一部分。使得独孤九剑传人之一令狐冲胜不了习练了《葵花宝典》的东方不败……）。

这段期间，李阳冰派出很多人在当涂县乃至周边地区寻找莹莹的下落，他这样做的原因是被鹰翔和莹莹当年的遭遇所感动，派出人马帮鹰翔寻找萧莹莹。

创出天魔九式之后，鹰翔打算离开却被李白挽留下来："翔儿啊，我知道你现在迫不及待要去救你的朋友和寻找莹莹姑娘。但是你不要忘了对方的奇门遁甲之术可远比你现在的功夫厉害，我的意思还是等研究透了《侠客行》里面的武学再去也不迟……"

"师叔，您说得不无道理。可是这里面的武学可不是一朝一夕能领悟出来的，等到那时恐怕什么都晚了。"鹰翔有些着急地道。

李白点了点头道："这样吧，十天，十天后不管你是否领悟其中的奥秘我都放你离开。这十天里你什么都不要想，莹莹姑娘的下落，叔父大人已经派人去寻找了，这个你别担心，专心研究武学……"

见李白已经把话说到这份上，鹰翔只好答应，李白拍了拍他的肩膀道："孩子，我这样做的原因就是想在临终前见识一下《侠客行》上的武学。以我现在的身体状况恐怕活不长久了……"

也许是因为李白的一席话，鹰翔开始昼夜不停地研究《侠客行》，甚至连说梦话都是《侠客行》里面的句子。

转眼间八天过去了，鹰翔发现里面的武功包括了五宗十三派八十一门所有的绝学。而且怎么习练都可以，居然出现了多种选择。哪种都有道理，致使鹰翔不知道哪种是正确的方法。

天琪郡主见这八天里鹰翔茶不思饭不香，只知道研究武功有些心疼，于是亲自做了饭菜端给鹰翔。

"吃点东西吧，这样下去你的身体会垮的。"天琪郡主把饭菜放到鹰翔跟前道。

鹰翔叹了口气道："我不想让师叔失望，可是里面的功夫怎么练都能有所成就，真不知道哪种是对的。"

"那就顺其自然呗，别去研究什么注解了。这上面不是有插图嘛，如果是我的话我才没那耐性看什么注解呢。直接看插图，既生动又形象很好懂的。"天琪郡主笑嘻嘻地说道。

鹰翔听罢心里不由一颤：的确，这些天只顾得文字注解，很少琢磨上面的插图。听罢之后再看看插图，觉得天琪郡主说得很有道理。

"真是太感谢你了，如果不是你的提醒，恐怕我还在研究那些注解。"鹰翔激动地对郡主说道。

"那就赶快吃饭吧，吃饱了好有力气练功。"郡主说着把饭菜端给鹰翔，"这是我第一次做饭，不知道合不合你胃口。"

鹰翔真的有些饿了，接过饭菜狼吞虎咽地吃起来："很好吃。"

"慢点，看你现在的样子吧，哪像个一代大侠啊。"郡主嘴上这样说心里美滋滋的：好想这样一辈子做饭给你吃……

鹰翔开始按照文字结合图形练习，不管是内力还是招数兵器上都突飞猛进。没过多久他就将《侠客行》上的武功学会了，可是到最后一页的上面都是如同蝌蚪似的蝌蚪文。这些看不懂的文字让鹰翔非常苦恼……

即使这样李白对于鹰翔悟出的武学已是非常满意，此时的他已经没办法自己行走，他坚持叫下人搀扶着来到院子里。

"翔儿啊，我果然没看错你。来让我看看这上面的武功有多厉害。"李白说着让鹰翔练给他看。

鹰翔将练成的武功按套路打了出来，李白眼睛都看直了，不但是他，连身边的下人都惊呆了。

收式之后，鹰翔搀扶着李白道："师叔，孩儿愚笨只能悟出这些，后面的蝌蚪文我实在是看不懂。"

"哈哈哈哈，没关系，这样已经很好了。来人啊，给我搬两坛好酒过来，我要和鹰翔一醉方休。"李白豪放地笑着对下人道。

可是身边的下人没一个动的，纷纷道："李大人，老爷吩咐过了，为了您的身体不让您再饮酒了。"

"老爷要是责怪你们有我呢，只管拿酒来就是，再不动难不成让我亲自去拿？"李白有些生气地道。

下人们不敢再说什么，两个人去拿酒一个人去报告知县李阳冰。他们知道李白的性格，连李阳冰都很难劝说。

"给，你我各一坛。翔儿啊，师叔知道自己的状况，恐怕活不了几天了。总之是一死，倒不如和以前一样放荡潇洒，来，干！"李白将一坛酒递给鹰翔说完拿起酒坛畅饮起来。

"师叔说得好，潇洒一生才痛快，翔儿陪您喝，干！"鹰翔说罢陪李白畅饮起来。

李阳冰得知消息后急得不得了，立刻赶往后花园要去制止李白。半路上遇见了司马青，被其拦住。

"司马兄，你别拦我啊，太白他要和鹰翔饮酒。"李阳冰焦急的话语还没说完就被司马青打断。

"李兄有些事我得告诉你，以太白的身体状况能活到今天已经是个奇迹。即使他现在不饮酒也活不上一两天了，我觉得太白自己很清楚。要不然他为什么这个时候非要饮酒，谁都知道太白嗜酒，酒陪伴了他一生，这最后一刻他自然要与酒相伴。"司马青遗憾地道。

李阳冰听罢先是一惊，然后问道："司马兄弟你真的没有办法了吗？""恕我无能。"司马青摇了摇头道。

李白、鹰翔两人边畅饮边聊天。"翔儿啊，听他们的话和你的言谈中，那个莹莹姑娘对你的感情没有变，虽然她怨恨了十年之久。你一定要好好把握，老朽是喝不到你们的喜酒了，提前祝福你们吧。"

鹰翔听罢没有说什么，他不知道能不能找到莹莹，也不知道莹莹会不会原谅自己。

李白看了看鹰翔微微一笑道："还有那个天琪郡主，对你可是一往情深啊，为了给你做饭找伙夫整整学了一天呢。"

鹰翔不敢去想这些，不停地喝着酒，他想用这种方法去忘记。迷醉的眼睛翻看着《侠客行》，当他翻到最后一页的时候，迷离的眼睛看到那些蝌蚪文在动，如同一条条游动小蝌蚪，而且形成了特殊的图形，仿佛是一套内功心法。

随着鹰翔一句"我明白了"，他开始按照变动的图形运功练习，脑海里浮现出各个门派的武功招式，跟随着蝌蚪的游动将这套包含了所有门派的武功秘笈练成。

李白迷醉的眼睛看着练功的鹰翔，嘴角露出了笑容。当鹰翔收招定式停下的一瞬间，李白手中的酒坛落地，一代诗侠就这样离开人世……

公元七六二年十一月一生都具有传奇色彩的李白病逝于安徽当涂，享年六十一岁。

李府上下忙碌起来，准备着给李白办丧事。不几日，将李白安葬后，鹰翔、李阳冰等人在李白墓前祭拜，李府只剩下刚刚勉强可以自己行走的凌狐，还有留下来照顾他的信欣和天琪郡主以及几个家丁。

突然间李府闯进来五位不速之客，四个吐蕃大汉，中间站着一位一身红袍、脸上浓妆艳抹、梳着女人发髻、手指修长，指甲一寸长的不男不女的怪人。

这五人不是别人，为首的正是习练了《葵花宝典》的王元。身后四个吐蕃大汉正是诸葛少白的四名弟子巴森、巴林、胡明、古田。

五人来到李府二话不说迈步就往里闯，护院家丁哪里是他们对手，五人没费吹灰之力就来到了院内，巴森四人叫喊着："鹰翔、凌狐赶快出来送死。"

听到喊叫声的凌狐刚要托着还绑有木板的腿前去察看，被信欣和天琪郡主拦住："凌狐你还是好好养伤，我们出去看看就是。答应我，不管发生什么都不要出去，想办法保护自己。"信欣说完和郡主来到前院。

"原来是你们，你这个不男不女的东西居然还敢来这闹事，是不是忘记了上次是怎么伤得了？"信欣看见王元五人说道。

"哈哈哈哈，能伤到我的人不在这里，至于鹰翔那小子没有那个女人帮忙根本不是我的对手。鹰翔呢？几天不见怎么成缩头乌龟了，居然让两个女人迎敌？"王元不男不女的笑声令人发怵，言语中似乎知道能胜过他的萧莹莹今天不会出现，看来胸有成竹。

"呸，你这个不男不女的杂毛，嘴巴放干净些。两个姑奶奶收拾你们绰绰有余。"天琪郡主按了按柳叶双刀道。

王元看了她一眼道："回纥国郡主，大国师巴尔虎德的弟子。唉，你师父和我们合作得很愉快，只不过前不久出了点小意外被人杀死了。"

"少在这儿蒙姑奶奶我，我师父能和你们合作？""没错，师妹，王大人说的一点不假。"对面的巴林打断天琪郡主的话道："我师父诸葛少白和你师父可是同门师兄弟，都是活佛丹巴的弟子。算起来我们还是你的师兄，只是我们没见过面罢了。"

"少套近乎，看刀。"天琪郡主挥柳叶双刀直奔王元而去，王元向后一撤身示意让巴森几人动手。

再看巴森挥长槊将天琪拦住与其交手，此时信欣也挥宝剑与天琪共同御敌。巴森虽然武艺高强内力深厚但要轻而易举打败两人也是不可能的。

为了尽快结束战斗，后面的巴林、胡明、古田各持兵器前来助战。面对四人围攻，两位姑娘怎能抵挡得住？

二十九招过后巴森左手持槊探出右手一掌打在天琪后背上，毕竟是自己的同门师妹，巴森并没有下毒手。他只是想把天琪打去一边，这样四人可以轻易地杀死信欣。

　　即使这样，天琪也被打得向前抢出十几步，嘴角淌血栽倒在地。就在这一瞬间，几人的兵器共同砸向信欣。

　　没办法躲闪的信欣只能用宝剑硬磕，就听一声巨响信欣被砸得跪倒在地，双手握剑生生接下了四人兵器，但是被震得虎口出血，嘴角也淌着血。

　　就在这时，随着一道亮光，一个白色身影直奔四人而去。亮光伴着内力袭向四人的眼睛，巴森四人赶忙各收兵器闪身躲开。

　　随着四人的后退，一个白衣人出现在信欣跟前，明晃晃的追风宝刀。绑有木板不敢使太多劲儿的右腿告诉大家来的人是凌狐。

　　信欣走后凌狐在后院怎么耐得住？听到前院的打斗声更是心急如焚，抄起追风宝刀一瘸一拐地赶往前院。

　　当他来到前院时正好看见单膝跪地苦苦支撑的信欣，既着急又心疼的凌狐顾不得腿伤，施展轻功挥追风宝刀直奔巴森四人，将其逼退。

　　"信欣你没事吧？"凌狐一瘸一拐地来到信欣身边将其扶起询问道。信欣急得不得了："你怎么来了，不是说好了别出来的嘛。"

　　"我不出来你就没命了，什么都别说了，听我的，和郡主到一旁休息，这里交给我了。"凌狐用命令的语气说完转身面向巴森等人。

　　此时的天琪郡主来到信欣身边，两人相互搀扶着，时刻准备着给凌狐帮忙。

　　巴森四人被凌狐刚刚的举动惊住了，相互看着对方嘀咕着："这小子居然还能站起来？"

　　"凌狐，没想到你还能站着，还能施展武功，真是难以置信。不过今天要你彻底站不起来了。"巴森说罢与三人一起挥舞兵器直奔凌狐。

　　面对强敌，凌狐毫不畏惧，挥舞追风宝刀与四人搏斗。交起手来四人不禁纳闷，眼前这个变成瘸子的凌狐怎么突然变得厉害了，而且刀法也不是之前用的刀法。

　　不但他们想不通，就连信欣和天琪郡主也在纳闷。信欣心想：凌狐这些天只是养伤也没人教他武功，怎么会……

　　原来这些天凌狐躺在床上悟出了很多东西，首先他明白了为什么天残派的武功无论自己怎么刻苦也练不好。

　　原因就是自己是四肢健全的人，想想天残派的历代掌门弟子，以及自己的师父都不是健全之人。这样的话残缺派的武学也必须是残疾之人才能练成。

　　由此他想到了占无情和秦竹义两位前辈为什么说悟不出师父留下的天残一刀斩，不是他们悟不出来，而是他们知道必须残疾人才能练成。不告诉他是为了自己好。

　　当他想到这些的时候，这些天他一直翻看着天残一刀斩的刀谱。虽然不能挥刀练习，但每一招每一式都牢记在心。

一天夜里他还做了个梦，梦里他将万战无情刀法、七十二路追风刀法以及天残一刀斩三套刀法相互融合习练，功夫大有长进。

这次面对强敌他按照心中记下的招式，现学现用，使出了天残一刀斩。结果真的成功了，而且里面还掺杂着另外两种刀法。

巴森四人面对眼前刀法奇特的凌狐有些抵挡不住，再加上凌狐始终与他们近身打斗，长大的兵器施展不开，很快落了下风。

看到这种情况王元却没有出手帮忙，他有自己的想法：谁愿意臣服于那个喜怒无常、半人半妖的诸葛少白？他想借别人之手慢慢消灭诸葛少白身边的帮手。

随着凌狐将最后一招"力战四方"伴着内力使出的一刹那，追风宝刀将巴森四人的兵器一一砍断。凌狐手拄宝刀站在四人中间，过了一会儿四人的脖子上慢慢渗出鲜血纷纷栽倒在地，一命归西了。

不敢相信这一切的信欣和惊呆的天琪郡主托着受伤的身体来到凌狐跟前，"小子，你真行，痛快！"天琪郡主见同门师兄死于非命并没有伤心，反而为凌狐高兴。

这时王元一阵冷笑道："没想到你的武功又有进步了，不过没关系，今天我就要你的命，来为我徒儿报仇。我不能杀死凌云，杀死你也行啊。"

王元说罢跨步直奔凌狐，无数红色飘带刹那间飞向三人。刚刚经历了一场恶斗的凌狐和两个受伤的姑娘哪里是王元这个妖人的对手。

没过十几招，信欣和天琪郡主被飞舞的飘带抽倒在地。王元一抖手一条飘带直取凌狐，瞬间将凌狐的脖子缠住。

紧接着凌狐的双手也被飘带缠住，在王元运用内力勒紧凌狐的脖子的同时，三颗绣花针直冲凌狐面门打来。

已经站不起来的信欣、天琪郡主见状一闭眼不敢观看，心想：完了，凌狐必死无疑……

凌狐也一样已经抱着必死之心，忽然随着紫光一闪，绣花针打在金属上的声音响起，凌狐就觉得脖子上、双手上勒紧的飘带瞬间松弛了。

当他睁开眼睛的时候，一个黑衣背影站在他的面前，不是别人，正是和李阳冰、司马青去祭拜李白的鹰翔。

鹰翔等人祭拜完太白之后怀着沉痛的心情回到李府，当他们发现门口家丁的尸首就断定出事了。

他们来到院内正好看见凌狐被王元用丝带缠住，鹰翔一个箭步冲上去，挥舞紫薇宝剑先是挡住绣花针，然后将飘带斩断。

王元后退了几步定睛观看，不由得暗自高兴："鹰翔，上次有人帮忙让你多活了几天，今天我一定要取你性命。"

"来得好，我正要找你呢。今天我就要为武林除害，除掉你这个不男不女的妖人。"鹰翔说罢挥宝剑迎击扑向自己的妖人。

此时司马青先将惊慌失措的李阳冰护送到后院安全的地方，并安排了衙役保护。然后将凌狐三人带到安全的地方，为其一一看伤。当他给凌狐看伤的时候叹了口气道："凌狐啊，你的腿恐怕要落下残疾了。"

凌狐坦然一笑道："没关系，变成瘸子挺好的，若不是这样，我也不会练成师父留下的天残一刀斩……"

院内王元与鹰翔打得是天昏地暗。《葵花宝典》的武功虽然邪性，速度奇快，但是在鹰翔的天魔九式与北冥神功的一起运用下显得是天作之合。

随着飘带一次次被紫薇宝剑砍断，绣花针一次次打空。王元才意识到如今的鹰翔已不是之前的鹰翔，现在他的剑法简直就是《葵花宝典》的克星。

没有招式、没有防守的剑法，奇快无比的速度加之天下少有的内力，眼前这个鹰翔还有谁能够抵挡？

百招过后王元打出身上最后三颗绣花针，调头就走。可没想到他剩下的唯一的飘带要了他的命。

鹰翔左手一把抓住飘带，向后一拉，飞身躲着飘带直奔王元。还没来得及逃掉的王元刚一回头，紫薇宝剑正好对准他的喉咙……

20　碧海笛曲斗魔音

鹰翔决定立刻起身赶往洛阳，寻找那个诸葛少白。一是救出白莲和凌云，二是除掉那个诸葛少白以免妖人危害武林祸害苍生。

至于寻找莹莹的事鹰翔就委托给司马青去办，现在即使是找到莹莹也得由司马青讲明真相莹莹才会相信。

"好，你放心去吧，我会尽我所能找到莹莹解除你们之间的误会。"司马青答应鹰翔道。

"鹰大哥，我也和你一起去，而且必须得去，我要去救我的哥哥。"凌狐非常郑重地说道，语气非常坚定。

鹰翔听罢先是看了看司马青，意思是不愿让凌狐去冒这个险，然后道："兄弟，你的心情我理解，但是你的腿不好好养着的话就废了，你放心，我一定会救出凌云的，在这儿等我的好消息行吗？"

司马青接着说："是啊，你就好好在这儿养着吧。记住现在你不是一个人了，你总不能让信欣姑娘陪你去冒险吧？"

"可是……"凌狐正要说些坚持的话，身旁的信欣说了句所有人都没想到的话："鹰大哥、司马前辈你们就让凌狐去吧，我会保护好他的。"

信欣这样说不是她不关心凌狐，而是她太懂凌狐的心了。以凌狐的性格，自己的哥哥不知是生是死，让他留下心里会很憋屈的。真的留下来身体上的伤即使恢复了，可他心里的结会困扰他一辈子。

见鹰翔几人惊讶的表情信欣接着说："放心吧，我会保护好凌狐的，即使他日后成了瘸子我也会守他一辈子的。我们是拜过堂的夫妻，而且是皇上赐的婚。"说完拉着凌狐的手调皮地向几人一笑……

鹰翔和司马青相互看看，再看看那对如胶似漆的小夫妻摇了摇头。鹰翔道："好吧，一起去吧。"

第二天鹰翔、天琪、凌狐、信欣四人告别了李阳冰、司马青两人，启程赶往洛阳城……

这天他们来到信阳城里在一家酒馆吃饭休息的时侯，听到了一个振奋人心的消息。

"听说了吗？仆固将军和回纥大汗在半个月前攻占了洛阳城。史朝义的残兵败将向河北逃走了。"一个吃酒的老者对旁边的几人说道。

"是啊，听说史朝义军中有个法师很了不起，会奇门遁甲之术，造出了很多纸人纸马，能挡千军万马。之前仆固将军还损兵折将没办法取胜，怎么这么快就攻进去，难道有高人破了纸人纸马？"另一个人说道。

老者接着说："没错，听说是一位白衣女子所破。有人说她是天上下凡的玉笛仙女，她用笛声破的纸人纸马……"

听到这里信欣对鹰翔道："鹰大哥，他们说的那个玉笛仙女不会是莹莹姐吧？这世上哪有什么神仙啊，但是以莹莹姐姐的内力，吹奏《碧海超声曲》破掉纸人纸马不无可能……"

"是啊是啊，按他们所说那女子肯定是莹莹姑娘。"天琪郡主有些激动地说道。

此时的鹰翔心里想的是：如果真是莹莹的话，她怎么会在洛阳？难道那天在当涂救了我之后她去跟踪王元了？不行，得赶快赶到洛阳看个究竟。

"大家都吃好了吗？我们马上起身。"说完站起身向店外马匹方向走去。"瞧瞧，一提莹莹就着急了。"天琪郡主摇了摇头说道，信欣一吐舌头做了个鬼脸："走吧，谁叫人家是老大呢。"

一路上不单百姓们在议论这个玉笛仙女，就连江湖中人都在议论。而且官府的人都知道，听说这个绰号是代宗皇上册封的。

正如信欣猜测的那样，这个玉笛仙女正是萧莹莹。在当涂城外用内力震伤王元后莹莹转身离开，但她始终想不明白和王元在一起那个死去的信诺是怎么回事。还有他们为什么要追杀鹰翔？这不禁让她又想起白莲被吐蕃人追杀的事。

为了搞清楚这些事，为了确保鹰翔的安全，她决定跟踪王元。因为只有找到他们的老巢，除掉那个指使者，鹰翔才会安全。

一路上莹莹跟随着王元，那个受伤的王元半路上始终感觉有个影子在跟着自己。但是还找不到人，最后他认为是自己出现幻觉。

莹莹跟随王元来到洛阳城外，见王元进了城。守城的士兵对其非常客气，莹莹断定他们的老巢就在这里。

她没有跟进去，一路上莹莹听说了一些关于洛阳战场的事情，也听说了叛军营中有个奇人。现在太阳刚落山，她要等夜深人静的时候再潜进洛阳城探个究竟。

她要找个没人的地方休息，最好的地方就是城边的树林。

可是到树林之后却有些扫兴，因为不远处有人在打斗，而且非常激烈。打斗声引起了莹莹的注意，于是她飘身来到打斗地点，那场面令她不由得惊讶。

一个回纥装束的老者手持法杖在和一个青衣女子打斗，旁边的地上还躺着一个被捆绑起来的回纥装束的年轻人，从穿着打扮上看像是回纥国的贵族。

那个老者正是回纥大国师巴尔虎德，和他打斗的是武金铃，地上躺着的那个正是回纥国的牟羽可汗移地健。

巴尔虎德随牟羽可汗来到中原之后立马暗中联系诸葛少白，寻找机会来到史朝义军中与师弟碰面。

诸葛少白私下见了自己的师兄,但是没有告诉史朝义,他们要商量自己的计划。而史朝义正在为大军逼近发愁,不敢打扰诸葛少白制作纸人纸马,毕竟日后作战还指望着他。

在这之前,他们的三位师叔嘉措、江央、格来都已经赶到史朝义军中。

拜见了三位师叔之后,巴尔虎德对诸葛少白道:"师弟啊,现在牟羽可汗亲自带兵来帮大唐,而且是十万大军,你真的有把握将其一举歼灭吗?"

"哈哈哈哈,师兄这可就要靠你了……"诸葛少白笑罢之后道。

"什么意思?我又不会你那奇门遁甲,怎么靠我?"巴尔虎德疑问地道。

嘉措三人也有些不解,纷纷询问诸葛少白有什么计划。诸葛少白微微一笑道:"擒贼先擒王,牟羽可汗来得正好。这次我要将大唐、回纥两国一举歼灭,最后剩下……"虽然他没说完,大家都知道最后剩下的是最容易对付的史朝义。

"少白啊,看样子你早就计划好了,快给我们讲讲你的计划。"嘉措迫不及待地询问。

"很简单,等他们攻城的时候我用奇门遁甲之术打败他们,让他们不敢轻举妄动,接下来就要靠师兄你了。"诸葛少白看了看巴尔虎德接着说,"师兄你回到军中寻找机会将牟羽可汗抓获,将他带到这里与他商量合作的事情。如果他不同意,不管是用他威胁回纥军队退兵,还是用奇门遁甲之术控制他,都可以达到我们的目的。"

诸葛少白满怀信心地说着,突然他似乎想到了什么道:"只是我担心那个西域苍狼会坏我们的大事,虽然他离开了军中但我总觉得不安。王元南下去追杀他,到现在还没回来,不过巴森他们抓获了两个人,一个是凌云,一个是白莲。相信会有人来救他们的,回纥的十万大军我都没有畏惧,可是对那个鹰翔总会有些不放心呢?"

巴尔虎德笑了笑道:"师弟是高看那个鹰翔了,三位师叔与他交过手。他虽然连师父都胜了,但是若要胜你的奇门遁甲之术简直是难比登天。"

"是啊,少白啊,你不用担心这些。鹰翔他再厉害也只是一人……"嘉措的话还没说完,诸葛少白道:"师叔,你们可不要忘了还有个叫萧莹莹的人。好了,不提这些,师兄切记不要心急,回去等我的消息。"

诸葛少白再三叮嘱巴尔虎德不要太过着急,因为他有自己的想法。巴尔虎德答应后回到了回纥军营等待消息伺机下手。

接下来的日子里就是仆固怀恩和牟羽可汗领导的军队一次又一次的惨败,损兵又折将。诸葛少白没有启用纸人纸马,只是像控制信诺那样将战死沙场的士兵尸体变成一具具行尸走肉。

面对这些能行走杀人的尸体,即使是多年征战沙场的将军也被吓得不知所措。开始几天回纥士兵还敢出去迎战,但随着死去的人越来越多,被对方控制的尸体也越来越多。仆固怀恩和牟羽可汗为此不敢出战,退兵三十里止步不前。

史朝义这边高兴得不得了，几次要求诸葛少白控制大军将回纥军队一举歼灭，但是诸葛少白没有搭理他。史朝义是敢怒不敢言……

十一月的北方已经是天寒地冻，偶尔还会飘落些雪花。诸葛少白开始实施他的计划，他要消灭回纥和大唐后在长安城里过年，于是他派人传信给巴尔虎德。

这天牟羽可汗正与仆固怀恩商讨怎么对付这些行尸："大汗，我感觉这事很奇怪。以他们的能力可以追击我们将我们一举歼灭，可是过了这么多天他们居然没有动静。"仆固怀恩疑惑地道。

"是啊，难道他们还有更大的阴谋或者他们内部出了乱子？"牟羽可汗猜测地道。

仆固怀恩点了点头道："这样吧，我带一队人马前去探个究竟。"

"岳父大人，你这么大岁数就不要费心了，我去看看就行了。让巴尔虎德陪我一起去，他的本事你也是知道的，这样也避免了人多容易被发现。"

仆固怀恩听罢道："也好，大汗你可要多加小心。"牟羽可汗是个急性子，决定下来就要立刻去做，于是他出了中军大帐找到了巴尔虎德。

此时的巴尔虎德接到诸葛少白的消息后正想怎么擒获大汗，当他听到牟羽可汗要带他一起去查探敌情的时候不由得暗自高兴。

两人赶往洛阳城，当他们来到城外不远的树林里时正好是傍晚。巴尔虎德趁牟羽可汗不备将其抓获，用绳子将其团团绑住。

牟羽可汗万万没想到巴尔虎德会背叛自己，不由得破口大骂，而且扯着嗓子喊着"救命"二字，希望有路过的人施手相救。

正当巴尔虎德扛起牟羽可汗欲离开树林的时候，猛地前路被一人挡住，一位二十四五岁的青衣女子站在他面前。从穿着打扮上不难看出是个练家子，手中擒着一把明晃晃的宝剑。

来的不是别人正是武金铃，白莲走后她就一直没有回藏剑谷。对于武金铃这样一个古灵精怪的姑娘来说，哪能那么老实地待在谷里。

她离开藏剑谷，一是去金枪门寻找白莲，二就是玩儿了。可是当她到金枪门时才知道罗亮和柳星双双死去，也不知道白莲的去向。

兵荒马乱的不知道去哪里找白莲，她的脑海里显现出少林寺，至少可以去把金枪门的事情告诉元坤大师。

于是她赶往嵩山少林寺。走到洛阳城外的时候太阳已经下山，本想进城找个住处，可这里正好是战场，城门紧闭没办法，只能去不远处的树林找个安身之地。

刚到树林就听见有人呼喊救命，武金铃寻着声音向前走，正好碰见牟羽可汗和巴尔虎德。

牟羽可汗见有人拦住了巴尔虎德，忙扯着嗓子喊："姑娘快救救我，我是回纥国的大汗。这个人是和叛军一伙……"还没说完被巴尔虎德一掌打晕了他。

听了牟羽可汗的话，再看巴尔虎德的举动，武金铃道："你是什么人，为何要挟持回纥可汗？"

"哈哈哈哈，小姑娘这不关你的事。识相的话趁早让开，不然让你死无葬生之地。"巴尔虎德听罢挥了挥手中的法杖对着武金铃道。

"这事我管定了，看剑！"武金铃说罢挥宝剑直奔巴尔虎德，使出了白莲传授给她的剑法。

巴尔虎德将牟羽可汗放到地上挥法杖与武金铃斗在一起，武金铃现在的武功虽然算得上侠客，但和巴尔虎德比还是差一大截。

已然动起手来即使不是对手也得拼一拼，正当武金铃咬牙坚持的时候，闻声而来的萧莹莹正好赶到。

看到这一幕，莹莹的第一反应就是过去帮忙，随着一道寒光莹莹抖软滕宝剑直奔巴尔虎德："金铃，闪到一旁。"

武金铃听到这熟悉的声音刚刚还悬着的心瞬间落地了，虚晃一招飘到一旁："莹莹姐多加小心，这家伙厉害。"

莹莹的到来让巴尔虎德心里一颤，虽然不晓得对方到底是谁，但看这轻功就知道不是一般的人，再看看对方手中的宝剑暗想：这不是鹰翔用的宝剑吗？难道她就是鹰翔提到的妻子萧莹莹？

巴尔虎德不敢多想，挥法杖与莹莹进击退防。等打起来，巴尔虎德倒吸了一口凉气：面前这个人太厉害了，我从来没有见过速度这么快的人。

也就打了三十多招，巴尔虎德一个没留神被莹莹腾空一脚踢在胸口上，随着一声惨叫，巴尔虎德飞出去两丈多远，正好摔在了刚刚被武金铃唤醒并松绑的牟羽可汗旁边。

莹莹轻飘飘地落在地上，她根本没有用全力。这一脚只想教训教训对方，如果用剑的话，对方早就没命了。

牟羽可汗见巴尔虎德口吐鲜血摔倒在自己跟前，从武金铃手中夺过宝剑一剑将巴尔虎德刺死。

牟羽可汗对着莹莹和金铃道："多谢二位姑娘相救，若不是你们，恐怕大唐和我回纥国都要葬送在他的手中。敢问二位姑娘尊姓大名？"

莹莹根本没想报名，她不屑与官府中人交往。可是武金铃骄傲地道："这位是我姐姐也是我的嫂子萧莹莹，至于我嘛，芳名武金铃。"

"什么？你就是萧莹莹，鹰翔鹰少侠的妻子？嗯，果然是郎才女貌十分般配的一对啊。"牟羽可汗惊讶地看着莹莹道。

"你认识鹰翔？"莹莹不解地问道。牟羽可汗笑了笑道："何止是认识，我还险些将他招为回纥国的驸马呢。"然后把鹰翔在回纥国的事情讲了一遍。

莹莹听到牟羽可汗讲的回纥大殿上赐婚时鹰翔说的话，莹莹心里一颤，带有些许甜蜜的感觉。

"这么说你真是回纥国王了？没看出来你还会带兵打仗。"武金铃有些诧异地问。

牟羽可汗哈哈大笑，笑罢之后道："如假包换，二位姑娘随我回军营如何？正好帮我们想想办法破掉那个妖人的妖术。"

莹莹刚想拒绝，突然树林里闪过一个黑影，闪过之后又闪了回来。

随着一位黑衣白发的人站在三人面前，三人纷纷惊讶不已。"娄大侠，是你啊。"牟羽可汗惊讶地说道。

武金铃激动跑到黑衣人跟前："娄大哥还记得我吗？"莹莹也上前几步问道："娄大哥你怎么会在这儿，这么急打算干什么去？"

没错，那个黑衣人正是娄方，那时娄方受伤后带着罗星逃到了少林寺。十年过去了，元坤和尚已愈显苍老。元坤大师见状倍觉意外，娄方痛说经过元坤更是惊讶不已。

"这么说罗亮和柳星的死，还有江湖上出现的吸取内力之人与吐蕃人有关？"元坤边给娄方看伤边问道。

"没错，而且那些人还很邪门，居然能控制死尸。还有我似乎觉得阴阳颠倒功又有人练成了。"娄方郑重地说。

元坤皱了皱眉道："控制死尸只有奇门遁甲之术可以做到，这个邪门的东西可以造出纸人纸马，能抵挡千军万马。其中最厉害的要数将人习练的内力输入纸人体内，这样的纸人无人能敌。这样看来，那些吐蕃人吸收内力就是要造这东西。再加上那个阴阳颠倒功，恐怕不是称霸武林这么简单，他们的目的应该是天下……"

"大师，这可怎么办？"娄方询问道。元坤和尚摇摇头道："只能听天由命了。"

没过多久，娄方他们就听说了回纥大军与叛军开战，结果回纥大军死伤惨重。叛军营中有个妖人能控制死尸。

娄方得知这个消息后，断定凌云和白莲肯定在洛阳城叛军手中，于是他偷偷地下了嵩山赶往洛阳城，要寻找凌云、白莲两人。

当他经过这片树林的时候突然听到有三个人的说话声，而且都似曾相识地耳熟，于是他才过来看个究竟。

娄方出现在三人面前之后有些蒙，心想：牟羽可汗怎么会和莹莹姑娘在一块，还有眼前这个姑娘怎么这么像武金铃……

"娄大哥，我是武金铃啊，你不认识我了吗？"武金铃的一句话瞬间让娄方清醒过来："你……你们怎么会在这儿？"娄方有些结巴地问。

三人把各自的经历讲了一遍，娄方听得有些晕头转向，心想：这样居然也能碰上。最后三人同时问道："怎么就你自己，这么急打算干什去啊？"

当听娄方讲述自己和凌云几人的经历后，莹莹的心不由得一阵疼痛，暗想：二师姐，我一定要为你报仇雪恨……

"这样吧，娄大哥，我和你一起去城里探寻消息。我要看看是什么人这么心狠手辣。"莹莹咬着牙道。

娄方点头答应，一旁的武金铃激动地道："我也去……"还没说完被莹莹打断："金铃你就别去了，你有更重要的任务，就是把牟羽可汗安全送回军中，我们会去找你们的。"

莹莹这样做是为保护武金铃，按照娄方和牟羽可汗所说，对方可是个相当厉害的人物，不能让武金铃去冒险。

武金铃虽然有些不乐意但也没有办法，只好答应。等武金铃护送牟羽可汗离开后，莹莹和娄方商量了一下赶奔洛阳城。

以他们的轻功潜进城里并非难事，很快他们就找到了史朝义和诸葛少白居住的地方——洛阳府。

虽然已经是深夜，不过整个洛阳府灯火通明。一批批的士兵在外面巡视，大殿里也是亮如白昼。

此时的史朝义早已休息，大殿上是诸葛少白和他的三位师叔以及他的徒弟巴森四人，还有刚刚赶回来的王元。

诸葛少白满脸阴沉地坐在正中，只因没想到鹰翔这么厉害，还有那个吹笛子的女子居然能破掉他的奇门遁甲之术。

王元回来之后就将此事告诉了他，诸葛少白已经制定了计划，他要亲自赶奔当涂去会会鹰翔他们，尤其是那个吹笛子的女子。

说话中他们聊起凌云和白莲两个人被关在哪里，还有诸葛少白这次来中原的真正目的。

莹莹和娄方两人来到大殿屋顶之上时正好听到诸葛少白道："你们放心，凌云两人被关在了死囚牢里，一百多名精锐士兵把守……"

正说着他似乎感应到了什么道："大家不要哭丧着脸，用不了多久整个天下就是咱们的了。我给大家吹首曲子，静一静心。"说着拿起身前的黑色长箫吹奏起来。

他这个长箫吹的曲子一是可以控制死尸、纸人纸马，二就是与《碧海超声曲》有相似的地方，伤人于无形。但他的高明之处是只针对于敌人起功效，锁定目标不会伤及其他人。

诸葛少白这样做的原因是发现了屋顶上有人，他要用箫声逼那个人现身。其实他只感觉到娄方一个人,根本不知道还有个萧莹莹。

原因就是莹莹的轻功太高,轻得他听不到甚至感应不到声息。再加上莹莹体内七颗莲子形成的内力正好与他的妖术相克。

随着箫声的响起,娄方有些接受不了,双手捂住耳朵痛苦不已,险些没从屋顶栽倒下去。莹莹一把将其拉住,紧接着用玉笛吹奏起《碧海超声曲》来。

这种情况莹莹清楚得很,对方已经发现他们。正好和这个妖人斗上一斗,这是最好的办法,若要离开只能这样做。

随着悠扬的笛声响起,诸葛少白心里一颤:怎么会是两个人,我居然听不到吹笛子的这个人的声音,世上还有轻功和内力如此高强的人……

随着《碧海超声曲》的响起,大殿上乃至洛阳城里的人都在忍受着笛声带来的痛苦。唯有一个人没有什么事,就是诸葛少白,只是少了以往的从容……

受着两股力量折磨的娄方再也坚持不住,即使运用内力封住耳朵也无济于事。莹莹见状突然停止了吹奏,转身拉着娄方说了句:"快走。"然后施展轻功带着娄方向城外奔去。

听到对方停止了笛声,诸葛少白才松了口气,也停止了吹奏,嘴角却溢出了鲜血……

此时王元等人渐渐恢复过来:"诸葛兄你受伤了?"看到诸葛少白此时的样子王元询问道。

"没什么,这个人就是你们说过的那吹笛子的女子吧?"说着诸葛少白擦了擦嘴角的鲜血。

"没错,这首曲子就是伤人于无形的《碧海超声曲》,不过她怎么会在这里出现?难道……"

没等王元说完,诸葛少白打断他的话道:"一定是她跟踪你到这里的,看来我低估了她。论内力她只在我之上不在我之下。"

"少白啊,你的意思是你不是她的对手了?"嘉措三人纷纷看向诸葛少白。

诸葛少白微微一笑道:"论内力我确实比不过她,但是我还有奇门遁甲之术。这世上有谁能胜得过奇门遁甲,只是金色纸人还需要更多的内力。"

"金色纸人?难道比你现在造出的纸人还要厉害?"大殿上所有人同时惊讶地问。

"没错,不过现在我要改变计划。既然她自己送上门了,就不用我去当涂找她了。巴森、巴林、胡明、古田你们四个随王元一起赶奔当涂,寻找鹰翔等人下落,不惜一切代价将其杀死。"

诸葛少白先是安排了五人去当涂劫杀鹰翔,正在这时,嘉措的几名弟子抬着一具尸体匆匆忙忙来到大殿之上,每个人都是很伤心的样子。

嘉措三人、诸葛少白看到那具死尸不是别人正是巴尔虎德，不由得大吃一惊。"这是怎么回事？"诸葛少白急切地问。

其中一个伤心地道："我们是在城外树林发现师兄的尸体的，师父让我们去接应师兄，没想到却……"

"你们看见是谁杀死巴尔虎德的吗？"嘉措询问道，几人纷纷摇头……

"师叔不用问了，以师兄的武功中原武林能够轻易杀死他的只有刚刚吹笛的那个女子。看来她是要帮助回纥大军消灭我们啊。"诸葛少白看着师兄的尸体接着说，"这样吧，明天为师兄举办天葬仪式，后天我要亲自带兵将回纥大军一举歼灭。"

第二天王元五人按照原计划赶往当涂，他们却不知道这是一条不归路。

莹莹和娄方离开洛阳之后，按照牟羽可汗当时告诉的路线来到了回纥和唐军的军营，此时仆固怀恩、牟羽可汗、武金铃等人正在焦急地等待娄方他们回来。

牟羽可汗将巴尔虎德与敌人私通的事情讲给仆固怀恩，又将在树林里的事情讲述一遍。

21 玉笛仙子天下名

"没想到你真是回纥国王？"武金铃依然觉得不可思议。

一旁的亲王移地山得知眼前这位姑娘就是武金铃的时候，上前道："你就是武金铃？常听凌狐、信欣他们提起你。"

"哦，这个我知道，娄大哥都讲过了。"武金铃看了移地山一眼。

一身回纥族的装束，脸庞虽然不算清秀但显得十分的威风，年纪在二十六七岁，矫健的身躯一看就是游牧民族。

"亲王，看样子你和他们很熟喽？"武金铃问道。牟羽可汗在一旁笑着道："何止是熟啊，我这个兄弟都患上相思病了，不过是单相思。"说罢哈哈大笑起来。

武金铃听着有些糊涂追问："这与凌狐他们有关系吗？"移地山郁闷地道："当然有啦，我很喜欢信欣姑娘。但是她不喜欢我，和凌狐那小子成亲了，而且还是大唐皇帝赐的婚。"

"什么？你再说一遍？"武金铃简直不敢相信自己的耳朵，等确定没有听错之后自言自语道："怎么可能，娄大哥怎么没告诉我这些，不行，我要找他确定清楚！"

莹莹和娄方来到军营之后，武金铃拉娄方到一旁："娄大哥，凌狐和信欣成婚是不是真的？你怎么不告诉我啊！"

"你都知道啦，没错，是真的。我不告诉你是怕你接受不了，十年前我就看得出来你对凌狐情有独钟。不光是你，还有那个信欣。既然你现在都知道了，就接受这个现实吧，毕竟这是皇上赐的婚……"娄方还没说完，武金铃泪流满面地离开，这十年她无时无刻不在想念着凌狐，现在却得知这样一个消息她哪里接受得了。

娄方怕武金铃做傻事，刚要去追，正好移地山跑了过来："娄大侠，仆固将军和我王兄找你去商量事情。"说着移地山看到武金铃的背影问道，"娄大侠，金铃姑娘怎么了？"

"哦，对了，你过去看看她吧，一定要确保她的安全。"娄方说完向仆固怀恩的大帐走去，移地山有些摸不着头脑边喊着武金铃边加紧脚步去追。

此时由牟羽可汗的介绍，仆固怀恩已经知道了莹莹的身份，不禁赞叹不已。

"莹莹姑娘，听说你和娄大侠去探查了洛阳城，不知道里面情况如何？有没有遇见他们军中的那个妖人？"仆固怀恩问道。

莹莹把经过讲了一遍，道："那个妖人名叫诸葛少白，会奇门遁甲之术。不仅能控制死尸还能造出纸人纸马，即使有千军万马也抵挡不住。"

仆固怀恩惊出一身冷汗道："这可怎么办？难道大唐王朝就要葬送在这个妖人手中？"

"老将军不要沮丧，会有破解的办法的。等娄大哥回来，我和他研究一下怎么把凌云他们救出来，然后我们一起想办法破解奇门遁甲。"

"是啊，莹莹姑娘与诸葛少白交过手而且能全身而退，足以见得那个妖人不是没办法对付。"牟羽可汗安慰仆固怀恩道。

于是命移地山找到娄方让其回去商量大事，娄方回到中军大帐与莹莹三人商议救人与应敌的对策。

移地山追赶上武金铃之后道："金铃姑娘你怎么了？快回军营吧，这天快要下雪了。"

"你怎么来了？"武金铃停下脚步看了看移地山道，眼眶里还含着泪水。

移地山看着武金铃的泪眼道："娄大哥怕你出事叫我过来看看，你到底怎么了，有什么伤心的事跟我讲讲吧。"

"和你讲了也没用，也改变不了什么。"武金铃擦了擦眼泪道。

"这事有这么难办吗？跟我说说，我帮你，天底下没有我移地山办不成的事。"移地山安慰武金铃道。

在移地山再三询问下，武金铃伤心地道："如果你喜欢的人和别人成婚了你会怎么样，会不会伤心？"

"会啊，信欣和凌狐成亲的时候我就很伤心啊。"

"不过人家看不上我。说实话她和凌狐真的很般配。说说你喜欢的那个人吧，你这么漂亮武功又这么好，喜欢的应该是位大侠吧？"移地山询问道。

"怎么说呢？我有两个喜欢的人，第一个是我鹰大哥。不过后来我才发现我对他只是依恋，有一种亲情在里面。第二个就是凌狐，这十年里我都在想念着他。"武金铃低声地道。

"什么？你喜欢凌狐？这小子艳福不浅啊。"移地山有些嫉妒地道，"听你的意思，你们以前经历过很多事情似的。"

"是啊，十年前我、凌狐、信欣一起经历了很多很多事情。"武金铃说完把十年前三人的经历讲了一遍。

移地山听罢之后道："说来说去凌狐到现在也不知道你喜欢他呢，你这么伤心干什么。总之现在凌狐和信欣成婚已经是事实，根本没法改变。即便你见到凌狐向他说明一切也无济于事，还是想开点……"

"你说的没错，但是我还是想当面向凌狐表白心意……"说话间武金铃打了个喷嚏，此时的天空落下了雪花，很快变得寒风刺骨。

移地山赶忙将斗篷脱下披在武金铃身上："下雪了，还是赶快回去吧。你总不能让我这个堂堂的回纥国亲王陪你挨冻吧。"移地山尽量逗武金铃开心。

"谢谢你啊，真不好意思让你陪我挨冻。"武金铃说完慢慢向军营走去，移地山在后面跟随，此时的他对武金铃只是一种同是天涯沦落人的感觉。

　　他们回到中军大帐时，莹莹和娄方他们已经研究好了对策，首先就是救出凌云、白莲两人。

　　莹莹决定随军前去攻城，把诸葛少白以及城中士兵引出来。即使诸葛少白用奇门遁甲控制死尸，以莹莹的《碧海超声曲》也能将其破解。

　　同时，娄方和武金铃去洛阳府死囚牢救人，只要得手，即使莹莹破不了纸人纸马，也能带着兵将全身而退。人救出来之后，大家再商议怎么除掉诸葛少白，毕竟破奇门遁甲就要从使用者入手。

　　仆固怀恩、牟羽可汗纷纷同意，正这时，移地山和武金铃回到了中军大帐。娄方、莹莹忙上前问道："金铃你没事吧？"

　　"我没事，让你们担心了。"武金铃低声地道。移地山笑了笑道："有我在不会让金铃姑娘出事的。"

　　武金铃听罢勉强笑了笑道："是啊。对了，莹莹姐，你们有什么计划啊，我可以帮什么忙吗？"

　　"金铃，明日你就随娄大哥去洛阳死囚牢里救人，记住一切听娄大哥的，确保自己的安全。"莹莹拍拍金铃的肩膀道。

　　"嗯，莹莹姐你放心吧。"金铃点头答应。金铃走后，莹莹低声对娄方道："娄大哥，我本不想让金铃去冒险。只是眼下也只有她有这本事随你前去，记住，不管成不成功一定要把金铃安全带回来。"

　　娄方明白莹莹的意思："你放心吧，倒是你，那个诸葛少白可不好对付。要是鹰翔在就好了，我觉的这十年最苦的应该是他。不提这些了早点休息吧，明天还有场恶斗呢。"娄方说完转身离开。

　　此时此刻的莹莹多么希望鹰翔能陪在自己身边，但又希望像现在这样天各一方。诸葛少白的内力她已经见识过了，虽然自己比他技高一筹，但是对方还没有使用奇门遁甲之术，明天只能成功不能失败，哪怕是同归于尽也要破掉诸葛少白的奇门遁甲。

　　想罢，莹莹向仆固怀恩告辞之后回到了自己的军帐内，她没有睡觉，只是坐在大帐内闭目养神，对于她这样的绝世高手，这是最好的休息方法。

　　回纥亲王移地山在大帐里翻来覆去睡不着，脑海里一会儿是擂台上的信欣，一会儿是刚刚认识的武金铃。

　　不知不觉地从武金铃的身上寻找到了信欣的影子，虽然长相不同，但是脾气、性格两人是极为相似，都是那么古灵精怪。

　　而且他发现听了武金铃的身世和经历，心里有一种想要保护对方的感觉，那一瞬间他突然觉得自己对信欣的爱慕正如金铃对鹰翔的感情一样。

　　因为在回纥他只见过嫂子和嫂子带去的侍女。除了这些，信欣是他第一个见到的汉族女侠，自然是爱慕有加。虽然信欣和凌狐成亲时自己确实难过，但是从来没有今天看到武金铃伤心的样子时心疼的感觉……

"唉呀，我在想什么呢，睡觉。"移地山有些抓狂地自言道。

第二天大家再次核定了一下行动计划，当娄方和武金铃准备出发的时候移地山道："我也随你们一起去救人吧……"

众人简直惊呆了，尤其是牟羽可汗更为惊讶："移地山你说什么？你去？就你那两下子还去救人？"

"怎么了，我虽然没有娄大侠他们本事高，但我也不至于拖他们的后腿吧。再说了，多个人还可以多个帮手呢……"在移地山一大套事先想好的理由下众人答应了。

三人走后，仆固怀恩与牟羽可汗带领五万大军赶往洛阳城。天空依然飘着雪花，周围洁白一片。莹莹身着白色棉袍，衣衫在风雪中依然显得十分飘逸，腰中的软藤宝剑让她无时无刻不在想念着鹰翔，手中的青色玉笛在这白雪飘飞的季节显得格外抢眼。

洛阳城里嘉措法师正在为师侄巴尔虎德举行天葬仪式，突然传信的士兵跑到同来祭奠的诸葛少白跟前。

"禀报军师，仆固怀恩以及牟羽可汗带领大军在城外叫骂，像是要攻城的样子。"报信的说道。

诸葛少白听罢皱了皱眉，此时史朝义等人也听到这个消息纷纷问诸葛少白怎么办？诸葛少白微微一笑道："皇上不用担心，我看他们是忘了当时是怎么落败的。正好这次他们自己送上门来，定将他们一举歼灭。除了仆固怀恩、牟羽可汗以外，他们有没有别的帮手？"诸葛少白询问报信的人。

"禀军师，在他们两人旁边有一位白衣女子，手中拿着一只玉笛格外的显眼……"没等报信的人说完诸葛少白自语道："难道是她？"

嘉措、江央等人纷纷询问道："少白你说的她指的是什么人？难道是昨晚吹奏曲子的那人？"

"没错，逍遥派冷彩霞最小的弟子萧莹莹，没想到她果然是来帮助仆固怀恩他们的。"诸葛少白故作淡定地说道。

"管他是什么人呢，以军师的本事千军万马都不畏惧，难道还怕一个女人吗？传令下去，打开城门，我要亲自带队迎战。"史朝义没有耐心听诸葛少白他们的谈话。

见史朝义已经传令，诸葛少白来到嘉措跟前道："师叔，我担心有人会来营救凌云两人，就劳烦师叔留下以防万一。"

"没问题，少白你们就安心去吧。"嘉措法师说罢带着几名弟子赶往死囚牢。

其余的人跟随诸葛少白前去迎敌。等城门打开，诸葛少白、史朝义他们只带了精兵五千余人，其余的都是被诸葛少白控制的死尸。里面有叛军尸体，也有大唐、回纥士兵的尸体，浩浩荡荡有上万人之多。

来到两军阵前，诸葛少白一眼就看到一身白衣的萧莹莹，暗想：没想到眼前这个娇弱女子竟有如此大的本事。

这边萧莹莹的目光始终在诸葛少白身上，只是她想不明白的是，怎么会少了几个法师，还有那个男不男女不女的人怎么不在？

难道他们去看守凌云和白师姐了？不好，娄大哥他们岂不是很危险。莹莹正想着，诸葛少白高声喊道："仆老将军、牟羽可汗好久不见啊，还以为你们请的哪位高人来破我的奇门遁甲，居然是个姑娘。"

牟羽可汗看见诸葛少白身旁的江央等吐蕃僧侣不由得火往上撞，由巴尔虎德这件事上他想到了以诸葛少白为首的吐蕃僧侣的野心："少废话，今天我们要灭了你们这些叛党。"

"哈哈哈哈，好啊，看你们有没有这实力。"诸葛少白说完一挥手，前面的士兵分向两边，后面被控制的死尸缓慢地走向前来。

看到这些行尸走肉，不光是仆固怀恩等人害怕，连战马都不由自主地向后退，有种想逃跑的感觉。

再看诸葛少白拿起长箫对着萧莹莹道："在下要再次向姑娘领教领教逍遥派《碧海超声曲》。"说完将长箫一立吹奏起来。

随着声音夹带着内力袭向莹莹，诸葛少白身后的死尸如潮水般直奔大唐和回纥联军。

这一瞬间联军主将的战马再也安定不了，纷纷抬起前蹄嘶吼，一点一点地向后退。士兵们也惊恐地向后撤着。

莹莹飘身下马，轻盈地落在雪地上。在雪花飘飘的战场吹奏起《碧海超声曲》，声音飘出的那一瞬间，所有前行的死尸突然停止不动。

叛军队伍中除了诸葛少白以外的所有人纷纷受笛声影响，即使江央等人这样有内力根基的人也要坐在地上运功封住听觉，想办法减少一点痛苦。

此时仆固怀恩等人已经率领队伍撤出几里之外的树林当中，这是莹莹事先交代好的。因为这些人根本接受不了《碧海超声曲》，让他们离开是最好的办法，以减少他们的痛苦。

诸葛少白暗叫不好，如果是以往，他不会畏惧眼前这个萧莹莹，而现在他正在研究金色纸人，并让其拥有内力，即使是吸取别人的内力也需要耗费自己很多内力。

诸葛少白现在即将练成遁甲之术，遁甲分为九遁。分别是天遁、地遁、人遁、风遁、云遁、龙遁、虎遁、神遁、鬼遁。如果练成加之他以前的穿墙术，整个江湖没有谁是他的对手。现在九遁他已经练成了八遁，只剩下鬼遁没有练成。

在诸葛少白心中有他自己的盘算，没有必要为了一个史朝义而毁掉自己多年的心血。虽然这样，他还是想用普通的纸人纸马来试探一下萧莹莹究竟有多厉害。毕竟在他眼中鹰翔、萧莹莹是最大的敌人。

眼见被控制的尸体一个一个倒下，诸葛少白曲子一变唤出了之前做好的十个纸人纸马。

就见洛阳城里飘出十个不同颜色、真人真马大小的纸人纸马，都是那么逼真。这十个纸人坐在马上手持各种长兵器以极快的速度直奔莹莹而去。

有飘在空中的，有落在地上的，各挥兵器击向莹莹。紧急关头，莹莹依然故我，只向后一撤身躲过了攻击，但是没有停止吹奏。

随着这些纸质的东西再次袭来，莹莹运用内力将腰中的软藤宝剑逼了出来。随着莹莹在雪地里边吹笛子边翩翩起舞，用内力控制宝剑抵挡着袭来的兵器。

这一举动让所有人都惊呆了，包括诸葛少白。他没想到萧莹莹的武功已经到了能用内力驱动宝剑的境界。

眼前的场景仿佛一位白衣仙子在雪地里翩翩起舞，根本不像厮杀的战场。

诸葛少白再也坚持不下去，他要为自己保留足够的元气。突然他停止了箫声，擦了擦嘴角的鲜血对着身后两位师叔道："快走，随我来。"

说完，诸葛少白施展轻功飘向城楼，江央两人听罢站起身勉强紧随其后。随着诸葛少白的离去，十个纸人纸马瞬间被软藤宝剑削成了碎片。

远处的仆固怀恩和牟羽可汗见状立刻指挥军队冲向史朝义大军，见诸葛少白逃进城里，莹莹停止了舞步和笛声。擦了擦玉笛上的血，将软藤宝剑缠在腰间双臂平端身体离地向洛阳城里飘去。

她不是去追诸葛少白，因为她知道自己的身体状况。她要去看看娄方他们得手没有，此时城楼上的士兵早已被《碧海超声曲》折磨得倒地一片了。

史朝义这边眼见大军逼近，命令打开城门带着几名将领和城里的几万人马杀出一条血路向东北方逃去。什么洛阳城不洛阳城的，即使退进城去也是一样的结果，倒不如直接向河北燕山方向逃去。

仆固怀恩命令儿子领回纥骑兵追击史朝义，自己和牟羽可汗率领大军直接攻进洛阳城……

诸葛少白和两位师叔先是逃回洛阳府，将奇门遁甲古书带上然后迅速逃离了洛阳城。

莹莹来到关着凌云和白莲的死囚牢，娄方正在奋力大战守护的嘉措法师。亲王移地山正在拼命地挥舞大宝剑保护着面容憔悴的武金铃，周围上百名精兵正在围着他们两人。

娄方三人按计划来到洛阳城里，史朝义的几万大军分别在城楼上下等待命令。老百姓们早已躲了起来。大街上空旷得很，三人以最快的速度赶到洛阳城死囚牢。

半路上移地山就发现武金铃有些不对劲，非常疲惫的样子。上前询问，武金铃却说没事，只是晚上没有休息好。

等到达牢房门口三人才大吃一惊，嘉措带着几名弟子还有上百名精兵正在那里守候。

"哈哈哈哈，就猜到你们一定会来，我们在这儿等候多时了。"嘉措笑罢说道。

移地山看见嘉措不由得破口大骂："你个老东西，没想到你们师徒几人串通一气险些害死我王兄。今天让你死无葬身之地。"说完挥大宝剑直奔嘉措。

没等嘉措动手，他的几个徒弟以及士兵一拥而上将三人围住，武金铃边打边说："娄大哥快去救人，这里有我们呢。"

娄方施展轻功刚要飘向牢狱门口却被嘉措拦住："娄方，上次在擂台之上有鹰翔救你算你命大，今天我非要你的命不可。"说着抖了抖手中的方天画戟。这次嘉措带兵器的原因是因为江央不在身边，这也是他们犯的一个致命的错误，这样的话他使不出大迦叶气罩。

嘉措挥方天画戟大战娄方，都是内力深厚的人很难分出胜负来。而武金铃这边越发吃力，开始还没什么，时间一长武金铃就觉得眼前发黑有点感觉要栽倒。

造成武金铃这样的原因一是当她得知凌狐和信欣成婚的事之后心力交瘁，再加上晚上在雪地里吹着寒风，致使她感染风寒。

移地山见状挥舞着大宝剑竭尽全力地护住武金铃，生怕对方遇到不测。可移地山一个人怎么是那些人的对手？

正当他们两人已被围住的时候莹莹刚好赶到，此情此景令莹莹决心要大开杀戒。随着软藤剑出鞘，寒光伴着白色身影直奔叛军。

待莹莹的宝剑缠回腰间，叛军纷纷倒地的同时，武金铃也晕倒在地，移地山赶忙将她抱在怀里焦急地呼唤着。

莹莹顾不得这些，直奔死囚牢而去。嘉措见到此情此景再一听城里喊杀震天，意识到洛阳城失守，师侄战败，于是虚晃一招向城外逃去。娄方没有去追，来到武金铃、移地山身旁，以防两人遇到危险。

死囚牢里凌云、白莲两人身上带着沉重的枷锁正在议论。"听，外面有打斗的声音，难道有人来救咱们了？"白莲虚弱的声音。

"也许是吧，希望娄方他们别来冒险。"凌云冷冷地道。白莲情不自禁地笑了一下："关在这里这些天，发现十年过去了你讲话还是这么冰冷。不过我很喜欢……"

正在这时，牢房门突然被打开，一个白色身影出现在他们面前。两人仔细一看既惊讶又欢喜，同时说道："莹莹，你怎么来了？"

"情况紧急，以后再讲。"说着莹莹运内力于软藤剑上将两人身上的铁链砍断，三人迅速跑出牢狱。

此时的武金铃在娄方和移地山的呼唤下慢慢醒来，当她睁开眼睛看到抱着自己的移地山很是不满，推开移地山勉强站起身，还没迈步再次倒在了移地山的怀里。

这个时候仆固怀恩和牟羽可汗带着大军已经来到洛阳城里，将残余的叛军消灭，并迅速占领了洛阳府。

莹莹几人被请到了大殿之上，移地山则抱着武金铃寻找军医为其治疗。得知武金铃是偶感风寒再加上旅途劳累没什么大问题，静养些日子就没事了，移地山这才放心。不过他没有到大殿之上，一直陪伴在武金铃身边。

大殿之上仆固怀恩面带笑容地对萧莹莹道："多谢莹莹姑娘相助，如果没有你，恐怕这辈子我们也破不了那个诸葛少白的奇门遁甲。我定当修书一封向皇上禀报此事，重重加赏于你。"

"多谢老将军美意，帮忙平定叛乱每个人都应该出力。将军就不必为此事麻烦了。"莹莹婉言拒绝道。

停了停接着说："虽然诸葛少白逃走但是他的本事还在，日后一定会危害苍生。他一人可比逃走的史朝义众人要厉害得多，请老将军奏明皇上通缉此人。"

在场众人纷纷点头同意，仆固怀恩道："不管怎么说，在大家的共同努力下咱们收复了东都洛阳，应该好好庆祝一下。传令下去，准备酒菜我要款待几位大侠。"

伙房里热气蒸腾准备着酒菜，这段时间，莹莹几人去看望了还没有醒过来的武金铃，出来后白莲拉着莹莹的手边散步边聊起了往事。

白莲把当年鹰翔选择离开的原因讲给莹莹听，同样的话不同人说，莹莹的感受却是不同。鹰翔讲的时候莹莹虽也相信，心里总有一种对方在为自己寻找理由的感觉，而师姐讲出来却是不同的感觉。

正当两人边走边聊来到院内时，唐军将领奉仆固怀恩之命正在审问被俘虏的嘉措法师的弟子。

当听他说到王元和四位师兄赶往当涂寻找鹰翔欲行杀计的时候，莹莹心里一颤，上前几步追问那人事情经过。确认之后转身对着同样惊讶的白莲道："师姐，你们留下来保护仆老将军小心提防诸葛少白回来报复，我要赶往当涂营救翔哥……"

"我随你一起去，也好有个照应，毕竟你也有伤……"白莲还没说完，莹莹道："师姐你们还是留下吧，这里需要你们。放心我一定安全回来。"

"也好，事情紧急，骑我的伯龙驹去吧，一路上多加小心。"白莲说完带着莹莹来到马厩将陪伴自己一起闯雪山的白马交给莹莹。

"莹莹姑娘怎么没来？"仆固怀恩在酒席上询问，凌云几人也在纳闷。白莲道："师妹她有急事先走了……"

事后凌云等人才知道莹莹去了当涂，娄方笑着道："他们两个对彼此的感情越来越深了，也好，咱们去了倒会碍眼。"

　　白天仆固怀恩带着队伍安抚百姓，晚上连夜书写奏章向代宗皇上禀报战果，并将萧莹莹的功迹写在了上面。代宗皇上看罢奏章之后十分高兴。

　　随后的一段时间内大军驻守在洛阳城，武金铃在移地山的精心照顾下身体慢慢恢复。

　　这日代宗的圣旨传到，大多都是奖励的话。并令大军乘胜追击，一举消灭叛军。还有一个重要的消息，皇上已经下旨通报全国御封萧莹莹为玉笛仙子，萧莹莹所到之处官府必须为其大开方便之门，盛情款待。

　　一时间玉笛仙子红遍全国各地，不管是江湖还是武林，所有人都知道了这位一身白袍、手持玉笛的玉笛仙子萧莹莹。

22　欺师灭祖丧天良

可是萧莹莹的路途并不顺利,在与诸葛少白的对决当中,自己虽然取胜,但是也深受内伤,只是没在众人面前显露出来。

当她离开洛阳来到平顶山附近时,连天的奔波劳累加之内伤严重,最终跌落马下人事不省。幸好被路过的几个尼姑所救,带回不远处的清水庵……

带伤逃走的诸葛少白、江央、格来三人逃离洛阳时没有忘记为嘉措法师留下的标记,很快四人又聚在了一起。

"没想到那个萧莹莹年纪轻轻竟如此厉害,少白你的伤没事吧?"嘉措寻找到他们的时候说道。

诸葛少白点点头心有不甘地道:"是啊,师叔不用担心,我死不了,不过得找个地方养伤。"

"好,少白你对中原比较熟悉,你说去哪儿吧?"江央、格来纷纷说。

"断情崖,这次来中原我先去了趟那里,为母亲修了坟墓,并在附近盖了几间房子。留下了几名弟子在那儿看守,这次算是派上用场了。"诸葛少白回答道。

嘉措似乎想到了什么事情道:"少白啊,史朝义兵败逃走。大汗的计划可是失败了,咱们肯定会受到责罚的。依我看咱们还是去寻找史朝义,扶持他东山再起……"

"师叔不用担心,没有史朝义我一样可以灭掉大唐,只是我需要三位师叔的帮助。"诸葛少白说完催马向北方走去。

嘉措三人相互看看紧随其后,他们知道诸葛少白虽然是晚辈,但是论武功修为都在他们之上。尤其那奇门遁甲之术确实能以一己之力灭掉一个王国……

四人离开后在他们刚刚逗留的地方走出一个老喇嘛,不是别人正是诸葛少白的师父活佛丹巴。

在回纥国,丹巴叫三位师弟去帮诸葛少白,自己回吐蕃养伤。但是在半路上他突然转变了想法。他担心诸葛少白不是鹰翔等人的对手,于是决定去趟中原。

而且他还有个目的,就是去少林与元坤大师比武较量一番,与少林高手一决高下是他们喇嘛教几代人的梦想。

虽说担心徒弟,但是他没有那么急切,一路上欣赏着中原景色,就在洛阳大战的前几天丹巴来到了少林寺。

相互见过之后,丹巴道:"少林乃是中原武林的泰山北斗,小僧想领教一下元坤大师的正宗少林功夫。"

"活佛有所不知,少林武学意在强身健体,不是比武斗狠的武功。恐怕让活佛失望了,活佛远道而来不如与贫僧喝茶聊天的好。"元坤和尚婉言拒绝,心里想的是江湖上吐蕃和尚吸取高手内力的事情，还有娄方所说金枪门灭门之事。

但是活佛丹巴却非要比不可，最后不顾元坤的反对挥掌先攻对方。元坤没有办法只得与其交手，这十年里元坤一直在习练少林绝学易筋经。

两位年近百岁的僧人打了个平手，最后丹巴哈哈大笑收手道："少林功夫果然厉害……"

比试结束，丹巴匆匆离开，因为他还有更重要的事情。而元坤早就猜测金枪门灭门肯定与丹巴及弟子有关，也猜到丹巴肯定去洛阳战场。

于是元坤毅然决定暗中跟随，要维护中原武林和大唐江山的安危……

当活佛丹巴来到洛阳城外的时候，看到的场景却是大唐和回纥的联军攻进城去，丹巴还在纳闷：少白不是来帮史朝义了吗，怎么还会战败？难道他们遇到强敌了？

于是他在混乱的洛阳城里寻找着诸葛少白，当发现诸葛少白他们留下的标记才找到他们。

但是丹巴没有露面，他觉得诸葛少白有些异常。从他的眼神和言谈举止当中似乎感觉到他有更大的阴谋，这个阴谋甚至连几位师叔都要隐瞒。

单凭诸葛少白没有跟随在史朝义身边，独自逃到这里就已经很不正常了。所以丹巴没有露面，在暗中跟随要看个究竟。

元坤大师呢，没有顾及城里的事情始终跟随着丹巴。诸葛少白四人的话元坤也听见了。就这样，一个喇嘛一个和尚远远地跟在诸葛少白四人的后面。

诸葛少白带着三位师叔来到了断情崖，十年过去了，这里依然是茂密的树林，山崖下面一片开阔的平地，只是平地上多了一座坟墓，墓碑上刻着：诸葛莲之墓。

"少白啊，这里能养伤吗？四周都是树林连房屋都没有。"江央看了看四周询问道。

诸葛少白微微一笑道："树林深处都是房屋，这里有几千人都是我们的人。"说完他拿起长箫吹奏起来。

没过多久树林里走出很多人来，走在前面的大概有七八百人，从穿着打扮上不难看出是占山为王的土匪。

在这些人后面有几千士兵，有唐军、回纥军，还有史朝义的叛军。一眼就能看出这些人都已经死去……

为首的一个又高又壮的黑脸大汉走到诸葛少白跟前先是跪倒叩头，然后道："欢迎主人回来。"

诸葛少白哈哈大笑，笑罢之后道："起来吧，吩咐准备酒菜。先下去吧……"说完对着嘉措三人道，"三位师叔随我来。"说着向树林深处走去。

嘉措三人边走边看着四周的一切，三人各自犯起嘀咕。诸葛少白在前面听到他们的疑惑，诡异地笑了笑。

来到树林深处，一座大殿映入三人的眼帘。来到大殿上诸葛少白稳坐正中，嘉措三人纷纷落座。

"三位师叔，我知道你们很惊讶这里为什么有座大殿和这么多人。我现在就告诉你们……"诸葛少白这才把前前后后讲了一遍。

十年前诸葛少白得知母亲死讯就赶回中原，来到断情崖。之前元坤大师已经差人将诸葛莲的尸体安葬。

在诸葛少白祭拜母亲的时候来了一伙土匪，为首的就是那个黑大个。他们哪是诸葛少白的对手，仅用穿墙术、土遁、火遁就已经把他们吓得呆住。

诸葛少白没有杀他们，留着他们为自己做些事情。首先每年都要清扫修葺诸葛莲的坟墓，然后就是在树林深处建造大殿，还有召兵买马把队伍壮大。

那时诸葛少白还在研究纸人纸马，他要返回吐蕃。离开之前交代道："也许一两年，也许一二十年我会回到这里。你们最好按我的要求把事情做好，否则的话你们就是逃到天边我也会杀掉你们。"最后给他们吃下了慢性毒药，每年诸葛少白都要派弟子来查看并送来缓解毒性的解药。

十年之后，诸葛少白可以做出纸人纸马，虽然不是最厉害的，也没有完全将奇门遁甲之术练成，但也是个半人半妖的奇人了。

正逢安史之乱，吐蕃想借此机会灭掉大唐。作为吐蕃国师的活佛丹巴派诸葛少白去执行计划，也为诸葛少白报杀母之仇提供了机会。

但是他却不知道诸葛少白在断情崖暗造宫殿，招揽人马。对于一个手握奇书的人来说，他想要的何止是江湖第一和护国法师之名。

诸葛少白来到中原之后先是看了宫殿的建造情况，还有召集的人马，但是人数相对少了点。

不过这对于诸葛少白来说不重要，在帮助史朝义与联军作战之时，他差人暗中将自己控制的战死士兵的死尸带到断情崖。

嘉措三人听了诸葛少白讲述的经过不由得吃惊，嘉措沉着脸道："少白，这么说连你师父都不知道你的计划喽？"说完将手中的茶碗用力地放在桌上。

诸葛少白笑了笑道："师父他老人家已经知道了。"说完看了看屋顶，用千里传音道，"师父怎么不进来好好聊聊，为何要躲在外面？"

刚刚说完，大殿之外飘进一人，正是活佛丹巴。嘉措三人纷纷惊讶，站起身见过师兄，诸葛少白也过来施礼，不过略显得虚伪。四人纷纷询问丹巴怎么会来到这里？

等丹巴落座之后下人端来茶水，丹巴确实渴了，没有仔细察看将茶水喝下之后讲述了经过，最后道："少白啊，你的话为师都听见了，不过我听说你的纸人纸马被一个姑娘破掉，恐怕你的这千八百人成不了什么气候吧？"

诸葛少白笑了笑没有说话，吹了首箫曲，大殿里突然飘进一个真人大小的金色纸人。诸葛少白停止吹奏道："看见它了吗？有它一个就足以荡平天下。"

丹巴、嘉措四兄弟看了看有些不解，嘉措道："少白啊，不要忘了那个萧莹莹是怎么破了你的纸人纸马的，这个不也是个普通的纸人嘛。"

"师叔，你应该知道之前我吸收高手内力的事情吧，为的就是这东西。只要将内力融入其中，就是再强的《碧海超声曲》也奈何不了它。"诸葛少白解释道。

"是吗？那让我们看看它的能力。"丹巴说道，嘉措、江央、格来三人也纷纷赞同。

诸葛少白笑了笑道："恐怕师父和三位师叔看不到它的威力了。""此话怎讲？"丹巴追问道。

"这个嘛，中原武林内功深厚的高手不是隐居深山就是去世，单凭这些年轻人的内力根本不够，现在又是紧急关头，那个萧莹莹随时都有可能找到这里，这样的话就要尽快找到深厚的内力，所以……"诸葛少白话说到一半没往下说。

此时的丹巴似乎觉察到了什么："你的意思要吸取我们的内力吗？"嘉措三人睁大眼睛怒视着诸葛少白。

"龙象般若功、大手印、大迦叶气罩似乎都是要极强的内力才能运用，有这么好的内功来源，我还用费尽周折去寻找吗？"诸葛少白狡猾地道，眼睛露出凶狠的目光。

听到这些，丹巴、嘉措四人纷纷站起身来，丹巴指着诸葛少白道："你这个逆徒，居然有这种想法。虽说你练就奇门遁甲之术，我们四人联手恐怕你也不是对手。今天我就要清理门户，打死你这个逆徒。"说完四人纷纷运用内力准备出手。

可是当四人运用内力时才发现已经中毒，根本运不了功："诸葛少白，你居然在茶里下毒，你这个人面兽心的白眼狼……"丹巴、嘉措四人破口大骂。

"哈哈哈哈，只怪你们的命不好而已。要怪就怪老天爷吧，说实话我还真舍不得杀死你们，毕竟相处了几十年了……"

"住嘴，没想到你竟然变得这样自私自利。你会遭报应的。"活佛丹巴说完将飞轮击向诸葛少白，虽然用不了内力还有招数在。

诸葛少白一挥手将击向自己的飞轮打向屋顶，将屋顶凿出个大洞。就听他向上喊道："老方丈现身吧，你的少林易筋经我也很有兴趣。"说完运用内力击向屋顶。

随着屋顶再次破了个洞，少林主持元坤大师落在大殿之上，丹巴惊讶地道："大师，你怎么会在这儿？"

元坤跟随丹巴来到断情崖，远远躲在树上观看着大殿上的丹巴。见其飘进大殿之后，元坤也随之来到了大殿顶端。

到此之时仔细听大殿里的谈话，正好听到丹巴大骂诸葛少白。正当元坤琢磨着里面师徒怎么反目成仇的时候，屋顶被飞轮打了个大洞。

22 欺师灭祖丧天良

元坤刚要转身离开，听见了诸葛少白的喊话，而且觉得一股力量从下面袭来。元坤赶忙运足内力抵挡。

随着屋顶的破漏元坤大师落在了大殿之内，站定脚步的元坤道："诸葛施主，老衲劝你放下屠刀，不要枉杀无辜……"

"秃驴，少废话。当年我母亲的死你也有份儿，少在我面前说这些。"诸葛少白说完挥掌直奔元坤大师。

元坤赶忙闪身躲开，扎稳步式与之过招。以元坤的身手根本不是诸葛少白的对手，无奈之下他运用易筋经努力抗衡。

随着强大的内力击向诸葛少白，一旁的金色纸人在诸葛少白的控制下挡了上来，并在他的控制下开始不断地吸取元坤的内力。

元坤见状赶忙收招要跑，却被快似闪电的纸人拦住。来不及逃走的元坤被纸人将内力全部吸光之后绝精身亡……

见到这样的场景丹巴四人真是目瞪口呆，没法运用内力的他们纷纷被诸葛少白点住穴道，然后逐个吸走了他们的内力，再将他们杀死并控制。

集这四位高人内力于一身的诸葛少白迅速翻开奇门遁甲古书，开始习练九遁当中的鬼遁。这足以见得他对练成鬼遁是多么迫切。

之前就是因为他内力不足，没有练成。鬼遁与其他遁术不同之处就是其他遁术都是隐藏在实物当中，而鬼遁则是空气。如同鬼魂一般，让人无法攻击和防守。

一个普通的人按照奇门遁甲练习，能练成鬼遁就只能靠强大的内功以及书中记载的方法和诀窍。没有强大的内力做基础是没办法练成的，鬼遁的最大弱点就是遇到内力比自己高的人就会被其破掉。而诸葛少白虽然练成鬼遁，但他的身体只能承受目前这么多的内力，再要吸取更多内力的话他会筋脉暴裂而亡……

鹰翔四人在路上听到玉笛仙子的传闻后马不停蹄地赶往洛阳，尤其是鹰翔，他要弄清莹莹是不是传言中的玉笛仙子。

这天他们经过嵩山附近时，凌狐道："鹰大哥前面就是少林寺了，咱们是不是应该去拜见一下元坤大师？也许他知道洛阳战场的具体情况……"

"确实，十年不见，这次路过少林不去拜见大师有些失礼。好，就去少林走上一趟。"说罢鹰翔一马当先直奔少林方向……

"师父，鹰大侠、凌大侠来了……"小和尚边喊边急匆匆地向书房奔去，正在书房练功的慧尘大师得知消息后又惊又喜："快随我前去迎接。"说完快步赶奔寺门。

"鹰大侠、凌公子大驾光临，小僧迎接来迟万望赎罪。几位赶快里面请……"慧尘和尚见到鹰翔几人客气地道。

慧尘和尚的话语让鹰翔、凌狐感觉很不好意思，对方可是长辈。"大师太客气了，叫晚辈鹰翔就可以了。"鹰翔深施一礼道。

几人客套了几句，慧尘将四人让进了大殿，分宾主落座之后鹰翔问道："大师，元坤主持还好吧，怎么不见他老人家啊？"

"大侠有所不知，师叔他赶奔了洛阳战场，至今还没有音信，已经派出不少弟子寻找。"慧尘叹了口气道，然后又把丹巴上门挑战。元坤暗中跟随丹巴赶奔洛阳的事讲述了一遍。

"祖师一定是去帮师叔诸葛少白作恶去了。"天琪郡主气愤地说道："不过还好，他们被玉笛仙子打败了。"

慧尘听到这里突然道："鹰大侠你们也知道玉笛仙子的事了，据老衲所知玉笛仙子正是莹莹姑娘。对了，还有一事忘了告诉你们。"

慧尘先是差弟子将罗星带到大殿之上，罗星看见凌狐和信欣高兴得不得了："凌狐、信姨你们怎么来了？"

说话间罗星跑到了凌狐和信欣的跟前，但是他的目光始终没有离开鹰翔，心想：这个人不是那天在树林里救我和白姨的那个人吗？他究竟是谁？

正这时慧尘和尚道："罗星还不去见过你的鹰叔叔，你不是一直想见他吗？"

罗星听罢有些惊讶，面前这个一身黑衣人原来就是他们提起过的西域苍狼鹰翔，于是双膝跪倒："鹰大叔在上，侄儿罗星给您叩头了。"

鹰翔早就听凌狐他们提过罗亮的儿子罗星了，赶忙把罗星扶起来仔细观看。这罗星真真是罗亮和柳星的结合体，长相上几乎把两人的优点全都占了。

这时慧尘和尚又把娄方和罗星逃到少林的经过告诉鹰翔，最后道："不知道娄大侠现在怎么样了？"

"大师，这次我们正要赶往洛阳。希望能在洛阳见到他们……"鹰翔说，心里想着：莹莹，你可一定要在洛阳啊。

在少林逗留了几个时辰后，鹰翔等人决定尽快赶往洛阳，离开之时，小罗星一定要跟着鹰翔他们。

对于一个孩子来说，在这个每天吃斋念佛的地方早就呆腻了，所以借这个机会想赶快离开。鹰翔看着罗星笑了笑道："好吧，就带你离开这里……"

鹰翔几人再次启程，傍晚赶到了洛阳城外。由于这里的战争刚刚结束不久，所以守城的士兵早早地将城门关上，吊桥高悬。

凌狐高声喊了很久，守城的士兵也没有理会。当值的见来的几人是江湖中人，早已差人给仆固怀恩送信去了。

仆固怀恩和牟羽可汗接到圣旨本来应该去追缴史朝义的，由于诸葛少白的离开叛军基本上失去了战斗力，仆固场一人带兵足以剿灭叛军。

于是他再次上书给代宗皇上，代宗又下旨让他们在洛阳安抚民心，帮着百姓重建家园。待仆固场将叛军彻底剿灭后一起班师回朝。

22 欺师灭祖丧天良

他们在洛阳驻守虽然有凌云几人的保护，但由于莹莹的离开让他们心里没底。最担心的就是诸葛少白的卷土重来，所以洛阳城的四个城门都是戒备森严。城内大军分成几支不停地巡视，尤其交代对江湖人士要严加盘查。

性如烈火的天琪郡主见状可耐不住性子："凌狐不必喊了，直接冲上城楼进城就是了。"说完飘身施展轻功飘向城门。

守城的官兵看到有人闯了上来，纷纷开弓放箭。如同雨点的雕翎箭射向天琪郡主，以她的功夫躲开十几支箭没什么问题。

但是射来的可是上千支，眼见天琪有危险，鹰翔飘身而上去救天琪。速度快得其他人都看不清他是怎么过去的。

就连鹰翔都不知道自己会有如此快的速度，谁又能想到这个世上的绝世武功几乎全在鹰翔的身上？

随着鹰翔挥手用内力将射来的箭推到一边，左臂将天琪郡主搂在怀里。眨眼的功夫，再看两人已经站在城楼之上。

凌狐和信欣以及罗星都呆住了，当他们缓过神来再看看站在城楼上的两人，凌狐自言道："我忽然觉得天琪郡主和鹰大哥也挺般配的。"

"是有那么一点儿，不过我还是觉得莹莹姐和鹰大哥更般配，如果她们两个都嫁给鹰大哥就好了……"信欣调皮地道，此时的凌狐目瞪口呆地看着信欣。

此时城楼上的士兵已经将两人围住，但是谁也不敢上前。忽然一队人急急忙忙地跑上城楼来。

跑在最前面的正是移地山，后面是凌云等人。移地山边往上跑边说："除了诸葛少白那个妖人有能力闯上城来，还有谁有这本事……"

移地山手持大宝剑嘴里叨咕着这些话来到城门上，正好看见鹰翔和天琪郡主的背影。他一眼就认出自己的姐姐。

"你们这些不长眼睛的东西，连郡主都认不出来吗？"移地山对士兵们喊着奔了过去。

天琪郡主和鹰翔闻声回过头看去，出现在鹰翔眼中的除了移地山还有凌云、白莲、娄方、武金铃等熟悉的面孔，唯独没有他最想见到的萧莹莹。

"鹰翔真的是你，这些天你们都去哪儿了？没有遇到什么危险吧？"凌云和白莲异口同声地问道。

鹰翔淡淡一笑道："没什么，你们没事就好。"此时人群当中的武金铃看到久违的鹰翔奔到他跟前落着眼泪道："鹰大哥，还认得出来我吗？我是你金铃妹子，我以为再也见不到你了呢。"说完扑到鹰翔怀里痛哭起来。

"好妹子别哭了，我这不是好好的嘛。"鹰翔拍了拍武金铃的肩膀，眼睛也湿润了。在他们两人心中对方就是自己的亲人……

一旁的天琪郡主看到这个场景鼻子也发酸了，一是为他们再次重逢感到高兴；第二点则是有些伤心……

此时城门已经打开，凌狐、信欣三人已经来到城上，凌云两兄弟见面之后同样是拥抱在一起。凌云一改以往的冷酷，询问着凌狐的腿伤。

当听到凌狐的声音时，武金铃情不自禁地来到他跟前："凌狐你这个该死的东西怎么把腿弄成这样了？让我看看恢复了没有？"

信欣、凌狐看到武金铃高兴得都跳起来了："我们三个又见面了，真是太好了。"对面的武金铃有些心酸，但是还是装作很开心的样子……

总之众人相见皆大欢喜，而此时仆固怀恩和牟羽可汗正在大殿之上焦急地等待移地山等人回来。

因为他们得知有江湖中人闯城非常担心，虽然不是诸葛少白，但他们深知诸葛少白有控制他人来攻城的本事。

当看到鹰翔众人回来的时候两个人的心才放下，见到鹰翔和天琪郡主都安然无恙更是乐得合不拢嘴。

天琪郡主将他们在当涂遇见凌狐夫妇和当涂经历的事情讲给众人听，在场众人无不为他们的遭遇感到惊讶，尤其是鹰翔遇见诗侠李白练成绝世武功的事情更让人庆幸和羡慕。

听罢之后仆固怀恩叹了口气道："挺好，经历了这么多大家又聚到一起了。只是少了我们的玉笛仙子莹莹姑娘，对了，鹰大侠她不是找你去了吗？难道你们没有遇见？"

这正是鹰翔准备询问大家的事情，当他听到这些的时候追问道："这些天到底发生了什么事情？莹莹怎么会成为玉笛仙子？"

仆固怀恩笑了笑将经过讲了一遍，最后道："莹莹姑娘当天就离开了，怕你遇到什么危险去当涂寻找你了。不对啊，按照时间计算，莹莹应该和那个王元差不多同时赶到当涂啊。"

"是啊，我的伯龙驹是日行一千夜走八百的宝马良驹。按常理说不能出现这种情况啊，难道莹莹走错路线了。"白莲没有把猜测莹莹出事的想法说出来，怕的就是鹰翔担心。

即使这样鹰翔听罢向众人一抱拳道："抱歉，我得去找莹莹，先告辞了。"说完转身就往大殿外面走。

"鹰翔，天这么晚了，又赶了这么多天的路，明天再去行吗？"天琪郡主一把拉住鹰翔道。

她真的心疼鹰翔。为了尽快见到莹莹，从少林出发他们就马不停蹄地赶往洛阳，途中连水都没喝更不用说吃饭。加之这些天的劳累，现在鹰翔又要连夜返回当涂寻找莹莹，身体怎么吃得消？

"是啊，鹰大侠不必过于担心。莹莹的武功你应该相当清楚，恐怕江湖上没人能伤得了她。即使去找，明天再出发也不迟啊，还有明天我差人通知途中各个府衙帮你寻找。"仆固怀恩同样站起身来到鹰翔跟前道。此时的天琪郡主紧紧地拉着鹰翔的胳膊。

"如果你执意要去的话我随你一起去，谁叫我是你姐姐呢？"天琪郡主拉着鹰翔的胳膊道。

听到天琪郡主的这句话周围众人愣住了，尤其是仆固怀恩和牟羽可汗。牟羽可汗暗想：这个鬼丫头搞什么鬼呢，怎么还成鹰大侠的姐姐了。

在场的所有人都在劝说鹰翔，鹰翔众愿难违决定先留下来，等大家都睡去的时候再离开……

酒席上大家都在为再次重逢而推杯换盏，唯有鹰翔和武金铃两人显得有些沉闷……

突然鹰翔感觉四周有些不对劲，在他的潜意识里总觉的有一双眼睛在盯着自己。从小与狼群为伴儿的他有狼一样的洞察力，那种感觉就像狼感应到危险一样。

鹰翔环顾了一下四周，没有发现什么异样。然后又运用逍遥派的传音搜魂大法去聆听周围的动静，结果也是一无所获。

"难道是我的幻觉？也许这些天赶路劳累所致。"鹰翔没有多去想这些事情。

散席之后大家各自回屋休息，信欣回到住处对凌狐道："我发现金铃她好像不怎么开心似的，要不咱们去看看她吧。陪她聊聊天，十年不见我挺想她的。"

"是啊，我也这样觉得，咱们去找她。"凌狐说完拉着信欣的手离开住处一瘸一拐地走向武金铃的住处。

金铃见到两人挽着手来找她勉强笑了笑，将两人让进了屋子，虽然十年不见有很多话想说，但是却感觉很尴尬。

最后武金铃鼓起勇气对着凌狐道："凌狐，咱们俩儿能单独聊聊吗？我有些事要和你说。"

凌狐听罢有些不解，看了看身旁的信欣，同样感到不解的信欣示意让凌狐答应金铃的请求。

"好吧，咱们出去说。"凌狐说完和武金铃离开屋子来到院里，对于金铃的异常，信欣有些奇怪，偷偷地跟在两人后面要听听她要和凌狐说些什么。

"没想到你和信欣成婚了，还是皇上做主。恭喜你们啊。"两人在台阶上坐下之后武金铃说道。

凌狐微微一笑道："是啊，我也没想到皇上会下这道圣旨。""那你喜欢信欣吗？"武金铃追问道。

"当然喜欢啊，和她这个古灵精怪的活宝在一起我每天都很开心。"凌狐笑着道。武金铃点点头道："是啊，看我问的这个傻问题。"言语中带有些哽咽的声音。

"金铃你怎么了，以前你和信欣一样都是个开心果。怎么这次见到你心事重重的，还有你叫我出来想要和我说什么啊？"凌狐感觉到武金铃的异样询问道。

武金铃听罢鼓起勇气道："如果皇上没有赐婚，你会不会还与信欣成婚……"

凌狐似乎意识到金铃的想法道："会，我喜欢她……"然后把自己这十年里对信欣的思念，还有和信欣在一起时的幸福讲了一遍。

此时躲在柱子后面偷听两人谈话的信欣已是热泪盈眶。而躲在另一个柱子后面、本打算散步赏月却看到凌狐两人的移地山听了为金铃难过，但也暗下决心要让金铃幸福。

凌狐最后低声地道："金铃，我希望看到的是以前那个古灵精怪的武金铃，而不是现在这样的你。好了，快回去休息吧……"

凌狐说完转身向自己的房间走去，这时躲在柱子后面的信欣已经悄悄地回到了房间。

"你刚刚说的话都是真的？"信欣询问着刚刚回到住处的凌狐。凌狐先是一愣，然后道："你刚才偷听我们的谈话啦？"

"嗯，现在金铃一定很伤心。要不我去陪陪她？"信欣一本正经地道。"你去了岂不是让她觉得你是去向她炫耀？再说了人家有人陪，你就放宽心吧。"凌狐劝说道。

信欣听到这有些好奇："你这话是什么意思？你说的那个人是谁？"她不停地追问道。

凌狐走后武金铃站起身来向住处走去，虽然有些伤心，但在她看来没什么大不了的，总之把自己心里话说了出来。

"你没事吧？"移地山突然从柱子后面冒了出来，把武金铃吓了一跳。"你怎么在这儿，我和凌狐说的话你都听见了？"话语中夹着些许的调皮与霸道。

移地山点了点头道："嗯，不过说出来比不说好。你现在心情一定很不好，我能帮你什么吗？"

"真的吗？陪我去喝酒好了，一醉方休。第二天又会是新的开始……"话还没说完，移地山爽快地答应了："好，一醉方休……"

鹰翔正在屋子里打坐闭目养神，准备夜深人静的时候偷偷离开。突然窗外人影晃动，接着就是敲门的声音："鹰翔，你还没睡吧，我可以进去吗？"门外传来天琪郡主的声音。

"这么晚了她怎么来了？"鹰翔边想边过去开门。打开门的那一刻鹰翔呆住了，天琪郡主抱着被褥站在门外。

没等鹰翔反应过来郡主已经来到屋内,"你这是要干什么?"鹰翔问道。

"看着你啊,你的心思我还不了解吗?是不是准备夜深人静的时候偷偷地开溜啊,所以我要看着你。"天琪郡主边说边在地上将被子铺好,"你睡床上我睡地上。"

此时的鹰翔已然是哭笑不得:"郡主你这是何苦呢,你还是回去睡吧。放心吧,我一定等明天再走。再说了,这样会让大家误会的。"

"误会就误会呗,我堂堂一个回纥国郡主都不怕,你怕什么啊。还有,再跟你强调一遍别叫我郡主,叫我姐姐。"天琪郡主打断鹰翔的话调皮地道。

鹰翔想尽了一切办法也没能让郡主离开,最后也只能同意她住在这里。"好吧,我算是服你了。你睡床我睡在地上。"鹰翔无奈地说道。

"算姐姐没白疼你,我就恭敬不如从命了。"说完天琪郡主来到床边坐下。

鹰翔坐在铺好的地铺上继续打坐闭目养神,郡主看了看他道:"这就是高手的睡觉方式吗?我听说这样坐上一个时辰相当于睡两个时辰的?"

此时的鹰翔哪有心情给她解释这个,正在想该怎么脱身呢,而那个郡主是左一个问题接着右一个问题。

最后她突然冒出了一句话:"假如有一天我死了,你会为我伤心吗?""说什么呢,好好的提这干什么?"鹰翔听到这句话心里不由得颤了一下。

23 高人指点众人明

"我没跟你开玩笑，我是认真的。"郡主突然很郑重地道。鹰翔虽然闭着眼睛没看郡主的表情，但听得出来对方是认真的，回答道："会，我们是好兄弟，你是我姐姐嘛。"

"嘿嘿，那我有个要求你一定要答应我，就是哪天我真的快死了在人世的最后一刻，我要在你的怀里度过。"郡主傻傻地笑完之后道。

鹰翔没有去想太多答应道："好，我答应你。不过你现在答应我一件事就是马上睡觉，别再唠叨了。"

天琪郡主一笑："遵命。"说完躺在床上盖好被子，虽然没有再唠叨但是她没有睡，默默地看着正在打坐的鹰翔。

时间一点一滴地过去，天琪郡主带着对鹰翔的依恋慢慢地进入梦乡，还时不时地说上几句梦话，每句梦话几乎都和鹰翔有关……

不知不觉子时已过，当丑时的经声响起时鹰翔感觉有一种危险在向府里逼近，那种感觉和吃饭时的感觉非常接近。

鹰翔睁开眼睛看了看四周，没有什么异样，只是那种感觉越来越强烈。鹰翔慢慢地站起身将紫薇宝剑缠在腰间，轻轻地打开门来到院内。

当他来到院内时正好看到一个金色的身影一闪而过，速度奇快。隐约看见身影的肩上扛着两个人。

鹰翔见状立即蹬起飘身去追，而院内院外的守卫根本没有发现这个身影，只是看见一闪而过的鹰翔向城北方向奔去。

守卫们还在纳闷，鹰翔大半夜这么急地奔向城北方向干什么？虽然他们听说了鹰翔要去当涂的事，但应该去南面才对。

正当守卫们摸不着头脑的时候，天琪郡主急匆匆地从鹰翔的屋里跑了出来。巡视的守卫看到这一场景更觉莫名其妙了。

正在熟睡的天琪郡主做了一个梦，梦见鹰翔离开了，而且被诸葛少白打死了。郡主被噩梦吓醒了，再一看鹰翔和桌上的紫薇宝剑都不在，就知道鹰翔离开了。郡主是又气又急，急匆匆地冲出屋子，正好遇见巡视过来的守卫。

"你们看到鹰翔了吗？"郡主急切地询问道。"禀郡主，鹰大侠向城北方向去了，而且去得很急。"带头的守卫回答道。

"这个鹰翔在搞什么鬼，怎么去北门了？"郡主想罢之后道，"快去给我牵匹快马，我要赶往北门。"

一个守卫去牵马，为首的问："郡主出什么事了？我们随您一起去吧。""没什么，一点私事儿，你们守卫好院子就行了。"说完天琪郡主接过缰绳飞身上马直奔北门。

郡主从鹰翔屋里出来，不禁让守卫们浮想联翩，也就没有在意和通报给仆固怀恩元帅。

当鹰翔追到北门城墙的时候，发现金色身影不翼而飞，于是他飘身来到城墙之上向外看，在白雪的映衬下隐约看到远处的雪地里站着两个人。

尤其那个一身金色的身影，他们仿佛是在等待着鹰翔。那里离城门很远，守城的官兵根本发现不了他们。

让鹰翔奇怪的就是没有看到那个身影登上城墙，他是怎么出去的？还有他可是扛着两个人，以自己的轻功居然追不上他。为了弄清两人是谁，鹰翔翻落城墙外直奔两人。

等鹰翔来到两人近前之时已经猜到对方是谁，因为在他的视线里最为显眼的就是那个金灿灿的纸人。

雪地里，月光下，鹰翔看得分明。这个纸人两个肩膀上分别扛着牟羽可汗和罗星，两个人已经被打昏。纸人的旁边是一个六十岁上下的黑衣老者，花白的头发花白的胡须，看似和蔼可亲，但是透着一股无形的杀气与邪气。

"西域苍狼鹰翔，十年前中原武林的大英雄。就是你和那个萧莹莹联手杀死我母亲的，身手果然了得，诸葛少白佩服。"鹰翔还没到近前黑衣人便说道。

没错，刚刚说话的就是诸葛少白。他练成鬼遁之后更加邪性，他要杀掉鹰翔、萧莹莹两人。在他的心里一统天下的欲望越来越强。

他们离开洛阳来到断情崖的事情王元、巴森他们不知道。在诸葛少白回到断情崖的第一件事就是派人赶往当涂传信给他们。

没想到等来的结果却是王元以及四名弟子丧命于鹰翔等人手中，他还得知鹰翔已经离开当涂赶往洛阳。

诸葛少白邪火丛生，他决定亲自去洛阳走上一趟。此行他有两个目的，一是将鹰翔和萧莹莹引到断情崖。二是捉走在洛阳驻守的牟羽可汗，有回纥可汗在手，他就可以号令回纥军队荡平大唐。

为了确保万无一失，他带上了心目中最得力的帮手，就是亲手造出的拥有内力的金色纸人。

恰好他们和鹰翔等人同时赶到，在仆固怀恩摆宴招待大家的时候，诸葛少白就在屋子里。只不过他用的是鬼遁，众人看不见他而已。

当时也只有鹰翔感觉到有所异样，却发现不了他。在听了大家的谈话之后，诸葛少白知道了众人中哪个是鹰翔，唯一让他遗憾的就是破掉自己的纸人纸马的萧莹莹不在，而且看样子鹰翔要去寻找萧莹莹。

他的第一个计划实施起来有些困难，不过当他看见罗星的时候不由得计上心头。他要连同罗星一起抓走，这样为了救故人的儿子，相信鹰翔两人会自己找上门来的。

　　深夜诸葛少白来到罗星的屋里，点住了罗星的睡穴将其带走，与去捉牟羽可汗的纸人会和，纸人扛着两个熟睡的猎物随着诸葛少白向城北奔去。

　　恰恰被闭目养神的鹰翔感应到危险，诸葛少白没有料到鹰翔会发现他们。若想甩掉鹰翔，以他现在的能力也不算太难，但是他突然改变主意了，于是来到城外等着鹰翔。

　　"你就是那个妖人诸葛少白，赶快放了牟羽可汗和罗星。"鹰翔看了看他们道。

　　"哈哈哈哈，不错，我正是诸葛少白。放了他们可以，不过要等到断情崖我母亲的坟墓前才能放。还有你的那个所谓的妻子萧莹莹也得去，我给你十天的时间找到她。你们两人一起去断情崖领死，十天期限过后你们不来的话就给他们两个收尸吧。"诸葛少白说完示意身边的纸人随他离开。

　　"想走，没那么容易，现在就把人留下。"鹰翔说着抽紫薇宝剑直奔诸葛少白将其拦住，诸葛少白赶忙闪身躲开。正打算先与鹰翔过几招，这时远处传来声音："鹰翔我来帮你。"城门方向一匹马飞奔而来，马上坐的正是天琪郡主。

　　鹰翔和诸葛少白两人同时看了过去，就在鹰翔转回脸的那一刻，诸葛少白和纸人瞬间踪迹全无。远处传来："鹰翔，我们断情崖见。"随后是诸葛少白邪恶的笑声。

　　"鹰翔，你没事吧。那两个人哪儿去了？刚刚我明明看见他们的，不会是幻觉吧？"天琪郡主来到鹰翔跟前不解地问。

　　然后紧接道："还有，你为什么偷偷地跑出来？是不是打算去找莹莹姐？不是说好了……"

　　还没等天琪郡主说完，鹰翔打断她的话道："郡主你先听我说，现在马上回城通知大家赶往断情崖。牟羽可汗和罗星被诸葛少白抓走了，刚才那不是幻觉。我现在要马上赶往断情崖，不能让他们有危险。"

　　说话间将马缰绳从天琪郡主的手中拉过来，然后握住天琪的手道："答应我告诉大家之后你就留在洛阳，我不希望姐姐你再随我去冒险了。还有，如果找到莹莹也不要告诉她我去哪儿了。"鹰翔说完飞身上马直奔断情崖方向而去。

　　天琪郡主愣住了，望着远去的鹰翔说不出话来。突然她想到了鹰翔的话，赶忙向城里奔去向大家报信。

　　当她回到洛阳府之时天还没有亮，来到院内刚好遇见早早起来练剑的凌云。"郡主这么早干什么去了？"凌云收招之后询问道。

　　"一会儿再和你讲，快随我来。"天琪带着不知道怎么回事的凌云先是来到了哥哥牟羽可汗的住处，发现可汗的鞋子和皮衣都在，人却不在。

　　桌子上放着一张写满字的纸，上面的大概意思是：请回纥皇族及将领攻进长安城，带着皇上人头及传国玉玺前来断情崖换牟羽可汗的性命。如果有大军攻打断情崖，牟羽可汗性命难保。还有若想保住罗星小儿性命，请鹰翔、萧莹莹、凌云等人来断情崖一聚。最后落款：诸葛少白。

"凌大哥，能告诉我断情崖在什么地方吗？"天琪郡主询问道。"你问这些干什么？这上面写的是什么，发生什么事了？"凌云不解地问。

天琪郡主没有回答凌云的话，接着道："如果你知道的话，就给我画张地图吧。画完之后我再告诉你发生什么事情了。"

没有办法，凌云把去断情崖的路线画了出来交给了天琪，郡主接过之后将纸条交给凌云道："鹰大哥已经赶往断情崖，我要去帮他。"说完之后离开屋子，直奔马厩。选了匹好马，往断情崖方向而去。

当凌云看完上面的内容之后赶忙去了仆固怀恩的住处，将诸葛少白留下的信交给仆老将军。毕竟这已经关系到两国的命运。

仆固怀恩看罢不由得大惊失色，立刻召集众将领商议对策。此时娄方众人也已知道了消息，纷纷焦急地想着办法……

"诸葛少白这个妖人，敢挟持我王兄。我要带兵荡平断情崖，传令下去，集合人马……"还没等移地山说完，仆固怀恩打断他的话道："亲王不要意气用事，你这样做不但救不了牟羽可汗，反而会害死他，信上写得很明确了。而且诸葛少白的本事大家都知道，纵有千军万马也抵挡不住他的奇门遁甲之术啊。"

一旁的凌云思考片刻之后道："仆老将军你看这样，咱们将士兵驻扎在断情崖三十里外，最好是隐蔽的地方。然后由娄方我们几人赶往断情崖。诸葛少白信上说的很明白，指名点姓要求鹰翔我们几人前去。我们都是十年前参加过断情崖一战的，将军你放心，我们会想尽一切办法救出牟羽可汗。"

"这个……"仆固怀恩听罢凌云的话有些犹豫，正在这时，大殿外突然飞进一支飞镖，上面绑着一封书信。

与此同时，殿外传来一个有些苍老的声音，听得出来是个女人："龙影交织虽无火，燃尽奇门纸张清。笛曲魔音风飘荡，逼得九遁现原形。具体内容看信后自然明白，事情紧急赶快去救人吧！"

凌云见一支飞镖飞过赶忙接住，一个箭步冲到大殿之外四处观望却没有发现说话之人。便知道对方用的是千里传音，人早已不知去向。

这时众人纷纷围到凌云身旁，凌云将书信打开念道："龙影交织虽无火，燃尽奇门纸张清。需以龙渊与承影宝剑相碰擦出的无形火花，放可烧掉纸人纸马。笛曲魔音风飘荡，逼得九遁现原形。当今世上用笛曲攻敌的第一人莫过于玉笛仙子萧莹莹，《碧海超声曲》可以破掉奇门遁甲中的隐遁之术。现在诸葛少白已经制作出金色纸人，练成了隐遁之术，为了天下苍生，请你们一定要按书信上所说去做，也只有这样才能破解奇门遁甲。"

"这个人是谁？怎么会知道破解奇门遁甲之法？"娄方疑惑地问道，众人也面面相觑。

凌云转身对仆固怀恩和众人道："老将军，我觉得可以试上一试。有办法总比没办法强，再说就莹莹用笛声打败诸葛少白的事实来看，信上所说方法应该是真的。"

仆固怀恩点点头表示同意，但是一旁的娄方说出了眼下的困境："虽然有办法，但是十天不大可能吧。首先鹰翔的承影宝剑现在埋在鹰傲大侠的坟墓前，还有莹莹她已经赶往当涂……"

"师妹只能通过各地官府帮忙寻找了，现在最重要的应该赶往断情崖。拦住鹰翔是不可能了，只能尽快赶过去确保鹰翔的安全……"白莲说。

"好，咱们需要争取时间啊。这样吧，我先去向雍王借将军印。这样咱们可以带着部队前去诈降，也可以为鹰翔和莹莹争取时间。就这样办了，各位大侠先赶奔断情崖，我带着部队随后赶到。"仆固怀恩吩咐道。

众人纷纷答应，凌云、白莲、娄方、凌狐、信欣五个人快马加鞭赶往断情崖，而武金铃随仆固怀恩还有移地山带领的大部队紧随其后。

洛阳城外一匹烈马飞奔，马上骑着一位头戴灰色尼姑帽，身着灰色佛袍的苍老尼姑，该人正是指点凌云他们破解奇门遁甲的那人，也就是清水庵的静萱师太。

静萱师太的师父临终前留下了四句能破解奇门遁甲的诗句，只可惜当时解释了前两句就圆寂了。这几十年里静萱师太也没有悟出里面的笛曲是什么，曾想到过逍遥派的《碧海超声曲》。但是未经证实不敢妄下结论。

前不久她听说洛阳战场上有人能控制死尸，不由得惊讶。只有传说中的奇门遁甲之术可以做到，对于知道破解方法的她怎能让其肆意作恶。

于是她离开清水庵赶往洛阳城，当她到达洛阳城时才知道几天前逍遥派萧莹莹已用《碧海超声曲》破掉纸人纸马，也让静萱师太明白了后两句的意思，遗憾的是没能见到萧莹莹。

精通医术的静萱没有很快离开，战火洗礼过的洛阳城里的百姓自然伤病奇多。于是她留下来行医治病。

鹰翔他们的到来引起了静萱师太的注意，谁不知道西域苍狼的大名。而更引起她注意的就是深夜里经过她住处的金色身影，于是她暗中跟随。鹰翔与诸葛少白在城外的对话她都听到了，静萱师太已经意识到事情如果不加以控制，将会一发不可收拾，所以才暗中告诉凌云他们破解方法。

但是当她离开洛阳城回清水庵的路上正好遇见自己的一名弟子，静萱师太以为清水庵出了事情。

询问之后才知道徒弟救了一位手持玉笛、腰缠软藤剑的白衣女子。女子身受内伤，虽然不算严重但是发现她体内的真气时而分成七股时而融在一起，加上那女子奔波劳累身体非常虚弱，一直昏迷不醒。她们不知道怎么救治，所以赶来洛阳寻找师父。

静萱师太听罢弟子的描述第一个想到的人就是玉笛仙子萧莹莹，于是吩咐弟子赶紧前去洛阳府报信，自己快马加鞭赶回清水庵。

小尼姑赶到洛阳府之时众人已经离开，只剩下了洛阳府尹以及官差。仆固怀恩早已带着大部队离开，没有办法，小尼姑只好返回清水庵。

静萱师太回到清水庵之后第一件事就是去看萧莹莹的状况，她给莹莹把过脉发现只是劳累过度，身体虚弱，并无大碍。

弟子们所说的情况虽然还在，但对身体有益无害。造成这种情况的原因是莹莹体内的大部分真气是七颗莲子换化成的，但莹莹耗费很多内力之后他们会分成七股，自己慢慢恢复。也就是说，莹莹的内力是源源不断的，始终会保持在饱和状态。之前洛阳一战耗费了莹莹很多内力，从那时起，她的内力就在恢复。

莹莹的内伤也在缓慢地恢复着，前提是要在休息睡觉的时候。从莹莹落马晕倒的时候开始，体内真气迫使她沉睡过去几天也没有醒来。

"原来是这样，七子莲花的作用。如果我再运功将她体内的真气融合加固一下，岂不是任何情况下都能自行恢复？有源源不断的内力再加上《碧海超声曲》岂不正好是九遁的克星？"静萱师太恍然大悟……

又过了三天，莹莹慢慢地苏醒过来，感觉精力十分充沛，精神饱满。唯一的异样就是饿，而且是非常饿。

莹莹慢慢地坐起来看着屋里的一切：这是什么地方？我不是从马上摔下去了吗？只是睡了一会儿怎么会这么饿啊……

边想边起身下床，刚好静萱师太从外面走进来，看到刚刚醒过来的萧莹莹高兴得不得了："莹莹姑娘你终于醒了……"说话间吩咐弟子去准备斋饭。

"您是？怎么会知道我的名字？您的意思是我睡了很久吗？"莹莹有些奇怪地看着眼前这位静萱师太询问。

这时静萱师太已经来到莹莹跟前："咱们坐下好好聊聊。"落座之后，静萱师太仔细地观察了莹莹许久，心想：不愧为玉笛仙子，长得神韵不同凡人。

"贫尼静萱，实不相瞒姑娘你已经昏睡了五天……"没等静萱师太说完，莹莹惊讶急切地道："什么？五天，不知道翔哥他怎么样了？师太，我还有事要赶往当涂，容我告辞……"说话间莹莹起身要让屋外走去。

静萱师太一把将其拉住道："萧姑娘留步，你寻找的鹰翔已经不在当涂，而且他现在应该很危险。我知道你的心情，但是你必须先听我把话说完。"

莹莹愣了一下："师太，您知道翔哥的下落？快告诉我他在哪儿，遇到了什么事情？"

正这时，小尼姑将饭菜端了进来，静萱师太笑着道："莹莹姑娘你还是用点膳食吧。"

说完将饭菜放到莹莹跟前道："现在鹰翔他们应该赶到了断情崖，不知道他们能不能破掉纸人纸马？"

莹莹根本顾不得吃饭追问道："师太这是怎么回事？翔哥他去断情崖做什么？"

静萱师太将经过讲了一遍，最后道："我相信凌云与鹰翔联手能够破掉纸人纸马，不过要破掉九遁除掉诸葛少白还需要你联手相助。总之，现在已经赶不上，所以必须有十足的把握我才能让你离开。"

"为什么？"莹莹再次站起身询问道。"你体内的真气还没有完全融合，即使你现在赶到也无能为力。"静萱师太说话间趁莹莹没有防备点住了她的穴道。

"师太您要干什么？"莹莹的话还没说完，静萱师太道："别说话，我现在给你运功调理。"说完运用内力为莹莹调理真气。

大概一个时辰之后，静萱师太向后一撤身将莹莹穴道解开，"孩子，现在你随时都可以离开，不过要先把饭菜吃了。"

说话间静萱师太缓缓地走出屋子，回到自己房间的那一刻她的嘴角溢出鲜血。因为控制九股真气要消耗掉很多年的内力，再加上她已暗中将自己几十年的内力传入莹莹体内，目的是让莹莹更有把握破掉诸葛少白的九遁之术。她现在已经很虚弱，为了不让莹莹知道所以才回屋避开……

过了一会儿，莹莹正要去拜谢静萱师太被小尼姑拦住："萧女侠，师父交代过了，让我们看着你把饭菜吃完后，让你尽快赶往断情崖。等除掉诸葛少白之后再来拜谢也不迟……"

莹莹没有办法，只好将饭菜吃完，再次感谢了小尼姑。随后快马加鞭直奔断情崖，要与鹰翔他们一起决战诸葛少白。

鹰翔到达断情崖之时已经是深夜，除了枝头挂满白雪的松树柏树，还有眼前的石崖以及茫茫的白雪，什么也看不见。

"难道这里有屋舍？不然他们能躲在哪里呢？或者就是他们根本没有来这里。"鹰翔正想着，突然发现树林深处有晃动的光。

他刚要过去看个究竟，突然旁边的一座不算高的山崖上传来了狼嚎声。鹰翔看过去，山崖上站着七只野狼。刚刚嚎叫的正是七只狼中间的那只，应该是它们当中的老大。

鹰翔没有理会它们，欲再次向光影方向走去。可是刚一抬脚又传来了狼嚎声，鹰翔再次看了看山崖上的七只狼，此时它们在目不转睛地盯着他。

等到群狼的第三次嚎叫时鹰翔意识到了什么，他没有再向光影的方向行进，而是飘身来到了山崖之上。此时七只狼已经离开,山谷里回荡着它们的叫声。

来到山崖上,鹰翔才发现远处树林火光的奥秘,其实那是诸葛少白在树林深处的空地上安置的纸人纸马以及被控制的死尸。

诸葛少白早就知道鹰翔紧随其后,回到断情崖天色已经黑下来。他断定鹰翔会连夜寻找他们,所以将纸人还有被控制的死尸安排到一片空地上,想用火光引诱鹰翔到空地上,将其杀死。

此时的大殿上只有金色纸人和诸葛少白两人,牟羽可汗和罗星已经被他的手下关押起来,在他眼里那些人也只能做些简单的事情。

现在只要有人寻着火光来到空地,肯定会被纸人和死尸围攻。鹰翔站在高高的山崖上可以隐约看见那些各种颜色的纸人在火光下闪动。

正当鹰翔察看着那里的情形的时候,突然一个身影直奔远处的火光而去。

鹰翔在远处的山崖上仔细察看不由得心急如焚,原来那个身影正是天琪郡主。见状,鹰翔飘身施展轻功奔向火光的方向去追那个身影。

天琪郡主拿着凌云画好的地图,又经过打听询问确定了去断情崖的路线。由于她骑的马是特意挑选的宝马良驹,虽然出发时与鹰翔之间的距离相差很远,但是在路上争取了很多时间,所以与鹰翔几乎同时到达。

尽管她有地图在身,但山路崎岖,郡主到达断情崖附近的时候又是晚上,所以她彻底分不清方向。唯一的办法就是沿着在积雪映照下隐约可见的马蹄印向前。

结果还真找到了,天琪郡主看到站在树林边上的马匹高兴得不得了。当又看见树林深处的火光时,断定鹰翔进了树林,于是下马施展轻功直奔火光而去。

郡主一边喊着鹰翔的名字一边奔向火光,这一举动早已被树林深处的纸人发现。五种颜色的纸人以闪电般的速度直袭天琪郡主,后面跟着大量死尸。

天琪郡主的本事哪能抵挡得住这些纸人,发现情况不对的天琪连逃跑的机会都没有。转眼间纸人已经逼到近前,她已经被吓得呆在原地。

随着一道紫光,鹰翔手中的紫薇宝剑挡住了袭向天琪郡主的纸人,遗憾的是宝剑没能将五个全部拦下,其中一个的拳头正好打在天琪的心口上,郡主被打得口吐鲜血摔出去两丈多远栽倒在地。

紧急关头,鹰翔也不知道自己是用的北冥神功还是《侠客行》里的武功,总之运足内力击向五个纸人,然后来到郡主身边将其抱起飘身就走……

其中三个被打得粉碎,碎纸飘洒一地,两个只剩下上半截残存的身子。

后面被控制的死尸还在紧紧追赶,鹰翔没有去骑马,用尽自己最快的速度向前跑,经过很长一段距离才甩开那些纸人。

"郡主,快醒醒,你可不能死啊。"鹰翔来到路旁的树下停下脚步呼唤着天琪郡主。许久郡主才缓缓地睁开眼睛,淌着血的嘴角露出了一丝笑容:"你没事就好,我是不是又给你添麻烦了……"

"别说话了，让我给你运功疗伤。"鹰翔刚要运功被天琪郡主拦住。"没用的，我心脉已断活不了了，我只想最后的这一点时间能在你的怀里度过。"

鹰翔点了点头将天琪郡抱在怀里，泪水滑落脸庞。郡主用颤抖的手给鹰翔擦着泪水："你知道吗？这是你第四次抱我在怀里。第一次在终南山你带我出谷的时候，第二次是当涂李府遇到危险的时候，第三次是洛阳城外，这是第四次也是最后一次。不过我已经很满足了，我知道我帮不上你什么，甚至还会给你带来很多麻烦。可是我还是会情不自禁地跟着你，即使是再危险的地方……"

"你怎么那么傻啊，为了一个不喜欢你的人这样做不值……"鹰翔伤心地道。天琪郡主勉强笑了一下道："我可是你的姐姐，为兄弟这样做怎么不值呢。等莹莹原谅你的时候记得告诉我，你们真的很般配。"

说话间郡主看了看身边的柳叶双刀声音颤抖地说道："这两把刀是我最喜欢的，就当是我送给你们两个的礼物吧……"

郡主的身子无力地歪向一旁，带着笑容了离开人世。鹰翔仰天大喊："为什么会这样……"此时山谷里传来群狼的嚎叫声，似乎是在为郡主送行。

过了很久，天渐渐放亮。这时树林里出现了几十个搜寻到此的被控制的死尸，鹰翔将郡主的尸体靠在树上转身面向那些死尸。

此时鹰翔的眼中流露出少有的杀气，紫薇宝剑在内力的充斥下越发光芒照人。在紫色光芒与黑色身影飘动下，围上来的几十个被控制的尸体被一股股强大的剑气击成了碎片……

此时远在大殿之上的诸葛少白感觉到了异样，先是去了那片空地发现了纸人的碎片。他没有惊讶，因为他深知鹰翔有能力毁掉这些东西。

令他奇怪的是鹰翔既然来过，为什么没有找上门来。于是他吩咐手下的人前去查探情况。

鹰翔将宝剑缠在腰间提着柳叶双刀刚要带郡主的尸体离开，就听远处传来马蹄声。转眼间五匹马来到跟前，马上分别是凌云、白莲、娄方、凌狐和信欣。

几人看见眼前的场景无不惊讶、伤心，刚要询问，远处传来诸葛少白派出探查情况的山贼的动静。

"鹰翔，快走啊，此地不宜久留。找个安全的地方有件重要的事情和你说。"凌云将鹰翔拉上了马。白莲将郡主的尸体驮在马上几人催马向来时的方向奔去。

"什么重要事情？"鹰翔骑在飞奔的马上询问凌云。"等到了安全的地方再告诉你。"凌云高声答道。

转眼间走出了将近三十里地，突然前方出现一队人马，看气势有四五千人，全部是骑兵。

凌云几人勒住烈马缰绳看着前方，转眼间那队人马已到近前。最前面的正是移地山和武金铃，后面全是回纥的骑兵。

现在仆固怀恩带着大部队驻扎在此处五十里之外。怕凌云等人遇到麻烦，移地山率领五千骑兵前来接应。

"我姐姐她怎么了？"移地山带着兵马与众人相遇之后第一眼就看见横在马上的郡主，说话间已经下马奔了过去。

移地山含着眼泪抱住姐姐的尸体，不敢相信自己的眼睛："这是为什么……"

在场众人无不伤心落泪。鹰翔悲痛地讲述了经过，最后道："都是我的错，我没有保护好郡主。"

"鹰大侠这不关你的事，诸葛少白，我定要将你碎尸万段。上马，我要为姐姐报仇，踏平断情崖。"移地山擦了擦眼泪对着身后的回纥骑兵道，准备前往断情崖寻找诸葛少白。

凌云见状拦住移地山道："亲王，你冷静点，不要……""我怎么冷静，就算是同归于尽，我也要杀了那个妖人。"移地山打断凌云的话，飞身上马就要离开。

24 仗剑携手天涯行

"移地山，你别这么冲动。我们都为郡主的死难过，可你这样前去只能是送死。再说了，牟羽可汗还在他们手中，会害死他的。"一旁的武金铃指着移地山呼喊道。

在武金铃等人的劝说下，移地山才恢复平静。这时凌云把悲痛万分的鹰翔拉到一旁，将破解纸人纸马的方法详细地讲给鹰翔，又将四句诗的注解给鹰翔看。

"现在事情紧急，要在最短的时间里取回承影宝剑。"凌云最后道。鹰翔听了凌云的话再看看注解道："好，我马上赶往燕山，不过，在我回来之前你们千万不要轻举妄动。"

"我跟你一起去吧，路上也有个照应。"凌云接着道。鹰翔勉强地笑了一下道："没事的，死不了，你还是留下吧，这里需要你。"说完选了一匹好马赶往燕山。

鹰翔走后众人在原地等待着大部队的到来，与之会合之后在一个隐蔽的山谷里安营扎寨。

移地山含着眼泪将自己的姐姐天琪郡主火化，却没有安葬。他要将天琪的骨灰带回回纥国安葬。

为了以防移地山再做傻事，武金铃寸步不离地跟在他身边。武金铃都不知道自己为什么会这样做……

中军大帐里，仆固怀恩正在和大家商议着下一步计划，他们要为鹰翔争取时间。现在最好的办法就是去诈降，这样还可以确定一下牟羽可汗是死是活。

不过，摆在大家面前的一个难题就是以什么理由去？这样平白无故地投降，诸葛少白肯定有所怀疑，他要的是长安城而不是人马……

正在大家为没有更好的办法头痛的时候，移地山和武金铃走进大帐，移地山道："仆老将军，各位大侠，我有办法。"

"哦，什么办法？亲王快快讲来。"仆固怀恩激动地询问，移地山将自己的想法讲了出来。

众人听了连连点头，决定就按移地山的办法去办。决定之后大家开始准备，每个环节都做了周密的安排。

一切准备就绪，移地山与武金铃带着五千骑兵还有一万多步兵赶往断情崖。不过这一万五千人给人的感觉十分狼狈，就像打了败仗逃了很长一段路程似的，连大旗都烂成了布条……

"报告主人，树林里有一个自称回纥国亲王移地山的人喊着要见您，还带着一队人马，看样子很狼狈。"一个报信的山贼向大殿上的诸葛少白禀报。

"哦，回纥国的兵马，而且还是残兵败将。把那个领头的带进来。"诸葛少白盼咐。

移地山和武金铃正在树林里议论着：这样喊话诸葛少白能听见吗？还有他会在哪里躲藏着呢？

突然眼前出现几个山贼模样的人，为首的道："我们主人要接见你，不过你的人不能跟随。"

"可以，不过我总得带着我的夫人吧。"移地山看了看旁边的武金铃道，此时的武金铃暗自生气，却没表现出来。

几个人看看武金铃道："可以。"他们带着两人穿过树林，绕过一个山崖来到了大殿之上。

看到大殿的时候，武金铃还在琢磨：这里怎么突然多出了个宫殿，而且很华丽，看来这个诸葛少白已经蓄谋已久。

来到大殿之上见到诸葛少白，移地山先是躬身施礼，然后道："诸葛国师，我是回纥亲王移地山，是来投靠你的。"

"哦，你们现在应该在攻打长安城，来断情崖干什么？难道你们不想让牟羽可汗活了？"诸葛少白诡异地笑着道。

"诸葛国师听我把话说完。"移地山装作很悲惨的样子道，"没错，我看到你留下的书信之后就带兵去攻打长安。谁知那个仆固怀恩不同意，为了大唐居然连自己女婿的性命都不顾。为此我们闹翻，在洛阳城开仗。由于我回纥大部分兵马去追缴叛军，剩下的两万多人被仆固怀恩的大军险些全部歼灭，死伤了将近八千人马我们才突围出来，现在只剩下一万多残兵败将，走投无路只好来投靠您啊。"

移地山说话间落下了眼泪，接着道："现在仆固怀恩率大军守在洛阳，只有攻下洛阳才能直逼长安。我来的目的是想与你联手，攻下长安城。"

"你这样做有什么好处吗？难道只是为了救你王兄。"诸葛少白询问道，心里似乎有些猜疑。

"我要的是回纥国的王位……"移地山狠狠地道。

"哈哈哈哈，看来我猜的没错。好，就这么定了，至于牟羽可汗嘛，由你自行处置吧。是除掉还是念兄弟之情留他性命你自己看着办。"诸葛少白爽快地答应了，其实他根本没把移地山以及回纥军队放在眼里。总之现在他们还有些用处，等没有利用价值之后随时都可以灭掉他们……

"多谢国师收留，至于我哥哥牟羽可汗就关押在这里，让他在这里度过余生吧。"移地山躬身施礼答谢诸葛少白的收留之恩。

诸葛少白笑了笑道："既然你我已经联手，那就商议一下什么时候发兵征讨大唐吧。三天后正是腊月三十，我要让代宗这个狗皇帝以及北六省的百姓过不好年。"

"国师说的有道理，正好我的兵马也可以稍作休息。"移地山说道，心里暗想：

三天时间应该足够，鹰翔你可不能出意外啊。

"还有我的另一个目的是为了等鹰翔他们，据我给他们的期限还有两天。我相信他们会按时赶来的，正好拿他们的命来祭旗。昨天发生的事情应该就是鹰翔所为，好戏就要开始了。"诸葛少白狠狠地道。

移地山装作什么都不知道，疑惑地问："昨天发生什么事了？难道有人闯山？"诸葛少白点点头："没错。"然后将昨天有人毁了他的五个纸人还有些死尸的事讲了一遍。

"能毁掉这些只有鹰翔和萧莹莹，证明他们已经在附近。不过我不明白的是，他们怎么有能力毁掉纸人？"移地山试探着问道。

诸葛少白没有隐瞒，叹了口气道："这些东西的最大弱点就是需要在我的箫声指挥下才能达到效果，现在我有了金色纸人，就不能随时控制他们，其实金色纸人与死尸我只能控制一种，没有箫声的控制那些死尸脆弱得很。"

移地山和武金铃将诸葛少白的话暗暗记在心里，之后移地山又去看望了牟羽可汗。相见之时自然是摆出一副小人得志的样子，要演戏就要演得像一些，连牟羽可汗都得一起骗。

就这样，移地山、武金铃两人在断情崖等待着鹰翔的到来，这三天里自然少不了与诸葛少白面上的交往。

凌云众人在军中呆不下去，又不能靠近断情崖，于是几人来到了鹰翔回来时必须经过的镇上等待着鹰翔。

鹰翔马不停蹄地赶往燕山，很快赶到了燕山脚下父亲的坟墓所在地。白茫茫的雪地里戳着一座石碑，上面写着神鹰山庄鹰傲之墓，这座坟墓还是当年蛇林为其所建……

鹰翔来到墓前先是祭拜了父亲然后道："父亲，恕孩儿不孝。本应让承影宝剑陪伴您，但是现在恶人当道。为了天下和整个江湖的安危我只能将承影取走……"

随着鹰翔的话语说完，运内力于掌上击向了墓碑前面的雪地。随着冻土伴着雪渣的飞起露出了在地下埋藏了十年的承影宝剑。

鹰翔取出宝剑之后将墓前的土地恢复原样，再次叩拜之后飞身上马扬长而去……

公元七六二年腊月三十，断情崖里诸葛少白、移地山高坐马上。两人身后是武金铃还有那个金色纸人，他们后面是回纥国的骑兵和步兵，再后面就是被诸葛少白控制的死尸。宫殿里留下被诸葛少白控制的那些山贼看守。

此时的诸葛少白有些遗憾，因为他没等到鹰翔等人，但他预感到鹰翔马上就会出现，所以早早把队伍集合好等待出发。

突然远处传来马蹄声，刚刚还模糊的身影眨眼已到近前。几匹马"一"字排开停在诸葛少白等人前方十几丈远。

这几个人分别是凌云、白莲、凌狐、信欣、娄方，还有站于中间的西域苍狼鹰翔，十年后他们欲再战断情崖。

"哈哈哈哈，你们终于来了。鹰翔，我等了你很久了，若不是等你，现在我应该在长安城皇宫里过大年呢。"诸葛少白看到鹰翔等人如期而至高兴得忘乎所以，笑罢之后道。

鹰翔怒视着诸葛少白道："少废话，牟羽可汗和罗星呢？现在我们来了，应该放人了吧。"

"不行不行，还有一个重要的人物玉笛仙子萧莹莹还没有来呢。再说，牟羽可汗的事也轮不到你们管呢。"诸葛少白说话间，看了看身旁的移地山接着道，"你放心，罗星好得很。既然你们来了，今天就要在我母亲墓前杀死你们。"说完诸葛少白拿起长箫吹奏起来。

听闻箫声的金色纸人接到命令直奔鹰翔等人。此前几人已经商量好计划，见诸葛少白吹起箫来，凌狐和信欣催马直奔正在往后退的移地山，其余四人各持兵器对付金色纸人。

不但移地山往后退，整个后面的回纥大军都在往后退，形成了一个向后的包围圈，瞬间将队伍最后面被控制的尸体围在当中。

再看回纥士兵将携带的水囊纷纷砸向那些木讷的尸体，水囊里装的是松油。随着一支支燃着火的雕翎箭射向它们，无数具尸体瞬间燃烧起来。

那日移地山得知诸葛少白控制尸体的方法之后想到了一个很冒险的计划，就是命令部下偷偷地将水囊里装满了易燃的松油。列队的时候故意将队伍安排在尸体的前面，这样在诸葛少白与鹰翔他们动手的时候自己的队伍立即向后撤，围住死尸，将其全部烧掉。

移地山需要等待的就是诸葛少白亲自动手或者用箫声指挥那个纸人动手，这样，那些死尸就成了真正不能动弹的尸体了。

当诸葛少白吹奏箫曲控制纸人，对面的凌狐夫妇直奔自己的方向而来，他判断他们肯定是去营救罗星。于是移地山开始实施自己的计划。

随着熊熊烈火的燃起，移地山率领着部队带凌狐两人去寻找和营救牟羽可汗与罗星。

诸葛少白发现的时候十分气愤，边吹奏长箫边想：好你个移地山，骗我倒罢了，居然烧了我控制的死尸。等我收拾了鹰翔几个之后我让你生不如死……想罢之后加强了内力的运用。

其实眼前这个纸人不需要箫声的指引就可以自行出击，诸葛少白这箫声完全是针对鹰翔而吹奏的，目的就是影响这四个人中最厉害的鹰翔。

对于一个刀枪不入、拥有金刚不坏之身、速度奇快而且还会运用内力的纸人来说，眼前这四个人根本构不成威胁。

而且它十分聪明，会选择眼前最弱的那个人先将其打倒。眼下首选目标当然是白莲，纸人突然出现在她面前，飞脚腾在空中右脚直踢向白莲的心口。

鹰翔三人没想到纸人居然有自己的思想，眼见白莲无法躲闪。离她最近的凌云一纵身用龙渊宝剑的剑身挡住了这一飞脚，但是强大的内力将白莲直接震了出去。白莲手拄宝剑，单膝跪地，嘴角淌血，身受内伤。

凌云则被震得胳膊发麻，龙渊宝剑险些脱手飞出去。这时，鹰翔已到纸人身后，运足内力于承影宝剑之上直劈纸人，可是诸葛少白的箫声伴着内力袭向鹰翔，迫使他闪身躲开。与此同时，娄方的金龙神鞭已经将纸人的脖子缠住，但是没想到纸人单手握住鞭子一用力将娄方甩了出去，那速度与力量根本容不得娄方反应。娄方飞出去几丈远，狠狠地摔在树上，当时就人事不省。

转眼间四人就剩下鹰翔、凌云两个，打了这么久两人根本没有机会让各自手中的宝剑相互触碰。

就在娄方被甩出去的那一瞬间，凌云以最快的速度来到纸人跟前。手中的龙渊宝剑直刺纸人胸口，虽然他知道刺不动，不过他有个想法要赌一赌。

如他所料纸人并没有躲，宝剑戳在它身上凌云就觉得像戳在了石头上。但是他没有将宝剑收回，此时纸人双手握住剑身欲将凌云也甩出去。

凌云运足内力屏息静气使用千斤坠生生地站住了，随后用有些喘不过来气的声音喊着鹰翔："鹰翔，快将承影宝剑搭在上面，把它割成两半……"

此时的鹰翔正躲闪着诸葛少白的箫声袭击，难有机会靠近纸人。面对这样的阵势，鹰翔施展幻影步法一手接住一次一次袭来的内力，一手持承影宝剑来到凌云身旁。

将承影宝剑搭在龙渊宝剑之上，剑刃朝着纸人，自己站在凌云与纸人的侧面。这时诸葛少白的内力再次袭来，鹰翔咬紧牙关以最快的速度向前推动宝剑。

纸人根本不在乎这些，反用内力于握着宝剑的手上，强大的内力直冲凌云。此时凌云既不能撤走宝剑又不能松手躲开，要不然就会前功尽弃，只能运内力抵挡。

他的内力根本抵挡不住，就觉得胸口发热心脏像是爆了似的血往上涌。凌云知道自己这是心脉已断，但是他强忍着将快要吐出的血硬压了下去。

此时鹰翔的承影宝剑已经割开了纸人的身躯，瞬间火光四起将纸人燃烧殆尽，凌云宝剑跌落向下矗立在原地。

眼见金色纸人被毁诸葛少白停止了箫声，此时鹰翔与身受重伤的白莲同时来到凌云身旁。白莲扶着凌云道："凌大哥你没事吧？"眼神里带着无限的恐惧，她害怕失去凌云。

凌云微微一笑，刚一开口鲜血溢了出来，低声道："没事，不用担心，我死不了……""都这样了还说没事……"白莲眼睛含着泪水道。

此时诸葛少白将长箫丢在地上笑了笑道："没想到你们破了我的纸人纸马，也好，让你们尝尝九遁的厉害。"说完飘身直奔鹰翔三人。

鹰翔迅即转身挥剑对阵袭来的诸葛少白，他知道凌云和白莲都伤得不轻，不能再让这个妖人伤害他们。

当承影宝剑伴着强大的内力刺向诸葛少白的瞬间，鹰翔呆住了，眼前的诸葛少白不翼而飞。鹰翔刚要寻找的时候，诸葛少白突然出现在凌云跟前。

"凌云，去死吧，你也是杀死我母亲的仇人。"说话间诸葛少白集聚内力的手掌已经击向凌云。

白莲见到此景虽然怔住，但是一种本能的反应就是保护身边这个等了自己十年的男人，转身将凌云挡在身后。

此时鹰翔已经来不及过来营救，随着鹰翔喊道："师姐……"凌云有气无力地喊道："白莲你……"白莲倒在了凌云的怀里。

当鹰翔赶到近前的时候，诸葛少白再次不翼而飞。留在他眼前的只有奄奄一息的凌云与其怀里的师姐白莲……

一阵狂妄的笑声传来，诸葛少白出现在几丈远的地方："我最喜欢看生死离别的场面，鹰翔我会让你亲眼看着你身边的人一个一个地死去。"

"诸葛少白有本事就冲我一个人来，与我决一死战。"鹰翔充满杀气的眼睛怒视着诸葛少白。

突然远处的山崖上面再次响起群狼的嚎叫声，与此同时，鹰翔的眼睛渐渐地变成了红色。这是《侠客行》中武功的最高境界，眼睛可以变成蓝色、金色、红色。由于此时的鹰翔充满仇恨，再运用内力自然会是红色目光。

再看鹰翔将承影宝剑插在地上，从腰间抽出紫薇软剑。运用着逍遥派与《侠客行》的内力，腿上运用幻影步与腾云步相融合的轻功。使出了天魔九式，向诸葛少白猛扑而去。

诸葛少白刚刚只不过用了九遁中风遁，遁于风中借风之势袭向凌云的。见鹰翔带着强大的内力来袭，他继续遁于风中，觉得完全可以杀掉鹰翔。

没想到鹰翔血红的眼睛中映射出了他的位置，紫薇宝剑伴着强大的内力准确地刺向他。诸葛少白暗叫不好，迅速从空中落入地面遁入地中。

鹰翔收住刺空的宝剑转身挥掌用内力击向地面，诸葛少白再次变换了遁法。虽然能够发现对方，但鹰翔没有办法将其打中。诸葛少白会突然出现在他四周，两个人一明一暗展开了周旋。

一旁危在旦夕的白莲悲怆地道："凌大哥对不起，让你等了我十年之久，换来的却是如今的结局，能在临死前与你相依我很满足了。"说话间已吐了几口血，"只是又留下你一个人孤单的生活……"

凌云微微一笑打断白莲的话道:"不会的,我们以后会一直在一起。你太傻了,没必要为我挡这一掌。我现在已经是心脉尽断,活不了多久了,却害得你也……"

"没关系,咱们人世间没能做夫妻,在阴间一定会在……"白莲的话没说完再次口吐鲜血泣然离开了人世。

凌云紧紧地将白莲揽在怀中:"对,我们永远在一起的……"他说到一半闭上了双眼,随心爱的人一起离开人世。

那一瞬间阴沉的天空开始飘落朵朵雪花,一只黑色的苍鹰在空中盘旋……

与此同时,诸葛少白开始运用九遁中最为厉害的鬼遁,整个人如同鬼魂一般消失。一个透明可以穿透的诸葛少白在雪花中不停穿梭。

鹰翔的目光再也寻找不到对手的身影,只是感觉危险就在身边,随时都会有突如其来的袭击。

突然诸葛少白出现在鹰翔身后,邪恶的手掌伴着内力欲击向对方。鹰翔感应到的时候已经晚了。所幸的是刚刚被打晕过去的娄方醒来欲站起身,猛然发现诸葛少白在鹰翔身后冒出来。

随着娄方的一句"鹰翔小心背后",金龙神鞭直抽向诸葛少白。鹰翔听到声音赶忙向前纵身。诸葛少白临时改变了想法,转身以内力击向金龙神鞭,直接将神鞭甩了回去抽向娄方,再次将娄方打晕在地。

诸葛少白隐于无形飘荡在鹰翔的周围,伺机一掌将其打倒在地,取其性命。

这时凌狐等人已经营救出牟羽可汗与罗星,移地山和武金铃正在带着兵马封锁断情崖周围,搜捕潜逃的山贼。

凌狐、信欣夫妇两人得手后迅速赶回来帮忙,而映入他们眼帘的是死去的凌云与白莲。痛不欲生的凌狐哭罢之后站起身要找诸葛少白报仇雪恨。

"鹰大哥,那个妖人诸葛少白呢?我要杀了他……"凌狐手持追风宝刀来到闭着眼睛感应着危险的鹰翔跟前问道。

就当鹰翔睁开眼睛的一瞬间,诸葛少白已在凌狐身后。鹰翔左手一把将凌狐拉到身后,右手闪电般持紫薇宝剑直刺诸葛少白。

这次诸葛少白没有消失,而是挥掌直拍鹰翔心口。再看紫薇宝剑刺到他身上直接变换了方向,原来他已经是金刚不坏之身。

鹰翔不能闪躲,如果躲开这一掌必然会打中身后的凌狐,他只好运足内力用胸口去接这一掌。

就在诸葛少白的掌几乎击中鹰翔身上的时候他突然消失了,鹰翔也被真气推得撞在了凌狐身上。

就在两人大惑不解的时候,一匹白马突然出现在他们面前。一位如同神仙般的白衣女子飘落马下，不是别人正是玉笛仙子萧莹莹。

萧莹莹离开清水庵之后马不停蹄地赶往断情崖，可惜还是来晚了。当她来到山崖下面，正好看见突然出现的诸葛少白，眼见鹰翔躲不开，情急之下，莹莹运足内力隔着几丈远暗中接下了诸葛少白的这一掌。

其实鹰翔不是被诸葛少白的内力推得后退，而是鹰翔、诸葛少白、萧莹莹三股内力撞在了一起将他推得后退。诸葛少白也是一样，只不过在他后退的时候又隐遁起来了。在他那个角度正好能看见刚刚赶来的萧莹莹，所以他要继续隐遁。

"莹莹……"鹰翔看见突然出现的莹莹惊讶地喊道，刚要说些什么却被莹莹打断："别说话，凌狐你先去保护信欣，我和鹰翔对付这个妖人。"说完抬手将玉笛放在嘴边吹奏起《碧海超声曲》。

鹰翔手持宝剑巡视着四周。而在《碧海超声曲》的作用下，诸葛少白本来隐藏的身躯变得时隐时现。

不过显现只是一瞬间，很难对其发起攻击。见状，莹莹再次使出了洛阳之战中的方法，在雪中边吹笛边翩翩起舞，用内力控制软藤剑。

此时的软藤宝剑像长了眼睛似的，诸葛少白隐遁在哪里软藤剑就飞向哪里。全靠强大内力驱动鬼遁之术的诸葛少白感到有些吃力。

"没想到这个萧莹莹的内力又精进了不少，尤其是她的这首曲子，扰得我心烦意乱。平心静气的鬼遁之术岂不是被她所破？"诸葛少白暗想，他哪里知道对方还有源源不断的内力在等着他。

鹰翔也倍受鼓舞，凡是软藤宝剑所到之处都会有鹰翔与紫薇宝剑的跟随。诸葛少白再也无法心静如水，没过多久鬼遁之术就被破掉。

"来吧，就算你们破了我的鬼遁之术，我一样能杀掉你们。"诸葛少白说罢突然现身，挥手直奔鹰翔而去。

虽然鬼遁被破，但是鹰翔也占不到什么便宜。不要忘了诸葛少白已是不坏金身，而且内力只在他之上不在他之下，纵使鹰翔的天魔九式再厉害也伤不了这个妖人。

莹莹见鬼遁已破停止了吹奏，她要与鹰翔寻找当年一起施展双飞剑法的感觉。随着软藤宝剑回到她手中，十年后两人再次施展双飞剑法会斗强敌。

三个人在雪中飘荡已经看不清招数，虽然两个人的剑法举世无双，但是设法刺中对方是个难题。

诸葛少白很清楚两人当中鹰翔的内力稍弱一些，他要先打倒鹰翔。于是他先拼出全力将两人打散，并不向前进身而是直接攒足内力击向鹰翔。

他的选择是对的，鹰翔还没来得及运足内力去抵挡，直接被打飞出去一丈多远，紫薇宝剑脱手而出，狠狠地摔在了雪地上面。

诸葛少白紧接着飞身想冲击鹰翔欲置他于死地，另一侧的莹莹恰好飘身来到他身后。既然刺不动他，就缠住他。

莹莹抖动软藤剑忽地将诸葛少白的脖子缠住，左腿施展千斤坠踩在他的颈部，右腿运气搭在左腿上加压，右手用力向后拉紧软藤宝剑。

诸葛少白被死死地按在那里。此时鹰翔擦了擦嘴角的鲜血，右手在雪地里一划，本想拾起紫薇宝剑，却随手拔起了一根纤细的树枝。

不顾一切的鹰翔运内力于树枝上飘身直刺向诸葛少白，就听"噗"的一声，纤细的树枝刺进了诸葛少白的心口。

诸葛少白的不坏之身被破掉，莹莹手中的软藤剑瞬间将这个妖人的脖子割开，随着鲜血的喷出，诸葛少白的头滚落到地上。就在这时，盘旋在上空许久的苍鹰直冲下来，抓起诸葛少白的头颅直冲云霄。

莹莹站在原地静静地望着鹰翔，心里有些不安。她害怕鹰翔会说出和十年前一样的话，虽然这看似不大可能。

鹰翔慢慢地走到莹莹跟前拉着她的手道："等这里的事情结束之后咱们一起回家吧……"此时的莹莹泪水滑落脸颊，点了点头说不出话来。

"这应该是十年前对你讲的话，没想到让你苦苦等了十年，对不起……"鹰翔将莹莹搂在怀里噙着泪水道。

"没关系，如果没有这十年的等候，我们不会知道对彼此的爱有这么深……"

一切都停下来，所有都静下来，天地这一刻仿佛凝固了……

众人将凌云、白莲安葬在一起，为这对彼此深爱却只能在另一个世界相依相偎的人送上了祝福。

当回纥大军整装待发的时候，武金铃来到了移地山的身旁："你真的要回回纥了吗？""没错。"移地山望着她道，眼中流露出万分的不舍。

"能留下来吗？"武金铃低声地问。移地山笑了笑道："给我一个留下的理由。""为了我……"

第二天，大年初一。新的一年每个人都有了新的开始：移地山和武金铃去了西域天狼帮，他们的愿望就是重建天狼帮。

娄方要回青海湖青寒门，继续做他的门主和专门劫杀贪官污吏的忠义寨主。

鹰翔、莹莹要带走罗星，这也是他们收的第一个也是最后一个弟子。

凌狐、信欣两人要回四川峨眉山。而鹰翔他们是为帮如今的少林主持慧尘，将《葵花宝典》送到福建莆田少林寺下院，将这危害武林的秘笈封存起来。

在鹰翔三人将《葵花宝典》送到莆田少林寺之后，他们又去了南海。在当地渔民的帮助下，在外海一个不知名的小岛的山洞里，将李白留下的《侠客行》及注解刻在了石壁上，这个小岛就是日后赫赫有名让中原武林闻风丧胆的《侠客岛》。

鹰翔、莹莹两人带着罗星回到了祁连山，过着神仙般的隐居生活。直到他们的一双龙凤胎儿女二十年之后涉足武林才重出江湖……

笑看江湖录

纵马江湖道,今生任逍遥。游侠生活好,四海结英豪。刀剑本无眼,较量收招巧。剑气笑寒雪,阳光洒心稍。武艺如浮龙,内功涌波涛。行为品德正,积善除魔妖。回想行侠时,豪情比天高。梦想如实现,愿剑埋深谷。晚霞红似火,朝阳洒江娇。重整游侠装,笑看江湖录。

西域苍狼——鹰翔

相逢一笑泯恩仇　十年怨恨化虚无
傲气侠骨遮不住　暮色江湖剑气足
自古英雄多寂寥　一壶浊酒醉江湖
世事沧桑谁逃过　纵横四海无归途
但愿与伊长相守　仗剑携手心亦足

玉笛仙子——萧莹莹

逍遥侠侣迎风雨　蝶舞双飞为君留
雪落身轻比飞凤　笛曲悠扬震九州
腾云飘舞九天外　霜剑丹心著春秋
空隐江湖君何在　十年相守独遨游